游走英雄

（根据骆烨同名电视剧改编）

骆 烨 雷 志/改编

中国言实出版社

图书在版编目(CIP)数据

游击英雄 / 骆烨, 雷志改编. -- 北京 : 中国言实出
版社, 2015.7 (2019.1重印)
ISBN 978-7-5171-1468-0

Ⅰ. ①游… Ⅱ. ①骆… ②雷… Ⅲ. ①长篇小说—中
国—当代 Ⅳ. ①I247.5

中国版本图书馆CIP数据核字(2015)第181736号

责任编辑: 肖　彭　朱世滋

出版发行 中国言实出版社
　　　　　地　址:北京市朝阳区北苑路180号加利大厦5号楼105室
　　　　　邮　编:100101
　　　　　编辑部:北京市西城区百万庄大街甲16号五层
　　　　　邮　编:100037
　　　　　电　话:64924853(总编室)64924716(发行部)
　　　　　网　址:www.zgyscbs.cn
　　　　　E-mail:zgyscbs@263.net
经　销 新华书店
印　刷 三河市华晨印务有限公司
版　次 2015年8月第1版　　2019年1月第2次印刷
规　格 710毫米×1000毫米　1/16　23.5印张
字　数 240千字
定　价 58.00元　ISBN 978-7-5171-1468-0

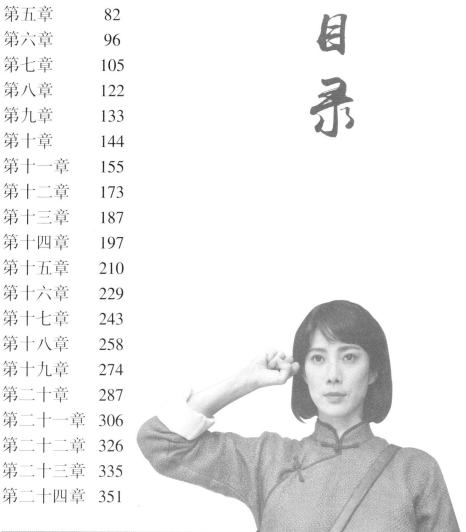

目录

第一章

　　太阳照常升起，老百姓的日子还是如流水一般地过着。在浙东隐秘的大山深处，有一个叫武家村的小村落。这是一个远离喧嚣的世外桃源，它同样远离了战火的纷争，一切还是那么地祥和。晒谷场上，武喜春正在追着母猪花花，母猪在前面拼命地跑，喜春在后面奋力地追。

　　"花花，我的好花花啊，你别跑啊，今天娘带你进城去给你找老公，那可是身强力壮的猪公啊，包你满意，包你生一窝白白胖胖的小猪崽。"喜春叫着，"花花，别跑，别跑啊，老娘求你了！"喜春跑得气喘吁吁，弯下了腰，双手压在肚子上，停下来大口喘着气，伸出一只手指着花花无奈地说着，"你怎么这么不听话的啊，不要跑了好不好？"

　　母猪花花见喜春不追着它了，也停了下来，哼了两声，拱了拱墙角，似乎是在找吃的。

　　喜春看着花花，笑了笑，慢慢地向花花走过去，轻轻的迈着步子，很是温柔的安抚着："花花，听话，乖！不要跑。"

　　可是花花就是不领情，看着喜春过来又要开始跑，春喜见它又要跑，猛地向母猪这边扑过来，嘴巴亲到了花花的屁股上，双手连忙抓住猪蹄子。

　　花花一声惨叫，任凭它怎么挣扎着，喜春就是不放手，紧紧地抓着，大叫着，"抓到你了，抓到你了，花花，别乱动啊，老娘不会让你再跑掉的，跟我走。"

　　"花花听话，跟我走。"她甚是高兴地拍着花花的脑袋说着。

　　就在距武家村百来公里的地方——省城，又是另一番景象。太阳坚强而又无力地穿透层层的云烟，炮弹呼啸着在空中乱串，怒吼着，在生命的

最后时刻发出一声闷响，似乎抗争着这短暂的生命，泥土纷飞，土地上炸开了花，一股股蘑菇似的硝烟在空中升起，圆圆的脑袋，张开着大嘴，狰狞的面孔似乎要吞噬掉这一切。

在日军阵地上，山本清直带着藤野一郎、武藤勇、川岛贞夫等人，通过望远镜看到这番景象，邪恶地笑着，一阵阵的笑声在这炮火中是那么的刺耳，"炸死支那猪。""哈哈哈。"

这时，国民党猛虎营营长李昌鹏从战壕里跳出来，他拿着步枪，低着身子往前冲了一段距离，枪口对准日军这边，一颗子弹射杀一个日军炮手，连着干掉了三个炮手。李昌鹏的枪口已瞄准了山本清直，扣动扳机，子弹朝山本清直这边射过来。

武藤勇迅猛地把山本清直扑倒，子弹打在了山本清直后面的一个日本兵身上，山本清直迅速爬起来，"八嘎！"拔出刺刀来，怒喝一声，命令炮兵开炮炸死他。日本兵连着向李昌鹏这个方向放炮过来，李昌鹏飞身躲进了战壕里，在他后面，一些士兵被炸得血肉模糊，一片撕心裂肺的嚎叫声不绝于耳，一批国军士兵已经开始溃逃。

日军大队长藤野一郎带着大批日军向李昌鹏这边冲杀过来，待敌军近了的时候，李昌鹏再次跳出战壕，带着国军将士，也向日军冲杀过来。双方激战，胶着在一起。李昌鹏拔出腰间的 56 式三棱刺刀，大喝一声，冲杀过来，连着刺杀掉了几个小鬼子。一场血战之后，猛虎营硬是将日军阻击在第一道防线外。

李昌鹏跳入战壕中，躺下来歇了口气，他给自己点了一根烟，享受这难得的清静时刻，猛地抽了两口，一股股烟圈似心中的怒火在升腾着。他知道敌人是不会善罢甘休的，一场更为猛烈的暴风雨即将来临。

一阵阵的轰鸣声传来，沉闷的声音打破了这难得的安宁，国军战士都把头伸出战壕外，惊慌的看着日军坦克部队向阵地开来，步兵在坦克的掩护下，依靠强大的活力凶猛进攻着。国军战士奋力抵抗，无奈敌人的活力过于强大，死伤惨重。

就在战士浴血奋战，舍身抵抗的时候，师部也已经是沸沸扬扬的了。

"师座，我们阻击日军已有三天两夜，省城已经保不住了。"团长曹

晟可怜地诉求着，"撤吧，我让猛虎营保护你安全撤退。"

"撤吧！"众将领都哀求着。

陈师长背过身子，沉重的看着地图，安静片刻后："不，继续阻击日军，再给老百姓们争取半天的时间，执行命令。"

一片吵杂，众将领零星应和着，"是。"随即陆陆续续地离开了。

日军在坦克部队的掩护下，很快冲破国民党军第一道防线，继续往前冲击过来。炮火不断轰炸着国民党军的阵地。国民党军一个个倒下去，许多士兵往后撤退，李昌鹏在战壕中穿梭，鼓舞着尖刀营的战士，随后勇猛的吼叫着冲出了战壕，战士都跟着李昌鹏跳出战壕，抱着集束手榴弹冲向坦克，鬼子开枪阻击，好几个国军士兵还没冲到坦克前，就牺牲了。看到这李昌鹏的拳头重重地敲了一下泥地，瞪直了眉毛："集中火力，掩护冲锋的弟兄们。"

李昌鹏带着王迅等人冲上去，干掉了坦克边的鬼子，国军战士抱着集束手榴弹，冲到坦克前，把手榴弹塞在了下面。

"轰轰轰"几声，日军的几辆坦克被炸，瘫痪在那里，发出沉闷的声响。一会儿的功夫，日军的坦克已有一半报废了。日军看见形势大为不妙，纷纷有序的撤退了，国军终于守住了第二道防线，正要喘息的时候，日军的飞机发出怪异的叫声飞了过来，一发发炮弹尖叫着落了下来，阵地上顿时火烟四起，将士死伤一片，李昌鹏也被压在泥土下，飞机过后，日军紧跟着冲杀上来。

李昌鹏抬起头来，摇落了头上的泥土，手中紧握三棱刺刀，大喝一声继续冲上去和日军浴血搏杀。李昌鹏和武藤勇交战，越来越多的鬼子向国军将士包围过来。王迅一边和一个鬼子军曹交战着，一边退到李昌鹏身边："营长，走吧，鬼子太多了，再不走，我们就都要死在这里。"

李昌鹏愤怒地大喝一声，一脚踢开了武藤勇。李昌鹏无奈地和王迅他们一边还击，一边往后撤退去。第二道防线的阵地很快就沦陷到日军手里。

喜春赶着花花出村子，自言自语，满脸的春光："花花，别再乱跑了，等到了城里，娘给你吃最好的大白菜。"

这时，妇救会主任武月芳追上来："喜春，喜春，你要去干吗？"

"我要去干嘛，你说我能干嘛，我一个当猪倌的，当然是去干猪干的事，我呕呕呕，是去给猪干点事，给我们家的花花配种。嘿嘿。"

"给猪配种？嗨呀，现在都什么时候了，日本鬼子都快打过来了。"

"日本鬼子打过来关我什么事啊，他们爱怎么打就怎么打。花花，咱们继续赶路，进城给你找猪公去喽。"

"不许去。"月芳拦在了喜春面前，"武喜春，整个武家村，就你没有给抗日作出过贡献，要钱，不给钱，要粮，不捐粮，现在让你纳几双鞋，你就给我找各种理由。"

"哎呀，月芳啊，你就饶过我吧，你看看我这双大手，连针都拿不住，怎么纳鞋啊。放过我，让我走吧。"

"武喜春，你太自私自利了。"

"月芳，你这话就不对了，上次你们给八路军杀的那头猪，还是我一个人搞定的，五个大男人都拿不下，最后还是我武喜春用这把祖传的杀猪刀，给你们杀了那头猪。我还没收钱呢。"

喜春说着拔出杀猪刀来，挥舞在月芳面前。

月芳往后退了退："把刀收起来，不管怎样，反正现在我不准你走。"

"不准我走，我告诉你，武月芳，你知不知道你耽误了花花的配种大事，你负得起这个责任吗？"

月芳指着喜春："武喜春，现在小鬼子已经打过来了，我们的同胞在前线和他们拼杀，是把命都豁出去了，你有点觉悟好不好？"

"觉悟？我不知道什么狗屁觉悟，反正今天老娘要干的正事就是去给花花配种。别挡道。"

"你们都还愣着干吗。"月芳招呼身边的几个妇女，"把武喜春给我拉回去。"

"你们想干吗？"

月芳等几个妇女向喜春冲过来，喜春挥舞着双手，拼命地打向她们："放开我，别拉着我，我要去给我们家花花配种，我不去纳鞋。"

喜春挣扎着，但还是被月芳她们制服了。

"你给我老老实实地回去，现在鬼子都打过来了，你还想进城，是不是不要命了，还是去纳鞋，给抗日将士们做点贡献。"

"我不纳鞋，放开我啊。"

"把她带走。"

喜春被几个妇女挟持着，带回了村子里。

"放开我，你们想要干什么。"喜春大喊大叫着，"我不要纳鞋啊，那些打鬼子的兵穿的鞋，跟我喜春有什么关系啊，放开我。"

月芳指着喜春："武喜春啊武喜春，真没见过像你这种人，真是太自私自利了，把她给我关进去。"

"不要把我关进去，我要去给花花配种啊。"

月芳把一捆鞋底和鞋面重重地放在桌上，喜春看着月芳："真要让我纳鞋啊？"

"是的，纳完这二十双鞋，就放你出去。"

"月芳姐，嘿嘿，这二十双鞋子，等我去给花花配完种回来，我肯定会纳的，你现在放我走，我感谢你全家啊。"

"你觉得你的话，我还能相信吗？"

"当然能相信，我武喜春说一是一，说二就是二，从来不撒谎。"

"你就别忽悠了，给我老实地待在这里纳鞋，给抗战作出点贡献，去外面跑也不安全。"

月芳说完转身要走，喜春急忙去拉她："月芳姐，求求你，我真的不会纳鞋，今年过年我送你们家一刀猪肉。"

月芳不理睬喜春。

喜春看见她要走急了："等花花生了猪崽子，我送你家一头小猪。"

"好了，你也别想拉拢我，我月芳不吃这一套，好好待在这里。"月芳说着便走了出去，把牛棚的门锁了起来。

喜春拍打着牛棚的门："放我出去，月芳，你这个臭婆娘，我武喜春不会放过你的。"

喜春叫了几声，外面没·点动静，她带着哭腔地："呜呜，花花啊，你见不着你的猪公了，可怜的花花，我喜春比你还要可怜，我怎么这么倒

霉啊,还要给臭当兵的纳鞋,凭什么啦。"

喜春拿起了鞋底,看了看:真要让老娘纳鞋啊,这活也太烦了啊。喜春极其无奈,但还是开始纳鞋,没纳一会儿,喜春惨叫一声:"哎呀,好痛好痛。"针扎到了喜春的手,喜春很是恼火地把鞋底摔在地上:老娘不干这活儿,当兵穿的鞋,让老娘不赚一分钱,给他们纳鞋,我呸,哪有这么便宜的事。喜春重重地踩了几脚地上的鞋底。心想:"要是不纳完这些鞋,月芳她肯定不会让我出去的啊,我不出去的话,花花就没得配种,花花没种配,那来年就没有小猪崽了,那我们这一大家子还怎么活命啊。"喜春又捡起了鞋底:"可是,可是这纳鞋的活,真不是我拿手的啊。"喜春把鞋底放在桌子上:"不行不行,一定得想想别的办法,一定要快点离开这里。"喜春看了看牛棚里,四面都被封住了,根本没法逃出去。喜春又望了望头顶上,看到有一个出气口:"嘿嘿,月芳啊月芳,你以为你把老娘我的出路都封住了吗,那老娘就从天上飞出来。"

喜春在手中吐了口水,搓了搓,随后抓住一个柱子,想要爬上去,但爬了一半,喜春又滑了下来。喜春一屁股摔在地上,"哎呦喂,好痛,娘的,我就不信还爬不上去了。"喜春又开始爬,连续滑了三次下来,喜春又痛又气:"老娘的屁股都摔开花了,我喜春怎么会这么惨的啊。"喜春坐在地上哭起来。

在国民党防御日军的最后一道防线,猛虎营奋力抵挡日军。几架日本战机又飞来,向城门口扔下来大量的炸弹,炸弹在战壕边爆炸开来。日军战机随后向省城中飞去,不断响起爆炸声,浓烟四起,城内一片狼藉。

陈卫国焦虑站在省城地图前,参谋长:"师座,第二道防线也被日军攻破了。"

曹晟急匆匆走进来:"师座,已经过去了一天了,再打下去,我们会全军覆没的。撤吧。"

几个参谋:"是啊,师座,撤吧。"

陈卫国无奈地:"让部队循序撤退,把伤亡减少到最低程度。"

"是,师座。"曹晟高兴地叫着,"我让猛虎营保护您先撤出省城。"

李昌鹏被飞机扔下来的炸弹的冲击波扑倒在地。

王迅爬上来："营长，团部命令，让我们撤退。"

王迅话音未落，一发炮弹飞过来，在李昌鹏他们身边爆炸开，李昌鹏和王迅连忙卧倒，有几个国军战士被炸飞。

这时，成片的日军冲上来，李昌鹏擦掉了脸上的血迹："小鬼子。"李昌鹏对着鬼子射击，但鬼子实在太多了，李昌鹏突然注意到，成片的鬼子上来。李昌鹏又开了几枪，他发现大量国民党军队溃败，纷纷撤退，他既恨又恼，还是继续抵抗日军的攻势。

武藤勇带着一队日军，已经杀到省城城门口。武藤勇很是骄横地高呼着："帝国的勇士们，支那人已经抵挡不住我们，占领省城，大日本天皇万岁。"

众鬼子们欢叫着："占领省城，大日本天皇万岁，万岁。"

日军握着步枪向城门中冲进去，突然李昌鹏带着猛虎营的战士杀出来，向走在前面的鬼子开枪，一大批鬼子中弹倒下。武藤勇命令士兵用小钢炮轰炸前面的国军。

李昌鹏连忙躲进城中，并不时回头看看。

武藤勇见李昌鹏他们躲进城中去，冷笑着带领鬼子往城门中进去。突然，两股凶猛的火焰喷射了出来，冲在前面的鬼子在瞬间被烧着了，疯狂地惨叫起来。

一个火焰排的战士拿着火焰喷射器，对着鬼子猛喷，武藤勇瞄准这个战士开枪，打死了这个国军士兵。付伟看着自己的手下被打死，拿着火焰喷射器，继续对着冲上来的鬼子猛喷，付伟大叫："小鬼子，去死吧。"

付伟把火焰喷射器对准了鬼子，烧死了几个鬼子，许多鬼子想要撤退，武藤勇下了死令不准退，武藤勇对着付伟这边开枪射击，付伟躲过子弹，李昌鹏掩护着他，对着城外的武藤勇开枪，付伟拿着火焰喷射器，继续朝着外喷火。双方处在对峙中，胶着不下。就在这时，陆参谋从李昌鹏后面跑过来："李昌鹏，你们怎么还在这里打？"

李昌鹏得意地说："陆参谋，你也来和我们一起杀鬼子吗，鬼子已经被我击退……"

"西门已经被鬼子攻破，这里光靠你们怎么守得住，团长让你立马回去复命。"

"什么，让我去复命？不行，鬼子已经被我们的火焰喷射器挡住了，他们进不了城。"

陆参谋拔出枪："曹团长说了，你要是不听从命令，就地枪决。"

"陆参谋，只要我们坚持下去，一定能把鬼子打跑的。"

这时，日军战机又在李昌鹏他们头顶上盘旋，炸弹在城门口爆炸。

陆参谋拍掉了身上的泥灰："李昌鹏，你以为就凭你这点兵力能抵挡得住鬼子的攻势吗，跟我走，省城已经保不住了，你现在的职责是保护好师座，让他安全撤离省城。这是命令。走。"李昌鹏很是无奈地，愤怒地对着城外的鬼子开枪，以泄心中之愤。李昌鹏和猛虎营的战士们撤离城门口。

外面的炮声还是不断，炸得团部一阵阵颤动，灰尘碎石掉落下来。李昌鹏站在曹晟团长面前，曹晟指责着李昌鹏："李昌鹏啊，李昌鹏，你叫我说你什么好，你是猛虎营营长，你的职责是什么，你说？"

"我们猛虎营个个都是最精锐的战士，最精锐的战士当然是在前线杀敌。"

"你……"曹团长指着他的头说，"叫我说什么好，从现在起，你们猛虎营的职责就是保护陈师长的安全。"

"什么？"

"你小子混蛋，陈师长要是出点什么事，枪毙你十次都不够。"

李昌鹏很不服气。

曹晟又想骂娘，突然一个炮弹打过来，直接炸死了团部外的几个守卫士兵，陆参谋跑进来："团座，正门和西门都已失守，鬼子已经打过来。"

"下令全部将士撤退。李昌鹏，还不快带着你们猛虎营的人马，保护陈师长去。赶紧从东门撤出省城。"

李昌鹏有些不情愿地："是，团座。"转身离开团部。

很快，日军就占领了阵地，山本清直骑在战马上，趾高气扬，一脸傲慢和冷酷的表情，亲率部队在坦克和飞机的掩护下，攻入省城。日军向着城里面猛烈扫射，国民党将士不是被打死，就是往后撤退逃命。

　　李昌鹏保护着陈卫国出来，这时，一群鬼子杀上来，朝着陈师长的军用吉普车开枪。李昌鹏坐在车里按捺不住了，让孙铭留下保护师座，带着王迅几人跳下车去，朝着冲上来的小鬼子射击，连着击毙五个鬼子，王迅端着机枪朝鬼子扫射，不一会儿功夫，把这批鬼子都消灭干净了。

　　"昌鹏啊，你真想留下来打鬼子？"

　　李昌鹏重重地点头："我宁可和鬼子拼杀，死在战场上。"

　　陈卫国笑了笑："也不愿保护我？"

　　"不，师座，我不是这个意思，我是说……"

　　陈卫国拍了一下李昌鹏的肩膀："好了，你的想法我明白，年轻人，是条汉子，我要是还有你这么年轻，也会去和鬼子们拼杀。"

　　"那师座的意思是？"

　　陈卫国叹息了一声："昌鹏，你要是现在跟着我走，还有一条活路。"

　　"生有何欢，死有何惧，昌鹏这辈子只要能保家卫国杀鬼子，倒下了，也是一个英雄。"

　　"好样的。昌鹏，你带着你的猛虎营负责殿后，给老百姓逃命争取更多的时间。"

　　"是，师座，可是你的安全……"

　　"这个你不用担心，就算我陈卫国死了，也不会死在日本人的手里。"陈卫国摆了一下手，"放心去吧。小子，记得给我活着回来。"

　　李昌鹏向陈卫国深深地敬了一个礼："请师座放心。"随即命令孙铭带着一个班保护好师座的安全，自己带着猛虎营又杀回了省城。

　　山本清直带着日军进城，日军开始烧杀抢掠，还有一些国民党战士在抵抗，被日军枪杀。一些来不及撤退的老百姓也被鬼子残害。

　　李昌鹏带着猛虎营战士杀过来，他们看到山本清直的部队就在眼前，王迅他们迅速朝着日军开火，打倒前面的一批日军，山本清直他们连忙躲到遮挡物边迎战。夺过王迅手中的机关枪，朝着日军一阵疯狂的扫射，又倒下去一片日军。

　　山本清直看到占不到便宜，随即呼叫川岛贞夫的队伍过来支援。山本

清直亲自和李昌鹏对战，双方的战斗打得异常激烈，不分胜负。

李昌鹏眼看着山本清直他们被打得连连往后撤退，这时，川岛贞夫率领着一支部队过来支援。川岛贞夫让手下架起小钢炮，连连发出十多发炮弹来，李昌鹏的猛虎营被炸死了许多战士。山本清直开始反攻过来，李昌鹏正面迎击，身边的许多国军战士都被射过来的子弹打死。李昌鹏他们往后撤退，躲在沙包边，回击日军，但日军的火力实在太猛了，压得李昌鹏连头都抬不起来。李昌鹏朝着外面打了几枪，子弹打光了，藤野一郎带着一群日军冲上来，李昌鹏急忙拉响一颗手榴弹，扔了出去。手榴弹炸开，炸死几个鬼子。

无奈敌人如潮水般冲了过来，而他们又没了子弹，只好往城里撤退。

"这些支那军真是太狡猾了，又逃走了。"藤野一郎他们追上来时发现李昌鹏等人已不见踪影空骂着，看到膏药旗子插遍了阵地冷笑着，"哼，支那军就是胆小怕死，中国的大好山河，马上就是我们大日本天皇的领土了。"随即率领部队向城里开进。

城墙边一个枪口慢慢地瞄准了藤野一郎，扣动扳机，藤野一郎的手下也看到了枪口，奋不顾身地扑向藤野一郎："少佐，小心。"藤野一郎的手下替藤野一郎挡了子弹。城墙边上，李昌鹏他们站了起来火力全开，一阵射击，藤野一郎连忙迎战还击，但还是有很多日军被打死。日军死伤惨重，藤野一郎带着剩下的日军，迅速往后撤退。王迅带着人马要追上去，李昌鹏示意他：不要追了。弹药不足的他们只好退出城去，往巴山县撤去。

省城政府办公室已成了山本清直的指挥部，藤野一郎匆匆忙忙地进来，向山本清直低头认错："大佐阁下，属下没用，没有消灭掉那些支那军，他们不是一般的支那军，实在是太狡猾了，"

"没有消灭掉那些支那军，你还有脸回来见我？"山本清直低吼着，给了他两巴掌，"这两巴掌是让你长点记性，不是所有支那军都是那么好对付的，我们必须保持清醒的头脑，才能百战百胜，才能早日占领整个中国。"

这时电话铃声响起。

山本清直接起电话，一听对方的声音，立马恭敬地站直了："嗨，老师您辛苦了。"他示意让藤野一郎退下。

电话那头是日军中将、江浙地区最高长官石原辉雄："祝贺你山本君，你已经连续攻克了七座城池，现在又拿下了省城，给我们日军进军打开了一条顺畅的道路。"

"老师过奖了，这都是你教导得好。"

"嘿，老师说的可都是真的，等再打完一仗，天皇陛下给你颁发的勋章也就到了。"

"谢谢老师。"

"老师今天给你电话，一是真心来祝贺你的，二来的话，我有一个绝对保密而艰巨的任务，要交托给你了。"

"什么任务，请老师尽管吩咐我，山本清直赴汤蹈火，在所不辞。"

"好，这个任务是让你保护一批专家的安全，这是大日本A计划的第一步。"

"A计划第一步？保卫专家的安全？"

"对，这是大日本天皇的最高机密，这些专家是专门配制剧毒药品的。山本君，你现在首要的事情，就是尽快占领巴山县城，巴山县里有许多防空洞，那里合适配制和生产这批药品。"

"占领巴山？"

"对，巴山县。"

"据学生所知，巴山县地势险要，易守难攻，我们的大部队要进入的话，会有一定的困难，尤其是坦克部队，根本无法通过。"

"是的，这次坦克部队暂时留在省城休整，你先带上一个联队前往，尽快拿下巴山县城，你有没有信心？"

山本清直端端正正的一个立正："嗨，学生有信心，一定不会辜负老师的重托。"

喜春坐在地上，一副有气无力的样子："放我出去，快放我出去啊，我要去给花花配种，我要到县城去。"

突然外面传开一阵猪叫声，喜春立马提起了精神，爬到牛棚边上："是花花吗，花花你来找娘啦？"

喜春的男人郑小驴（口吃地）："是……是我啊，小驴，不……不是花花。"

"驴子，你个怂包，怎么到现在才来找老娘。"喜春吼着。

"喜……喜春，我找你找得，好……好辛苦，到天黑才听隔壁王寡妇……说你被抓到牛棚里来纳鞋了。"

"听你说话，真是要急死人。少废话了，快快，快想办法把我救出去。"喜春不耐烦的叫着。

"救……救出去？喜春啊，我没，没办法救你啊，我不知道怎么救你啊。"郑小驴低声地嘀咕着。

喜春怒骂着："你这个没用的东西，叫你干什么好呢，连自己的老婆都救不了。"

郑小驴不说话了。

"又做闷葫芦了，不要老娘一骂你，你就给我当缩头乌龟。"

"喜……喜春，你不要着急，我会想办法的，我现在就去想办法。"

郑小驴起身要走，喜春喝了一声："回来，给我快回来。"

郑小驴又走回到牛棚边上。

喜春朝着屋顶上的洞，看来只有从这个屋顶爬出去了。喜春对外面的郑小驴："你个死男人，快去给老娘找根绳子来，要粗一点的。"

郑小驴连忙回应着："好……好，我知道了，我立马就去找。"

一会儿的功夫，郑小驴就回来了，他爬上牛棚屋顶，把一个绳子放了下来，喜春抓住了绳子："驴子，你他娘的抓紧一点啊，别让老娘摔下来了。"

郑小驴拼命的拉住绳子："好好，你……你放心，我知道的。嗨哟，喜春，你抓紧了，我这就把你拉……拉上来。"

喜春死死地抓着绳子，想要往上爬，郑小驴在屋顶上抱怨："喜春啊，你真的好重啊，跟石头一样重。"

"没用的东西，你一个大男人怎么这么虚，连自己的老婆都拉不上来。"喜春悬在半空中，荡来荡去，差点又摔了下来，她喝骂道："快点拉，死命地拉。"

郑小驴拼出吃奶的力气，终于把喜春拉了上来，喜春钻出牛棚的屋顶，扑在郑小驴身上，吐大气："哦呦，真是累死老娘了。没用的东西。"

郑小驴翻着白眼："我的娘哎，别把我压死了啊。"

喜春还想躺一会儿，但突然听到屋顶"咯咯咯"响起来，她连忙起身："不好，这屋顶要塌了，赶紧走。"喜春立马起身，看了一眼下面，闭着眼睛，一跃身跳了下去。郑小驴也跳了下来。牛棚屋顶咯嘣一下，上面的一根屋梁断了。

喜春拉着郑小驴："快快快，快闪人。"

李昌鹏他们退守到巴山县城，当晚县长卢山清就给李昌鹏他们接风洗尘，县长恭维道："李营长请，卢某备了一些薄酒素菜，就等你们这些抗日英雄来了。"

李昌鹏看了一眼桌子上的菜，一坛酒、一盘花生米、一盘盐水毛豆和卤豆干。卢山清倒了几碗酒，拿起一碗给李昌鹏："来，大家都不要客气。"

李昌鹏喝了一口酒："卢县长，你怎么不走？我看这城里有头有脸的人都逃走了。"

卢山清笑着："哈哈哈，我卢山清是一县之长，虽说是个七品芝麻官，但只要城里还有一个老百姓在，我卢某就不走。"

王迅不屑的插一句："鬼子要是真的打过来了呢？"

卢山清底气十足，放下酒坛："鬼子打过来怕什么，大不了是个死，我卢山清誓和巴山县城共存亡。城在我在，城破我亡。"

李昌鹏一拍桌子："好一个城在我在，城破我亡。卢县长，你是一个好官，昌鹏敬佩之至，这一碗酒我敬你。"

李昌鹏把酒拿给卢山清，两人喝了一杯。

李昌鹏大声的宣布："今晚上开始，我们猛虎营就在巴山县城守城。"

卢山清向李昌鹏一拱手："谢李营长，我卢山清和你们一起守城，防御日军的进攻。"

李昌鹏点了点头。他们不知一场血雨腥风马上就要到来了。山本清直命令藤野一郎、武藤勇、川岛贞夫等亲信立刻集结所有兵马，向巴山县进军。

卢雨菲从外面进来："爹。"

"雨菲啊，你来得正好，爹给你介绍一下。"卢山清笑着指引："这位是抗日英雄，李昌鹏，李营长。"

卢雨菲微笑着看着李昌鹏："你就是李昌鹏？"

李昌鹏对卢雨菲礼貌点了一下头。

卢山清碰了一下卢雪菲："雨菲，不能直呼李营长名字。"

卢雨菲反驳着："名字就是用来被人叫的，为什么我不能直呼他的名字啊。"

李昌鹏忙解围对着卢县长："对，卢小姐说得好，名字就是用来被人叫的。"

卢雨菲很是得寸进尺的："不过，我可以叫你一声哥吗，就叫你昌鹏哥好了。"

王迅嘴巴里含着食物："唔唔，昌鹏哥，哈哈哈，很亲热呢。叫哥好。"

李昌鹏对王迅喝了一声："吃你的豆腐干。"

卢雨菲跳着拍着双手："那昌鹏哥，我以后可都这样子叫了啊。"

李昌鹏煞是无奈又暗喜："随便你，你叫着顺口就行。"

在一旁的卢山清满是歉意："哎呀，李营长啊，小女不懂事，多有冒犯之处，还望海涵。"

"海涵海涵。卢县长不要太放心上。"

卢雨菲认真看着李昌鹏："李营长，其实我们早就见过的。"

李昌鹏看了卢雨菲一眼满是疑问："我们见过吗？"

"你难道对我就没一点印象了吗？"卢雨菲有点生气，"两年前，你来当我们的教官，我的枪法当时就是你亲手教我的。"

李昌鹏笑了笑："嘿嘿，原来卢小姐也是中央军校的学生啊，不过我那时教了两个班的学生，对你好像还真的不太有印象了。"

卢雨菲瞪大了眼睛："你，哼……"

"李营长，不好意思，不好意思，我这个女儿啊，从小娇养惯了，你不要太介意。"卢山清急忙给李昌鹏倒上了酒，"雨菲，今天是爹摆酒席招待抗战英雄们，你先下去。"

卢雨菲蹦了几下，撒娇："我就是不下去，谁叫这个李昌鹏对我没印象了。我可记着他呢。"

"对不起，卢小姐，我自罚一杯。"说着喝掉了杯中酒。卢雪菲看着李昌鹏把酒喝掉，心中的不悦也就没了。

卢山清看着卢雨菲，苦笑着："哎，你看看这次好不容易回趟家来，结果赶上日本鬼子打过来。我明日就派人把你送走。"

卢雨菲走近卢山清的身边，双手拉着他的一条胳膊摇晃着："爹啊，我就是要跟你在一起，和你一起打鬼子，你不走，我是不会走的。"

卢山清无奈的指着卢雪菲，又看看李昌鹏："你看看她，哎。"

卢雨菲坚定着说："我要和你们一起打鬼子。"

"看不出来啊，想不到卢小姐还是一个巾帼英雄嘛。"

卢雨菲笑了笑："巾帼英雄可不敢当，不过小女子的枪法也是很不错的。"说着拔出了一支小手枪，"我就恨不得自己是个男儿身，这样就能和你们一样，上阵杀敌，保家卫国。"

李昌鹏拍手叫道："好，虎父无犬女啊，卢小姐，我李昌鹏敬你一杯。"说着又喝掉了一杯酒。

卢雨菲笑着收好枪："好啊，我也喝一杯。来，敬李营长。"卢雨菲拿起酒杯，卢山清想去阻止，但卢雨菲已经喝下去，她喝下去后连连吐舌头，"哈，好辣，好辣啊。"之后就有些晕乎乎地，她坐在那里就要睡着了。卢山清看着她的样子笑了，让一个佣人把她扶回房间。

吃过饭后，李昌鹏带着王迅等人走上城楼来查岗，国军战士一个个荷枪实弹，李昌鹏拍了拍他们的肩膀，给他们鼓劲。

外面的天色才蒙蒙亮，喜春就起床了，往怀里塞进去几块烧饼。郑小驴疑惑的问："你还要去县城吗？"

喜春斩钉截铁的说，"当然要去了，给花花配种的事情，耽误不得。"

"哎呀，难道你没有听见刚才的炮……炮声，恐怕……恐怕日本鬼子已经打到县城了。"

喜春嘴巴里咬着一块烧饼："日本鬼子，呵，怕他个娘，老娘要是见

着他们，给他一刀子。"喜春说着把一把杀猪刀插在了腰间。

喜春说着就要走出去，郑小驴拉住了她："不行，喜春，真的太危险了，我不让你去。"

喜春指着郑小驴的鼻子骂："你这个怂货，你长本事了是吧，竟敢拦着老娘，滚开。"

郑小驴胆怯地看着喜春，往后退了一步，这时，睡眼朦胧的狗蛋起床来，叫着："娘，娘你要去哪里？"

喜春摸着狗蛋的头："你怎么醒了，娘要去县城，今天你在家里要听话，知道不？"

狗蛋还是觉得有点委屈，眼泪在眼睛里要流了出来："娘，我要跟你去县城……"

喜春也来不及去顾虑这么多了："来不及了来不及了，天亮了，我就出不了村子了，又得被月芳这个婆娘抓回去，郑小驴，管好狗蛋，要是出什么事，老娘不会放过你。"

郑小驴只好安慰狗蛋："狗蛋听话，爹带你去山上打麻雀，好不好啊？"

狗蛋呜呜大声哭起来："我要去县城，我要跟娘走。"喜春已经走出门去。

天刚亮，山本清直已重整旗鼓，集结了全部兵力，来到巴山县城城下，展开正面强攻的阵势。李昌鹏率领着国军战士们，也摆好了战斗阵势。

这时，卢山清带着民团士兵上来，他自己也扛着鸟枪上来："李营长，我来支援你了。"

李昌鹏回头看了一眼卢山清："县长，你这是干嘛，我们暂时不需要你支援。"

卢山清看着城下成排成排的日本兵："大战在即，我卢山清怎能坐视不管。"

"好好好，卢县长，这子弹可不长眼睛，你要当心着呢。"

卢山清连忙道："我知道，知道。"

卢山清话音未落，山本清直那边已下令攻打，几门迫击炮同时开火。

顿时县城城楼上一片火海，国军战士和民团们也都奋力还击。

连续几发炮弹向县城城门射过去，城门被炸开了半扇。在迫击炮的掩护下，日军发起了总攻。小鬼子们在炮火的掩护下，叫喊着，疯狂地向县城冲杀过来。李昌鹏他们朝着冲上来的日军疯狂射击，打倒了许多鬼子，但冲杀上来鬼子越来越多，他们像是不怕死的一样，一边冲一边朝着城楼上开枪。一个个国军战士和民团士兵中弹牺牲。

李昌鹏再也按捺不住了，带着弟兄们就往城下去杀敌人。卢山清也要跟着去，李昌鹏让卢山清止步："卢县长，你留守县城，在城头阻击鬼子。"

"好，那我就在城上给你擂鼓助威。"

李昌鹏："哈哈哈，擂鼓助威，这个有意思。弟兄们，大家今天个个都是英雄好汉，必须杀得鬼子嗷嗷叫。"

众战士热血冲天："好，杀得小鬼子嗷嗷叫。"

藤野一郎和武藤勇已带着日军杀上来，李昌鹏他们杀出城来，这时，卢雨菲跟在了李昌鹏身后，叫了一声："昌鹏哥。"

李昌鹏很是惊讶："卢小姐，你怎么来了？"

"我来和你一起杀鬼子。"

"胡闹，回去。"

"我不回去，我就是要跟着你，一起杀鬼子。"

卢雨菲说着便使出枪，对着冲在前面的一个日军开了一枪，正在他的脑门："小鬼子，去死吧。"卢雨菲又开了两枪，又击中一个鬼子。

李昌鹏暗骂道："妈的，这个丫头真是疯了。"

藤野一郎向李昌鹏开枪，李昌鹏躲闪到遮挡物边上，随后又杀出来，对着日军一阵扫射。双方交战在一起。卢山清拿起擂鼓棒，为国军将士们擂鼓助威，他越擂越起劲。李昌鹏他们也越打越带劲，李昌鹏朝城头上望了望心想：这个老家伙，还真有两下子。"兄弟们，跟小鬼子拼了，杀啊。"李昌鹏叫喊着站了出来。武藤勇向卢雨菲开枪，卢雨菲差点被击中，被李昌鹏一把拉开，李昌鹏对着武藤勇还击，武藤勇往后退去，卢雨菲对李昌鹏笑了笑："谢谢你，昌鹏哥。"

李昌鹏理也没理她，继续往前冲去。卢雨菲有点懊恼："嗨，昌鹏哥。"

卢雨菲也要冲上去，但发现枪中已没有子弹。

国军战士们奋勇直前，把日军一路打退。山本清直看着自己的部队又败退下来，挥着刺刀，自己也杀上战场来，他连着刺死了两个国军战士。李昌鹏看到了山本清直，眼睛里顿时冒起火，他一个飞步向山本清直杀去，随带砍死了几个小鬼子。李昌鹏的三棱刺刀刺向山本清直，山本迅速地往后退了一步，随即用刺刀抵挡住了李昌鹏的刀。"小鬼子，今天爷爷就让你尝尝中国刀法的厉害。"李昌鹏使出浑身力气，连着砍向山本清直，山本想进攻，但根本没机会，被李昌鹏步步逼退。山本清直摔了一个跟斗，李昌鹏一刀砍下去，山本使出吃奶劲用刺刀挡住三棱刺刀。

这时，武藤勇咬着牙，冲杀过来，李昌鹏连忙收起刀，随后又是一刀向武藤勇砍去，武藤勇手中拿着带刺刀的枪，被李昌鹏一刀砍掉了刺刀头。山本清直连忙跃起身来，武藤勇冲上去抵挡李昌鹏，嘴里还大叫着："快保护大佐阁下，保护大佐。"

几个日军士兵去扶山本清直，山本一把推开了来扶他的日军，想要继续和李昌鹏拼杀。卢雨菲笑着，竖起大拇指，崇拜的说："昌鹏哥，太厉害了。"

城楼上的鼓声擂得越来越激烈，战场厮杀也越来越激烈。日军已经开始溃败，并向树林里退去，但是他们不知几支黑洞洞的枪口，已经对准了他们。待他们完全进入到攻击范围，巴山游击队队长朱山坡一声令下，游击队员朝着小鬼子们开枪，扔手榴弹，顿时喊杀声四起。山本清直他们还没反应过来，被游击队打得措手不及。山本清直气得大叫："八格牙路。"小鬼子们训练有素，很快就展开了反击，找到袭击目标，连忙转身朝着游击队还击。由于鬼子中了埋伏，并且不知道敌情，只好再次撤退。

李昌鹏他们打扫完了战场，卢雨菲跟在李昌鹏身后："昌鹏哥，你还真是个大英雄，我卢雨菲今天算是见识到了，厉害，真是太厉害了。"

李昌鹏停下脚步看着卢雨菲："下一回，不许再这么胡闹。"

卢雨菲有点生气："我怎么胡闹了，你怎么跟我爹似的，哎哎……"

李昌鹏不再理会她，自顾自地往前走去。

王迅他们守卫在城门口，不远处，喜春赶着母猪花花，唱着山歌过来，

花花到了城门口，看到护城河，就不走了。花花就是站在那里不走了，猪鼻子拱了拱地上的泥土。喜春有些生气了："花花，你不听话是吧，哼，老娘就不信治不了你了。"喜春拉住了花花的尾巴，花花吼吼叫着，被喜春死命地往前拉去。

王迅他们看着喜春拉着一头母猪过来，都感觉有些莫名其妙。

王迅手下的一排长皮三："连长，这啥子情况啊？"

王迅笑了一声："我怎么知道？嗨，你谁啊，拉着头母猪，要干吗？"

喜春吃力地："快，快来搭把手，把我家花花拉进城去。"

王迅愣了一下：要进城？

喜春拉着花花，来到王迅他们面前："跟你们说话，你们都耳朵聋了啊，你们这些当兵的，就是不肯给老百姓做一丁点事，哎呀，吃力死我了。"

王迅挡在前面："你要进城干什么，鬼子刚来过，他们还会再来，你还是赶紧离开这里。"

喜春骑在花花身上："我好不容易进趟城，当然是有重要的事情了。快快快，让我进城去。"

喜春要骑着花花进去："花花听话，走，我们进城去给你找猪公了。"

王迅拦住了喜春："老乡，你听我一句劝，真的赶快离开这里，现在县城很危险，还是躲在乡下安全。"

喜春："你什么意思，就是不让我进城给花花配种是吧？"

"哎呀，鬼子打进来，要是把城池攻占了，大家都会没命，命重要，还是你的猪重要。"

"你就少糊弄我了，我武喜春，才不怕什么日本鬼子呢。走开，让我进城去。"

喜春拍了一下花花的屁股，硬是要进城，王迅对着手下叫道："快快，把她拦住了。"几个国军士兵硬是拦着喜春，不让她进城去。

喜春就是不听他们的话，硬是要进城，便和王迅等人扭打中，想要闯入城去。

李昌鹏带着人过来："王迅，怎么回事？"

"营长，这娘们要进城，说是给母猪配种，我们劝她离开，她不听。"

喜春愤愤不平地指责着"你们让老娘进城去，我去给花花配种，为什么要挡着我？"

李昌鹏："王迅，你没有跟她说过，小鬼子来了，进城会有生命危险吗？"

"说了，她就是不听啊，我真是没办法了。"

喜春看着李昌鹏："呵，你就是他们的长官是吧，你们当官当兵的也别太欺负我们小老百姓，哼，还让老娘给你们纳鞋，我呸，你们这些人，连猪都不如。"

李昌鹏："你这个娘们，怎么说话的。"

喜春一叉腰，指着李昌鹏的鼻子："我就是这么说话的，你们这些当兵的，有我家花花这么好吗，我养头猪，养肥了还能杀猪肉吃，可你们呢，给老百姓做过什么事了。"

李昌鹏看着疯疯癫癫的喜春，懒得去搭理她，就命令王迅，把她强行架走扔得远远的。

喜春一见王迅他们要冲上来，她以进为退，猛地扑向李昌鹏，一把撕拉住了他的军装。

李昌鹏大怒："喂，你干什么？"

"你想把我扔得远远，老娘就揍死你。"

喜春往李昌鹏脸上、身上乱打乱抓，李昌鹏往后退，怒不可遏，大叫着："你这个泼妇，他娘的，信不信老子一枪毙了你。"

"来啊，你有种就向我开枪，老娘要打死你这个臭当兵的。"

李昌鹏无奈，他不想对喜春动手，但喜春步步紧逼，猛扯他的军装，李昌鹏差点就要被喜春打倒，急忙还手，结果手碰到了喜春的胸部。

喜春瞪大了眼睛，一声尖叫："你这个臭流氓，敢摸我的胸，老娘跟你拼了。"

李昌鹏还没有反应过来，已经被喜春抓伤了脸庞，喜春又是一把抓过来，李昌鹏连忙用手臂去挡，结果喜春狠狠抓住他的袖子，猛地一扯，李昌鹏军装的袖子被喜春扯了下来。

李昌鹏大叫一声："王迅，你们干什么吃，快把这个疯婆娘给拉开啊。"

王迅等人急忙地："是是，营长，我们来救你了。"

王迅他们向喜春扑过去，想要把她和李昌鹏分开，但喜春还死死地抓着李昌鹏不放。李昌鹏又气又恼，拔出枪，朝天开了两枪。喜春吓得连忙放开李昌鹏。

李昌鹏吹着枪口："你再过来，老子就崩了你。"

喜春也不甘示弱："你别吓唬我，老娘可不是被吓大的。"

李昌鹏无奈只好命令王迅："把她架走，架走，别让我再看到这个臭婆娘。"

王迅他们架起了喜春，喜春大叫着，挥舞着手臂："放开我，放开我，你们这些挨千刀的，老娘不会放过你们的。"

王迅哀求着："姑奶奶，求你了，别再折腾了。"

喜春朝着王迅吐口水："呸。放开老娘，你们这些无赖，混蛋。"

王迅他们架走喜春，离开县城。喜春叫着："我的花花，花花，跟娘走，花花，放开我……"

王迅他们把喜春扔在了河边，喜春摸摸屁股："哎呦喂，你们就不会轻点吗，你们这些混蛋，就知道欺负我们小老百姓。呜呜呜。"喜春说着就哭起来，花花走到喜春身边，拱了拱她的手，喜春搂过花花，"花花，还是你好，你可要听话啊。"

王迅看了喜春一眼，对身边几个战士："走走走，我们回去。"

喜春朝着王迅他们身后吐了一口唾沫，眼珠子一转："走，花花，娘会想办法，肯定让你见到你的猪公。"

山本清直他们一路撤退过来，撤到空旷地带上，各中队防守警戒。山本清直灰头土脸的，藤野一郎给山本递上来一块毛巾："大佐，您擦把脸。"

山本清直拿着毛巾，咬牙切齿地："我山本清直发誓，一定要把这些支那军统统地消灭掉。"

山本清直他们围坐在那里休整，武藤勇："大佐阁下，刚才埋伏我们的人，看上去不像是支那正规军。"

山本清直拿着擦脸的毛巾停顿了一下："不是支那正规军？"

武藤勇凑近继续说着："是的，看上去像是支那的游击队。"

山本清直把气的毛巾扔在地上："八嘎，游击队，竟然连游击队都敢来袭击大日本皇军。"

藤野一郎也跟着骂："这些支那人真是太可恨了。"

"游击队，呵，真是有点意思。"山本清直这时露出怪异的笑，藤野一郎他们有些不解地看着山本清直，"有点意思。武藤君，你现在就去弄几套中国老百姓的衣服来，山人自有妙计"

李昌鹏已换了一身军装，带着士兵在加强防御事务。王迅他们回来了得意的报告着："报告，营长，我回来了，把她扔得远远的。"

李昌鹏暗骂，这个悍妇真是太可恶了。

王迅笑看李昌鹏，嘿嘿笑着："营长，你刚才摸了她的胸……所以她发飙了。"

李昌鹏随手脱下帽子往王迅的脑袋上打去："你个臭小子，老子什么时候，摸……你给老子滚远点。"王迅乐呵着躲开转身要走。

李昌鹏又连忙叫住了王迅："你给我回来。"

"营长，你还有啥事？"

"巴山县城还有一个侧门，你带着你们尖刀连，到那里去防御小鬼子，务必要小心。"

"好，营长，我知道，只要我王迅在，保证一个小鬼子都进不来。"

王迅他们走后，喜春就赶着花花，悄悄地又过来了，花花低吼着叫了几声，喜春和花花沿着城墙边走，突然看到一条黑狗从城墙边的一个洞口钻出来，黑狗看到喜春，呜呜叫着逃走了。喜春把花花塞了进去，随后自己也从狗洞中钻了进去。喜春从狗洞里爬出来，松了口气，伸了伸腰："哈哈，进来了，神清气爽。哼，臭当兵的，不让老娘进，老娘还是进来了。怎么样，哈哈哈。"

藤野一郎再次率领日军主力部队过来，几门迫击炮对准了县城城门口，顿时一片轰炸声和惨叫声。藤野一郎的指挥刀向前一指，一群日军疯狂地冲杀了上来。

李昌鹏率领国军战士和民团一起迎击冲上来的小鬼子，李昌鹏看着下面的小鬼子冲杀了一阵，又退了下去，冷笑着："小鬼子，有种给老子冲上来，老子送你们回老家见娘去。"

李昌鹏对着城外的小鬼子一阵扫射。藤野一郎指挥炮兵中队，对着县城又是一阵炮击。双方的战斗打得异常激烈。小鬼子冲杀了一阵，但并不靠近县城，躲在遮挡物下，朝着城楼上开枪射击。

第二章

　　喜春赶着母猪花花过来，听到了城门口那里猛烈的炮声和枪声，惊呆地张大了嘴巴，心想：还真打起来了，难道小鬼子真要打进来了？我还是逃命去吧。喜春拦住花花，转身要走，喜春跑了几步，转念又想：日本鬼子打进来肯定还要一会儿，那个牛哄哄的营长应该不会那么没用的，我还是先去给花花配了种再说。

　　天色已经快暗下来，王迅带着尖刀连的战士守卫在县城侧门中水门，听着城门的枪炮声，他们早已按捺不住了，手早就痒痒了，只是营长有交代，要他们把守中水门。

　　这时，不远处过来一队人马，是山本清直他们乔装成了游击队员的模样。王迅看到了他们，立即喝止他们："站住，你们是什么人？"

　　山本清直戴着一顶毡帽，微微抬起头，极其镇定地："国军兄弟们，我们是巴山游击队的，小鬼子已经打进来，我们是来支援兄弟们的。"

　　"呵，土八路啊，谢谢八路兄弟的支援，我们国军的兵力可以把小鬼子打跑的。"

　　"请兄弟给我们游击队一起打小鬼子的机会，小鬼子越来越多，你们的城防兵力会顾不过来的。"

　　"是啊，连长，就让他们一起帮着我们打吧。"皮三补充着，"大家都是中国人，只要能杀退鬼子，和谁联手都可以。"

　　"好，那你们现在就去正门，支援我们营长。"

　　"明白了，走。"山本清直暗自高兴，带着手下们进入中水门。王迅看了看山本清直他们，心中有些狐疑，山本清直对王迅抱拳，拱手表示谢意，

随后直奔正门而去。王迅看着山本清直他们的背影消失在拐角处，迟疑着摸摸脑袋，"我总觉得这些个游击队员怪怪的，说不出哪里有问题。"

皮三笑着说："一看就是土八路，有什么奇怪的。"王迅就不再多想了。

喜春赶着花花从巷子口出来，花花在前面奔跑着，喜春叫着："花花，别乱跑，这里是城里头，别走丢了。花花啊……"

母猪花花拼命地冲出巷子口去。这时，巷子口山本清直正带着日军慢跑过来，花花冲向外面，不顾前面有人，一下子就撞向了山本清直。山本清直来不及躲闪，差点被花花给撞翻了，幸好被武藤勇给扶住了。

喜春冲上来："花花，哎呀，你们都不长眼睛啊，没看见我家花花过来吗？"

武藤勇愤怒的叫着："八嘎。"

喜春也没顾得去看他们一眼，自顾地说，"什么？八哥？老娘管你什么八哥还是八姐呢，你撞了我们家猪，就是你的错。"

武藤勇奋起一脚，踢在花花肚子上："八格牙路。"

喜春瞪大了眼睛："你个畜生，竟然敢踢我们家花花，老娘跟你拼了。"

喜春要冲上去和武藤勇拼命了，山本清直阻拦着："好了好了，对不起，大姐，是我们错了，撞了你的猪，我们还有急事，走。"

喜春拦着山本清直："不准走。哼，你们赚了便宜，说走就走，哪有这么容易的。"

喜春拉着山本清直不放手，武藤勇火了，拔出枪要开枪杀了喜春："八嘎，老子杀了你。"

山本清直对武藤勇喝了一句："住手。"

喜春蹦到山本清直的面前，挺起胸脯叫道，"你们，你们有枪，你们也是臭当兵啊，别吓唬我，我武喜春可是打虎英雄武松的传人，我有武功的。"

喜春手舞足蹈了一番，对山本清直他们摆开架势："哈嗨，哈呵。"

山本清直他们楞楞地看了一下喜春，喜春还是有点心虚的，毕竟他们人多，"你们别过来啊，老娘真的会武功的。我是武松的后人武喜春，武松打虎，喜春打畜生，呼呼哈嗨。"喜春摆开了架势。

　　山本清直对喜春礼貌地笑了笑："对不起，是我们错了，伤到了你的猪，来，这是我赔偿你的损失费。"说着就掏出两个银元来，递给喜春。

　　喜春不屑一顾："谁要你的臭钱了，既然你向我道歉了，那就算了。"

　　山本清直对喜春鞠了个躬："谢谢你。"

　　山本对武藤勇他们："我们走。"日军匆匆地向城楼那里赶去。

　　喜春看着山本清直他们离去的背影，暗自嘀咕：这群当兵的真是有些奇怪，什么八哥八姐的，真是乱七八糟，我呸，呸呸。

　　喜春赶着花花，已经走得有些晕头转向，不时地有炮火打进来，照亮了喜春的脸，喜春急得快要哭了，又是一个炮弹打过来，喜春吓得趴在地上不敢动，花花也被吓得不轻，要逃跑，喜春把花花摁在地上："花花，我们不怕，不怕，娘很快就会把你带出城去的，我们不配种了。"

　　卢山清把卢雨菲锁在了房间里，卢雨菲在里面拼命地敲着门："爹，你放我出去，为什么要把我锁在房间里？放我出去。"

　　卢山清语重心长的说："雨菲啊，我就你一个女儿，爹不能看着你出事。你知道吗，你跟着李营长一起出城去打鬼子，爹看着，心都快要跳出来了。爹不能再让你做傻事了。"

　　卢雨菲大叫着："爹，你糊涂，如今国难当头，日寇入侵，人人都可以去杀鬼子，你自己要去打鬼子，难道就不允许我去打鬼子吗？"

　　卢山清满脸的无奈："唉，雨菲啊，请原谅爹的自私，爹还是不忍心让你丢了性命。蔡妈，你看好小姐，不准她出来。"蔡妈点点头。

　　卢雨菲大叫着："爹，放我出去，我要和你一起去打鬼子。放我出去啊。"卢山清顾不了这么多了，转身离去。

　　天色已暗下来。李昌鹏他们在奋力还击城外的小鬼子，藤野一郎带着日军上来，朝着城楼上射击。国军战士们居高临下向小鬼子射击，扔手榴弹，小鬼子死伤了许多，又一次被打退。

　　卢山清来到战斗序列中："哈哈哈，李营长，打小鬼子真是太爽了，我卢山清这辈子做的最大的一件事情就是和你们一起痛打小鬼子啊。"

李昌鹏对卢山清竖起一个拇指："卢县长老当益壮，英勇杀敌，实乃党国的楷模。"

突然，李昌鹏他们身后的炸弹炸响，几个国军士兵被炸死，随后一阵猛烈的子弹射过来，李昌鹏急忙把卢山清按倒在地上。李昌鹏靠在沙包旁，回身向后面射击。

山本清直他们已经冲杀上来，和国军战士交手，许多国军士兵和民团士兵被小鬼子直接乱枪打死。李昌鹏像是疯了一样，朝山本清直他们射击，嘴里还大骂着："王迅这个鸟人，怎么回事，怎么让小鬼子进来的。"

山本清直想想凭借着猛烈的火力杀上城头，但国军战士拼命地抵抗，战斗打得很是惨烈。

卢山清一边朝着下面开枪，一边对李昌鹏："李营长，如果今天我战死了，你能不能答应我一件事？"

李昌鹏继续还击着："卢县长，有什么事，等打完小鬼子后说。"

卢山清连忙要着手说："不不不，来不及，我现在就要说出来。"

子弹从卢山清身边呼呼飞过来，李昌鹏压低了卢山清的身子："卢县长你当心着点，好，你说。"

卢山清尽量压低了身子，抬着头："我卢山清现在也没什么牵挂，就是放心不下我那个女儿啊，如果今晚上我要出什么意外的话，请李营长能代我照顾雨菲。"

李昌鹏："这……卢县长，你别说这傻话，鬼子很快就能被我们赶走，你现在还是下城去。这里交给我们。"

卢山清恳切地："不，请李营长能答应我。"

"好好好，我答应你。卢县长，你自己小心点，别叫子弹咬着你了。"

"谢谢李营长了。"卢山清满是高兴。

李昌鹏没回卢山清的话，跑到城楼的另一边去还击冲上来的小鬼子。

藤野一郎见城楼上已交战起来，知道山本清直他们已在城里，对身边的日军战士们："大日本天皇的圣战士，跟着我杀进城去。冲啊。"藤野一郎带着日军向城内冲杀进来。李昌鹏带着国军战士在抗击山本清直的进攻，用火力压住了小鬼子们上前，山本清直身边的几个日军被李昌鹏干掉。

城楼上，卢山清也在向城下的小鬼子射击："打死你们这群侵略者，你们毁了我们中国人的大好河山，侮辱了我们的同胞，今天我卢山清就是个死，也要和你们拼了，打你们这些畜生。"连着开枪，城下藤野一郎往上射击过来，子弹从他的肩膀处擦过，卢山清捂着伤口，还继续战斗，奋力抵抗冲杀上来的日军，但城下日军的火力极其猛烈。

卢雨菲听着外面激烈的枪炮声，很是焦急，她在房间踱步着："你们不让我去打鬼子，我偏要去。"

卢雨菲的眼珠一转，突然想到了什么。她捂住了肚子，惨叫起来："哎呀，痛死我了，蔡妈，痛死我了，哎呀呀……"

门外的蔡妈听到里面的声音，焦急起来："小姐，小姐，你怎么了？"

卢雨菲叫着："蔡妈，我可能吃坏肚子了，肚子痛得不行了。哎呀，好痛啊。你开门进来看我一下啊，不然我会被痛死的。哎呦呦。"

蔡妈有些紧张，无奈地把门打开了，看到里面的卢雨菲，卢雨菲突然对她笑了一下。

蔡妈："小姐，你……"

卢雨菲一个箭步上来，在蔡妈的脖子上劈了一掌，蔡妈晕了过去，卢雨菲把蔡妈放倒："蔡妈，对不起，你在这里好好睡一觉。我走了。嘿。"卢雨菲拿起手枪，冲出了卢山清的住宅去。

卢雨菲手中握着枪往城楼这边奔跑过来，这时喜春看到终于有个人跑过来，很是高兴地："哎哎，姑娘，姑娘……"

卢雨菲懒得去理会她，头也不回地说："鬼子都打过来，快去逃命。"

"我也想逃啊，可是，可是往哪里逃？"

卢雨菲稍稍停了一下："往哪里逃？现在城门口已经打起来，往那里逃肯定不行，嗨呀，反正你只要不要往城门那里逃就行了，我没时间搭理你啦。"卢雨菲说着就顾自己往城门口跑去了。

喜春本想叫住她，看着远去的背影，"哎哎，他妈的，这个死丫头……"

一个炮弹打到了城楼上，张文被炸死，卢山清瞪大着血红的眼睛："张

连长，张连长……日本鬼子，我卢山清跟你们拼了。"卢山清向下打了一连串子弹，枪里已没有子弹。

藤野一郎他们就要攻破城池，日军已打到了城楼下。卢山清身上又中了两枪，他吃力地跑到一个士兵身边，捡起几个手榴弹，抱在怀里，卢山清仰天长叫一声：总理，我卢山清追随你而来了。李昌鹏他们已退到城楼上，看见卢山清爬上了城头，李昌鹏大叫一声："卢县长……"

卢山清对李昌鹏笑了笑，随后拉响了手榴弹，向城楼纵身跳了下去："哈哈哈，小日本鬼子，我卢山清跟你们拼了。"

这时，卢雨菲也刚好跑上了城楼，她看到了父亲要跳城，大叫着跑过去："爹……不要啊……爹啊。"

李昌鹏的眼睛里一下子涌出泪水来："小鬼子，老子跟你们拼了。"

卢雨菲跑到卢山清刚才跳下去的地方，手往城外伸出去，但卢山清已跳下城，卢雨菲悲恸地大哭："爹，爹……"

跳下去的卢山清随着爆炸声，顿时血肉模糊，惨不忍睹，冲在前面的几个小鬼子都被炸飞了。藤野一郎幸好没有冲在前面，但也被弹片划到脸，他擦了一下脸上的血，对着日军战士们怒吼着，"冲啊，跟我杀进城去。"日军像洪水猛兽般冲杀进了巴山县城。

李昌鹏跑到卢雨菲身边："卢小姐，你快走，快走啊。"

卢雨菲还看着城下，哭喊着："爹，爹啊……"

李昌鹏看到鬼子们已冲上来，他急忙抱住了卢雨菲："快走，卢县长已经牺牲了，他让我照顾好你，我不能让你死在这里。走啊。"

李昌鹏带着卢雨菲，对着冲过来的鬼子开了几枪，随后他们转身杀回来，和山本清直他们交战，鬼子蜂拥般杀上城来，冲向李昌鹏，李昌鹏连着干掉了几个。县城已经被小鬼子攻破了，李昌鹏带着手下战士们突围，和尖刀连会合。一阵激烈的战斗，李昌鹏往日军兵力薄弱的侧方攻去，几个小鬼子被李昌鹏他们打死。李昌鹏带着卢雨菲和剩下的几个士兵往城墙的另一边撤退。

山本清直他们紧追不放。

王迅他们感觉情况不妙都杀过来了，喜春带着花花正打算往城墙的狗

洞边跑去，却和王迅撞了个满怀，王迅一见是喜春："你怎么在这里？"

喜春吞吐回答着："我，我怎么不能在这里。"

王迅急忙着说："小鬼子已经杀进来，还不快去逃命。"

喜春吓得不轻，但还是壮了壮胆："我不怕，我，我跟着你们一起去。"

王迅："跟着我们去干吗啊，快点找个地方躲起来。"

喜春带着哭腔："呜呜，我喜春可真倒霉啊，我还能活着回去见我家狗蛋吗？"

"哎呀，没时间理你了。"王迅带着尖兵连奔向城楼边。很快消失在夜色中。

喜春叫喊着："不要留下我一个人啊，我怕日本鬼子。"看了看周围，拉着花花的尾巴，"花花，花花，我们躲起来，别让日本鬼子找到我们。"

李昌鹏他们已撤退到县城的街道口，战士们浑身疲惫，李昌鹏看了看卢雨菲，卢雨菲满脸悲伤，李昌鹏对二班长老海："老海。"

二班长老海："营长。"

"你带着卢小姐往中水门那里走，去找王迅他们，务必保护好卢小姐的安全。"

"是，营长。"

卢雨菲抗争着："我不走，我要跟着你一起杀鬼子，我要给我爹报仇。"

"你留在这里，就是跟着我一块儿死，活着出去，给你爹和我，一起报了仇。"

卢雨菲眼中含泪："不，我不走，昌鹏哥，你不能抛弃我。"

李昌鹏对着老海叫喊着："走。老海，快把人带走。"

老海强拉着卢雨菲离开李昌鹏。李昌鹏迅速备战，各自找个隐蔽点躲起来。李昌鹏靠在一个沙袋上，点了一根烟，重重地抽了几口，突然他的耳朵动了一下，呼呼两个子弹飞来，一颗直接击中了李昌鹏身边的士兵，李昌鹏一翻身，躲过另外一颗子弹，随后拉开枪拴，朝外开枪。山本清直他们也躲在街道口的遮挡物边上，向李昌鹏他们疯狂射击。国军战士拼命抵挡，藤野一郎他们的一轮进攻被李昌鹏等人打退回来。川岛贞夫架好了迫击炮，连着发射过来五颗炮弹，李昌鹏身边战士死伤了一片，剩下的几

个战士还想作最后的抵挡，朝着冲上来的鬼子开枪。几个鬼子往前冲杀去，李昌鹏干掉了两个鬼子，但鬼子的火力实在太威猛，压得李昌鹏抬不起头来。

李昌鹏原先嘴巴上一直叼着没抽完的烟，现在他扔掉了烟蒂："他娘的小鬼子，老子跟你们拼了。"朝着外面一阵扫射，又躲回到沙袋边，子弹都打光了，李昌鹏他们迅速上好了刺刀，从沙袋边，站了出来。

山本清直举起手，示意不要再开枪，山本看着李昌鹏："呦西，有点意思，这群支那军还真能打，不过再厉害的支那军，也不是我们大日本皇军的对手。跟他们拼刺刀。"

李昌鹏大喝一声带着剩下的几个国军战士紧握刺刀，杀向小鬼子，藤野一郎一马当先冲杀过来，已和两个国军士兵交上手。李昌鹏先是刺杀了一个小鬼子，随后一跃身，杀向山本清直，但武藤勇和川岛贞夫护在山本清直面前，他们两个对视了一眼，随后挥着刺刀，和李昌鹏交上手。国军战士一个个被藤野一郎他们残忍的杀害，倒在血泊中。

李昌鹏和武藤勇他们交手，武藤勇被李昌鹏打退，藤野一郎杀过来，他们三个人将李昌鹏包围住。李昌鹏奋力拼杀，身上已经受了好几处伤，他奋力一击，把藤野一郎踢到了墙角边。藤野一郎很是愤怒，拔出枪来，要枪杀李昌鹏："八格牙路。"

山本清直拿住了藤野一郎的枪，藤野一郎不解的说："大佐阁下，我们没有必要在这个支那猪身上浪费时间，让我现在就开枪杀了他。"

山本清直还是压着他的枪，藤野一郎无奈地把枪收起来，但还是恶狠狠地盯着李昌鹏。

李昌鹏用三棱刺刀立在地上，喘着气休息，他目光犀利地看着山本清直。山本清直笑了笑，对李昌鹏竖起一个大拇指："你的，叫李昌鹏。"

李昌鹏大笑三声："哈哈哈，没想到你还知道你爷爷的名字。"

"中国人就是喜欢嘴皮子上赚点小便宜。我山本清直敬佩你是一个英雄好汉，如果你投降大日本天皇，为天皇效力，我可以保证，不但让你活命，而且荣华富贵享之不尽，怎么样？"

李昌鹏朝着山本清直吐了一口血水："少做你的白日梦，老子化成了厉鬼，也会来向你索命。"

李昌鹏指着山本清直："小鬼子，有种就一对一单挑。"

山本清直拔出军刀，"呦西，一对一单挑，这个很有意思哦。好，我答应你的挑战。"李昌鹏擦了一下嘴角的鲜血，把三棱刺刀慢慢提起来。李昌鹏大喝一声，两人已拼杀在一起。两人一阵交手，打得不分胜负，李昌鹏杀红了眼，凶狠地盯着山本清直。山本清直对李昌鹏笑了笑："你这个中国军人，有些本事，也很有骨气，和大多数中国人不一样。"

"小鬼子，老子让你先去见阎王。"李昌鹏说着便向山本清直冲杀过来，抡起三棱刺刀便刺向山本，山本急忙用刺刀抵挡。李昌鹏大喝一声，直把山本清直逼退到墙角边，山本清直拼出浑身力气，用脚踢向李昌鹏的小腿，李昌鹏往后退了退。山本清直反击，用刺刀连续刺向李昌鹏，李昌鹏抵挡了一阵，又奋力还击。两人斗杀地正起劲时，母猪花花向他们冲过来，喜春大叫着："花花，不要往前跑了，不要跑，你快站住……"

花花见了日本鬼子也不害怕，还是笔直往前冲，把李昌鹏和山本清直都给冲开了。

众人愣了一下神，喜春看着他们，瞪大了眼睛，呲牙咧嘴傻笑着："嘿嘿，你们继续，继续打，我和花花走了。花花，快过来啊。"

花花吼吼叫了几声，不肯到喜春身边去。

喜春急了："花花，快过来，再不过来咱们要没命了啊。"

几个小鬼子笑起来，藤野一郎亮出刺刀："呦西呦西，我们把这头猪砍了，把这个女人抓起来。"

李昌鹏见机，一转身想要逃出去，山本清直："李昌鹏，你往哪里逃？"

山本清直和武藤勇去阻挡他，李昌鹏奋力冲杀，夺过了一个日军兵身上的枪，一枪击毙了这个小鬼子。

藤野一郎他们也向李昌鹏开枪射击。

喜春捂着耳朵尖叫："啊……"

山本清直向李昌鹏射击，李昌鹏对着喜春大叫，"喂，你这个娘们快逃啊。"

李昌鹏向山本清直还击，两人在枪战，把花花打中，花花惨叫了几声，倒在地上。喜春一看花花死了，大叫一声，一副豁出去的样子："啊啊，

你们杀了我的花花，老娘跟你们拼了。"

山本清直还来不及反应过来，被冲过来的喜春推了一把，差点摔倒，喜春很是恼火："你杀了我家的花花，老娘要给花花报仇。"

山本清直要一刀劈了喜春，喜春猛地一口唾沫吐在了山本清直的脸上，山本感到无比地羞耻，挥着军刀，要砍死喜春。喜春动作很是迅速，出手极快，拔出杀猪刀来，挡住了山本清直的军刀，大喝一声："我要给花花报仇。"

喜春猛地一把砍向山本清直，山本没有想到眼前这个女人力气会这么大，忙叫着："快把她拿下。"

藤野一郎杀向喜春，李昌鹏冲上来，飞起一脚踢向藤野一郎，藤野一郎连忙还击李昌鹏。李昌鹏和几个小鬼子斗杀在一起。

"还我花花。"喜春叫喊着，顺手一刀砍去，山本清直猝不及防，手臂上被喜春砍了一刀。

李昌鹏去拉喜春："别打了，逃命要紧。"

李昌鹏向藤野一郎他们一边开枪，一边往后撤退。山本清直捂着伤口，很是愤怒的样子："把他们抓住，统统杀死。八嘎，八嘎。"

藤野一郎他们向喜春和李昌鹏包围过去，李昌鹏带着喜春一路狂奔奔逃。李昌鹏看到一处被炮弹打出的废墟堆，急忙拉着喜春躲进去，喜春的眼眶中有泪，满脸的愤怒，藤野一郎他们追过来，看看周围没有人影，径直往前跑去了。

"让我出去杀了他们。"李昌鹏捂住了喜春的嘴巴，喜春呜呜叫了两声。

李昌鹏压低着声音："为什么还在城里面，你是来寻死的吗？"

喜春："哼，别以为你救了我，你就很不了起了，告诉你，我喜春不会谢你的。"

"好，我不管你了，就让你出去，被小鬼子杀掉。"

"你什么意思啊，喂，臭当兵的，我家花花的死，和你是有直接的关系的，要不是你和日本鬼子打起来，我们花花也不会被打死。呜呜呜，花花，你死得好惨啊。"

李昌鹏站起来要走，喜春拉住了李昌鹏的脚。

"你想干什么？"

"花花的死是你一手造成的，你别想一走了之，至少要赔我一半损失费，你知道不知道我把花花养大有多么不容易，你赔我钱。"

"现在连命都快没有了，还想着钱，还想着你那头蠢猪。"

喜春站起来，打了李昌鹏一耳光："你才是蠢猪，我们家花花比你聪明多了。"

"老子真想把你一枪给崩了。"李昌鹏愤怒地说着，瞪大了眼睛。

喜春顶了上去："你来啊。"

"好了，我真服你了，算我求你好不好，咱们就别闹了，小鬼子很快就会回来的。"

"那你赔我猪，至少赔我一半的钱。"

李昌鹏无奈地："好好好，只要能出城去，老子赔你十头猪。"

"真的啊，十头猪？"

"十头，猪。"

"好，那就这么说定了，嘿嘿，花花，你死得值啊。哎，你说我们要不要去给花花收尸啊？"

"那里肯定有小鬼子，你去不是去送死吗？"

"不是啊，我觉得把花花留给他们怪可惜的，要是我们能把花花抢回来，够我们吃半年的啦。"

"你……要去你自己去，那里还有小鬼子。我就不去了。"

李昌鹏说着顾自己走，喜春连忙追上去："哎哎哎，等等我，等我一下，别走这么快啊。"

卢雨菲和老海往中水门这里跑过来，突然杀出一对鬼子兵，带头的鬼子发现了他们，随即呼喊队友过来，老海连忙还击了几枪，对卢雨菲："我来引开他们。你突围出城去，去找王迅他们。"

"可是你……"

老海看着迟疑的卢雪菲："别管我。小鬼子，来啊。"说着就就站了出来，一边对着鬼子们开枪，一边往另一边跑去。

鬼子们向老海追击过去，卢雨菲看着老海引走了鬼子，又看看中水门口没有鬼子，迅速往城门口逃去。老海被鬼子们追上，鬼子纷纷开枪，把老海打成了筛子。卢雨菲回头看到了这副场景，她的眼泪流了一下，老海似乎还在说着让卢雨菲赶紧逃跑。卢雨菲咬咬牙，擦掉了脸上的泪水，转身往前跑，突然看到前面也有鬼子，鬼子淫笑着向卢雨菲冲过来。卢雨菲连忙回头逃跑，鬼子追上来，嘴里叫着："花姑娘，花姑娘。"

卢雨菲对着鬼子开了几枪，随后逃进一条小巷子里。鬼子躲闪着卢雨菲打过来的子弹，随后又紧追上来。

喜春和李昌鹏从巷子口悄悄地探出头来，观察外面的动静。喜春得意的说："哎呀，给我看看，外面有没有小鬼子。"这时，在李昌鹏他们面前，武藤勇带着一群日本兵匆匆地走过，李昌鹏迅速把喜春的脑袋摁了回去，武藤勇嘴里还叫着："杀掉那两个支那猪，大佐会大大有赏。"

喜春满是疑惑地问："喂，他们在说什么呢，叽里呱啦的？"

李昌鹏看了喜春一眼，故意逗她："他们在说要把你的脑袋割下来，当球踢。"

喜春煞有其事的："他娘的，这些小鬼子真是太可恶了，老娘要把你们的狗头一个个砍下来，当板凳坐。"

李昌鹏看了喜春一眼，笑了一下。

"你笑什么？"

李昌鹏还是止不住的笑着："呵，你难道连笑都不让人家笑一下了。赶紧找个地方躲起来，现在小鬼子肯定是在搜捕我们。"

"噢，我告诉你，你可别丢下我不管。"

李昌鹏没回喜春的话。待到外面安静下来，他们一起出去找到个比较安全的地方，在一间破庙里，喜春倒在一堆杂草地上，打着呼噜酣睡。李昌鹏在一旁警戒着，看着喜春样子，踢了她几脚。

喜春惊醒在爬起来："小鬼子，小鬼子在哪里？"

"我说你睡觉能不能不打呼噜，你这响动迟早把小鬼子引过来。"

"我怎么没听到？我打呼噜——"喜春打了个哈欠，顺势往外边看了

一下，"啊——外面的天都黑了啊。"

李昌鹏笔直的站在破庙的门口，也懒得去看喜春："现在巴山县城已经被小鬼子占领，我李昌鹏却还活在这里，而且和一个婆娘待在一起，窝囊。"

喜春的肚子咕噜噜叫了几声，她摸了摸肚子："哎呀，肚子好饿啊。真应该把我们家花花抢回来，现在还能吃上几块肥猪肉。"

喜春咽了一下口水，李昌鹏鄙夷地看了喜春一眼，喜春："看什么看，要不是你把我吵醒，我睡得好好的，也不会觉得肚子饿。"

李昌鹏不理睬喜春，走到破庙门口，坐在门槛上，心想：也不知道雨菲和王迅他们怎么样了？

喜春的肚子疯狂地叫着，喜春有些受不了，走到李昌鹏面前："喂喂，要不我们出去找点吃的？"

李昌鹏的心情很糟，不想去理会她，这可激怒了喜春，说着就要往门外走去，李昌鹏一见，连忙冲上去阻拦喜春："喂，你还真要出去，不想活了。"

喜春一意孤行地："我想不想活，你管不着。老娘现在肚子饿得慌，就是要出去找吃的。"

"随你便。"

喜春赌气，直走出了破庙。街道上甚是荒凉，像是一座鬼城一样，没有一点光亮，也没有任何的人影，有的只是风声在耳边呼呼吹过。

县城的房屋真够多，喜春已经有些晕头转向，不知道自己在哪里了。春的肚子又咕噜噜地叫着，她有点后悔出来找吃的，想要哭出来，但她突然闻到了什么，她朝周围嗅了嗅，"唔，好香啊，是烤鸡的香味啊，好想啊呜咬一口啊。"她顿时来了精神顺着这香味，她看到一个中国厨师正唱着"十八摸"："伸手摸姐肚脐儿，好似当年肥勒脐，伸手摸妹屁股边，好似大白绵。"

"臭流氓。"喜春轻声地骂道，悄悄地溜进了厨房，厨师陶醉在自己的歌声里，没听到喜春在骂他。看到厨师身边放在一个又肥又香的烤鸡，馋得直咽口水，喜春摸过去，想要偷吃烤鸡，突然厨师转过身来，喜春连忙低下身去。

厨师没有发现喜春，厨师拿着一壶清酒喝了一口："唔，小日本的酒还是蛮好喝的，可惜太淡了，适合给娘们喝。"厨师转过身去，摆弄一些小菜。喜春又悄悄地起身，伸出一只手来，摸向烤鸡，喜春的手已经摸住了烤鸡的屁股，喜春脸上露出得意之色，正要抓下来的时候，突然放烤鸡的盘子，被厨师端了起来。喜春的手连忙收了回来。

厨师正要端着烤鸡和清酒出去，他嘴里嘀咕着："哎呀，这个山本大佐真是有口福啊"。

喜春突然一掌劈打在厨师的脑袋上："还行你个头啊，走狗汉奸。"厨师晕了过去，把烤鸡和清酒差点摔在地上，喜春眼疾手快，一把接住了烤鸡和清酒。喜春大大地一口咬在鸡屁股上，一口就吞了下去，喜春一边吃烤鸡，一边喝着清酒，三下五除二，把烤鸡和清酒都吃下了肚子，她舔了一下嘴角，好像还没吃饱。在厨房里找吃的，又吃掉了五个大馒头，终于摸了摸肚子，得意地自言自语，"小鬼子，老娘真应该感谢你这顿晚饭。真不好意思，把你的晚饭都给吃了，嘿嘿，哈哈。"

"呀，李昌鹏这家伙没给他留点吃。妈的，这个小兔崽子，不让老娘出来，老娘还可怜他干吗，饿死他活该。"喜春剔了一下牙，看了一眼白馒头，"哎，看他要赔我喜春十头母猪的份上，还是给他带两个馒头吧，他要是饿死了，我找谁赔猪啊。"说着就把两个大馒头揣在怀里，随后大摇大摆地走出厨房去。

喜春从厨房间走出来，还想到外面探探情况，山本清直和伪军大队长钱益清走过来，喜春看着山本清直的样子就来气。

山本清直乐呵呵的对钱益清："钱队长，巴山县城日后的安保工作，以后就有劳你了啊。"

钱益清哈着腰陪笑着："哪里哪里，这些本来就是我应该做的，请太君放一百个心就是了。"

山本清直笑了笑："哈哈哈，好，钱队长，走，去我那里陪我再喝两杯。"

"哎，小的不敢"。

山本清直拍着钱益清的肩膀："有什么不敢的，我又不会吃了你。走走，你就不要客气了。"

喜春想要冲上去杀山本清直，但知道自己打不过他们，对自己说："喜春啊喜春，就凭你一个人，怎么打得过他们，对，留得青山在不愁没柴烧，总有一天，你要揍死这个日本鬼子，今天吃了山本的烤鸡，喝了他的酒，已经赚到了。还是先闪人。走。"喜春溜出日军驻地，以为平安无事了，走到大门口时，突然，喜春被十多个手电筒照射住。

喜春睁不开眼睛来，用手挡住了眼睛，大骂了一句："是哪个混蛋，敢欺负老娘？"

藤野一郎淫笑着："哈哈哈，你不是很会逃跑吗，再逃啊。"

喜春一看是藤野一郎，愣了一下，随后又恢复了神情："哎呀，原来是你们啊，哈哈哈，看来我们真是有缘分啊，走到哪里都能碰着。"

喜春走到藤野一郎面前，给他的衣服掸了掸灰尘，藤野一郎看着喜春的举动，很是气愤，真要骂喜春的时候，喜春对着藤野一郎又是一口大大的唾沫。

喜春吐完口水，转身就往大门外跑去。

藤野一郎又气又恼带着小鬼子们追上去，把喜春团团围住。喜春拔出了杀猪刀，对着小鬼子："你们别再上来，我会武功的啊，你们要是敢上来，我一发气功，把你们一个个统统都宰了！"

藤野一郎走上来，推开了一个小鬼子，"今天晚上，我要为大佐阁下，为我自己报仇。"

喜春往后退着，双手紧紧握住杀猪刀："你别来啊，离我远点啊。"

藤野一郎一步步逼近喜春，喜春用杀猪刀砍向藤野一郎，藤野拔出刺刀，和喜春交手两个回合，便把喜春手中的杀猪刀拿下了。

喜春大声叫着："啊，啊，你个畜生，放开我。"喜春猛地一折腾，原本藤野一郎抓着喜春的衣袖，结果把衣袖给撕碎了，露出喜春里面的红肚兜。

藤野一郎看到喜春的红肚兜，瞪大了眼睛，淫笑着："呦西呦西，花姑娘，好漂亮。"藤野一郎要去扒下喜春的衣服，喜春大叫着："别过来，别过来。"

"哈哈哈，今天晚上我们要好好地折磨一下这个女人，大家说好不好？"

小鬼子们都欢呼起来："好好。"

藤野一郎随即丢掉了刺刀："把她抓住了，我先上，然后你们排着队，一个个轮着上。"

小鬼子们："呦西，谢少佐阁下。"

藤野一郎抓住了喜春，把喜春的上衣整件扒了下来，喜春身上只剩下一个红肚兜。小鬼子们看着喜春丰满性感的身材，都流口水了。藤野一郎抱住了喜春，要在她脸上亲吻，被喜春打了一掌，喜春拼命叫喊着："救命啊，救命……"

喜春被藤野一郎推到在地上，藤野一郎开始解自己的裤子，解下了皮带，绑住了喜春的手。喜春想挣扎，但已挣扎不开。藤野一郎淫笑着，要开始奸淫喜春，突然，黑暗中飞下一个身影来，一脚踢开了藤野一郎，李昌鹏露出面来，一个小鬼子想要开枪，李昌鹏挥手便是一刀，刀子划破了小鬼子的喉咙。

喜春看到李昌鹏，又惊又喜地狂叫出来："哎呀，我的救星来了，李昌鹏，你怎么这么迟来救我啊。"李昌鹏不理睬喜春，奋力和藤野一郎他们搏杀。

李昌鹏和藤野一郎他们交手，对喜春叫着：走，快走。

"好好，我走。"喜春点点头，正要逃走，两个小鬼子冲上来，看着喜春，淫笑着。喜春大喝一声："你们这几个畜生，敢对老娘动手，老娘非阉了你们不可。"喜春飞起一脚，便踢中了一个小鬼子的胯下，小鬼子捂着裤裆，哇哇叫着。另一个小鬼子想要抱住喜春，喜春一把推开了他，随后捡起地上的杀猪刀："老娘要阉了你们，让你们都做太监。"又有两个小鬼子冲过来，一个已经抱住了喜春，另一个要用刺刀刺杀喜春，喜春动作迅速，先把杀猪刀从胯下插过来，划过抱住她的那个鬼子，这个鬼子惨叫一声，放开了喜春。喜春挡开了杀过来的小鬼子，和他厮打在一起。喜春一边打一边还叫着，"阉了你，阉了你个畜生。"

李昌鹏和藤野一郎一阵交战下来，击退了藤野，他撤退到喜春边上，拔出枪来，打死了两个小鬼子。李昌鹏拉起喜春的手就开始奔逃，藤野一郎带着小鬼子在后面追击，朝着喜春他们开枪射击。

李昌鹏带着喜春逃进了公园里，躲入树丛中。藤野一郎他们追上来，

看看喜春他们没有了踪影，便四处搜寻，喜春看着藤野一郎，想要冲出去，李昌鹏示意让喜春伺机而动。几个小鬼子向喜春这边搜找过来，李昌鹏慢慢地爬到草丛边上，一个小鬼子靠近李昌鹏，李昌鹏突然跳出来，一刀子解决了这个小鬼子的性命。另一个小鬼子转身要向李昌鹏开枪，喜春从他背后站起来，手中的杀猪刀猛地捅进了这个小鬼子的后背。

喜春捡了小鬼子的枪，藤野一郎等鬼子发现了喜春和李昌鹏，向喜春杀过来，喜春想要开枪，但不知道怎么打，小鬼子已经逼近喜春。

李昌鹏在一边急叫着："快把枪给我。"

喜春把枪扔给了李昌鹏，李昌鹏朝着小鬼子开枪，又消灭了两个小鬼子。藤野一郎身边只剩下三个鬼子，三个小鬼子围攻李昌鹏。藤野一郎对付喜春，对喜春喝了一声："你这个臭婆娘，我一定要把你拿下，让你去当慰安妇。"

喜春见藤野一郎冲过来，她转身就逃，绕到一棵大树后面，藤野一郎在后面追，喜春绕着树跑，突然回转身，杀猪刀向藤野一郎胯下刺去，藤野一郎连忙后退，但裤裆处还是被喜春划了一刀，他惨叫一声，又向喜春杀过来。

李昌鹏一个人对付三个鬼子，眼看着就要被他们打败了，喜春冲上来，刺向一个小鬼子，刀子插进了鬼子的胸口，小鬼子一口鲜血喷出来，喜春吓得往后退了退："哇哇，太可怕，比杀猪可怕多了。"喜春一转身，又刚好打了藤野一郎一拳头，藤野一郎大为恼火，李昌鹏干掉了一个小鬼子，见藤野一郎冲过来，和藤野交手。

喜春踢了想要制服她的小鬼子，一脚踢在他胯下，小鬼子痛得跪下来，喜春骑在了他上面，一顿狂打，小鬼子被喜春打得昏死过去。这一边李昌鹏和藤野一郎交手，藤野一郎也快要败下阵来，藤野见手下们都被喜春他们干掉了，猛地朝着李昌鹏一击，将他击退。喜春要冲上来杀藤野一郎，藤野一郎转身就跑，样子极其狼狈。喜春要追上去，被李昌鹏叫住，喜春意犹未尽的说："小鬼子，老娘迟早有一天要阉了你，敢吃老娘豆腐，哼，不想活了是吧。"

喜春跟着李昌鹏走回了破庙，李昌鹏看了喜春一眼，喜春突然意识到

自己身上只穿了一件肚兜，连忙护住了胸脯，动作夸张，尖叫一声："啊——不准看我，转过身去，你个臭流氓。"

李昌鹏很老实地转过身去："谁要看你啊，你知道错了吧，要不是我来救你，你现在就……"

李昌鹏话音未落，喜春一巴掌打在李昌鹏脸上："你和那些小鬼子没什么区别，都是好色之徒。"

"老子救了你一命，你还敢打我。"

喜春又捂住了胸脯："你别看我，转过身，不然老娘挖了你的狗眼睛。"

"你……"李昌鹏无奈地还是转过了身去不看喜春。

喜春和李昌鹏背对着坐着，喜春："喂，把你的衣服脱下来。"

李昌鹏执拗地："凭什么让我脱衣服给你？"

"你没看见我的衣服没了吗，你小子是不是还想看老娘的……把你的衣服给我。"

"我救了你，你连句感谢的话都没有，现在还让我脱衣服给你？"

"我是个女人啊，你们男人要懂得照顾女人好不好。脱，快脱下来。"

李昌鹏还是不肯脱衣服给喜春。喜春站起来，走到李昌鹏面前，以命令的口气："你一个大男人，还真够小气的，快把衣服脱给我。"

李昌鹏不去看喜春，又转过身去。"嗨，你还让老娘自己动手了啊，把衣服脱给我。"说着便去脱李昌鹏的衣服，李昌鹏转身面对着喜春，一抬眼又看到了喜春的胸脯，喜春喝了一声，"不许看。"

"你这个婆娘，简直就是母老虎，无理取闹。"李昌鹏说着想要逃出门去，但是被喜春拉扯着衣服，李昌鹏很是无奈地只好把军装脱下，递给喜春。

喜春穿上了李昌鹏的军装，"嗨，你看看，我穿上你的军装是不是还挺好看的？"李昌鹏还是不看喜春，喜春在他的身边转悠着。

喜春和李昌鹏正要走出去，听到传来声音，"你们到这破庙里面去搜一下。"小鬼子和伪军向破庙走来李昌鹏和喜春对视了一眼，连忙走后窗，他们前脚刚离开破庙，小鬼子们后脚就冲进来，为首的是武藤勇和钱益清。

喜春和李昌鹏逃出破庙来，山本清直他们已追上来，藤野一郎看到喜

春的背影，气得拔枪手枪就打。喜春和李昌鹏躲避着子弹，逃进了一条小巷子去。

喜春拼命地往前跑着，突然李昌鹏站住了脚步："喜春，你去逃命吧，我留下来，和小鬼子拼了。"

"什么，都这个时候，你还说胡话，快走啊。"喜春去拉李昌鹏，李昌鹏就是不走："我一个国军猛虎营营长，和你一个乡下女人被日军追着，岂不是太窝囊，就算是死，我李昌鹏也要死得痛快点。"

李昌鹏要去和小鬼子拼命，喜春死拉着他："嗨呀，你个糊涂蛋，现在是保命最要紧，我告诉你，有一个地方可以逃出城去，等出城去，你带着你的队伍，再来和小鬼子拼命也可以啊。走啊。"

这时，山本清直他们已经追上来，藤野一郎和钱益清向李昌鹏他们开枪射击，李昌鹏和喜春压低身子，躲过子弹，继续往前逃，李昌鹏向小鬼子开了几枪，干掉了三个小鬼子，随后一转身，还是和喜春一起逃。两人拐过一个巷子口，背影消失。

山本清直他们继续追击过来。喜春带着李昌鹏来到城墙，找那个喜春爬进城的狗洞，喜春一副焦急的样子："在哪里，在哪里，那个洞口呢？"

"那个洞口到底是不是在这里？"李昌鹏回头看着，着急的说，"你不会记错了吧"

后面传来枪声，李昌鹏又想要回身去抗击小鬼子，喜春拉着他："快快，你看，洞口就在这里。"

李昌鹏一看城墙边的这个狗洞："是狗洞？"

"是啊，狗洞。"说着就往里钻。

"我堂堂国军军官，怎么能爬狗洞逃命，传出去不是叫人笑话了。"他苦笑着。

喜春被李昌鹏气得直跺脚："老娘真是要被你给气死了，真是死要面子活受罪，爬狗洞怎么了，你的面子重要，还是性命重要啊。"

这时，小鬼子和皇协军已追上来，一连串子弹向李昌鹏和喜春打过来，喜春抱着头："哎呀，你个死男人，你不想活了，我还想活呢。"

喜春趴下身子，从狗洞爬出去。李昌鹏站在城墙边，对着小鬼子他们

还击了几枪，喜春从狗洞外叫喊进来："快点爬出来啊。"

李昌鹏还是不肯钻狗洞，山本清直他们已一步步逼近："不要叫他们逃走了，包围他们。"

李昌鹏又开了几枪，枪里的子弹打完了。藤野一郎他们不断开枪射击过来，子弹打在李昌鹏身边的城墙，李昌鹏也差点被子弹打中，从狗洞伸进来喜春的手，喜春猛地一把抓住了李昌鹏的小腿，死命地往外一拖，李昌鹏摔倒下去，子弹从他的头顶上擦过，军帽冒烟。喜春吃力地硬是把李昌鹏拖出了狗洞。

喜春和李昌鹏一起摔在了地上，喜春吐着大气："呼啊呼啊，你这人还真够沉的啊，你是不是真的不想活命了啊。"

"老子宁可杀身成仁，也不钻狗洞。"

喜春指着李昌鹏的鼻子："好啊，那你钻回去，去打小鬼子啊。"

"你……"

喜春理直气壮的："我怎么了，我也救了你的命，咱俩扯平了。"

山本清直一边追过来，一边命令藤野一郎："藤野，你带着一队人马，从城门口出去，围捕他们。钱队长，叫你的人，从狗洞爬出去。"

钱益清很不乐意："啊？嗨嗨。"

喜春捉来一条蛇放在洞口，钱益清的人刚钻进来就大叫着退了回去。

钱益清骂着："你个没用的东西。"

山本清直再也看不下去了，不想再浪费时间就对对一个日军军曹："麻生君，你出去。"麻生麻溜地爬出狗洞去。

第三章

　　墙外喜春得意地笑着: "哈哈哈, 李昌鹏, 怎么样, 老娘的这招厉害吧? "

　　李昌鹏突然看到一个小鬼子的脑袋露出来, 急叫着: "小心。"麻生手中拿枪, 想要射击外面的喜春, 喜春动作极其麻利, 挥起杀猪刀, 一刀砍在麻生的脖子上, 这鬼子便到阴朝地府见嘉仁去了。喜春拍着胸脯: "唉呀妈呀, 老娘又杀人了, 呜呜, 老娘杀的日本鬼子要比杀的猪多了啊。"

　　李昌鹏拿起麻生的枪, 拉着喜春就跑开。藤野一郎已带着日军小分队杀过来, 向喜春他们开枪, 从两个方向向他们包围过去。李昌鹏一边还击着藤野一郎他们, 一边拉着喜春, "喜春, 我掩护你, 你赶紧逃命去吧。"

　　"嗨呀, 我怎么能丢下你一个人去逃命呢, 要死一起死, 要活一起活。"

　　李昌鹏朝着小鬼子开了两枪, 打中两个鬼子, "小鬼子太多了, 这样下去, 我们还是逃不掉的, 你快走。"

　　"我不走, 别忘了, 你还要赔我十头母猪呢, 你别以为我不知道啊, 你让我这样走了, 就可以不赔我猪了, 是吧? "

　　"我碰到的是什么人啊。"李昌鹏向藤野一郎开枪, 藤野一郎连忙趴到在地上, 也向李昌鹏还击过来。

　　李昌鹏又开了两枪, 转身和喜春继续奔逃。他们跑到一条河边, 李昌鹏看着湍急的河流发呆, 藤野一郎他们已逼近, 李昌鹏硬着头皮下水, 但一下水, 就像只旱鸭子一样扑腾起来。

　　喜春看到这就笑了, 拖着李昌鹏游过去, 李昌鹏在河流中挣扎着, 已经喝了好几口水, 喜春叫着: "不会游就别乱动, 别把老娘也一起淹死。"

　　李昌鹏呛着: "我, 我会游, 就是今天太累了, 游不动啊……"

"到这个时候，还吹牛，不吹牛，会死人啊。"

小鬼子们已经追上来，藤野一郎他们向河流中的喜春和李昌鹏连着开枪。喜春躲闪过射过来的子弹，猛地一用力，拉着李昌鹏往水中潜了下去。子弹打到水中，顿时失去了威力。喜春拉着李昌鹏往河对岸潜水过去。

这时，藤野一郎他们也下水，小鬼子他们一边射击，一边朝着喜春他们游过来。

喜春拉着李昌鹏爬上了岸，李昌鹏已经喝了很多水，差不多已经昏厥过去，喜春重重地怕打着李昌鹏的背。"喂喂，你没事吧，你不要死啊，快醒过来，小鬼子已经打过来了。"李昌鹏不省人事，喜春急得快要哭出来，"不会就这么就淹死了吧。"

藤野一郎他们已经越来越靠近，子弹嗦嗦嗦地飞过来。

"不行，我不能放下你不管。"喜春吃力地把李昌鹏背了起来，但没走两步，重重地摔倒在地，李昌鹏被喜春一摔，猛地吐出一大口水来，随后连续地咳嗽。

喜春拍了拍李昌鹏："你没事吧，快点醒过来。小鬼子已经要杀过来了。"

李昌鹏咳嗽着，吐出河水来："打小鬼子，给你，枪。"

喜春抓过枪："可是，可是我不会开枪啊。"

"呜呜呜。"喜春闭着眼睛对着河里面的小鬼子打，嘴里还叫着，"打死你们，打死你们。"还真有一个小鬼子中了喜春的枪，但藤野一郎他们不惧死，继续往喜春这边围捕过来。子弹打在喜春身边，喜春又开了两枪，子弹打光了，喜春愣了一下，"怎么了，不出声了。"

喜春拍了拍李昌鹏："李昌鹏，你好点了吗？"

李昌鹏仰天长叹："枪没子弹了，今天我们死定了，可惜老子没能死在战场上。"

"我们不会死的。我带你走。"喜春扶起李昌鹏，继续逃命。

喜春搀扶着李昌鹏奔逃着，他们已没有力气再跑下去，藤野一郎他们已爬上岸，已包围过来，藤野一郎得意地一笑："哈哈哈，你们逃不走了，活捉了他们，把他们交给山本大佐处置。"

小鬼子向喜春围攻过来，喜春拔出杀猪刀来，指着上来的小鬼子："你

们都别上来，滚开，不然老娘宰了你们！"藤野一郎冷冷地一笑，喜春挥动着杀猪刀，威胁着小鬼子们不要上来，但藤野一郎还是一步步逼近。

突然李昌鹏抱住了藤野一郎的脚，大叫一声："喜春，快逃。"

喜春愣了一下："不，我不逃了。"

藤野一郎狠狠地踢了李昌鹏几脚，拔出刺刀，要砍李昌鹏，喜春大叫一声："不要啊！"

就在千钧一发之际，枪声传来，一枪打中了藤野一郎的手臂，藤野一郎手中的刺刀掉落，随后，连着几声枪响，几个小鬼子被击中。

藤野一郎他们连忙转身还击对手，王迅带着尖刀连向鬼子杀过去。喜春护住了李昌鹏，拉着他往后退。一个小鬼子想要对着李昌鹏开枪，喜春眼疾手快，用杀猪刀在小鬼子的小腿上，猛地砍了一刀，小鬼子惨叫一声摔倒。这时，李昌鹏也恢复地差不多，一把夺过了小鬼子的枪，一枪解决掉了这个鬼子。

藤野一郎被两边的人马夹击，身边好几个日军被打死。小鬼子们一边还击，一边往河流那边撤退。

喜春跳着叫着："别让小鬼子跑了，打死他们，打他们。"

藤野一郎一脸愤怒，朝喜春开枪，子弹飞过来，李昌鹏一把扑倒了喜春，弄得满脸是烂泥，她一脸苦相，李昌鹏一看到喜春的样子，忍不住笑出声来。

"你还笑，打小鬼子，给老娘报仇啊。"喜春擦了把脸。

李昌鹏和王迅他们一起向藤野一郎他们杀过去。藤野一郎他们撤退到河流边，尖刀连扑上来，许多小鬼子跳到河流里面，还是被李昌鹏和王迅射杀。藤野一郎带着剩下的几个小鬼子好不容易逃到河对面，狼狈地逃走了。

喜春看到他们没有继续追击骂道："怕死鬼，连鬼子都不敢去追。"

"给你枪，你自己去追他们。"喜春看了一下李昌鹏手中的枪，没有去接枪。"你还是先去洗把脸，别跟个小花猫似的。"李昌鹏说完，转身和王迅他们走向一棵大树边。

"你……哼，我就不洗，我就喜欢成为小花猫，怎么了？"

王迅在向李昌鹏认错："营长，都是我的错，是我把小鬼子放进来的，

我以为他们是游击队的，所以……"

"好了，事情都已经发生了，就不必再说什么。雨菲，你们见到卢雨菲了吗？"

王迅摇摇头："没有啊，她不是跟着营长你吗？"

"不好，我让老海保护雨菲，估计他们还在城里。"李昌鹏非常懊恼，在原地转悠了一圈，"我答应过卢县长，要保护好他的女儿，现在只有再进城去，把雨菲找回来。"

李昌鹏正要带着尖刀连杀回巴山县城去，喜春冲上来，张开双臂，拦住了去路，李昌鹏推了一下她，"让开。"

"李昌鹏，你们是要进城去打小鬼子吗？"

"怎么，你也想跟着我们一起去？"

喜春站在原地不动："老娘才不跟你们一起去，老娘也不允许你们去。"

李昌鹏冷笑一声："呵，我看你是怕死吧。"

"是的，我怕死，死了就什么都没有了，你们去，就是一个死，死了就什么都完蛋了。"

李昌鹏不听喜春的劝告，喜春急了，又抓住了李昌鹏的衣领子："你个混蛋，你要是死了，我找谁要猪去，你别忘了，你还欠着我十头母猪呢。"

"哈哈哈，原来是你怕我死了，不赔你母猪啊，好，我现在就赔给你。"李昌鹏大笑一声，转身对王迅他们，"你们把身上的钱都拿出来。"

王迅他们把身上的钱的拿出来交到了李昌鹏的手中，李昌鹏把手里的一把钱，都拍到喜春的手里："这里至少有一百块钱，够你买二十头母猪了。"

喜春还是一副坚定的样子，不肯让道。

"这卖猪的钱也赔你了，可以让路了吧？"

喜春猛然间把钱砸到了李昌鹏的脸上："谁要你的臭钱了。"

李昌鹏有些愤怒了："你到底想干什么？"

喜春声音里带着哭腔："我不要你赔我猪了，我只求别去城里面打鬼子了，你们会死的，都会死的。"

李昌鹏大声地喝了一声："你让开，我们现在把县城丢了，雨菲也在城里面生死未卜，我们没有脸回去见父老乡亲了。还不如杀几个鬼子，死

游走英雄

在战场上来得痛快点。"李昌鹏推开了喜春，要往前走。

喜春突然抱住了李昌鹏，紧紧地不肯放手，李昌鹏按住了喜春的肩膀："喜春，你也别劝我们了，我意已决，如果你能看到小鬼子被我们中国人打跑的那一天，就来这巴山县城，给我们这些兄弟，烧一炷香。我李昌鹏先谢了。"

喜春已经哭开了："别走，别去，我不想看着你们死。"

李昌鹏被喜春说得已经有些心软，他有些无奈。突然王迅在喜春后脑勺劈了一掌。喜春回头看了一眼王迅："臭小子……"喜春又看了一眼李昌鹏，却说不出一句话，慢慢地倒了下去。李昌鹏叹了口气，扶着喜春，把她藏进了草丛中，"对不起了，喜春。"李昌鹏带着尖刀连风风火火杀向巴山县城。

喜春一个人静静地躺在草丛中，昏睡着。

山本清直亲自率领着日军，从大路上杀过来。他们很快就来到了刚才交战的地方，山本清直冷冷地看了一眼藤野一郎："这些支那军难道都逃走了？一个鬼影子都没有了。"

藤野一郎："大佐，要不我们继续往前追击他们。"

"钱队长。"山本清直手一举，"你带着你的人马，在这附近搜找一下，看看支那军有没有留下什么。"

钱益清带着一批伪军去搜找，喜春还躺在那里，不远处，山本清直他们慢慢靠近过来，但她一点知觉也没有，钱益清手下何德大叫了一声："老大，快过来看，这里躺着一个女人。"

钱益清走近喜春，突然笑出声来，惊喜地大叫起来："太君太君，这个女人没跑掉，她在这里呢。"

山本清直他们听到钱益清的叫喊声，急忙跑了过去。

喜春嘴巴里迷迷糊糊叫着："你们别去城里，不能去，小鬼子打不完的，你们会把命丢了的。"

山本清直看着喜春，露出笑容来，他拿起一根狗尾巴草，在喜春的脸上，鼻子上搔扰了几下。喜春拍掉了狗尾巴草："别碰我，李昌鹏我告诉你，

我才不怕小鬼子呢。"

山本清直愣了一下，藤野一郎拔刀要杀喜春，被山本清直瞪了一眼，山本笑了笑，又用狗尾巴草搔扰喜春的鼻子。喜春打了一个响亮的喷嚏，大骂一声："哪个混蛋啊，敢动老娘。"

山本清直他们围着喜春。喜春微微地睁开眼睛来，太阳光照着她，她的眼睛开始现出山本清直的脸庞。山本清直又对喜春笑了笑，没说话。喜春突然感觉到哪里不对劲，她又闭上眼睛，装睡。她有点迷糊了：不对不对，我还在梦里面呢，那些个人不是小鬼子，我在梦里，小鬼子，快走开。

山本清直和钱益清对视了一眼，钱益清对山本清直笑了笑："太君，这些乡下女人太狡猾了，她是在装死呢。"

喜春紧紧地闭着眼睛心里嘀咕着："好像不是在做梦啊，他们真是小鬼子，完了，完蛋了，我喜春这次可真的死定了。李昌鹏，你这个乌龟王八蛋，我被你害惨了啊。"

山本清直拍了拍喜春的脸："喂，你可以起来了。"

喜春突然睁开眼睛，对山本清直傻笑了一下："嘿嘿嘿，对不起，你们是谁啊？"

藤野一郎愤怒的拔出佩刀："八嘎。大佐，让我们杀了她，给死去的天皇勇士报仇。"

喜春往后一退："啊……你们，你们不能杀我。"

山本清直奇怪地看着喜春："喂，你怎么一个人在这里，那些国民党军呢？"

"我不知道，我什么都不知道。"

山本清直：那好，你跟我们回县城去。

"你这个矮冬瓜，你打死了我家的花花，我没这么容易跟你完的，你必须赔我猪，别的什么都不要说。"喜春知道自己难逃一劫，索性站起来，像个泼妇一样，指着山本清直的脖子，山本清直楞楞地看着喜春，喜春又起了腰，"别以为我不知道你们想干吗了啊，你们这些抠门鬼，就是想抵赖，不赔给我钱。好好，今天老娘没时间赔你们玩，下次有时间再来找你们算账。"

喜春说着往后走，一把推开了围着她的两个小鬼子，想要逃跑，山本清直突然拔出枪来，在喜春耳朵边连续开了几枪。

喜春尖叫起来捂着耳朵："不要杀我，不要杀我……"

山本清直奸笑着："你不是还想逃吗，好啊，我给你机会，你快逃命去吧。"

"小鬼子，我看你也是堂堂七尺男儿，说话可别反悔啊，那我真逃走了。"喜春说着撒腿就跑。

藤野一郎不解的问："大佐，你不会就这么放过这个女人吧？"

"这个女人太有意思了，我想跟她玩玩猫捉老鼠的游戏。"山本清直对藤野一郎，"这个游戏，一定会很有意思，这么有意思的事情，大家一起参与吧。"

钱益清拍手鼓掌："好好好，我们陪太君一起玩。猫捉老鼠，猫捉老鼠，很有意思的游戏。"

山本清直笑了笑，一个小鬼子开过来一辆军用三轮摩托车，山本清直做到副驾驶座上，举起指挥刀，喊了一声："捉老鼠去喽。"

山本清直他们向喜春追过去，喜春已在往前面拼命地奔跑，跑到了山道上。喜春跑得有些气喘吁吁了，她刚想停下来喘口气，耳边听到摩托车的声音。

山本清直举着指挥刀追赶过来。

喜春看到他们追过来了"哇呀"一声叫，撒腿继续奔逃。

山本清直开心地笑着："哈哈哈，你这个赶猪的，你是逃不掉的，哈哈哈，快点逃，快点逃吧。"

山本清直到了喜春身边，对她笑着："怎么样，你可要快点跑啊，我的军刀可是不长眼睛的。"山本清直用军刀在喜春面前比划了几下，喜春使出吃奶的力气，奋力往前跑。喜春把山本清直他们丢下一段路，刚想歇一下，山本清直开枪，子弹在喜春的脚下跳动。喜春吓得连连跳动着脚步，叫着："别开枪，别开枪，别打我，啊……"虽然叫着求饶，但还是往前跑着。

骑摩托车的小鬼子踩了油门，山本清直继续追赶在喜春的后面。喜春还在拼命地往前跑，山本清直的摩托车紧紧地跟在后面，山本清直对身边

的小鬼子："踩油门。"小鬼子一脚油门下去，摩托车已经跑到喜春前面，喜春一看到摩托车在她前面了，转过身想要往回跑，但看到藤野一郎和钱益清他们也从后面追上来，只能继续往前跑。喜春又奔跑了一阵，终于吃不消了，对着山本清直摆摆手："不行了，不行了，再跑下去，我就要死了。"

喜春一脸苦笑着向山本清直服软道："嘿嘿嘿，求求你，日本大官，你就当个屁一样放了我吧，放了吧，噢？"

山本清直得意地笑着："你们中国人真是太有意思了，有跟石头一样顽固的，也有跟狗一样可怜的，你就是那只狗。"

"对对对，我是狗，不但是狗，而且还是一只猫，汪汪汪，喵喵喵。"

"哈哈哈，太可爱了，快，学几声猪叫，我想听听支那猪到底是怎么叫的？"

喜春还是一脸笑容地："好，我叫给你听，你下车来，我就叫给你听。"

"呦西，还跟我讲条件啊，好，我下来。"

山本清直胯下摩托车："可以叫了吧？"

"靠近我一点嘛，这样听着才有味道。"喜春的眼睛直转，有个主意顿时冒了出来。

"叫，快叫给我听听。"山本清直脸上露出淫荡的笑容来，靠到喜春身边，喜春猛然间咬住了山本清直的耳朵，山本清直发出撕心裂肺地痛叫声："啊——八嘎。"

藤野一郎他们冲杀上来，朝着喜春开枪，喜春急忙放开山本清直，子弹从山本清直耳朵边飞过，山本清直耳朵里嗡地一声响："快抓住她，把她给我砍死了。"

喜春在地上一滚，藤野一郎他们扑上来，扑了个空，喜春站了起来，又有气力逃命了。喜春往山野间爬上去，藤野一郎和钱益清他们在后面追赶，也爬了上来。喜春正要爬上一个山坡，钱益清动作还算灵敏，抓住了喜春的脚，大喊着："我抓了，我抓住这个臭婆娘了。"喜春狠狠地用另外一只脚踢了一脚钱益清的脸，钱益清的脸变了形，但他还是不肯放手。喜春随手抓过一块石头，钱益清张大了嘴巴，喜春砸向钱益清，钱益清连忙放开手，但额头还是被砸中，鬼叫着滚下山坡去。

这时，藤野一郎也爬上来，他想去抓住喜春，但喜春已经爬上了山坡，往前跑去。喜春拼命地往前跑着，她不知道前面是一个山崖，摔下去就没命了。喜春跑着跑着，突然止住了脚步，头已经探出山崖边去，一看瞪大了眼睛，连忙回身。喜春一怔："完了，完了，怎么是个山崖啊，是条断头路啊，我武喜春死定了。"

藤野一郎他们包围过来，藤野一郎拔出手枪要枪杀喜春，喜春已经闭上眼睛，山本清直上来："等等。"

藤野一郎恨恨的说："大佐阁下，这回不能再留这个女人了。"

山本清直哼了一声，眼睛里闪出一丝笑意："我要亲手杀了她，给我自己报仇。"

喜春大叫一声："我不会让你们杀了我的，我，我会跳崖，我死也要死得清清白白。"喜春又冲到山崖边，但一看高高的山崖，又不敢跳下去了。

山本清直步步紧逼："跳吧，跳下去你会摔得粉身碎骨，面目全非，等下了地狱，你爹娘都不认得你。"

喜春显露出一副很坚毅的表情来："小日本鬼子，你们这些个猪狗不如的东西，老娘死后一定会化成厉鬼，每天晚上都会来找你们，吓死你们。"转过身，闭上眼睛，就要跳下悬崖去。就在千钧一发之际，山本清直他们身后响起枪声，随后一连串的枪声，几个小鬼子和伪军被击毙。原来是朱山坡率领着巴山游击队杀了过来。山本清直他们连忙回过身来，朝着游击队开枪还击。喜春睁开眼睛来："哈哈，有人来救我了，是李昌鹏这小子吗，嘿，这小子够义气。"

藤野一郎转身发现喜春正要逃跑，向她开枪。喜春一个翻身，躲过子弹，随后乱窜着往山崖的另一边跑去。

藤野一郎手枪中的子弹打光了，但他还是追着喜春，拔出刺刀，在喜春后面乱砍。

"喂，你还有完没完啊，你个手下败将，老娘跟你拼了。"喜春拿出杀猪刀，也砍向藤野一郎，喜春使出一股蛮劲，一开始藤野一郎还被喜春打退了几步"嘿嘿，小鬼子，老娘就把你当成猪，一刀送你上西天，看刀。"

藤野一郎大骂一句："八嘎呀路。"

"老娘不认识你八哥。"喜春呵呵一笑径直地冲向藤野一郎，藤野一郎往后一退，随后迅速地杀出一个回马枪，喜春愣了一下，差点被藤野一郎刺中，摔倒在地，藤野一郎连刺还没爬起来的喜春，喜春连连往后爬去，就在藤野一郎快要砍杀喜春的时候，蒜头向藤野一郎开枪，但蒜头的枪法太差，没有打中。

蒜头对喜春挥着手："快快快，往我这边逃过来。"

喜春迅速爬向蒜头那边，藤野一郎又要冲上去，蒜头已换了子弹，又对着藤野一郎打，这回藤野一郎跳开，躲过了子弹。

喜春跳出来骂："小鬼子，你有种就上来啊，怎么了，你软了啊，怂货，上来啊，老娘给你一刀子。"

蒜头把喜春拉了下来："你不要命，子弹可不长眼睛的。"

喜春口气概然，淡然一笑："我知道，不过子弹认识我，它见了我就绕道走。"

小鬼子们向喜春这边开枪，幸亏蒜头按到了喜春的头，不然喜春就要被打爆头。

蒜头低声道："你给我小心点啊，别乱动了，姑奶奶喂。"游击队员们奋力还击。朱山坡和山本清直也在对决，但被山本清直击退。

朱山坡开了几枪后，下令：大家都往山后撤退。

喜春很是不解："怎么不打了啊，又要逃命啊？"

蒜头理直气壮的说："你懂什么，我们是游击队，赚了便宜就好了，快快快，快走。"

喜春跟着游击队往山后撤退，日军在后面紧追不放。

李昌鹏他们抄小路，摸到县城的中水门，想以其人之道还治其人之身，中水门的小鬼子兵力肯定不强，就从那里杀进去。一会儿的功夫李昌鹏带着尖刀连摸了过来，城头上的小鬼子发现了城下的人，小鬼子叫了一声："什么人？"

李昌鹏拉开枪拴，一枪秒杀了那个小鬼子，随后义一个小鬼子吹响了口哨，顿时几个小鬼子冲到城头，向下面的国军开枪。

一排战士用尖刀插在墙壁上，开始往上攀上去。二排三排开足了火力掩护。攀城的战士被城上的小鬼子击中，摔了下来，一排战士已经死伤了很多。

李昌鹏亲自攀城，一把尖刀插在城墙砖头间的缝隙中，动作极其敏捷。小鬼子他们向李昌鹏射击过来，李昌鹏连着躲过了几枪，这时，城头上杀出川岛贞夫看见了李昌鹏，两人的目光对视在了一起，川岛贞夫向着李昌鹏连着开了几枪，李昌鹏一边躲避飞过来的子弹，一边也掏出枪来向川岛贞夫还击。

城下面的三排战士也向川岛贞夫射击，川岛贞夫被打退，李昌鹏趁着这点空隙时间，飞速地继续攀城，等川岛贞夫再次冲杀过来的时候，李昌鹏已经攀到城头边上。川岛贞夫拿出刺刀要把李昌鹏捅杀，李昌鹏躲过一刀，一个飞身，已跳上城头，川岛贞夫又是一刀砍过来。李昌鹏差点摔下城去，他一把抓住了川岛贞夫的衣服，川岛贞夫大怒，又是一刀，李昌鹏的肩膀被砍中，李昌鹏强忍着痛楚，一跃身跳上了城头。

这时已经有一批国军战士攀上城，和小鬼子拼杀在一起。川岛贞夫愤怒地向李昌鹏砍杀过来，李昌鹏拔出三棱刺刀，一刀劈向川岛贞夫，川岛被击得往后连退三步，川岛贞夫大喝一声，又杀过来，李昌鹏以进为退，也杀向川岛贞夫，两人斗杀在一起。

王迅这边也奋力杀敌，双方打得极其惨烈。李昌鹏带着尖刀连和鬼子们搏杀着，小鬼子已被杀了一大片，李昌鹏给川岛贞夫来了一个连环砍，川岛贞夫根本无法抵挡，连连往后退去。两个小鬼子来保护川岛贞夫，李昌鹏一刀就砍掉了一个小鬼子的脑袋，另一个小鬼子也冲杀上来，川岛贞夫趁着这个小鬼子在抵挡李昌鹏，转身往城下逃去。

李昌鹏只用了两个回合，便把这个小鬼子给砍杀了，随后一挥三棱刺刀："兄弟们，跟我杀进城去。"尖刀连的战士们跟着李昌鹏杀进巴山县城，这时，又一队鬼子杀出来，阻击李昌鹏他们，李昌鹏找到掩体，还击鬼子。鬼子开始溃败，边打边往后撤退去。

李昌鹏带着尖刀连杀过来，另一边川岛贞夫也率领着大批日军围攻过来，双方在广场上展开战斗。李昌鹏带着尖刀连猛扑上来，川岛贞夫带着

日军躲在沙袋边阻击李昌鹏他们。小鬼子的火力极其猛烈，李昌鹏他们不能上前。李昌鹏他们拼死冲杀，很快敌人把迫击炮拉上了来，几枚炮弹落下，炸飞了许多国军战士。

李昌鹏他们抵挡不住炮火，撤退到小巷子里，继续还击着日军。川岛贞夫一马当先杀了出来，鬼子们蜂拥地杀向李昌鹏他们。

"撤退到三甲仓库，把这群鬼子引到里面去。"李昌鹏脸上闪过一丝得意的笑容，带着尖刀连往三甲仓库那里撤退过去，小鬼子们追击上来。

李昌鹏把川岛贞夫率领的日军引进了三甲仓库里，都隐蔽了起来。川岛贞夫带着日军走进了三甲仓库，川岛贞夫看到没人感觉瘆的慌，警告士兵："大家都注意相互掩护，看到支那军就开枪击毙。"仓库里静悄悄的，没有一点动静。一只漏油的油桶，滴下来油，发出声响，在幽静的仓库中显得格外清晰。川岛贞夫他们越是往里面，就越觉得不对劲。小鬼子们的枪朝着仓库边上指着，随时都要开枪射击，但他们完全没有发现敌人在哪里。川岛贞夫都有一种想撤退的想法，就在此时，二十多只油桶向小鬼子们滚过来。小鬼子们开枪射击，油桶边滚边漏着油。许多只油桶被小鬼子击穿，油漏得更厉害了。

川岛贞夫发现了是漏油的油桶，他大叫着："别开枪，别开枪。"小鬼子们连忙停止射击。李昌鹏他们从仓库隐蔽处，露出身来，对着小鬼子们就是一阵射击，一大批小鬼子被打死。小鬼子们看到李昌鹏他们，哇哇叫着冲杀上来。

王迅和尖刀连战士们，大笑着拉开手榴弹扔向小鬼子，川岛贞夫吓傻了，但还是大叫一声："大家都往后撤退。"

手榴弹已经落在油桶边，一连串的爆炸声。川岛贞夫慌乱地往门口逃去。此时，李昌鹏带着尖刀连，迅速地往仓库后门撤退去，仓库里许多小鬼子被炸死，惨叫声连连。川岛贞夫满脸是灰，带着仅剩的几个日军往外跳了出去，仓库里又是一阵爆炸声，烈火从窗口冲出米。

李昌鹏带着尖刀连冲到日军驻地，有几个小鬼子还守在那里，李昌鹏连着开枪，把他们都击毙了，他们走进日军驻地去找了个遍，就是没有雨菲姑娘的踪影。正在嘀咕着她是不是遭到了不测……这时，不远处

响起枪声来。

卢雨菲走到街市口，望了望街道没人了，跑上了街道。满脸都是黑灰和伤痕的川岛贞夫带着几个残兵跑过来，川岛贞夫："我一定要报仇，一定要报仇，报仇，杀了那个支那军。"

突然川岛贞夫后面的小鬼子叫了起来："少佐，那里有个女的。"

川岛贞夫马上就来了精气神："呦西，是花姑娘啊。花姑娘，你的给我站住。"

卢雨菲看到小鬼子们向她冲过来，对着鬼子开枪，鬼子还击，卢雨菲继续开枪，但枪中没子弹了。

川岛贞夫高兴的笑着："她没子弹了，活捉她。"

卢雨菲转身拼命地往前跑去，川岛贞夫他们一边开枪，一边叫着："花姑娘不要跑，我们不会伤害你的，我们只会让你舒服，哈哈哈。"

小鬼子他们冲向卢雨菲。

李昌鹏敏锐地听到了从街道上传来的枪响声，就快步跑向街道上。

卢雨菲跑不过川岛贞夫他们，被小鬼子们围困住。川岛贞夫得意的大喜："叫你不要跑，你为什么要跑呢，嘿嘿，花姑娘，你可真是太漂亮了。"川岛贞夫摸了一把卢雨菲的大腿，卢雨菲愤怒的打了川岛贞夫一巴掌："畜生，放开我。"

川岛贞夫顿时火冒四丈："八嘎，我今天火气很大，哈哈哈，你可是自己送上门来的，我要好好享用你。"说着便抱住了卢雨菲，把嘴亲了上去。

突然，小鬼子他们背后响起枪声，被打死了几个，李昌鹏他们冲上来，李昌鹏喝了一声："快把雨菲放开。"

川岛贞夫挟持住了卢雨菲："哈哈哈，原来这个花姑娘你认识的啊，好啊。"

卢雨菲满脸泪水可怜巴巴的看着李昌鹏："昌鹏哥，救我，快救我啊。"

"雨菲，你不要急，我一定会把你救出来的。小鬼子，你要是现在放开了雨菲，我可以让你走。"

川岛贞夫冷哼一声："你这个支那猪，你是跟我在开玩笑，还是把我

们的智商和你们支那人相提并论了。现在人在我手上，你要是想要她活，就乖乖地把枪放下。"

李昌鹏沉了一下："你……"

王迅轻轻拉了一下李昌鹏，低声道："营长，我们不能把枪放下，不然我们这些兄弟都会被俘虏。"

李昌鹏对王迅使了个眼色，脸上闪过一丝的笑意："你放心，不就是放下枪嘛，我还有刀呢。"

王迅目光一闪微微点头。

川岛贞夫一脸严肃的叫着："喂，你们在说什么话，快把枪放下。"

"好，我把枪放下，但你必须把雨菲放过来。"李昌鹏慢慢地把枪放下来。

卢雨菲看着李昌鹏为她付出，激动地眼泪都流下来："昌鹏哥，不要啊……"

李昌鹏把枪放到地上，趁着川岛贞夫有些放松警惕性了，突然飞起一脚，他的鞋子里藏着一把刀，刀子飞向川岛贞夫，直插进他的手腕里，川岛贞夫惨叫一声，手中的枪已掉落在地上。李昌鹏速度极快地用脚已把地上的枪踢到手中，他凭着直觉对准了川岛贞夫，子弹飞了出去，川岛贞夫吓得连忙拉过身边一个小鬼子，子弹射进小鬼子的脑袋里。

川岛贞夫大叫着："快挡住支那军。"

李昌鹏已快步过去，一把把卢雨菲拉到了自己身后，保护起来，随后连开两枪，打死两个鬼子。

川岛贞夫他们见人质已到了李昌鹏这里，连忙往后撤退。

卢雨菲紧紧地抱住了李昌鹏："昌鹏哥，昌鹏哥，呜呜，我以为再也见不到你了。"

李昌鹏拍着她的肩膀安慰着："好了好了，不要哭了，我不是回来救你了吗？"

"嗯，昌鹏哥，我以后都跟着你。"

李昌鹏看着眼泪汪汪的卢雨菲，点了点头。

朱山坡带着喜春他们奔到山坳间，喜春实在跑不动了，坐下一块石头上，蒜头急躁起来了："哎呀，姑奶奶，你咋不跑了，小鬼子马上追上来。"

喜春顾不上看他一眼，拍打着双腿："休息，休息，让我休息一会儿好不好，我实在是跑不动了。"

蒜头很是无奈，对朱山坡发牢骚："队长，你看看这个婆娘，这不是要拖我们后腿吗？要不我们先走人。"

"就让她休息一会儿。"

喜春嘿嘿地笑着："还是队长人好，队长今年多大了，家里有几口人啊？"

蒜头马上打断了她的话："喂，你不要问这些好不好，闭上你的嘴。"

喜春毫不客气地反驳着："我问这些怎么了，碍着你事了啊。"

朱山坡忙解围："好了，大家都不要吵了，原地休整两分钟，把子弹都上膛。"

"是，队长。"蒜头反过身还指了指喜春，"哼，你这个臭娘们，过会儿下山了，我们可不管你了。"

喜春冷冷的说："呸，臭小子，谁要你们管了。"

这时，林子里响起布谷鸟的叫声，一群野鸟飞起来。朱山坡看着情势有点不对，立即地喊着："大家都注意警戒，别让小鬼子给偷袭了。"话音未落，无数子弹已射击过来。朱山坡他们趴着开始向山本清直他们还击。

喜春倒是来劲了："嗨呀，这小鬼子怎么这么粘人，有没有搞错啊，一上来就打，也不打个招呼的。"

蒜头回过头来埋汰她："你以为是你家亲戚啊，来了还要打个招呼先。"

喜春翻着白眼："去你的，好好打鬼子。"

山本清直率领的日军，已从各个方位把游击队包围住了。钱益清不紧不慢地对他们喊着话："对面的土八路，你们给我听着，放下武器，乖乖地向皇军投降，皇军不杀战俘，可以饶你们的性命，你们要还是顽强的话，只有死路一条了。""呸，这个二鬼子，让我一枪崩了你。"蒜头大怒，拿起枪瞄准钱益清，一枪打过去，但蒜头的枪法实在太烂，子弹打偏了。

喜春嘲笑道："嘿，你这什么烂枪法，还不如老娘打得厉害。"

蒜头瞪了喜春一眼："你会打，那你来啊。"

喜春认真起来："我，我以前小时候用皮枪打鸟，一打一个准呢。"

钱益清被蒜头打过来的枪声吓了一跳，差点摔在地上，小鬼子们也连忙隐蔽。钱益清只好哀求着："太君，太君，这些土八路太不识相了，我们冲上去，把他们消灭掉。"

山本清直阴阳怪气回应着："好，钱队长，你带着皇协军，先冲上去，这次可是你立功的大好机会啊。"

钱益清满脸的惊慌，但很快就镇定下来："啊？是是，我这就带着人马，杀上去。你们，跟着我冲。"带着伪军，向游击队冲杀过去，游击队跟钱益清他们交战在一起。

藤野一郎走到山本清直面前："大佐，你为什么不让我上去消灭这些支那军？"

山本清直瞥了一眼藤野一郎，摸着胡子，嘴角浮起一丝笑意："就让他们支那人，自己打自己，你难道觉得不精彩吗？"

藤野一郎呵呵笑着："精彩，很精彩，大佐高明，值得藤野学习。"

几个伪军被游击队打死，钱益清躲了起来吩咐着："等游击队把子弹耗完了，到时我们想怎么玩就怎么玩了。"

钱益清死伤了一批人马，边打边撤退下来。

山本清直感觉时机已到，一举指挥刀："冲啊。"藤野一郎带着一群小鬼子冲杀上来。

游击队员们在山坳间还是按兵不动，等待鬼子靠近。

喜春耐不住性子："哎呀，你们这些人，怎么连子弹都舍不得打，快快快，子弹舍不得，就赶紧扔手榴弹啊？鬼子就打到眼皮底下了。"

蒜头斜瞥一眼："你能不能闭上你的嘴啊。"

喜春看着蒜头腰间插着的两个手榴弹："你别这么小气，把你腰上的两个棒槌扔出去，炸他狗日的。"

蒜头连忙捂住自己的两颗手榴弹："你别乱来啊，滚到我后面去。"

喜春哼一声："都是一群小气鬼。"

蒜头一听，很是气愤："你有本事，就别跟在我们这里。"

朱山坡接过话："蒜头，你少说两句不会死的吧，也不看看现在是什么时候。"

蒜头无辜的低声："队长，我冤枉啊，这个娘们是个没良心的东西，我们是白救她了。"

藤野一郎他们不断地对着游击队开枪射击，朱山坡见小鬼子已经靠近，下令："给我狠狠地打。"蒜头他们拉动枪拴，开枪打鬼子。

蒜头连开三枪，都没有打死一个鬼子，喜春有些看不下去："哎，我说你到底会不会打啊，瞄准瞄准了。"

蒜头白了喜春一眼，又开了一枪，打中一个鬼子。

喜春乐了："嗨，看吧，在我的英明指导下，打中了吧。"

喜春话音未落，几个子弹射过来，蒜头连忙按下了她的脑袋，子弹打在喜春的脑袋边，泥土弹起来。

喜春想还击，但手中没有武器，她看到了蒜头身上的手榴弹，一把抓了一个过来。

蒜头叫着："哎，还我的手榴弹。"

"别这么小气，反正要炸小鬼子，让我来炸这些狗日的。哎，这个怎么弄的啊？"

喜春拿着手榴弹，不会用，有一点急了："你教我啊，以后老娘还你十个手榴弹。"

蒜头憋着嘴："我只要我拿那一个。"

喜春观察了一下手榴弹，拉开了手榴弹上的环扣，手榴弹开始冒烟："喂，是不是这样子就好了啊？"

蒜头紧张起来："你怎么拉开手榴弹了啊，快，快……"

"快什么啊，你把话说全了？"

"快把它扔出去啊。"

"扔出去？对对，扔出去，炸死你们这群日本鬼子。"喜春使出全身力气，把手榴弹扔到冲上来的小鬼子中间，手榴弹因为在喜春手中已保留了一段时间，等落到小鬼子那里，瞬间爆炸开来，一下子炸死了两个小鬼子，另外三个鬼子也被炸伤，趴在地上。

喜春高兴地拍手："哈哈哈，扔中了扔中了，炸死小鬼子了。"

藤野一郎的子弹打过来，喜春连忙趴在地上。蒜头也趴下，看了一眼喜春："瞎猫碰上死耗子。"

喜春瞪了他一眼，得意洋洋："去你的，老娘凭的是实力。"

蒜头朝喜春冷笑了一声，转身向朱山坡说："队长，鬼子包围过来了，我们冲杀出去，和他们拼了吧？"

"不，鬼子太多了，而且他们的突刺技术比我们好，硬拼肯定要吃亏。"

"那怎么办啊，我们不能都死在这里，队长，我带着几个兄弟掩护你们，你们先撤。"

喜春拍着蒜头的肩膀："嗨呀，看不出来，你小子还挺爷们的嘛，有胆量，我喜春还看错你了。"子弹在她耳边呼啸而过，连忙把脑袋趴在泥上。

朱山坡语气坚定："要死也要死在一块儿，我朱山坡是不会丢下一个战士的。给我打。"

巴山游击队的情势岌岌可危，川岛贞夫跌跌撞撞地跑过来，跑到山本清直后面，叫着："大佐，大佐阁下……"

山本清直回身，看着川岛贞夫，迟疑了一下："你怎么会这个样子？"

"是属下没用，让支那军杀进了县城，现在城池就要被他们占领了。请大佐立即带兵回去增援。"

"八格。"山本清直大怒，思考了片刻，下令："这些游击队我们有机会再来消灭他们，现在我们立刻回城，对付支那正规军，不让他们把县城夺回去了。"

藤野一郎心有不甘："大佐，游击队就要被我们消灭了，我们应……"

山本清直暴怒："没听见我的命令，回城。"

日军从山坳间有序地退下来。

"哎，真是奇怪了，他们怎么都撤了，喂，小鬼子你有种就上来跟你姑奶奶干啊，奶奶给你们准备了手榴弹。"喜春看着外面的日军撤退，探出头来，藤野一郎突然一个转身，对喜春开枪，喜春连忙趴下，看着藤野一郎又狠狠地离开，喜春吐了一口唾沫，"你奶奶的，敢对老娘放冷枪，你上来啊，怎么成了乌龟王八蛋了，怕死了吧。"

朱山坡看着日军陆陆续续地撤下去，有些摸不着头脑："真是怪事，小鬼子怎么撤退了？"

喜春嘿嘿一笑："他们肯定是怕我喜春了，怕我了，哈哈。"

蒜头有些厌恶喜春："你呆一边晾着去。"

喜春自言自语念着："这些小鬼子怎么会突然走了呢，真是奇怪啊。"

"你不要再念叨了，小鬼子其实还是很怕我们游击队的，我估计啊他们的弹药不多了，怕打下去，会被我们打得很惨，所以就逃走了。"

喜春突然想起来了："噢，对了。"

喜春一拍蒜头的脑袋，蒜头生气地："你干吗啊，干吗打我头？"

"因为我想到是怎么回事了，哎哎哎，队长，队长。"喜春嘿嘿笑着，拉住了朱山坡，"队长，我告诉你，这些小鬼子是回到巴山县城去了，我那个冤家对头李昌鹏，噢，就是一个国民党的军官，他带着人杀到县城去了，就为了救一个小娘们。完了，现在那个大鬼子回去，他如果从后面打李昌鹏，李昌鹏就真是要完蛋了。"

"你是说，国民党有人还在抗击小鬼子。"

"是啊是啊，队长，你得去帮助他们，他们打小鬼子还是很有本事的，你不能让他们死。"

蒜头打断道："队长，我们还是别去了，现在我们的弹药也不多了。"

喜春央求着："队长，就算我喜春求你了，我们都是中国人，你现在如果从后面打过去，肯定能帮李昌鹏一个大忙。"

朱山坡犹豫了一下："是的，这的确是消灭小鬼子的好机会，我们巴山游击队应该帮国军兄弟这一把。"

"好，队长，你也是一条好汉。"喜春对朱山坡竖起拇指，跟着朱山坡身边，快步向巴山县城奔去。

第四章

　　李昌鹏正带着一个排的战士来防守城门，皮三大骂着："营长，这群小鬼子实在是太狡诈了，他们化装成游击队，我们压根就没看出来。"

　　李昌鹏脸色沉下来："你小子不是自以为很聪明吗，怎么连这点眼力都没有？"

　　皮三底下头："营长，我错了，等打完仗，我想把那些死去的兄弟的抚恤金一个一个送到他们老家人手里，前提是我还活着。"

　　李昌鹏拍拍皮三的肩膀："好了，别说了，这回小鬼子来得太凶猛，我们只有拼死抵抗。兄弟，为了我们的国家不再被小鬼子践踏，我们就是死十回也值得。"

　　皮三忙点着头："嗯，营长你说得对。"

　　就在这时，山本清直率领着日军已经杀过来，李昌鹏远远地看到了小鬼子，他大喝一声："小鬼子来了，给我打。"皮三他们迅速开火全开。

　　小鬼子在迫击炮的掩护下，向城门里冲杀过去，李昌鹏连连开枪，打死了几个小鬼子，皮三他们也奋力杀敌，但小鬼子硬是没有退缩，还是勇敢地向李昌鹏他们逼近，双方浴血搏杀。日军的火力极其猛烈，小鬼子拼刺刀的突刺技术高超，一个个尖刀连的战士倒下去。

　　李昌鹏眼看形势不妙："皮三，带着兄弟们退进城里面去。"

　　"营长，你们先撤进去，我再杀几个小鬼子。"皮三回应着，李昌鹏带着一批士兵撤退进城中去，藤野一郎他们向皮三杀过来，皮三毫不畏惧，迎战着，"奶奶的，小鬼子，老子送你们回东洋老家去。"砍杀了两个鬼子，正要杀向另外一个鬼子的时候，藤野一郎放了冷枪，子弹打中了他的胸口。

游走英雄

皮三冲向藤野一郎，有一个小鬼子想要杀过来抵挡皮三，被皮三一刀刺中了胸膛。藤野一郎劈了皮三一刀，随后几个小鬼子一起冲上来，没人的刺刀都刺入了皮三的身上，皮三瞪大着眼睛，把鲜血喷到藤野一郎的脸上。

"兄弟。我会给你报仇。"李昌鹏悲痛地大叫一声，说着便向藤野一郎他们开枪射击。川岛贞夫指挥着炮兵，向城内开炮，日军在炮火的掩护下，冲杀进城去。

李昌鹏带着几个战士，以城门为遮挡物，朝着外面冲上来的小鬼子开枪，藤野一郎他们被挡住了一阵，日军炮兵连着打了几个炮弹进去，李昌鹏他们被猛烈的炮火震聋了耳朵，他什么也听不见了，耳朵里在瞬间静音。

小鬼子们疯狂地冲进来。李昌鹏又开了几枪，这时，王迅跑过来。子弹在李昌鹏和王迅耳朵呼呼飞过，王迅压低了李昌鹏的脑袋，又大声地："营长，我们在城中已经占领了三个制高点，可以消灭掉冲进来的小鬼子。快，快离开这里。"李昌鹏他们撤离城门边。

喜春他们听到枪炮声，加快了脚步，喜春催着："快走快走。"

蒜头郁闷地对着朱山坡："队长，我们真要帮国民党一起打小鬼子吗？"

"嗨，我说你这家伙怎么回事啊，什么叫帮着国民党打，我知道你们对国民党没好感，但现在是打小鬼子啊，我们要联手起来，这样才能打败那些狗娘养的矮脚鬼。"蒜头还想说什么，被朱山坡阻止了："对，喜春说得很对，我们要和国民党联手起来，痛打小鬼子，走。"

李昌鹏和王迅他们奔到了一座废弃的楼房上，枪口和手榴弹都给冲过来的小鬼子准备着了。这时，一队小鬼子先冲了过来，藤野一郎跟在后面。李昌鹏见准时机，大喝一声："给我打。"

王迅他们先是给下面的鬼子喂了几颗手榴弹。李昌鹏一枪击毙一个小鬼子，几个鬼子正要朝着上面开枪，被国军打过来的子弹击中，倒地身亡，藤野一郎只好躲到一堵断墙后面去。

藤野一郎带着四个鬼子已经冲上来，王迅他们从上面杀下来，双方开枪对击，两边的人打得难分胜负，僵持在那里，山本清直听到废弃楼房中响起激烈的枪声，微微点了点头："藤野君已经在里面对付支那军了，武

藤君，火力压制上面的支那军。"

就在这时，喜春和朱山坡他们从后面杀上来，喜春大叫着："那个大鬼子就在那里，快打，快打，打死他。"

朱山坡他们奋力地朝着山本清直他们这边开枪射击，山本清直没有料到后面还会杀出人来，他身边好几个小鬼子被游击队击中，山本清直很是愤怒地："八格牙路，消灭这些土八路。"小鬼子他们调转枪口，朝着喜春他们射击。

喜春躲在蒜头身后，拉着蒜头大叫着："打啊，你快打他们，打那个大鬼子，打死他，打死他别的小鬼子就逃走了。"

"哎呀，你别拉着我，你这样拉着我，我还怎么打枪？"

"我是在指挥你啊，快瞄准了，开枪。"

蒜头正要开枪，小鬼子的子弹呼呼地飞过来，蒜头连忙卧倒，喜春也跟着卧倒，喜春露出脑袋，骂了一声："没用的东西，快爬起来，继续打鬼子。"

"我没用？有种你自己上去打。"

"哼，你以为我不敢啊，给我枪。"

喜春正要去夺蒜头的枪，蒜头一看鬼子已向他们攻击过来，连忙开枪，打死了一个鬼子，得意地说："看到了吧，我打死了一个。"

喜春呵一声冷笑："瞎猫碰着死老鼠。"

这时，山本清直他们已朝着喜春这边反扑过来，朱山坡他们奋力射击。李昌鹏见下面是一群游击队员在支援他们，有些不屑，身边一个叫大狗的战士："营长，是友军，是友军，我们两面夹击小鬼子，看来这些小鬼子死定了。"

李昌鹏反问："什么友军？我们需要他们来支援吗。"

大狗大叫："哎，营长，小鬼子朝他们打过去了。"

李昌鹏对着下面朝喜春他们扑过去的日军开枪射击，几个小鬼子被击倒，山本清直被两边的人来击打着，很是恼火，武藤勇过来："大佐阁下，支那军的人数在我们之上，这样打下去我们会吃亏，现在出城去还来得及。"

山本清直一个巴掌打在武藤勇脸上："八格，藤野君已经冲到里面去了，我们能丢下他不顾吗？"

游走英雄

"就让属下带着人去救他，您先出城去。"

山本清直骂着："你把我当成胆小怕事之徒了吗？"

"不是，大佐，我们是在为你的安全着想。"

山本清直表情复杂，满是期待："武藤君，你一定要把藤野君带出来。"山本清直拍了拍武藤勇的肩膀，带着川岛贞夫他们杀向喜春这边来，武藤勇带着一批日军，冲向废弃的楼房。

李昌鹏他们在上面，对着下面的日军射击，武藤勇也付出了巨大的伤亡，才冲到废弃楼房里。藤野一郎往上面扔了一颗手雷，王迅他们这边被手雷的爆炸力冲击，藤野一郎趁机和剩下的两个小鬼子往上冲，国军战士刚一露身，便被藤野一郎击毙。

眼看着藤野一郎他们就要冲上去，武藤勇跑进来，大叫着："藤野君，快撤退。"

藤野一郎吃了一惊，大叫着："武藤，你在说什么混话，我现在就要杀上去，把这些支那军消灭了。"

"是大佐阁下下令撤退的，外面有一群土八路来袭击我们，我们还是先保存实力再说。走，快走。"

藤野一郎不甘心："不，我不走，就是死在这里，我也要干掉这些支那军。"说着还要往上面冲。

王迅冲出来，和藤野一郎对射，武藤勇扑上来，扑倒了藤野一郎，藤野一郎愤怒地："让我干掉他们。你们冲上去。"藤野一郎带来的小鬼子往上冲。

王迅和几个国军战士火力压制下面的小鬼子，藤野一郎身边的小鬼子被乱枪打死。武藤勇叽里哇哇大叫："快点走啊，藤野君，山本大佐还想看着你回去呢。"

藤野一郎无奈地吼着"八嘎"，一边撤退。

李昌鹏看着下面的战况，带着尖刀连冲下楼去支援游击队。

喜春他们顽强地抗击着，山本清直带着日军凶猛地扑上来，游击队往后撤退，被打到街道上。蒜头也杀红了眼，喜春趁着蒜头没注意，一把抓

过了手榴弹，都忘记了拉开引信，直接向山本清直这边扔了过来。

蒜头叫了一声："我的弹……"

山本清直看到一个手榴弹滚到他身边，连忙往另一边扑倒过去，结果喜春扔过来的手榴弹没有爆炸。

喜春还叫着："快炸啊，炸死这个大鬼子。"

蒜头有些哭笑不得。

喜春满是疑惑："咦，怎么没有炸啊？"

蒜头苦着脸："你就这么活生生的浪费了我一颗手榴弹啊。呜呜呜。"

山本清直看着手榴弹根本没有拉开引信，对着喜春这边竖起一颗大拇指："呦西，你们可真是支那猪啊，猪，哈哈哈。"

喜春大骂一句："你妈才是猪呢，我呸。"

日军继续猛烈地向游击队冲杀过去，山本清直他们的火力很猛，眼看着游击队已经抵挡不住了，这时，李昌鹏带着尖刀连从后面杀上来。

藤野一郎和武藤勇一边还击着国军的追击，一边撤退到山本清直这边。

藤野一郎对山本清直："大佐阁下，一郎没用，没能消灭国军。"

山本清直面无表情："好了，我们先撤出城去。"

喜春看着李昌鹏他们冲杀过来，欢乐地大叫着："好啊，这个国军大兵还活着，一起打死这些小鬼子。"

李昌鹏这边的人马和游击队两边夹击山本清直他们，小鬼子被打死很多，山本清直又趋于败退之势，他们开始往中水门方向突围。

喜春叫着："嘿嘿，鬼子要逃命了，别叫他们跑掉了，李昌鹏，老李，快，快打他们，不要让鬼子逃走。"

李昌鹏看出来了山本清直的意图，命令着："小鬼子要从中水门逃出去了，王迅，你带着二排战士和游击队联手追击他们。其余人跟我去中水门。"

山本清直他们就要从中水门逃出去，这时，李昌鹏带着尖刀连战士杀出来，冲在前面的一批小鬼子被李昌鹏他们干掉了。山本清直躲到遮挡物边，很是恼怒："八嘎，我们中计了，这些支那军是想把我们困死在这里。"

藤野一郎马上站出来："大佐阁下，我们跟他们同归于尽吧？"

"同归于尽？不不，我们还没有到这么惨的地步，况且支那军怎么够资格和我们一起死呢。"

"那我们掩护你离开。"

"不，现在把我们的人马分成三路，从各个方向突围。"山本清直带着川岛贞夫等日军，藤野一郎带着一路人马，武藤勇带着一路人马，三路人马从三个方向散开来对抗喜春和李昌鹏他们。

李昌鹏冷笑一声："这山本还有几招嘛，但是你今天也别想逃走了。大伙儿都把目标集中在山本清直身上。"

尖刀连众战士群情激昂："是。"

李昌鹏他们把火力对准山本清直，两边人马激战起来，喜春看着日军就要被打败了，更加兴奋，不顾蒜头的阻拦，向山本清直冲过去。

藤野一郎看到了喜春，他的目光阴了一下，一个箭步奔了过去，要去抓喜春，喜春楞了一声："老娘砍死你这个流氓鬼子。"

喜春拿着杀猪刀砍向藤野一郎，藤野一郎用枪托一顶，挡住了喜春的杀猪刀。喜春还想再砍藤野一郎，藤野一郎一个反手过来，抓住了喜春的手臂，喜春惨叫了一声："啊……"

李昌鹏想朝着藤野一郎开枪，但藤野一郎已抓住了喜春，退到城墙边，李昌鹏连忙收住了枪。

藤野一郎拿枪顶着喜春的头："你们都别动。"

蒜头恼火地："哎呀，这个臭娘们真是越帮越忙啊。死定了，死定了。"

喜春挣扎着，还想逃脱出藤野一郎，但被藤野紧紧地抓着："别乱动，不然我手中的枪会走火的。"

喜春抗争着："呸，你这个猪狗不如的小鬼子，有种一枪打死老娘。"

喜春一口唾沫吐在藤野一郎脸上，藤野一郎一掌击打在喜春的嘴巴上："八嘎，你敢再吐我口水，我就打烂你的嘴。"

喜春痛得快要哭出来。

李昌鹏大喝了一声："你把这个女人放了。"

藤野一郎诡笑了一声："哈哈哈，让我放她可以啊，你让大佐出城去。"

王迅苦劝李昌鹏："营长，不能啊，我们死了这么多兄弟才把这些鬼

子困住的，不能因为这个女人，放了他们。"

李昌鹏气急败坏，破口大骂："你这个婆娘，真是坏了我的大事。"

"什么叫我坏了你的大事，是我带着游击队来救你们好不好。"

李昌鹏一肚子的窝火："你以后能滚远点吗？"

"只要我活着，我会乖乖滚远点的。"

山本清直这时大喝一声："好了，你们都别吵了，你们都退下，让我们现在就离开。"

蒜头也有些懊恼地："要是我看好这个女人，她也不会，哎……"

王迅坚决地说："营长，我们现在就和他们拼了，这些小鬼子绝对不能活着走出这个城门口。"

"好了，别说了。"李昌鹏摇摇手，指着藤野一郎，"你，放了她，我让你们离开。"

李昌鹏恨恨地看着山本清直，山本清直对他笑了笑，藤野一郎挟持着喜春，跟在山本清直后面，眼看着山本清直他们出城去要逃跑了，喜春对李昌鹏哭着脸："谢谢你老李，其实我喜春最怕死啦，我还想保着我的命，多多养猪呢！"

藤野一郎对李昌鹏笑了笑："李营长，想不到你还有这样一位红颜知己。"

喜春对李昌鹏使了个眼色，李昌鹏故意提高了嗓音："哪里有什么红颜知己啊，其实就一个杀猪婆。"

喜春趁着藤野一郎分神之际，猛地咬住了藤野一郎的手臂，藤野一郎惨叫一声，喜春奋力挣脱开了藤野一郎，藤野一郎还想要抓住喜春，喜春已经向李昌鹏他们这边跑过来，李昌鹏连忙向小鬼子开枪射击，山本清直他们退出天水县城中水门城门口。山本清直撤退出来，藤野一郎虽然被喜春咬了一口，但还是开枪还击李昌鹏他们，李昌鹏和朱山坡已合兵一处，一同杀向外面的小鬼子。山本清直他们一边还击，一边撤退，小鬼子被打死了很多，山本他们丢掉了很多武器和装备，狼狈逃窜而去。

喜春在后面跳着叫骂着："你们这些狗娘养的，下次别让老娘再碰着了，要是再来，老娘一定会把你们全部都打得稀巴烂。"李昌鹏看了一眼喜春，

很是无语地转过身去回城去。

　　喜春看到李昌鹏这副模样，连忙上去拉住他："嘿嘿，老李啊，你不会是在生我的气吧？不会不会，我想你这种身份的人，怎么可能跟我一个乡下妇女生气呢，是吧？"

　　"我可以选择不理你吗？"李昌鹏继续往前走。

　　喜春不依不饶："不行，你不能不理睬我，我可是你的福星啊，你看看，我一来，小鬼子就被打跑了吧？是不是？嘿嘿。"

　　李昌鹏就是不理喜春，自顾自地往中水门走去。朱山坡对蒜头等游击队员："我们也到城里面休整一下队伍。"

　　喜春见李昌鹏不理她，她又回到了游击队这边："对对对，休整一下，大家都肚子饿了吧，我喜春去给大家找吃的。"

　　蒜头哼了一下："要不是你被那个鬼子抓到了，说不定咱们已经把他们统统都消灭掉了。"

　　喜春走上前去："你小子也想来教训我啊，你怎么不说你要是枪法准一点，老早把那个大鬼子打死了呢，哼。"

　　"你……"

　　"你什么你啊，我才不想理你呢。"喜春说着也跑进城去，叫着李昌鹏："嗨嗨，老李，你别走这么快啊，等等我。"

　　李昌鹏看着朱山坡他们也上来了，他回到朱山坡他们这边："今天多谢游击队兄弟的一臂之力。"

　　朱山坡满脸笑意："国军兄弟客气了，打鬼子也是我们的事情，我们只是尽分内之职。"

　　李昌鹏哈哈大笑"我看兄弟你也是豪爽之人，要不到里面去，我请兄弟你吃饭喝酒。"

　　朱山坡摸了摸咕咕叫的肚子，又看了看蒜头他们饥渴的眼神："好好，那就恭敬不如从命，谢兄弟了。"

　　"走。"李昌鹏在前边带路。

　　喜春跟在李昌鹏身边，嘿嘿笑着："想不到老李你还挺客气的，我还以为你瞧不上游击队呢。"

蒜头说着风凉话："你别跟来，哪里凉快哪里呆着去。"

"去，关你屁事啊。我和老李可是有患难交情的，你哪里凉快，哪里呆着去。"喜春紧紧地跟在李昌鹏身边，李昌鹏还是不理喜春。

李昌鹏在县政府的食堂招待朱山坡他们，游击队员们狼吞虎咽地吃着大馒头。

"朱队长，战争时期，粗茶淡饭，望你见谅了。"

"我们能有这些吃就已经很不错了。"

"朱队长，你们游击队条件这么艰苦，还能义无反顾地打鬼子，实在令我佩服。"

"我们共产党人真心为老百姓，把鬼子打跑了，让老百姓安居乐业，这样我们就足够了。"

听着朱山坡的话，李昌鹏像是听懂了，点点头："朱队长这话说得很有道理，游击队是我们穷苦老百姓的队伍。"

喜春抱来两坛子高粱烧过来："朱队长，老李啊，我找来酒了，今天是个好日子，我们应该喝点酒庆贺庆贺。"

李昌鹏："有什么好庆贺的，鬼子还没有消灭完。"

喜春放下酒坛子，认真的说："哎，你这就错了，今天我们算是打了胜仗了吧，消灭掉很多鬼子吧？"

李昌鹏指着她："要不是你……"

喜春摆摆手，低头打开酒坛："嗨嗨，好了好了，不要再说了，我知道错了，要不是没有我啊，我看你现在就不会坐在这里了。"

"你的意思是，是你救了我一命了？"

喜春嘿嘿笑着："当然是我救了你啊，你看看你被小鬼子围在那座废弃的楼房上挨打，幸亏我及时把朱队长他们带来救你吧？这个大恩大德你就慢慢报答我吧。"

李昌鹏无奈地摇了摇头。

"好了好了，不说了，反正你心里记着就行了，你看看我对你多好啊，找来这么好的两坛子高粱烧。来来来，我给你满上。"喜春转移话题，说

着就给李昌鹏倒了一碗酒，随后给自己和朱山坡等人也倒上了酒。

李昌鹏拿起了酒碗提议："我们把手中的这碗酒，先祭战死的兄弟。"李昌鹏他们把酒倒在了地上，喜春却把碗里的酒，一口气喝了下去。

李昌鹏瞪了喜春一眼，喜春看着地上倒着的酒，有些惋惜地："这么好的酒，都倒在地上啊，兄弟们都在天上呢。"

李昌鹏忙着招呼："嗨，把酒继续给大家倒上。"

喜春拿着酒坛子："哼，真的不想再把这么好的酒给你们这些人浪费掉。"

喜春刚要给李昌鹏倒酒，卢雨菲从外面冲了进来："昌鹏哥……"喜春喉咙里的酒差点没吐出来。

卢雨菲快步冲到李昌鹏面前，一把抱住了他："昌鹏哥，你太厉害了，把小鬼子打跑了，我还以为你会出什么事。"

李昌鹏哈哈笑着："我能出什么事啊。"

喜春上来拉开卢雨菲："喂喂喂，你这个丫头怎么整天喜欢来凑热闹。"

卢雨菲瞪了喜春一眼："你管得着吗？"

"嗨，真是不教训你，还不知道理了，告诉你，不是所有男人都可以这样子随随便便抱的，你有对象了吗，你这样抱了别的男人，你以后的婆家会怎么想啊？"

卢雨菲一脸的不悦："昌鹏哥，这人到底是谁啊，总是阴魂不散？"

喜春指着自己的脖子："我阴魂不散？"

"喜春，你倒完酒就下去吧，不要再这里凑热闹了。"

喜春有些急了："什么，什么叫我在这里凑热闹，李昌鹏你有点良心好不好。我好歹也是你的救命恩人，你怎么能这样子对你的救命恩人呢？"

卢雨菲这时倒是提气："你说什么，你救过我昌鹏哥，你这个乡下女人真会说胡话。"

喜春一听卢雨菲这话，把眼睛都瞪得很大了："你到底是谁啊，你这死丫头口气倒是不小啊，你以为这里是你们家吗？"

卢雨菲底气十足："哎，这里就是我的家，是我爹的地盘，现在他死了，就是我的地盘。你想怎么样？"

喜春挥起了拳头，想要对卢雨菲动手，李昌鹏急忙阻止了喜春："喜春，别动粗。"

喜春对李昌鹏嘿嘿笑了笑："我没有动粗，我才不会和这个小丫头片子一般见识呢。"

卢雨菲指着她："你……"

李昌鹏实在受不了了："好了，小鬼子刚刚打跑，我需要静一静。"

喜春跟着："对对对，老李需要静一静，我也需要静一静，你不要再吵了。你一个小丫头，大人在这里喝酒，你就不要凑热闹了。"

卢雨菲很是生气："我……不就是喝酒嘛，我也会喝。"

喜春笑了："哈哈，你也会喝，好，那喝一碗。"

喜春把一碗酒递到卢雨菲的手中，卢雨菲看着酒，对喜春很是不服气，她又看了一眼李昌鹏。

李昌鹏上去阻止："雨菲，你不会喝酒，就算了……"

卢雨菲语气坚定："我喝。"一仰头，便把一碗酒喝了下去。

喜春看着卢雨菲，得意地笑着："不错嘛，小丫头，酒量还行啊。要不要再来一碗。"

卢雨菲苦着脸："这是什么东西啊，怎么这么难喝，不对，我的头怎么有点晕了。"

喜春满脸的笑意："对了，晕就对了。"

卢雨菲要去扶墙，但一下子没有扶住。

喜春数着数："一、二、三，倒。"

卢雨菲看着喜春，顺着喜春的手势倒了下去，喜春得意地慢慢大笑起来："哈哈哈，这个小丫头，还跟老娘斗，嫩了点。"

李昌鹏扶起了卢雨菲，让王迅扶着迷迷糊糊的卢雨菲下去了。

喜春拍拍手，松了口气："哈，现在安静了，老李啊，来，我们喝酒。"

李昌鹏看了一眼喜春没搭理她，走到朱山坡他们面前："朱队长，来，我敬你一碗。"

朱山坡拿起碗："好。"李昌鹏和朱山坡一口气喝掉了碗里的高粱烧。

喜春对着李昌鹏的酒碗，碰了一下："老李，你今天这面子可一定得

给我，我先干为敬。"一仰头把碗里的酒喝了个精光，随后又给自己满上一碗，"哈，这酒还真是不错。现在这碗呢，我们碰了碗后再喝，你为了能来打小鬼子，把老娘一个人丢在大树下，你知不知道老娘的命差点就落在那些小鬼子手上。"

李昌鹏看了看喜春："你现在不是很好吗，丝毫无损啊。"

"哼，要不是老娘福大命大，现在已经在跟阎罗王喝酒了。"

蒜头接过话："还不是我们出手救了你，你才保住一条小命，这酒啊，你应该敬敬我们才对。"

喜春挖苦道："怕死鬼，你没资格和我说话，还游击队呢。"

蒜头跳到桌子上，指着喜春："你这个杀猪婆，你再骂我句试试看？"

朱山坡站起来命令蒜头："坐下。"

蒜头气急败坏："队长，这个杀猪婆实在可气，是可忍孰不可忍。"

喜春得寸进尺："你有这个气啊，就留着，下次遇到鬼子，就给我冲上去杀。"

蒜头瞪着喜春，不甘示弱："好，下次我砍几颗小鬼子的脑袋来扔在你面前，吓死你。"

喜春以牙还牙："去，老娘砍了多少猪头了，还怕小鬼子的头吗。"

李昌鹏有些听不下去了，站起来想要走，喜春连忙拉住了他："哎，老李，你干吗？"

李昌鹏有气无力的回答着："我想去休息一会儿。"

"你这人懂不懂道理世故的啊，酒还没喝完，客人还坐在这里，你怎么能说走就走，喝酒，喝酒。"喜春倒是来劲了，说着又给李昌鹏倒上一碗酒，"来，干了。"

喜春先喝掉了碗里面的酒，李昌鹏看了一眼喜春，也只能喝了下去。

"快快快，坐下坐下。今天我们把小鬼子打得这么惨，大家都应该好好高兴高兴啊，你就别苦着个脸了，感觉跟个苦瓜似的。来，再喝一碗。"

李昌鹏无法只好把她支开："你应该好好敬敬朱队长，他是你的救命恩人。"

喜春恍然大悟："对，今天幸好有朱队长啊，不然我喜春真没命了，来，

朱队长，我喜春敬你两碗。"

喜春给自己满上，一碗喝下去，又倒了一碗酒，和朱山坡碰了一下碗，又一碗喝下肚。

李昌鹏还是面无表情，冷冷地说："我说喜春，你还是少喝点酒，到时别倒在我的军营里睡大觉。"

喜春笑着摆摆手："哈哈哈，老李啊，你真是小瞧我武喜春了，我从小就在酒缸里泡大的，你以为我是那个小丫头啊，一碗喝下去，就倒下了。"

李昌鹏脸上闪过一丝冷笑："好，那我倒是要看看你能喝几碗。"

喜春指指李昌鹏："你小子是真想试试我的酒量，还是想把我灌醉了。"

李昌鹏呵呵笑着："我把你灌醉干嘛。"

喜春哈哈大笑着："不干吗不干吗，不过老李你放心，我喜春是喝不醉的，想当年，我的祖宗武松武二郎，那可是响当当的大英雄，景阳冈上打虎，醉打蒋门神，完全就是喝酒喝出来的劲头啊。"

"我看你是不是已经醉了，怎么武松成了你祖宗了？"

"嘿，武松当然是我武喜春的祖宗，这在咱们武家的族谱上写得明明白白，清清楚楚的。"

"好好好，你是武松的第十八代孙女。"

"老李啊，继续喝啊，我还没喝到十碗呢，十碗酒总要喝的吧。来，满上满上。"喜春嘿嘿笑着，继续给李昌鹏满上，"老李，干了。"

李昌鹏拿着酒碗，又看了一眼喜春："哎，我说喜春，你以后别老李老李的叫我，我还没这么老呢。"

喜春先把碗里面的酒喝掉了，放下碗，看着李昌鹏："不叫你老李，那难道还叫你小李啊。叫小李，小李，不好不好，听上去，像个娘们。"

李昌鹏很无奈："那就直接叫我名字。"

"嘿嘿，李昌鹏啊，这名字是还行的，只是我直呼你名字，显得你我之间有些生分嘛。"

李昌鹏一脸正经："我跟你本来就不熟。"

"哎，你可别翻脸不认人，我们不但是患难之交，而且我还你的救命

恩人。"

"好好好，随便你怎么说。"

喜春突然猛地拍了一下李昌鹏的肩膀："嗨，你说那个慈禧太后身边的太监叫什么名字来着？"

李昌鹏不假思索着："慈禧太后身边的太监，李莲英？"

"对对，李莲英。慈禧太后叫李莲英叫什么来着？"

"小李子。"

喜春又重重地拍打了一下李昌鹏的肩膀："对，小李子，这个名字好，以后我叫你就叫小李子了。多亲热，一听就让人觉得咱俩关系那个好啊。"

"去，谁是小李子了，你把我当太监啊，不行。"

喜春嘿嘿笑着："小李子，你别生气嘛，我知道你肯定是纯爷们，不是太监，你这个小李子和慈禧老太后的身边的小李子不一样的，你可是响当当的抗日大英雄，杀小鬼子的好把手。"

李昌鹏白扯不过她："好好好，随便你怎么叫，反正名字就是一个代号而已。"

喜春不依不饶："这就对了嘛，小李子，就像我给我死去的花花取的名字，多好听啊，花花，小李子，小李子，花花。"

"你……"

"来来来，喝酒喝酒。"喜春仍旧嘿嘿笑着继续给自己和李昌鹏满上酒。

喜春又喝了一碗酒，已经喝得有些醉醺醺，李昌鹏劝说着："我说喜春啊，你不要再喝了，都喝了快二十碗酒了。"

"二十碗，哈哈哈，再来二十碗，我武喜春也没有问题，我没醉，一点都没醉。"喜春笑着摆摆手，起酒坛子，倒了倒，但酒坛子里已经没有酒，随即拿起蒜头那里还没喝完的一碗酒，一口气喝了下去："唔，好酒，痛快，去，快去找酒来，我还要再喝二十碗。"

李昌鹏和朱山坡看着喜春，都笑着摇摇头，李昌鹏无奈地摇着头："她真喝醉了。"

朱山坡凑近了问："李营长日后有什么打算？"

李昌鹏若有所思："打算？我还是打算坚守巴山县城，小鬼子肯定不

会善罢甘休，还会再来的。"

朱山坡微眯着眼睛："有什么需要帮忙的，李营长尽管开口。"

李昌鹏打心底里其实是看不起这支游击队，但他还是对朱山坡拱了拱手："多谢朱队长，如果我们和小鬼子打起来，还请朱队长能从背后给小鬼子来个突然袭击。"

朱山坡点了下头："好，我们一定助李营长一臂之力。"

喜春拉了一把李昌鹏："喝酒啊，你们在聊什么呢，打小鬼子啊，哈哈哈，小鬼子都被我们打怕了，还敢来吗，小李子啊，你得给我几颗手榴弹，我扔手榴弹可准了，一个手榴弹，炸死三个小鬼子。"

李昌鹏应付着："好好好，等你酒醒了，我给你两颗手榴弹。"

"不，现在就给我。"

"我怕你醉醺醺的，一不小心把手榴弹拉开了，到时可不好收场了。还是等你酒醒了再说。"

喜春嘟着嘴巴："哼，你们统统的都是小气鬼，连一颗手榴弹都不肯给，好，下次我直接从小鬼子身上去拿。去拿……打小鬼子……"

喜春迷迷糊糊地趴在了桌子上，李昌鹏没有办法，只好让朱山坡把她送回家，并再三叮嘱着不要让她再进城了，太危险。

山本清直带着溃败的日军退下来，小鬼子虽然被打败了，但队形还是很整齐。

他们急需要休整，就往村子走去寻找补给，路过武家村时，人们还是保持着一片祥和，小孩子们蹦蹦跳跳，在泥地里打滚，女人们在聊天，男人在菜地里种菜。山本清直看着武家村人，目光变得凶狠起来："这群愚蠢的支那人，活着也只是浪费粮食，还不如早点死好。"

藤野一郎诡异地笑着："大佐阁下说得对，还不如让他们早点死好。"

村口有一个小男孩看着山本清直，他的手里还拿着一个小碗，他从小碗里拿出一个豆子来放进嘴巴里面吃，对山本清直傻笑了一下，藤野一郎眼神中露出凶残之色，他慢慢地举起枪，对准了小男孩，一枪打过去，小男孩的脑袋被打爆了，小男孩身边坐着他的妈妈，鲜血和脑浆溅到了她的

脸上，她一声撕心裂肺的尖叫。这一声尖叫传遍了武家村的各条巷子，藤野一郎随后又一枪杀害了小男孩的妈妈，把枪收了起来。

山本清直奸笑着："藤野君，你的太残暴了。"

"大佐，这些支那猪太可恨了。我藤野一郎见到支那猪就要杀。"

山本清直没有回藤野一郎的话，他的手中握着指挥刀下令："进村。"老百姓们惨叫着，到处逃窜。日军开始残暴的屠杀，无论妇女孩子全部都枪杀或是用刺刀挑死，几个日本兵追着一个少女，淫叫着："花姑娘，花姑娘……"日本兵把少女拖到了草垛上开始轮奸她，武家村一时间惨叫声、救命声四起。

郑小驴听到了外面的枪声，吓了一跳，拉着狗蛋往外跑，刚跑到门外，这时，一个村民血淋淋的冲过来，郑小驴急忙拉住了，惊问："黑娃，你怎么了？"

"小驴，你就别问了，日本鬼子打进来了，杀了好多人啊，我是逃出来的，快逃命，快逃命啊。"村民黑娃上气不接下气的说着就继续往前逃命去。

"日本鬼子杀进来，日本鬼子来了啊……"郑小驴站在那里愣了一下，枪声和惨叫声离郑小驴他们越来越近，郑小驴回过神来，拉着狗蛋就逃命去。

狗蛋叫着："爹，我们好像走错方向了。"

郑小驴连忙刹住了脚步："走错——错……错方向了？对对，我都懵了，差点撞日本鬼子枪口上去，往哪里逃，对对，往这里逃。"郑小驴背起狗蛋，往刚才黑娃逃跑的方向跑去，他们刚消失在拐角处，日本鬼子已经追杀上来，打死了几个在前面奔逃的村民。

郑小驴背着狗蛋一路狂奔，跑到草料场附近，郑小驴实在是跑不动了，狗蛋拍着郑小驴的肩膀："爹，日本鬼子追上来了，快跑，快跑啊，爹快跑。"

郑小驴又跑了几步，气喘吁吁地："跑不动，爹真的不跑动了。"

狗蛋还天真的说着："那我们就要被日本鬼子追上了。"

郑小驴摇摇头："鬼子，不，不能，我们不能给他们追上的，你娘还没回来，我们被日本鬼子追上的话，就没命了。"

第四章

　　郑小驴看了看周围，看到有几个老百姓往草料堆里躲了进去，郑小驴放下狗蛋，拉着狗蛋的手："狗蛋，我们也躲到草料堆里面去，这样日本鬼子就找不到我们了。"说着狗蛋跟着郑小驴跑到草料堆里，郑小驴找了两堆草料，那里都躲着人，他们对郑小驴摆摆手，示意让他不要进来了。郑小驴拉着狗蛋又找了一堆草料。

　　这时，外面的日本鬼子已冲上来，武藤勇大叫着："见到支那猪就杀，一个都不留。"

　　郑小驴把狗蛋塞到草料堆里："狗蛋你先躲进去，千万不出声。"

　　"噢噢，爹，我知道了，我不会出声的。"狗蛋很乖的说，随即捂住了自己的嘴巴。

　　郑小驴跳到草料堆上，头往里面钻，但怎么也钻不进去，屁股还是露在外面，郑小驴重新又爬出来。

　　狗蛋着急叫着："爹，你快点，快点啊，日本鬼子来了。"

　　郑小驴急得团团转，从旁边拿了几捆稻草过来，躲在狗蛋旁边，把稻草盖在了自己身上。

　　外面有一队小鬼子走过。

　　郑小驴和狗蛋躲在草料堆里不敢发出一点声音。

　　"支那人都很狡猾，我敢打赌，这里肯定藏了很多村民。"山本清直脸上露出一丝的狰狞，对几个手下说，"大家都拿出刺刀来，看谁的刺得准。"

　　武藤勇他们拿着刺刀往草堆里面刺杀，不一会儿，草堆里响起惨叫声，鲜血从草堆里面喷洒出来，武他们欢呼着："哈哈，我又刺中一个，哈哈，这里果然有很多支那猪。"

　　武藤勇对山本清直竖起大拇指："大佐阁下果然是神机妙算。"

　　山本清直笑着点点头，任由小鬼子们刺杀手无缚鸡之力的中国百姓。

　　山本清直看到一堆草料上轻轻地在抖动，他举起枪，对着这堆草料开了两枪，一个老百姓被打中，尸体从里面倒出来。藤野一郎也要来试，寻找着目标，对着一堆草料开枪，但是里面没有人。

　　山本清直哈哈哈大笑起来。

　　藤野一郎又对着一堆草料开枪，但是里面还是没有人，他有些恼火了。

"哈哈哈，藤野君，看来你的运气真是不好啊。"

此时躲在草料中的郑小驴和狗蛋惊恐地看着外面，不敢发出一点声音来，郑小驴吓得已经尿了裤子，尿水湿透了裤子，他极其害怕山本清直他们对着自己和儿子开枪，闭上了恐惧的眼睛。

朱山坡和蒜头等人送喜春回来，喜春喝得醉醺醺的，走路东倒西歪的，嘴里还唱着五音不全的山歌。武家村方向隐隐约约传来枪声，朱山坡马上提高了警觉。

喜春像是也听到了枪声："有什么情况啊，肯定是黑娃的大闺女出嫁了，人家放鞭炮呢。"

喜春还在唱着歌，和朱山坡他们来到武家村村子口，村子口边上横满了尸体，已是一副惨不忍睹的景象，朱山坡惊呆了，蒜头也愣在那里。

喜春迷迷糊糊睁开眼睛来："怎么了，你们都怎么了？"

蒜头："鬼子，肯定是小鬼子干的。"

喜春看见了地上的小孩和妇女尸体，大叫一声："啊……"

喜春的酒劲顿时醒了一半，奋不顾身地跑上去，抱住那个小孩子尸体，叫着："小松子，小松子。"又摇了摇那个妇女的尸体："阿青，阿青，啊，这是怎么了，你们都怎么了，怎么都死了啊，谁干的，谁杀了你们啊？"喜春开始疯狂地奔跑，她的眼前都是一具具惨不忍睹的尸体，蒜头跑上来拉住了喜春。

喜春瞪大着惊恐的眼睛："这是怎么了，我是不是在做梦，我在做梦，这不是真的。"

喜春根本控制不住自己的情绪："我的儿子，狗蛋呢，狗蛋在哪里，小驴，你们在哪里？"

喜春要往村子里面跑去，这时，响起了枪声，蒜头拉不住喜春，叫着："喜春，你不能进村。"

朱山坡也跑上去拦住了喜春："喜春，你不能进村去，肯定是小鬼子在屠村。"

喜春歇斯底里地哭喊着："啊，我的狗蛋，我的狗蛋是不是也被小鬼

子杀死了，我要去找我的狗蛋啊。"

喜春已完全失控，不听朱山坡的话："我要去找我的狗蛋，我要找我儿子，你们别拦着我了，我求求你们了。"

朱山坡很清醒的告诉她："你现在不能去，你这样冲进去，不光救不出他们，你自己也是个死，你留在这里，我带着人去给你找你儿子。"

喜春看着朱山坡，朱山坡坚定语气："相信我。我会救出他们的。"

"你的孩子叫狗蛋，男人叫小驴？"

"嗯，是的。"

朱山坡转身要走。

蒜头想要去阻止："队长，你也不能去啊，里面太危险了，你去的话……"

朱山坡："好了，蒜头，你别说了，你和胡宝、陈华他们留在这里，看好喜春，张忠你们都跟我走。"

蒜头还是不放心："队长，你要小心点啊。"

"好，我会小心的。走。"朱山坡拍了拍蒜头的肩膀，带着张忠等人摸进村子去。

喜春还想挣脱开蒜头："我也去。"

蒜头推了喜春一把："你能不能不要折腾了，你知不知道进村去有多少危险，我们队长是冒着生命危险去给你找狗蛋的。"喜春哭丧着脸，蹲着地上抓着头发。

第五章

　　山本清直他们包围着草料场，藤野一郎对着一堆堆的草料连着开枪，终于有老百姓被他打中，惨叫一声后，从草堆里倒出来。

　　山本清直大笑着："唔，藤野君，你的运气终于来了。"

　　藤野一郎很没劲地说："大佐阁下，这里的支那猪已经都被我们消灭了，我们该换个地方去消遣了。"

　　"不不，我看这个地方还有人，不信我们可以打个赌。"山本清直摆了一下手，慢悠悠地抽着烟，看着一堆堆的草堆。

　　还躲在草堆里的郑小驴眼眶里都已经是泪水，他祈祷着外面的日本鬼子快点离开，倒是狗蛋好像没有多大的恐惧感，他的眼睛迷糊着，慢慢地要睡过去，突然他想要打一个喷嚏。郑小驴看着儿子要打喷嚏，连忙用手捂住了，但已经来不及，狗蛋打出了半个喷嚏。

　　藤野一郎转身寻找声音发出来的目标，又开了两枪："出来，支那猪，快给我滚出来。"

　　"藤野君，你何必这么费力气，有时候，你要动动你的脑子。"山本清直满脸的笑容，山本清直又吸了一口烟，烟头变得火红，"动脑子，你看看这里都是草堆，一点就会着。"

　　藤野一郎笑了笑："噢，大佐的意思是，用火活活烧死他们。"

　　日本兵拿着火焰喷射器，对着草垛子喷射，藤野一郎邪恶地狂笑着，草料场里都烧了起来。狗蛋开始害怕了，但郑小驴还是拉着他不让他出去。

　　草料场里已是熊熊烈火，还有几个老百姓从草堆里爬出来，他们一出来，几个日本兵就冲上去，用刺刀将他们杀死。

朱山坡带着张忠等游击队员过来，村子里已是满目疮痍，屋门边，断墙上都横满了尸体，看到这朱山坡咬牙切齿："可恨的小鬼子，老子一定要杀了你们，给乡亲们报仇。"

他们看到前面着火的草料场，都拼命地奔跑过去。

郑小驴和狗蛋已经受不了浓烟，狗蛋不断地咳嗽，郑小驴一开始还想去捂住狗蛋的嘴巴，但是自己也咳嗽起来，郑小驴实在受不了，但他还是害怕，他宁可被火烧死，也不想被日本鬼子杀死，他坚持着没有逃出去。藤野一郎拿着刺刀朝郑小驴这边走过来，就在这时，朱山坡他们跑了过来，子弹射向藤野一郎，藤野一郎连忙躲过了子弹，山本清直一看到是朱山坡，有些恼火："游击队也敢来嚣张，你们是来找死的吗，给我消灭他们。"

张忠带着人对付这群小鬼子，朱山坡到里面去救喜春的孩子，他从围墙后面，悄然地往草料场里面摸过去。

郑小驴的屁股上被火烧着了，他终于受不了了，从草堆里跳出来，他拉着狗蛋的手跑着，子弹在郑小驴的身后呼呼而过，他哇哇哇大叫着，藤野一郎用枪对准了狗蛋，正要扣动扳机的时候，朱山坡从藤野一郎身边飞身跳出来，一脚踢飞了藤野一郎手中的枪。朱山坡对着藤野一郎开枪，藤野一郎往外扑出去。此时，火势越来越旺。

"救命，救命啊……"郑小驴吓得不知道该怎么办，他无助地叫着，看到吓得瑟瑟发抖儿子，他安慰着，"狗……狗蛋，你——你不要，不要害……害怕，爹在呢。"

朱山坡拉住了狗蛋，一下把她报过来，高兴的问着："狗蛋，你是狗蛋，喜春的儿子？"

狗蛋点点头："嗯，我是狗蛋，我娘是叫喜春。"

朱山坡喜出望外的对着郑小驴："你们快走，我来抵挡小鬼子。"

朱山坡继续对着冲上来的藤野一郎开枪射击，郑小驴拉着狗蛋往朱山坡指着的方向跑，子弹射过他的耳朵，郑小驴吓得跪倒在地："我不想死，我不想死啊。"

朱山坡一边还击藤野　郎他们，一边拉起郑小驴后退。

草料场已是一片火海，张忠为了掩护队长撤退就带着游击队员向山本

清直他们扑了上去，朱山坡不时地回头来看张忠他们，脸上都是悲伤，张忠看着战士们一个个倒下去，拿着枪冲上来，和小鬼子搏杀，张忠连着刺死了两个小鬼子。藤野一郎冲上去，一刺刀捅进了张忠的肚子里，张忠还想反抗，一口血喷在藤野一郎的脸上，藤野一郎抽出了刀子，张忠硬梆梆地倒了下去。

朱山坡远远地看着自己的战友牺牲，眼睛里都是泪水，狗蛋吓的大哭起来，郑小驴抱着狗蛋，和朱山坡往村口跑去。

喜春看到了郑小驴，大叫起来："小驴，小驴，这边。"

郑小驴看到喜春大叫着："啊，喜春，狗蛋，你娘还活着，喜春，喜春……"

子弹从郑小驴身边射过，郑小驴吓得摔倒在地，狗蛋也摔在地上。小鬼子追上来，朱山坡连忙抱起狗蛋，他们跑到晒谷场的稻草垛旁边，喜春扑了上来："狗蛋，狗蛋，我的儿啊。"

朱山坡把狗蛋交到喜春手中，朝着外面冲上来的藤野一郎他们开枪。

"狗蛋，你没事吧，没伤着吧，吓死娘了。"喜春把狗蛋紧紧抱在怀里，看着他抽泣起来。

狗蛋给喜春擦泪："娘，我没事，你不要哭。"

郑小驴在一旁拽着喜春："小鬼……鬼子上来了，我们逃，快逃。"

郑小驴甩腿又要逃跑，喜春一把拉住了他："逃什么逃，我们不怕小鬼子。"

朱山坡看着情况大为不妙："喜春，你快和你的家人离开，这里就交给我们了。"

郑小驴拉着喜春："是啊，喜春，我们走吧，这里实在是太危……危险了。"

喜春推开了郑小驴："你个怂包，别人是在救我们，我们怎么能说离开就离开，我武喜春要和朱队长一起打鬼子。"喜春让郑小驴把狗蛋带走，她要留下。

郑小驴急了："喜春，不能啊，你会被打死的。"

喜春骂着："滚。老娘不怕死。"

朱山坡顶着喜春："好了，喜春，你别说了，你知道为了救回狗蛋，

我们游击队死伤惨重，现在如果你们不走，那我们就都要被小鬼子消灭了，走啊。"

喜春固执不肯走："朱队长，就让我留下来跟你一起打鬼子。"

朱山坡命令着："蒜头，把喜春带走，其余人，跟我在这里阻挡鬼子，让他们撤退出去。"

蒜头不肯丢下队友，继续还击着。

朱山坡看着冲上来的藤野一郎，心急如焚："走啊，我们没时间了。蒜头，快带着他们走，这是命令。"

蒜头的眼睛里含泪："队长，你不要让我带他们走，我蒜头就是死，也要和你死在一起，我求你了。"

朱山坡用枪顶住了蒜头的脑袋："你不走，我就一枪崩了你。"

蒜头闭上眼睛："那你就崩了我吧！"

喜春冲上去拉开了蒜头和朱山坡："朱队长，我答应你，我走。"

蒜头僵持着还是不动。

朱山坡再也忍不住了。大叫着："你走啊，你要给巴山游击队，留一点火种啊，我们不能全军覆没，走啊！"

喜春看着朱山坡，心里一阵难过："朱队长……"

藤野一郎他们越逼越近，子弹不断地从喜春和朱山坡耳边飞过。

喜春含着热泪："朱队长，都是我喜春害了你们。"

朱山坡："好了，别说了。喜春，如果你能活着，就给老子重振巴山游击队。"

喜春重重地点头："朱队长，你们游击队都是好人，是老百姓的救命恩人。我会好好活着，就算我武喜春拼了这条命，也会把游击队重新拉起来，杀鬼子，给你们报仇。"

喜春泪流满面，和蒜头、郑小驴、狗蛋离开了。

朱山坡还在还击着冲上来的小鬼子，小鬼子越来越近，藤野一郎突然一枪击中了朱山坡，朱山坡捂住伤口，继续朝着小鬼子开枪，击毙几个小鬼子。藤野一郎很是气恼，对着朱山坡疯狂地一阵射击。朱山坡又中了两枪，他再开枪，但枪里已经没有子弹，他靠在稻草垛上，实在没有力气了。

　　一群小鬼子朝着朱山坡冲上去，朱山坡看着腰间的最后一颗手榴弹，他迅速拉开手榴弹的引信，转身抱在小鬼子的刺刀上，浩然长啸着："小鬼子，爷爷跟你们一起去见阎王爷。"朱山坡手中的手榴弹炸开，一下子炸死了好几个围上来的小鬼子，小鬼子的惨叫声连连。

　　山本清直走到朱山坡的尸体边，用脚踢了踢已经面目全非的朱山坡："你是一个真正的军人，只是生错了地方，你要是大日本天皇的子民，你可以有很大的前途。"

　　喜春带着蒜头、郑小驴、狗蛋逃进了鬼谷密林中，密林里弥漫着浓烈的雾气，和密密麻麻的灌木丛。

　　远处的枪声已经渐渐平息下来。

　　"呜哇，队长……队长，都是我蒜头没用，不能救你，让你死得这么惨，队长，对不起，对不起。"蒜头突然跪在地上大哭起来，拳头击打着泥土："队长，队长……"

　　喜春也痛苦地跪了下来，泪流满面地："朱队长，是我喜春害死了你，要不是因为我，你也不会死。"

　　蒜头突然抓住了喜春："你这个臭娘们，你害死了我们队长，还把我们游击队的战士都害死了，你这个扫帚星，我要杀了你。"

　　蒜头拔出枪，顶住了喜春的脑袋。

　　喜春瞪大着眼睛："你杀我啊，你要是杀了我能让朱队长活过来，就杀了我，现在就开枪杀了我。"

　　蒜头放下了手中的枪，又悲痛地哭起来："队长，我蒜头没用，我一个人活着也没有意思了，还不如死了算了。"

　　蒜头举枪要自杀，喜春急忙夺下了他的枪："蒜头，你别干傻事，你留着子弹还要去打鬼子。把枪给我。"

　　"武喜春，你到底想干什么，现在游击队就我一个人了，我还怎么打鬼子。"

　　喜春认真的说着："游击队不是还有我吗。"

　　蒜头摇摇头："算了吧，就你？"

　　"我武喜春答应过朱队长，巴山游击队一定要重整旗鼓，我要给他报

仇，杀了那几个大鬼子，给他报仇。"

"报仇？我们能报得了吗？"

"能报，一定能报，我们要把日本鬼子赶出中国去。"

蒜头还是摇摇头，完全不相信喜春，他往前走去。

"蒜头兄弟，你去哪里？"

"我要去跟小鬼子同归于尽。"

喜春一听，吓了一跳，急忙跑上去抱住了蒜头："什么同归于尽，你不准去。"

"放开我，让我去。我跟小鬼子同归于尽，这样我也能去见队长和游击队的兄弟们。"

喜春拉着蒜头："我不允许你这样去送死，蒜头，你要相信我，我武喜春一定会给朱队长报仇雪恨的。"

蒜头还是有些不相信地看着喜春。

喜春郑重的说："相信我，就相信我一次。况且，我们也要完成朱队长临终所托啊。"

"好，那我就信你一回。"

武家村已是满目疮痍，很多房屋都在燃烧中，路边横满了尸体，还有许多乡亲的哭泣声，喜春带着蒜头他们过来，喜春暗自骂着："小鬼子，小鬼子，老娘一定要把你们碎尸万段，一个都不留。"

蒜头没有理睬喜春，他看着被小鬼子杀死的村民，越看越气愤，蒜头突然看到了张忠的尸体，大叫着扑上去："啊，张忠，张忠……"蒜头猛地抱住了张忠的尸体，伤心地哭了起来。

喜春走过去，拍着蒜头的肩膀："人死了就不能复生,你还是别难过了。"

蒜头发怒地："别碰我，你离我远一点，他们，他们都是为你而死的啊，呜啊啊。张忠，我的好兄弟啊。"

蒜头突然就看到了陈华的尸体，奋力爬了过去："陈华，陈华兄弟……"

喜春站在那里不知道该怎么安慰。

蒜头站了起来："我要找我们队长，我要找到他，我要把他好好安葬了，

队长，对不起对不起。我蒜头就是个没用的男人。"

喜春难过地往晒谷场这边跑去，泪如雨下，她擦了一把眼泪，四处寻找着朱山坡的尸体，她突然看到了朱山坡已被炸得很惨的尸体，喜春一步一步缓慢地走过去，她不敢相信这是朱山坡的尸体，但又不得不信，因为喜春认得朱山坡脚上的鞋子，喜春悲痛地大哭起来："朱队长，是我喜春害死了你，是我喜春害死了你，要不是因为我，你们都不会死，都是我的错，都是我的错。"

"队长……"这时，蒜头也跑上来蒜头推开了喜春，看着朱山坡的尸体："队长，都是蒜头没用，不能和你一起作战，不能和你同生共死。"

喜春楞了许久，对蒜头说："把朱队长他们安葬了吧，让他们在天之灵保佑我们，多杀鬼子。"

蒜头默默点头。

坟场里立起了一座座的新坟。喜春对着朱山坡和游击队员的坟头发誓着："各位大哥们，今天我武喜春在你们坟前发誓，一定会重振巴山游击队，和小鬼子抗战到底，给你们报仇。"

喜春说着拿出杀猪刀来，一缕一缕割下自己的头发来："割发起誓，我武喜春下定决心，要和跟鬼子干到底。"喜春头发飘落在坟地上。

蒜头跪在地上："队长，你们在这里等着我，我蒜头不是一个斤斤计较、贪生怕死之徒，等我打完鬼子，我会回到这里，和你们在一起，我们永远永远都是好兄弟。"

喜春的长发已经割掉，只剩下短短的头发，她拍了一下蒜头的肩膀："蒜头兄弟，重建游击队，还需要你多多帮忙。"

蒜头看了一眼喜春，不置可否，他的心里其实是不相信喜春的。

过了好久，喜春还是不肯离去，蒜头看着喜春，又转向朱山坡的坟头："朱队长，各位兄弟，我蒜头先回去一下，我会经常来看你们的。"蒜头说着转身离去。

喜春拿着酒坐下来，给朱山坡坟前的碗里倒了一碗酒，自己的碗里也满上了："朱队长，我知道你在下面已经听不见我说话了，但是我还是想跟你说说话。来，先喝一碗酒。"

喜春拿起朱山坡坟前的酒碗，把酒倒在了他坟头上，自己也喝了一大口："其实我喜春心里清楚，要想重新拉起一支游击队来，很难，你看看，蒜头兄弟就对我不相信，我看出来了……"

喜春抽泣了一阵，眼泪流出来，她一把擦掉了脸上的泪水："但是我喜春不怕，什么都不怕，经历了这么多事情，我喜春想明白了，你们可以不顾家，不怕死，上战场打鬼子，我喜春和你们不一样都是中国人吗，你们能不怕死，为老百姓打鬼子，我喜春也能啊。"

喜春又喝了一口酒："朱队长，就算一年之内拉不起游击队来，两年总可以了吧，两年不行，那就三年，五年，只要我武喜春不死，我就一定会把游击队重新拉起来。"

坟场里静悄悄的，一只乌鸦停在枝头也不叫唤，喜春又倒上酒，灌着下了肚子："我不怕，什么都不怕了，大不了一个死嘛，朱队长，你说这小鬼子怎么这么残暴，他们怎么就跟野兽一样呢，一定要来吃人，好，就算他们都是野兽，那我们就打野兽，把他们都消灭掉，我武喜春可是武松的传人啊。"

喜春想站起来，但没有站稳："我，我喜春可是会功夫的，会打拳。"喜春想使出几招来，但跌跌撞撞连站稳都难，脚下没站住，就摔倒了，她趴在地上，呜呜呜地又哭了起来："朱队长，对不起，对不起，是我喜春害死了你们，我喜春要给你们报仇，杀了那几个大鬼子，杀鬼子……把日本鬼子赶出中国去。"

喜春说着迷迷糊糊睡了过去。

李昌鹏亲自带着尖刀连战士到城楼上巡视，这时，卢雨菲跑到李昌鹏身边来，甜甜的叫着："昌鹏哥。"

"雨菲，你到这里来干吗，我不是跟你说过吗，以后别来这城楼上，有危险。"

卢雨菲把手中的棉衣递到李昌鹏手中："好了，别说了，快穿上，也不知道合不合身，这是我爹最喜欢的一件棉大衣。"

李昌鹏一听卢雨菲提到她父亲，心里有些难过，眉头皱了一下，把棉

衣穿到了身上。卢雨菲往城楼下看了看："以前我觉得我爹是个文弱书生，有些时候我还觉得他很迂腐，但是现在我觉得他是一个英雄，天地英雄。"

李昌鹏点点头："是的，卢县长是个大英雄，他将铭刻在抗战史上。雨菲，你是一个坚强的女孩子，本来我以为……"

"你以为我会怎样？以为我会很悲痛，会一蹶不振吗，不，爹是打鬼子死的，他死了，但他的英魂永远在我身边，在这座巴山县城，我卢雨菲感到骄傲自豪。"

李昌鹏点点头："嗯，卢县长的英魂永远在这座城里，等打完了鬼子，我会在这城上给卢县长树一块丰碑。"

"好。昌鹏哥，等打完鬼子，你有什么打算？"

"什么打算？化剑为犁，耕读山野间。"

"化剑为犁，耕读山野，好，好主意，那我就做你的红袖，为你添香，陪你在身边。怎么样？嘿嘿。"

李昌鹏一时不知道该怎么回答了："风，风太大了，雨菲，我送你下城去。"

李昌鹏走在前头，卢雨菲只能跟上。

喜春找到月芳把她的想法说了出来，月芳站了起来，摸了一下喜春的额头："哎，喜春，你没发烧吧？"

喜春推开了月芳的手："我发什么骚，我又不是狐狸精，我说的是真的。我答应朱山坡队长，要重新建立起一支游击队来。"

月芳半信半疑："就你这觉悟，太不让人相信了。"

"是，我这人没什么觉悟，连给抗日战士们纳鞋都不肯，还偷偷逃跑了，是我不好。"

"你也知道不好的啊。"

"那时候不是因为我不知道抗日战士这么厉害吗，现在我跟他们一起打过仗了，我觉得他们是天底下最厉害的英雄好汉，可以和咱们的祖上武松相提并论。他们是咱们老百姓的救星。"

月芳打断了她的话："好好好，喜春，就算你现在有这觉悟了，但是

要拉起一支游击队伍，可不是一件容易的事情。"

"我知道不容易的，所以今儿个才来找你帮忙啊。"

"找我帮忙？我没这个本事帮你啊。"

"你不是妇救会主任吗，只要你一发令，大家都会听你的。"

"嘿嘿，在你喜春面前，我也不想说假话，我这妇救会主任，也就只能号召大家纳几双鞋，再不去征一些粮来，拿我都很难的。你现在让人家跟着你去打日本鬼子，我看没这么容易的。"

"现在咱们武家村都被鬼子屠杀了，多少乡亲父老都死了，现在大家肯定都很想去杀鬼子，给亲人们报仇雪恨的。"

"是的，大家都想报仇，但是大家都怕日本鬼子，你真要他们去打鬼子，拿什么打，没刀没枪的，你冲上去，就被鬼子打死了。"

"这倒是个问题啊，没刀没枪，怎么打鬼子，鬼子有枪有炮啊。噢，对了，李昌鹏，我可以先问他借，月芳，你不用担心枪这个问题，我可以去借枪，这个事包在我喜春身上。"

"借枪，你问谁借？"

"这个你就别管了，我喜春肯定能把枪借来。现在你要帮我做的事情，就是先把人给拉起来。人数嘛，越多越好，只要有力气的，都行的。女人也可以。"

月芳微微摇了一下头："喜春，打鬼子，真不是我们这些人能干的，我还是劝你不要搞这些了，巴山游击队在咱们这里也算是一支能打仗的队伍，但是你看看，现在怎么样，全部都死了，我不想看着更多的人作无谓的牺牲了。"

"武喜春，我武月芳郑重的告诉你，你别干什么傻事，你家里还有老爹，还有狗蛋，你要为你的家人想想。"

喜春指指月芳："武月芳，你别看不起我武喜春，你等着，你不肯帮我是吧，好，那我武喜春就做给你看看，就算没有你，我也可以把游击队拉起来。"

月芳还想劝导一下喜春："喜春，喜春，你别乱来……"

喜春不理月芳，气呼呼地离开了。

喜春正打算去县城找李昌鹏，在村中碰到了蒜头，蒜头也往村子口走去，急忙跑上去叫住蒜头："蒜头兄弟，蒜头，我正要找你呢，你干嘛去？"

"我去找大部队。"

"啊，找大部队，你什么意思啊，你要离开我？"

"喜春，其实该说的话，我都已经说了，你要重建游击队，那是你在做白日梦，小鬼子可不是好对付的，就算给你拉起一支队伍来，只要一和小鬼子交火，大家都会死翘翘，我不想再看着这么多活生生的人白白去送死了。"

"蒜头，怎么连你也说这种丧气话了，朱队长和这么多兄弟的仇，你还报不报了？"

"仇当然要报，所以我要去找大部队归队，和他们一起打鬼子。"

"蒜头，你不要走，今儿个我放下狠话，要是打不跑鬼子，我武喜春就去跳江。我跟你说啊，我们的妇救会主任武月芳已经答应给我拉起一支人马，我现在呢，是去县城里找李昌鹏。"

"找国民党干嘛？"

"找他借枪去，他要是客气点，说不定还能借我们一门大炮呢，有了人马，有了枪炮，我们就能跟小鬼子好好的干一场。"蒜头似乎有些被喜春说动了，喜春继续着："怎么样？你要相信我，支持我，我们重新把游击队拉起来，要比以前你们的游击队更厉害的。"

蒜头半信半疑的点着头："好，那我先留下来看看。"

喜春拍了一下蒜头的肩膀："这就对了嘛，这才是好兄弟啊，走，跟我进城去，找李昌鹏借枪。"

喜春拉着蒜头就往县城去。

在城门口的小树林边，武藤勇带着几个日军，化装成了中国老百姓，武藤勇看着城楼上兵力情况，发现了喜春她们，嘀咕着："杀猪婆？她又来巴山县城干什么？"武藤勇对手下说小声的吩咐着："不要管她，我们来这里是刺探支那军的兵力布置情况的。"随即往中水门摸过去。

喜春咋咋呼呼地和王迅进来，高谈阔论道："这些小鬼子就是欺软怕硬，

所以我们一定要硬一点，看，像我的拳头一样硬，一拳头打过去，把他们打得满地找牙。"

喜春挥动着拳头，王迅在她身边一躲闪："好了好了，知道你厉害，省点力气，以后上战场，打真的鬼子。"

喜春嘿嘿笑着。

院子里，李昌鹏正在和卢雨菲谈话，这时，喜春跑进来，看到了李昌鹏和卢雨菲："哎呀，你酒醒了啊？"

卢雨菲看到喜春，极不高兴："你怎么又来了？"

喜春故意靠近，捎饬她："嘿嘿，我来看你的啊，看你有没有醒来，我还以为你要睡三天三夜呢，想不到你的酒量还不错嘛，一天一夜就醒过来了。哈哈哈。"

卢雨菲无言以对，又恨又气指着喜春："你……"

喜春笑了笑："好了好了，小丫头，老娘不跟你开玩笑了。"

李昌鹏接过话："喜春，你还来县城做什么？"

喜春上去，搂住了李昌鹏的肩膀："哎呀，小李子啊，我来县城，当然是来看你的啊，我想你了还不行吗？"

李昌鹏没好气地说："武喜春，你正经点行不行？"

喜春一本正经："啊，我有不正经吗？我找你有正经事。"

李昌鹏故意拉长声音："拿开你的手。"

喜春不理会："咱们是兄弟，搂着你的肩膀有什么事呢？没事没事。走走，我们到里面去说话。"

李昌鹏厌烦的问着："喜春，你回到县城来，到底还想干吗？"

喜春脸上有些许的悲伤："肯定是有事了。我们村，我们村，被山本这狗日的给屠村了。"

李昌鹏大惊地："什么，山本清直屠村？"

"游击队也打完了，朱队长死了。"喜春很是难过地说，李昌鹏和王迅等人都很惊讶，喜春停顿了片刻："是的，被小鬼子打死的，现在游击队就剩下蒜头兄弟一个人了，我今天来县城，就是要和小李子来商量事情的。"

喜春加重了语气："重建巴山游击队，我要给朱队长和死去父老乡亲们报仇，我要杀了山本清直。"

王迅愤愤不平："这群小鬼子，真是太可恨，被我们打跑了，结果去屠杀无辜的村民，妈的，老子下次见着山本这狗东西，一定要打爆他的狗脑袋。"

李昌鹏问着："你要重建游击队，怎么建，需要我帮什么忙？"

喜春干脆利落："好，既然大家都是兄弟，我就开门见山地说了，小李子，你借我五十杆枪，你要是有炮的话，最好也能借我两门炮。"

李昌鹏冷冷的说："你要枪炮干嘛？"

"嘿，你这话问的，我要枪炮当然是打小鬼子啊，游击队建立起来，我总不能赤手空拳去跟小鬼子打吧。"

"这枪炮不能随便借，况且，建立起一支队伍来，哪有这么容易。"

喜春看着李昌鹏："小李子，你不会这么小气吧，好，你就说，借还是不借，你要是不借，我现在立马走人。"

"你走吧。"

喜春发火了："喂，李昌鹏，你真的是很无情无义啊，一点哥们义气都不讲的啊。"

"喜春，这枪，我是不会借给你的，你一个女人，也别去打什么鬼子了，这鬼子啊，就留给我们军队去打，知道吗？真是疯了。"

喜春指着李昌鹏："李昌鹏，你不借就不借，别给我找这么多理由，我武喜春告诉你，这游击队，我肯定要重新拉起来的，咱们走着瞧，到时你别求着我，让我来帮你一起打鬼子。"

喜春气冲冲地走出去，一脸气愤，在回去的路上骂个不停："气死我了，真是气死了，全天下的人都没这个太监孙子小气。"

蒜头低丧着头："喜春，我看你也别想重建游击队了，这事，我看着也不靠谱。打小鬼子真的没有这么容易的。我还是劝你，算了吧。"

"蒜头，什么叫算了吧，朱队长临死的时候，我们可是答应过他的，把游击队重新拉起来，我们一起带着游击队去打鬼子。"

蒜头低下头去："可是……"

喜春自信地说："蒜头兄弟，相信我，我们行的，一定行的。"

蒜头叹了口气，不再搭理喜春，在路过西岩村，突然喜春看到一颗树上藏着一个人，一个叫阿飞的女孩拿着一把诸葛连弩猛然间飞了出来，惊起了一阵鸟，阿飞亮开手中的诸葛连弩，连发十箭，箭无虚发，每一箭都射中一只鸟。喜春一看阿飞的身手，惊讶地长大了嘴巴："哇啊啊，这身手，真是要牛了，一下子射死了这么多鸟，我该不会是眼花了吧？"

喜春若有所悟："要是她射的不是鸟，是小鬼子，那该多爽啊。"

蒜头点了一下头："那她可以杀很多鬼子了。"

喜春大喜："这么好的人才，我武喜春，绝对不能放过的，走，过去看看。"

喜春笑眯嘻嘻地竖起大拇指："嗨嗨，姑娘，你刚才的打鸟技术，实在是太厉害了。"

阿飞用冷眼看了喜春一眼，没有回答喜春，顾自己往前走。

喜春在后面追着："嗨，你听我说啊，我们是巴山游击队的。现在在招新队员，如果你想来，立马可以进游击队当兵，跟我们一起打鬼子。"

阿飞还在前面走，但一听到"打鬼子"三个字，立马回了头，期待的看着喜春："你说要打鬼子，什么时候？"

喜春满脸的笑意："哎呀，别这么激动啊，你跟着我，肯定会有一排排的小鬼子等你打呢。跟不跟我走？"

"只要能打鬼子，我就跟你走，我的爹娘都是被日本鬼子害死的，我要报仇。"

喜春："原来你也有深仇大恨，好，那我们就一起打鬼子。"

第六章

喜春带着阿飞过来，蒜头跟在后面，喜春乐呵呵地显摆着："阿飞啊，我跟你说啊，咱们的游击队在我们这地段上，打鬼子那可是数一数二的，不，没有数二的，就是数一。"

阿飞还是那句话："那我们什么时候去打鬼子？"

喜春："不急不急，现在鬼子都躲起来，我们先要把他们找出来再说嘛。阿飞啊，你背上那武器，可真是厉害啊，和机关枪一样的，要是射向鬼子的话，也能射死好几个呢。"

"用诸葛弩射杀鬼子？"

"对，用诸葛弩射杀鬼子。噢，这个武器叫诸葛弩啊？不错不错，我知道了，这个东西是诸葛亮发明的，我小时候听过《三国演义》的评书。我就说啊，就算我们没有枪，没有炮，我们有老祖宗留给我们的，比枪炮还要好的兵器。保证能杀更多的鬼子。"

就在喜春说的正起劲的时候，月芳带头领着一群人，大叫着："别让这个偷鸡贼逃走了，快抓住她，抓住她。"只见女飞贼鸡毛偷来了一只老母鸡，抱在怀里，她奋力向前奔逃着，后面有一群村民追上来，女飞贼跳上了一堵围墙，在围墙上面奔走，身子极其灵敏轻巧，月芳他们在下面追着。

喜春兴冲冲往前跑去，看到阿发他们冲过来，连忙问道："哎呀，村子里又怎么了，发生什么事了。"

阿发指着屋顶上的人："有偷鸡贼，我们在抓贼呢你看看，你看在那里。"说着就绕到女飞贼的后面去。

喜春看着女飞贼飞檐走壁的身手，又惊呆了："呀，这飞贼还真是飞

贼啊。"

只见女飞贼鸡毛跑着跑着，跑到了围墙房子的尽头，她看了看后面月芳他们已经快要追到，连忙跳下了一间屋子，她在地上站稳了，又回头看了一下，哈哈大笑，正得意时，阿发突然从屋子后面跳出来，阿发用身子把她撞倒在地。

女飞贼扔掉了鸡，又想逃走，但是月芳和阿发他们已经冲上来，把她包围住了，一看形势不妙想从阿发身下钻出去逃走，但被月芳一把抓了回来，恶狠狠的说："偷鸡贼，你还想逃走，看今天我们怎么处罚你。阿发，把她吊到树上去，让蚊子叮咬她。"

女飞贼求饶："哎呀，不要啊，救命啊。我都把鸡还给你们了，你们还想把我怎么样啊？"

阿发像拎小鸡一样拎起了她："小贼，你不止一次偷我们村里的鸡了吧，哼，今天我们要好好收拾你一顿。"

女飞贼呜呜哭起来："我就是肚子饿，才出来偷的啊。"

这时，喜春冲上来："等等。"

"喜春，你又要干吗？"

"月芳，我不干吗，我只是觉得这个小丫头蛮可怜，我看啊，你们就别收拾她了，她把鸡也还给你们了啊。"

阿发坚决不同意："不行，这个女贼太可恶了，喜春，你也别给这种人求情。"

女飞贼看到有人帮她，就顺势大叫："哎呀，这位大姐，救救我啊，大恩大德，我鸡毛这辈子做牛做马都会报答你的，快救我啊。"

喜春一把抓住了阿发的衣领子："阿发，我命令你，把鸡毛给放了。"

月芳冷笑着："你知不知道，她偷的鸡，我们是用来煮鸡汤，给那些被日本鬼子打伤的乡亲们喝的。"

女飞贼苦苦哀求着："呀呀，这个我真不知道，我已经三天没吃东西了，要是我知道这个给受伤的老百姓吃的，我就是饿死了，我也不会偷的。"

阿毛跳出来："她在撒谎，主任，我们还是把她绑起来，喂蚊子去。"

村民们都群情愤懑，叫着："对，绑起来，喂蚊子去。"

喜春这时来劲了，找个比较高的地方站了上去，张开双手来，提高音量："大家都听我说，听我说几句，我们武家村刚刚被小鬼子屠村过，我知道大家心里都很痛苦，现在我们抓住了一个偷鸡贼，肯定都恨她，但是她也是不知道情况啊，你们把她交给我，我让她加入我们游击队，以后让她打鬼子，给我们死去的乡亲们报仇。"

所有人都愣了一下："让一个偷鸡贼加入游击队？"

喜春补充着："我看着她的身手也不错，好像还有点轻功，日后锻炼一下枪法，以后肯定是打鬼子的好把手啊。"

在喜春的再三请求下，他们把女飞贼放了。

女飞贼跪在地上："我鸡毛，这辈子做牛做马也要报答你的恩情。"

"好了，你也别谢我，你现在就是我游击队的人了，你要跟我去打鬼子，给我们死去的乡亲们报仇，这样也算是偿还你偷吃过我们村里的鸡。"

鸡毛重重地点头："好好好，你是我的救命恩人，我都听你的。"

喜春带着蒜头、鸡毛、阿飞她们去自己家里。

阿飞、鸡毛他们都狼吞虎咽吃着大饼，喜春抓过一张大饼，也塞进了嘴巴里。

郑小驴都在一旁看着阿飞她们几个陌生人，狗蛋躲在郑小驴身后，郑小驴终于说话了："喜春啊，他们……"

喜春指着阿飞她们："让她们吃饱，都吃饱了才有力气打鬼子嘛。"

鸡毛连连点头："大姐说得一点都没错，人只有吃饱了，才有力气做别的事情。"

"姐今天高兴，得了你们两员大将，当然要庆祝一下啦。驴子，快去找吃的。"

郑小驴有些心不甘情不愿地去拿吃的。

这时，蒜头把喜春拉到外面，"喜春，你看你不要再胡闹了，你看看，你叫来的，都是什么人啊，那个阿飞还可以，但是这个鸡毛呢，偷鸡摸狗之辈啊，你还能让她加入游击队？"

喜春拍着胸脯说："她要是犯了事情，我喜春替她承担责任。"

鸡毛自喜春和蒜头出去后，一直贴在门边，偷听着外面喜春他们的谈

话，当她听到喜春愿意替她承担责任的话，心里感动了一下，鸡毛本想吃饱了就开溜的，但是听到这个喜春还挺讲义气的，感觉偷偷溜走了，太不够意思了，就先留下来看看情况。

喜春拍了拍蒜头的肩膀："好了，蒜头，你就不要担心这些了，现在我们游击队正是用人的时候，我们先把人凑起来再说。而且，我看着这个鸡毛还行的。明天我就去拉来很多人，保证都是年轻力壮的小伙子。"

蒜头叹了口气。

喜春拍了一下蒜头的背："你就别唉声叹气的，我们肯定可以的，李昌鹏这些人狗眼看人低，让他们等着瞧吧。"

喜春坐在家门口，托着下巴，眼巴巴地望着门口那条小路，太阳也有气无力的一点点爬升着，路上的行人如天空一样的干净。昨天都约好的今天上午来报名参加游击队的，眼看着就要到响午了还不见人影。

"喜春姐，我看就我们几个人也打不了仗，要不我还是回去了。要是以前，我这个时候也肯定还在睡觉，哈，好困啊，等人来了，你们再叫我。"鸡毛在打退堂鼓说着伸了个懒腰，又走回了屋子里。

喜春还是不甘心，明明说好了的，咋会没了音信，于是就到外面看看情况，刚路过一片荷塘，就看到了青壮小伙子地瓜，他肩扛一把锄头，锄头在慢悠悠的晃荡着，迈着悠闲的步子往菜园子去。

喜春惊喜万分连忙跑上去，地瓜一看到喜春，顿时就快步地往前跑。喜春撒开腿来，拼出力气跑上去，一把抓住了地瓜的肩膀："地瓜，你跑什么跑啊？"

地瓜嘿嘿笑着，呲牙咧嘴："喜春啊，你吓我，我还以为是小鬼子在追我呢，所以，所以我就跑起来了。"

"好了不和你白扯了，我昨天不是跟你说过，来参加游击队吗，怎么你现在去干嘛？"

地瓜吞吞吐吐地："我……我，喜春姐啊，我和你坦白了说吧，我想来想去，还是不参加游击队了，昨晚上我想了一晚上，想想还是算了，你看看，我的左邻右舍，他们都不去参加，凭什么我地瓜要去啊，我地瓜还

是老老实实种地瓜的好。"

"地瓜，你个狗东西，你不想打鬼子了啊，鬼子杀了你娘啊，你不想为你娘报仇了吗？"

地瓜的眼眶中含着眼泪："我想给我娘报仇，但是我要是去打鬼子了，我要是被鬼子打死了，以后谁给我娘烧纸钱啊。"

"你混蛋，我算是听明白了，说到底，你还是怕死，怕被日本鬼子打死。"

地瓜蹲在地上："是的，我就是怕死，我不想死啊，我们村死了这么多人，我不想死了，死了就什么都不知道了，什么都没有了。我还想讨老婆，还想生儿子呢。"

喜春指着地瓜，但又不知道说什么好，转过身去要走，但又转回身来："地瓜，你说得对，人死了就什么都不知道了，但是像你这样没用地活着，比死了更难受，你就这样赖活着吧。"

喜春气呼呼地走了。

在村口的一颗大槐树下，有几个年轻人真正晒着太阳，有一句没一句的在闲聊着，金二胖躺在在石坎上，眯着眼睛，浑身舒坦地晒着太阳，衣服的扣子也打开了几个直露出了肚皮。

喜春突然从金二胖后面跳出来，猛地拍了一下他，金二胖吓了一跳，依旧眯着眼睛慢慢的回过头去看看，用手顺便拉了一下敞开的衣服。

喜春嘿嘿笑着："二胖，走，跟着我参加游击队。"

金二胖斜眯着眼睛："什么，喜春，你说什么，参加游击队？"

喜春一本正经："对啊，我昨天可是跟你说好的，你别反悔啊。"

金二胖坐直了："哈哈哈，反悔？我金二胖是这样的人吗，我二胖向来都是说一是一，说二就是二的二胖。"

喜春双手搭在他的肩上："这就好，这就好，我还以为你也要跟地瓜一样了呢。"

金二胖呲牙咧嘴一只手摸着脑袋嘿嘿笑着："喜春啊，你要我跟你参加游击队是可以的，但是你知道的，我二胖食量大啊，今天家里刚好揭不开锅了，你能不能先借我十斤米啊？"

"借你十斤米？"

"不不，不是借，是给，你让我加入什么游击队，你总要发我军饷的吧？"

"好啊，发你军饷，好，你他娘的，还没去给我打鬼子，就问老娘讨粮食了啊。"

喜春一恼火，一脚把金二胖踢下了石坎，金二胖摔在地上，摔得屁股开花，不停的摸着屁股，忍着痛大骂起来："喜春，你这个臭娘们，你不得好死，你还想当什么狗屁游击队长，我呸。"

喜春大为气愤，从石坎上跳下来，又狠狠地踹了他两脚："谁不得好死啊？你才不得好死呢。"

金二胖一边爬，一边逃跑，一边还回头叫骂着："武喜春，我跟你没完，我跟你没完……"

喜春火冒三丈一边跳着一边叫着："你来啊，来啊，老娘现在就灭了你。"

金二胖还叫骂着，但人已经逃远了。

几个村民都盯着喜春在看。

喜春大骂一声："看什么看，还不给老娘滚蛋。"

喜春见众人都走了，懊恼地抓着头发："啊啊啊，你们这些混蛋，你瞧不起我喜春是不是啊，你们都是怕死鬼，不跟我喜春参加游击队，你们还要不要给死去的乡亲们报仇了啊。"

回到家喜春怒气未消，拍着桌子继续骂娘："他娘的，不就是要钱嘛，这些贪小便宜的刁民，好啊，老娘就是砸锅卖铁，也要凑到钱，给你们发粮，发钱，看你们来不来参加游击队。"郑小驴一直畏畏缩缩地站在喜春身边。

喜春看了一眼小驴："驴子，咱们家还有多少粮食？都拿出来，给来参加游击队的人，发粮。"

郑小驴瞪大了眼睛："啊，发——发粮啊，喜春，我看你还是不要重建……建什么游击队了，到时候我们全家都要饿……饿死。"

喜春拍了一下郑小驴的脑袋："你个小气鬼，忘恩负义的东西，要不是游击队冒死来救你，你现在还能活命吗？"

郑小驴低着头，带着哭腔地："可是，喜春，你不当家你不知道啊，

我们的米缸里还剩下十天的米，真不够吃了，你看看，一下子多了这么多张嘴。"

喜春瞪了郑小驴一眼，狠狠地踢了一脚他："郑小驴，你他娘的给我闭嘴，闭嘴，你再说，老娘撕了你的臭嘴。"

郑小驴被喜春一吼，吓得逃出门去。

喜春听到院子里的"咯咯"叫的母鸡，顿时喜上眉梢：它们都会下蛋，这鸡蛋多金贵啊，到时给我们的游击队员吃鸡蛋，吃了鸡蛋就会有大力气，有大力气就可以多杀几个鬼子了。我武喜春，不能叫你们这些人看不起，我一定会有办法把游击队重新拉起来的。

喜春杀掉了两只鸡，她煮了一大锅鸡汤，用勺子拍打着锅，在家门口叫喊着："来来来，报名参加游击队的同志，都有鸡汤喝嘞。"

郑小驴蹲在门口的石凳子上抽泣："呜呜，鸡没了，鸡没有了。还剩下一只，我一定要保护好。"

喜春白了郑小驴一眼，郑小驴立马闭上了嘴巴，远远地躲开了，喜春继续叫喊着。

这时，武家村的几个二流子走过来，金二胖也跟在他们后面，为首的二流子天龙走到喜春面前，嗅了一下鼻子："唔，这鸡汤好香啊。"

天龙对喜春笑了笑，用手捂着肚子："嘿嘿，喜春姐啊，我想参加游击队，跟着你打鬼子。我武天龙现在特想参加游击队，特想当土八路，特想打日本鬼子，妈的，日本鬼子烧了我家的房子，我对他们简直恨之入骨，真的想现在就跟着你去打鬼子，报仇，报仇。"

喜春刚想开口赞天龙觉悟高，天龙嬉皮笑脸地重重地咽了一口口水："喜春姐，快点给口鸡汤喝，我受不了。"

郑小驴站了起来，冲到天龙面前："喜春，天龙这二流子哪里是想参加什么游击队啊，他就是想喝我们家的鸡汤。"

喜春对天龙："只要你来参加游击队，跟着我喜春打鬼子，我就给你鸡汤喝。"

喜春打了一碗鸡汤，递给天龙，郑小驴气的在一旁直叫，他们参加游击队打鬼子是假，想喝鸡汤是真。

天龙一口气喝掉了碗里面的鸡汤，喝完后还把碗舔了舔，意犹未尽地："哈，好喝，好喝啊，喜春姐，能不能再来一碗啊。"

喜春："一天一碗，只要你参加了游击队，保管你吃香的，喝辣的。"

天龙眼巴巴地看着锅咽了一口口水。

天龙后面三五个二流子都冲了上来："我，我，我们都想参加游击队。"

喜春看着都这么些人，无奈地轻叹了口气，但还是给他们打了鸡汤："好，你喝了鸡汤，以后可要好好打鬼子啊。"

二流子们都像是打了鸡血似的："好，我们一定会跟着喜春姐，奋勇杀鬼子。汤，汤，鸡汤。"

金二胖也上来："喜春姐，我也来了啊，我比他们报名早，你给我多打点鸡汤。"

喜春一看是金二胖，就来气了："滚，你他娘的，还有脸再来找我，想喝老娘的鸡汤，没门。滚远点。"

金二胖委屈地看着喜春："我，我其实是跟你开玩笑的，其实我很想参加你的游击队呢，真的。"

喜春："我叫你给我滚开，难道还要老娘踹你屁股两脚吗？"

金二胖被喜春一喝骂，气呼呼地："哼，有什么了不起的，不就是喝你一个鸡汤嘛，还让老子把命给你，去打日本鬼子，我才没有这么傻呢。哼。"

喜春要冲上去。

金二胖往前跑了几步，又回过身来：天龙，你们别这么傻，日本鬼子有枪有炮，你们要是去打啊，就看不见明天的太阳了。哈哈哈。

喜春：狗日的二胖子。

喜春把手中的铁勺子狠狠地砸向了金二胖。

铁勺子打在金二胖脚下，金二胖对喜春做了个鬼脸，喜春追上去，金二胖转身就跑。

天龙等人见喜春去追金二胖，自己拿着碗想往锅里舀鸡汤，郑小驴急忙拦住了他们：不准喝，你们谁敢偷我们家的鸡汤喝，我就跟谁拼命"。

郑小驴握着拳头，怒视着天龙他们。

蒜头看了一眼天龙他们，摇头叹气："喜春，你看看，你招的游击

队员都是些什么人啊,一群二流子,你叫他们去打鬼子,这不是要笑死人了嘛。"

鸡毛也嘿嘿地说:"他们其实都是来喝鸡汤的,怎么可能去打鬼子呢。"

蒜头:"对,鸡毛说的就一针见血了,喜春,我真的不是想拆你的台,这样下去,你这个家都保不住。"

喜春一直沉默着,一直傻傻地笑着,其实她的心里一直在打着如意算盘,舍不得孩子套不住狼,两只老母鸡算得了什么,这仅仅是开始。

第七章

郑小驴已经抱着狗蛋睡在床上了，喜春一个人在油灯下，夜深时分郑小驴迷迷糊糊起床来："喜……喜春，你怎么还不睡……睡觉啊，你在干吗？"

"你别管我。"

郑小驴纳闷了，她从来都不做这针线活的，就凑了上去了。

喜春一分心，针刺中了手指头："哎呦，驴子，你能不能不和我说话，离我远点，睡觉。"

郑小驴不说话，默默的上床，抱着狗蛋，闭上了眼睛，心里嘀咕着："我郑小驴的命怎么这么苦，我这个入赘女婿真不好当啊，每天受她的气，我的命好苦啊。"想到这，他只好抱紧了狗蛋。

喜春吸了一下手指头，还是继续缝了起来，油灯下，喜春的身影显得很是孤独，就像在这漆黑的夜色中没有依靠，如夜行者不知前方还有多远，只是坚定的朝着一个方向前行。

喜春打了个盹，迷迷糊糊地看见了朱队长，她要去追他，朱队长一路笑呵呵地看着她渐渐消失了，看着消失的背景，喜春蹲在地上哭了，她要给游击队报仇，要杀了小鬼子，她不会忘了她的承诺。

天刚放亮，喜春扛着一面大旗，大摇大摆地出来了，天龙等几个二流子懒懒散散过来，天龙打了个哈欠："哈，喜春啊，你这么早叫我们过来干吗，是吃早饭吗？"

喜春风风火火地说着："你们现在跟着我进城去，我带你们去吃香的喝辣的，管饱！"

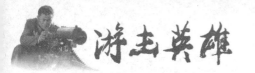

天龙一下子来了精神："哈哈，真的啊？好好好，我们相信你，我们相信喜春姐啊。"

其他人也都跟着起哄："进城就吃肉喝酒了，跟着喜春姐干游击队，真他妈的爽啊。"

蒜头看着喜春，不做声，回过身要离去。喜春连忙拉住了他："哎呀，蒜头兄弟，你别走啊。"

蒜头看了看她："喜春，我不会跟你进城去的。"

喜春走到蒜头的前面，盯着他："好了，蒜头兄弟，也别赌气了，现在大家都是打鬼子，其实说实话呢，李昌鹏他们打鬼子还是挺行的。"

蒜头不作回答，呆在原地。

喜春拉着蒜头："哎哎哎，别啊，蒜头兄弟你别生气，好好好，最厉害的肯定是游击队，天水游击队，那是相当牛的。可是都被鬼子给打死了，所以我们要报仇，这等深海大仇怎能不报。"

蒜头有些难过地点点头。

喜春马上接上去："对，蒜头兄弟，我们这里只有你会写字，我想让你在这面游击队的旗帜上写上几个大字。"

"什么大字？"

喜春笑了笑："替天行道。哈哈哈。"

蒜头迷惑不解："替天行道？"

"对，我们杀小鬼子，保护老百姓，干的就是梁山好汉替天行道的事。蒜头兄弟，你说对不对，你给不给我写？"

蒜头顿时精神抖擞："好，不管你喜春是不是在吹牛皮，但这话很在理，我给你写。"

喜春很是得意地："好，走，毛笔和墨水都给你备好了。"

喜春摊开了旗帜，鸡毛磨好了墨水，满脸都是墨迹，笑着看着喜春。

蒜头握着毛笔，沉了沉气。

大家都期待的看着："蒜头兄弟，怎么了，写吧？"

蒜头挽起袖子，搓搓手："好久没写字，有点紧张，让我酝酿一下。"

喜春看着蒜头："蒜头，你到底会不会写字啊？"

"会，当然会的了。好了，我酝酿好了。"蒜头吐了一口气，紧握着毛笔，在旗帜上写下了一横。

喜春看着蒜头写字："我说蒜头兄弟，你倒是快点啊，大家还要进城去李昌鹏那里吃饭呢。"

"别催我啊，我马上就写，马上……"蒜头的手开始颤抖起来，他用左手一把握住了右手，随后歪歪斜斜写下了"替天行道"四个大字。

喜春看着上面的字，看了一会儿，蒜头满头是汗，他看着喜春，等她说话。喜春点点头指着"行"字："唔，写得很好，这个什么字？"

蒜头："行字。"

喜春："嘿嘿，这个行字像个大螃蟹，横行霸道，有气势，不错不错。哈哈哈。"

喜春扛起"替天行道"的大旗，风风火火招摇显摆地走出门去。天龙等人肚子都已经开始咕噜咕噜叫了，他们走得懒懒散散，看上去很像一群溃兵。还一个劲地叫着："饿啊，好饿啊，怎么还没到啊，到了那里真的有好吃好喝的吗？"

喜春带头往前跑，天龙等人也跟着喜春跑上去。只有蒜头在最后面，看着他们摇摇头，但又摸了摸肚子："肚子倒是真的饿了。"蒜头说着也加快了脚步。

李昌鹏刚好在巡城，王迅看到了喜春他们扛着大旗奔过来，王迅提起了枪，李昌鹏按下了王迅的枪："好像是喜春他们，怎么又来了，这婆娘想干吗？"

王迅放下枪，打趣道："是哦，是喜春，还带着一群老百姓，难道这就是她拉起来的游击队。"

喜春他们跑到了城楼下，抬头望着李昌鹏："哈，小李子啊，你刚好在城上啊，快点，快给姐开城门。"

李昌鹏城楼上居高临下："喜春，你怎么又来了？"

喜春嬉皮笑脸地："今天我们来啊，只是来蹭饭吃的，小李子，你不会这么小气，连饭都不给我们吃吧？"

天龙他们都懒散地坐在地上，太阳火辣辣地晒着他们，都解开了衣扣，

有点琐碎把衣服搭在头顶上，昂着头一副饥渴的样子看着上面的李昌鹏，干巴巴地咽了一下口水。

喜春有点耐不住性子，大叫着："小李子，你别傻愣着了，快点开门，大家早饭都还没吃过呢，你看看，现在这太阳都到头顶了，该吃中饭了，我们早饭中饭一起吃了。"

城楼上，王迅伸出头来："喜春啊，你带着这一群人来吃，还不把我们的米缸给吃了啊。"

喜春嘿嘿笑着："不就是吃几顿饭吗，你们国民党的军队，这么有钱，就不差我们的几口饭了。大家说对不对啊？"

天龙他们都连连点头，有气无力的："对对对，长官们，你们快点开门，我都要饿晕过去了。"

李昌鹏看着下面，硬是不做声。

王迅看着下面可怜的眼神，心生怜悯："营长，要不还是让他们进来吧？"

李昌鹏："我不是下过命令了，不允许任何人进城。"

喜春听到了李昌鹏的话，叉起腰指责着："嗨，李昌鹏，你小子什么意思啊，今天就是不给我开城门了，是吧？"

李昌鹏："喜春，现在小鬼子不断侵扰，这里实在是太危险了，你还是快点走吧？"

喜春死皮赖脸："我不走，你不是不相信我吗，我都把人带来给你看了，你看看，大家可都是壮实的小伙子，和小鬼子打仗，肯定一个顶俩。"

天龙他们对李昌鹏傻笑着，李昌鹏差不点没笑出来，看着这些虾兵蟹将，哈哈大笑，嘲笑着："这，还真是游击队啊，游来游去的游击队啊。"

喜春瞪着李昌鹏，面对这这赤裸裸挑衅真的是忍无可忍，就她这暴脾气要是在平常早就拼命了，但是今天有求于他，只好忍住了自己的脾气，死乞白赖："小李子啊，我这些人马，训练训练还是可以打小鬼子的，今天来，还是想再跟你借几杆枪，好不好？"

李昌鹏站在上风，提高语气："我不是跟你说过了，你们去打小鬼子，就是送死，你一个娘们，打什么仗，女人应该远离战争，你懂不懂？"

喜春大吼一声："我不懂，李昌鹏，别给你脸不要脸啊，快把城门打开了，饭总让我们吃的吧？"

李昌鹏："好好好，让你们吃饱，然后赶紧地回去。"

喜春哈哈大笑："好啊，快点来开门。"

王迅屁颠屁颠地要下去开门，李昌鹏喝住了他："干什么去？不用开城门，把食物直接从这里扔下去给他们就行。"

王迅怔了一下："啊？"

李昌鹏慢悠悠的："没听明白我的意思吗，去，把早上没吃完的馒头、烧饼都拿上来，都给他们。"

喜春破口大骂："喂，李昌鹏，小李子，你把我们当成什么了，叫花子还是野狗啊，你真是个忘恩负义的东西。"

李昌鹏在城上："那好吧，既然你都这么骂我了，我的馒头还是去喂狗算了。王迅，别去给他们拿了。"

喜春还怒视着李昌鹏他们。

天龙摸着肚子，拉了拉喜春："喜春啊，你还是别骂他们了，你看看，现在连馒头都没得吃了，呜呜呜，我们都还以为能吃上烧鸡烤鹅呢。"

天龙的身边的几个二流子："是啊，快让他们把馒头和烧饼扔下来吧？"

喜春："吃吃吃，你们就知道吃，就你们这些人，这点出息，还能打什么日本鬼子啊？"

"我们本来就不打算打什么鬼子的。"

"你……你们这些混蛋。"

喜春想追打天龙，被蒜头拉住了，蒜头："喜春，你别和这个李昌鹏吵了，我们先把肚子填饱，别的再想办法。"

喜春看着蒜头："嘿嘿，蒜头兄弟，想不到你也这么没骨气啊。不过你说得对，很对。"转身对李昌鹏，"小李子啊，我喜春错了，不应该骂你的，好，请你把馒头和烧饼扔下来吧，求求你了。"

李昌鹏看着喜春，笑了笑："哈哈哈，想不到喜春你还会低头啊？"

城下的喜春："别笑了，低头怎么了啊，低下头，我武喜春照样还是武松的后人。快，把馒头扔下来。"

喜春见王迅去拿馒头烧饼了，坐了下来："哎呀，真是累死老娘了。"

喜春身边的旗帜就要倒下来，鸡毛一个飞身过来，一把抓住了旗帜，鸡毛接过旗帜一扛上，旗帜很快就盖住鸡毛的身子。

喜春乐呵呵地："哈哈哈，不错不错，这样鬼子只能看到旗帜在动，看不到人，以为是自己见鬼了呢。"

王迅把一包食物扔了下来，阿飞一个飞身把食物接住了，天龙等人冲了上去：给我吃，快分给我们吃啊。阿飞把馒头和烧饼分给天龙吃，蒜头也拿着馒头吃起来，喜春一开始还不去看他们，嘴里嘀咕着："哼，一群饿死鬼，老娘的脸真是被你们给丢光光了。"

阿飞手中还有三个馒头，对喜春："喜春姐，你要不要吃，再不吃，就没有了。"

天龙嘴里吃着馒头，还想去拿阿飞手中的馒头，喜春眼疾手快，迅速夺了过来："你个饿死鬼，吃了五个馒头了，还不够吗。"喜春拿过阿飞手中的两个馒头，一边吃，一边看着大家：哼，真是被你们给丢脸死了。

李昌鹏看着喜春她们狼吞虎咽地吃着馒头，乐呵呵地笑了笑。

喜春抬头瞪了一眼李昌鹏，李昌鹏连忙止住了笑，咳嗽了几声："嗯咳，喜春啊，你们吃饱了吧，吃饱了，就赶紧走人。我不是跟你开玩笑啊，小鬼子还会再来，你们千万别碰上他们，赶紧走人。啊？"

喜春低下头，慢慢地把手里的馒头给啃完了，打了一个饱嗝，然后又坐到了地上。上面的李昌鹏眉头皱了皱，不明喜春什么意思，喜春两腿一盘，抬起头看，望着上面的李昌鹏，笑了笑："嘿嘿，小李子啊，这个小鬼子呢，我也见识过了。其实呢，没什么好怕的。"

"喜春，你还想怎么样？"

"我不想怎么样，我只是想跟你一起打鬼子。可以吧？"

"别开玩笑了。"

"我开什么玩笑啊，今天你要是不借我枪，老娘还真的就不走了，我就带着大伙儿坐在这城门口，给你守城。"

李昌鹏一看喜春这个样子，很是恼火，在城楼上来回踱步，怒气冲冲地看着下面的喜春："武喜春，你个臭娘们，别不识好歹啊，快点给老子滚，

滚得远远的。"

喜春站起来："嗨呀，小李子，你长能耐了是吧，都会骂娘了啊。"

李昌鹏气的是："你……你到底想怎么样？"

喜春："我不想怎么样啊，我早就跟你说过了，借我枪，你放心，我喜春这人讲信用的，有借有还，再借不难，你借枪给我，我以后肯定还给你，还给你算利息。"

李昌鹏很是无奈，王迅看着她们僵持在那里，想到了一个两全其美的办法："营长，要不我们还是给她枪吧，随便给她几杆破枪打发她算了。"

李昌鹏觉得这个主意很好，可以把她打发走："这个臭婆娘，老子真是服了她了。就按照你的意思办，仍给她两杆破枪"

喜春看到王迅扔枪下来，连忙一个鲤鱼翻身跳起来，一把接住了两杆枪，差点没接住，脚下没站稳，蒜头和阿飞急忙把喜春给扶住了。

喜春看了看枪："嘿，小李子，你这人怎么这么小气，就给两杆枪啊？"

蒜头紧跟着："对，太小气了，枪给了，子弹还没有呢。"

李昌鹏："呵，你们不是游击队吗，游击队最厉害的地方就是会抢啊，你们有两杆枪，就可以去偷袭一下小鬼子，然后自己捣鼓几杆枪回来。"

喜春转向蒜头："蒜头兄弟，游击队干这档子事吗？"

蒜头挠了挠头皮："干是干过的。"

喜春又转向上面的李昌鹏，吆喝着："小李子，能不能再给两杆，你看看，我这么多人呢。"

李昌鹏手一摆："没了，就只能给你两杆枪，你也知道的，我们守城不容易，现在我们手里的枪支弹药也不多了。"

喜春叹了口气，摇摇头："真是太小气了，比我们村的老地主还要小气吧啦。算了算了，你不给枪，那就弄些子弹给我，你总不能让我放空枪吧。"

李昌鹏："妈的，真是遇上乞丐了，什么都要啊。好，给你们十发子弹。"

李昌鹏拿了十发子弹，扔给喜春她们，阿飞一颗一颗地捡了起来，给喜春，喜春白了李昌鹏一眼："小李子，说你是抠门鬼，真的一点都不过，抠门的地主老财。老娘迟早要打倒你这个抠门土豪。"

李昌鹏："哎，武喜春，你这人真是恩将仇报啊，我都给你枪，给你子弹了，你还反过来要打我啊，太没天理了。"

喜春哼了一下："你是土豪，老娘就要打倒你。"

李昌鹏摇了摇头："哎，算了算了，随便你怎么样了，你们还是快点离开这里了，小鬼子真的会打过来的。"

喜春："老娘才不怕呢。"喜春刚走出两步，李昌鹏松了口气，喜春又回过身，"小李子啊，你那里还有没有吃的啊，我们路上吃呢。"

李昌鹏有些发火了："没了，没有了，老子什么都没有了。滚，滚，滚得远远的。老子再也不想见到你。"

喜春朝李昌鹏吐了一口水："我呸，真抠门。"

李昌鹏摇摇头："这个武喜春，真他娘的是个疯婆娘。真是倒了八辈子霉，招惹上她。"

喜春他们回到了家里，喜春拿着两杆枪，对着蒜头："哎，蒜头兄弟，这枪怎么使的啊？"

蒜头绕到喜春身边："你别拿枪对着我行不行啊，要是走火了，我可就没命了"。

喜春嘿嘿笑着："你还怕死啊。"

蒜头："哼，老子不怕死，但是死在你手里，那多窝囊，我肯定是要死在杀鬼子的战场上的。"

"好好好，你有种。哎，你不是还有一把枪吗？快拿出来。"

蒜头连忙捂住自己的腰间："不行，这枪就是我的命，我不能拿出来。"

喜春："你怎么比小李子这小子还小气啊，连看都不让人看啊，快点拿出来。"

蒜头看了众人一眼，以警告的语气："你们只准看，不准摸啊。"

"好了，知道的，快点。"喜春：蒜头刚把手枪拿出来，喜春便去把它夺了过来，"嘿嘿，这个枪，我用才合适嘛，因为是游击队的队长了啊，你只是副队长。"

蒜头怒喝地："还给我。"

喜春看着蒜头的样子："还给你就还给你，有什么了不起的。哼。"

蒜头拿过手枪，使劲地用衣服擦了擦。

喜春白了蒜头一眼，随后对大家："现在呢，我们游击队总共有三把枪……"

阿飞拿着诸葛弓弩："喜春姐，我的这把诸葛弓弩，也能算一把的，我可以十连发。"

"对对，阿飞的这把诸葛弓弩，也算一把，而且感觉跟机关枪差不多。哈哈。这样，我们就有四把枪了，再加上我们去弄几把刀来，大家手中应该都会有对付小鬼子的武器了。"

从小喜欢喜春的斯瑜来找喜春，他戴着一副深度的近视眼镜，走到家门后，有些犹犹豫豫的样子，这时，郑小驴看到了斯瑜："……斯少爷，你有什么事？"

斯瑜挺了挺腰板："小驴，我找喜春。"

郑小驴有些防备着斯瑜："你，你找她有什么事？"

"我想和她聊聊，你放心，我不会和她聊以前那些事，我只想和她聊一下现在的事。"

"这个，她现在很忙，不知道有没有时间……"

喜春从里面走了出来，看到了斯瑜："你来做什么？"

"我，我啊，喜春，我能和你单独聊聊吗？"斯瑜吞吐着，看了一眼郑小驴。

郑小驴急忙说："喜春，你不能和他单独聊。"

喜春："好了，你放心点吧，我喜春都给你生了狗蛋，我和他还能干吗呢，去，把狗蛋看好了。"

郑小驴欲言又止："喜春……"

喜春不理郑小驴，直接走到斯瑜那里："走，我们去外面说话。"

斯瑜看了一眼郑小驴，托了托眼镜，连忙跟在了喜春身后，两人走了出去，郑小驴一直在后面看着，但又不敢跟上去。

她们来到了小河边，尽管太阳有点毒辣，但是河边林子茂密，还有一

阵阵凉爽的风，沁人心脾。

喜春先开口："你来找我什么事，干吗这么神神道道的！要到这河边来说话，又不是想要谈情说爱。"

斯瑜连忙答应着："不不，我们不会再谈情说爱了。"

喜春："你有屁快放。老娘还有很多事要做呢。"

斯瑜从口袋来拿出两包银元来，递到喜春手里，喜春没有接：你这是干什么？

这时，在小河边的灌木丛边，郑小驴蹲在那里偷偷看着喜春他们，他一脸的紧张之色。

斯瑜又托了一下眼镜："我想帮你。"

"哈哈哈，你帮我，你什么意思，你看我可怜吗？"

"不是，不是的，我不是这个意思啊，我只是想帮助你，我知道你现在刚开始，万事开头难吗，我斯瑜愿意出钱出粮，明天，就明天，我让长工先拉一车粮食过来。"

"斯瑜，我警告你啊，我武喜春，不需要你的这些东西。"

"喜春，你拿着，其实我斯瑜打心底里佩服你的，你一个女人要拉起一支游击队来，真的很伟大，你是我们巴山县最伟大的女性了，我因认识你，而感到骄傲，请你接受我的这一点心意吧。"

喜春指着斯瑜："我不需要你的钱，我武喜春能靠着自己的能力，把游击队壮大，到时像你们斯家这样的地主土豪，都要打倒。"

斯瑜被喜春弄得说不出话来，喜春转过身去，自己走了，斯瑜僵在原地落寞地站在那里。

郑小驴蹲在那里脸上露出了笑容，这时蒜头在他后面，拍了拍他的肩膀，郑小驴吓了一跳。

"嘿嘿，胆子真够小的，怪不得要吃喜春的苦头。好了，这个小土豪没戏，你看看喜春，连他的钱都不要。"

郑小驴重重地点点头："唔，我们家喜春就是厉害。"

喜春在前面走，突然蒜头从后面窜出来，喜春拍拍胸脯："你个臭蒜头，这样出来会吓死老娘的。"

蒜头坏坏地笑着："嘿嘿，你不是胆子很大的嘛。怎么会被我吓到，噢，我知道了，你肯定是做什么亏心事了。"

"我，我武喜春顶天立地的，会做什么亏心事。"

"好了好了，喜春，刚才那个土豪儿子给你送钱来的事，我都瞧见了。"

喜春有些生气地："蒜头，你竟敢偷看我？"

"我只是不小心看到的，哈哈，从这件事上看，你喜春，让我蒜头刮目相看了，你有种。"

"哼，老娘当然有种了。我说过，我一定会凭着自己的能力，把游击队重新拉起来，而且会变得很强大。当然，还得靠着你蒜头兄弟多多帮忙了。我觉得这个时候，是我们攻击小鬼子最好的时候，如果我们主动出击，一定能像猛虎下山一样，扑到小鬼子身上，把他们都撕碎。"

蒜头微微点了一下头，有点惊愕的看着喜春："你真打算干？"

喜春一本正经："当然要干了，你以为我是开玩笑的吗？我看我们也别等什么时间了，就今晚上，偷袭山本清直的大本营，打得他狗日的嗷嗷叫。打出我们游击队的声势来。"

蒜头也信心十足："好。"

天龙一听说真的要去打鬼子，心就虚了，当初过来只不过是混饭吃的而已啊，不能为了这两口饭，把命也打进去，就找借口推辞："啊，喜春姐，真要去打鬼子啊，不好，我的肚子不太舒服，我要去拉稀了。"

喜春拦在了天龙面前："天龙兄弟，你什么情况啊，你小子这两天吃老娘的，喝老娘的，现在真要去打鬼子了，你就怂蛋了是吧？"

天龙还是认怂："喜春，我不行的，其实我心里还是很怕日本鬼子的，我还是不去了。"

喜春用枪指着天龙："都到了这个时候了，谁也不准退缩，谁要是敢当逃兵，老娘现在就毙了他。"

天龙吓得要跪下来，被喜春一把给拖住了："一个大男人，别像个娘们一样。"

天龙哭丧着脸："喜春大姐啊，我求求你，我真的有点怕怕的。"

"好了，到时你就跟在我后面就行了，拿着你的菜刀。"

喜春把菜刀拿过来，送到天龙的手中，天龙握紧了菜刀，胆战就兢：
"我武天龙豁出去了，我要去杀鬼子。"

喜春拍了一下天龙的背："这就对了嘛，像个大老爷们。"

天龙苦着脸，还是一副害怕的样子。

喜春带着一群人，正准备出发，突然郑小驴窜出来，拉住了喜春："喜春，你不能去。"

喜春瞪了郑小驴一眼："都这个时候，你来瞎掺和什么？"

郑小驴声音中带着哭腔："我不想让你去打鬼子，万……万一你要是有个三长两短的，叫我们爷俩怎么活……活啊？"

蒜头、鸡毛、天龙他们都看着喜春。

郑小驴死死的拽住喜春，就是不放手。

喜春狠下心去，拿着手中的枪，一枪托砸在郑小驴的小肚子上，郑小驴哎呦一声，放开了喜春。"在家里好好待着，看好孩子。等我回来。"郑小驴坐在地上抽泣起来，喜春骂了一句："真是没用的男人，气都要被你给气死了。我们走！"

喜春带着游击队浩浩荡荡向走马岗进发，没有队形，懒散的在路上铺开着，缓慢的移动着。

夜已经很深，山本清直的营部显得有些冷清，三个小鬼子组成巡夜队，在营帐边走了一圈。喜春她们悄声摸过来，示意大家都隐藏在草丛中："再等等，等小鬼子睡熟了，我们再杀出去，打得他们稀里糊涂，怎么死都不知道。嘿嘿。"阿飞紧紧地握着诸葛弓弩，天龙紧紧的握住菜刀一直在发抖，敌人的探照灯闪了过来，大家都安静了下来，喜春按着天龙的肩膀，让他尽量不发抖。

蒜头看着武藤勇慢慢向他靠近过来，武藤勇走出来，对着一堆杂草撒了一泡尿，看了看周围，没有动静，打了个哈欠，又回去睡觉了，就在武藤勇撒尿过的地方，喜春他们露出脑袋来。蒜头被撒了一脸的尿，他苦着脸，一副恼恨的样子。喜春控制住自己没笑出来，并让蒜头保持冷静，喜春的

身后，阿飞拿着弓弩，鸡毛拿着一杆枪，天龙拿着菜刀，其余人手中也拿着不同的兵器——锄头、钉耙等农具。

三个小鬼子朝着喜春他们走过来，喜春示意阿飞解决掉他们，阿飞的诸葛弓弩已经启动，连连射出几支箭来，三个小鬼子还没明白怎么回事，就都被阿飞悄无声息射杀了。

喜春一马当先冲杀上去，蒜头他们跟在后面，蒜头开枪打死了一个鬼子，喜春也想开枪，但弄了一下枪，竟然打不响，一个鬼子已经冲到面前，喜春想用枪砸他，但枪又自己响了，打死了这个鬼子。

蒜头："喜春，我们必须速战速决，走，去鬼子的仓库。"

这时，又有几个鬼子冲杀过来，阿飞拉开诸葛弓弩，又是一个十连发，击中了三五个鬼子。鸡毛开枪，但是没打中鬼子，鬼子兵奸笑一声想要抓住鸡毛，鸡毛从鬼子的裤裆下面钻了过去，狠狠打了一拳头鬼子的裤裆下，鬼子痛得哇哇大叫起来，喜春和蒜头冲向日军的仓库营帐，天龙等三个二流子也跟在后面。

小鬼子杀过来，打死了一个二流子，吓得天龙紧紧地跟在喜春屁股后面，蒜头带着喜春他们，躲开了仓库前的鬼子，绕到仓库后面，蒜头用刀子割开了仓库的帐布。

喜春和蒜头等人钻进了仓库了，亮在喜春眼前的很多食物，包括牛肉罐头、面粉、大米。天龙他们去扛牛肉罐头和面粉大米，喜春看到仓库边一门小钢炮，她指着小钢炮兴奋地叫着："炮，炮，是炮啊，我去扛来。"喜春冲到小钢炮那里，扛起了小钢炮。

山本清直和武藤勇他们都杀了出来，阿飞还想用诸葛弓弩射击他们，但是武藤勇猛烈地朝她开枪。阿飞连忙收手，一个飞身，跳到了一棵大树边，躲过了子弹。

喜春和蒜头他们刚走出来，武藤勇就带着几个鬼子兵打过来，两个二流子扛着大米往外跑，一个直接被武藤勇打爆了头，一个吓得屁滚尿流，呆了一下扔掉大米，撒腿就逃。

喜春扛着小钢炮往另一边跑去，武藤勇要朝她开枪，这时，阿飞从后面上来，朝他们发射弓箭，两个鬼子兵被击中。

　　山本清直指挥着一群日军，让他们从后面包抄过去。

　　喜春看着山本清直："古书上说，擒贼先擒王，老娘要干掉这个大鬼子，打死他，小鬼子就完蛋了。"扛着小钢炮向山本清直冲杀过来，撞开了两个想要拦住她的小鬼子。

　　山本清直看着喜春向他冲过来，有些发懵，但很快就拿枪向喜春射击，喜春看着山本清直要打自己，闪身一躲，子弹击打在了小钢炮上。

　　喜春一看山本清直，拼出浑身力气，继续向他冲过去："山本你这个狗娘养的，我跟你拼了。"

　　山本清直看看着喜春就要冲杀到他面前，他连忙往后退去，大叫着："抓住她，抓住这个疯婆娘。"

　　几个小鬼子向喜春包围过来。

　　喜春还是继续向山本清直扑过来："你这个狗日的大鬼子，老娘今天一定不会放过你，老娘也跟你同归于尽，给死去的朱队长和父老乡亲们报仇雪恨，你去死吧。"喜春就要扑到山本清直面前，山本清直又是连着开枪，子弹铛铛铛地射在喜春的小钢炮上，喜春被子弹的力量推开一阵，旁边几个小鬼子也朝着她扑过来。喜春连忙往旁边一躲闪。

　　蒜头上来："喜春，快走，再不走，我们都要死在这里。"

　　鬼子兵向喜春他们杀过来，喜春她们一边还击，一边撤退。

　　阿飞又使开诸葛弓弩，对着追击上来的武藤勇他们射击，武藤勇被一根箭射中了肩膀，小鬼子们继续追击喜春她们。喜春她们往岗下的乱坟岗跑去，她的肩上还扛着小钢炮，天龙跑得气喘吁吁的，但也扛着一袋牛肉罐头，子弹打在他背上的罐头上，吓得天龙一边跑着，一边尿着裤子。武藤勇带着几个小鬼子穷追不舍，但到乱坟岗中已不见她们的踪影。武藤勇有些发怒，朝着几座乱坟一阵射击，突然，几片鬼火向鬼子们飘过来，小鬼子吓得往后退，嘴里叫着："鬼，有鬼啊。"

　　"都不准退，这不过是鬼火而已，有什么鬼，我们杀了这么多支那人，就算有鬼，他们也怕我们帝国军人。"武藤勇恶狠狠地命令着，小鬼子被武藤勇一说，站在他身边没有再后退，"都给我仔细搜，他们肯定是躲在这里，一旦发现他们，立即开枪射杀。"

　　小鬼子们走向乱坟去搜找喜春她们，武藤勇也目光犀利地盯着一座座乱坟看着。在一座乱坟后面，喜春对鸡毛做了几个示意动作，鸡毛点点头。

　　武藤勇看着前面的坟头，突然后面有个人拍了他一下，他立马回过身，但那个人已经不见。武藤勇有些愤怒地："八格，是谁，给我出来？"

　　鸡毛又跳到武藤勇身后，一把偷走了他身上的一颗手雷，武藤勇又转过身，但还是没有发现鸡毛，他彻底被惹恼了，用枪对着周围射击。突然，不远处一个鬼子"啊"地一声叫，倒地身亡。

　　是喜春用杀猪刀突然袭击了这个鬼子兵，他们迅速把这个鬼子兵的尸体拖进了一座坟后面。武藤勇奔上去，但后面鸡毛又拍了一下他的脑袋，武藤勇转过身，被鸡毛连闪两巴掌，鸡毛打完武藤勇又跳到树丛中，消失了。

　　武藤勇一个劲地骂着："八嘎，八嘎呀路。"

　　有一个鬼子兵被喜春她们暗中刺杀，尸体立马消失在乱坟岗中，活着的几个鬼子兵跑到武藤勇身边来："少佐，这里真的有鬼啊，我们惹怒了他们，他们要杀了我们，我们赶紧逃命去吧。"

　　"不，不是鬼。谁也不许离开这里，一定要把这几个支那猪找出来。快，快去。"武藤勇话还没说完，鸡毛倒挂在一棵树上，露出一张鬼脸，对着小鬼子们吐出长舌头来。一个鬼子兵恐惧地大叫着："啊，鬼啊，鬼啊，真的是鬼，快逃命。"鬼子兵开始逃命。

　　喜春在武藤勇身后开枪，但是没有打中，喜春："哎呀，这枪真不好使，竟然打不中这个狗日的。"

　　武藤勇连忙回身对喜春这边开枪还击。

　　喜春闪身躲到乱坟后面，几个小鬼子已经要逃出乱坟岗，鸡毛拉开手雷，扔了出去，不偏不倚刚好砸在鬼子兵身边，手雷砸开，鬼子兵都被炸死。

　　武藤勇看着身边的士兵都被喜春她们干掉了，又气又恼火，喜春突然站了出来，武藤勇拔出刺刀，杀向喜春，喜春转身往后逃去，武藤勇跑得很快，蒜头和阿飞一起用树藤绊倒了他，蒜头开枪，武藤勇一个闪身躲过子弹，随后爬了起来，继续攻向喜春。

　　喜春她们一起扑向武藤勇，武藤勇一看势头不对，用武士刀砍杀了一阵，往后退去。

这时岗下川岛贞夫带着一队鬼子过来接应他。

喜春还想追击武藤勇，被蒜头拉住了："见好就收，下面已经有鬼子来了，我们赶紧走。"

"见好就收，也有道理，他娘的，就是便宜武藤这个狗日的，好，就让你多活两日吧。走。"喜春思索片刻，喜春她们转过身，她对阿飞、鸡毛他们，"快点，把鬼子的枪和手雷都捡来，带走。"

喜春说着自己也从一个鬼子兵身上拿来一把枪："嘿嘿，老娘也有一把好枪了。"她们迅速消失在乱坟岗的草丛中。

喜春她们欢天喜地地进村来，每个人身上都扛着东西，喜春腰间左边插着杀猪刀，右边插着手枪，肩上扛着小钢炮。

村里的一些老百姓都探出脑袋来看喜春她们，都觉得有些惊讶。

喜春亮开嗓门："大家都别躲躲闪闪的了，告诉你们，我们是打胜仗了，把日本鬼子打得屁滚尿流。"

这时，月芳快步走到喜春面前："喜春，喜春，你还真去打鬼子了啊？"

喜春牛气哄哄："当然打了，你当我是说说，吹牛皮的啊，告诉你，我不但打了，而且还打了胜仗，怎么样，我现在可是游击队长了，而且不是一般般的游击队长，我是……哎，蒜头那个话怎么说来着，天下无敌，还是所向无敌啊？"

月芳笑着点点头："你还真够厉害的，真把日本鬼子给打了，厉害厉害，真是看不出来啊，是我月芳错了，我不该瞧不起你。"

喜春拔出手枪："你看看，这可是真家伙，从日本鬼子身上缴获来的。"

月芳要去拿喜春的枪，喜春迅速把手枪又插回到腰间："这枪可不能乱动，会打死人的。"

喜春傲慢地向自己家走去，月芳瞪了一眼喜春："哼，有什么了不起的。"

郑小驴带着狗蛋跑出来，狗蛋叫着跑上去："娘，娘，娘你回来了啊。"

郑小驴也跑上去，喜春把小钢炮放到郑小驴手上，小驴手没拿稳，差点摔倒。

　　天龙扛来的这袋牛肉罐头放下来，罐头倒在了地上，鸡毛："哇，都是牛肉罐头啊，哈哈，我们有口福了，不错不错。"

　　喜春家摆起了庆功宴，郑小驴把牛肉罐头加大白菜一起煮了一大锅：香喷喷的牛肉大白菜来了。

　　就在这时，喜春的老爹武三抱着两坛子烧酒进来："哈哈哈，酒来了。"

　　喜春惊喜地问："啊，老爹，你怎么来了？"

　　武三豪爽地说："知道你晚上摆庆功宴，你看看你老爹多少好，给你带我自己酿制的烧酒来了。"

　　喜春一把拿过来他手中的两坛子酒，打开一坛子，闻了一下："哇，好酒啊，老爹，这么好的酒，你怎么自个儿藏着的啊。"

　　"什么我自个儿藏着，我现在不是拿出来给你们喝了吗？只是时候不到，现在时候一到，在这样一个庆功宴上喝，那是最好不过的。"

　　"嘿嘿嘿，是的是的。"喜春说着猛地喝了一口酒，"哈，好酒，好酒啊。"

　　喜春给大家都满上酒，又拿起来一只空碗来，在空碗里倒满了酒，众人看着喜春，喜春严肃起来，拿起酒碗："这碗酒是敬死去的朱队长，和游击队兄弟们的。朱队长，你在天之灵一定要看着大家，让我们多杀几个小鬼子，早日把他们赶出中国去。"

　　喜春把酒撒在了地上，眼眶有些红了，她擦拭掉了眼泪："兄弟们，我喜春敬大家，以后我们生死在一起，一起打鬼子。"

　　蒜头他们拿起酒碗来："好，生死在一起，一起打鬼子。"众人都豪饮起来。

第八章

　　第二天，鸡毛敲着锣鼓跑到晒谷场，喜春大摇大摆地走在后面，喜春后面是天龙和阿飞，他们拖着小钢炮上来，武家村的老百姓都跟着这热闹慢慢聚集了过来，喜春看到人也差不多了，跳上石磨，一副傲慢的样子："我要继续招收游击队员，我们还要继续打日本鬼子。"

　　喜春故意停了一下得意地笑着："另外啊，今天我，就是要给大家讲讲我打鬼子的英雄事迹的。"

　　喜春清了清嗓子："要说这个打日本鬼子啊，全凭我喜春心中的一口气，这口气是什么呢？"

　　喜春看了看众老百姓，老百姓都摇摇头。

　　喜春卖着关子："骨气。咱们中国人的骨气，有了这个骨气啊，就有了勇气，打鬼子的勇气，我们不能再当怂蛋了啊，鬼子杀了我们这么多父老乡亲，我武喜春就是想着给咱乡亲们报仇雪恨啊。"

　　一个青壮汉子武耕田站出来："嗨呀，你们说了半天，还没讲打鬼子的事情呢，喜春，你倒是快点说啊，你再不说，我要去田里面了。"

　　天龙嘲笑着："耕田，你要去耕就快点去，你这个臭汉子，就知道白天在田里耕，晚上在你老婆身上耕，你除了耕田，还能干吗？"

　　耕田一下子红了脸，他挥着拳头上来："妈的，信不信老子一拳头揍死你啊。"

　　喜春连忙调解着："耕田兄弟，别动气，别动气啊，咱们现在都是一条道上的人，我们的敌人是日本鬼子，而不是自己的父老乡亲。"

　　喜春一脚踩在小钢炮上，越讲越有劲："好，我继续讲。要说那晚上啊，

在走马岗的鬼子军营里，当时有一大批小鬼子在巡逻，每一个鬼子的枪里都装满了子弹……"

喜春手舞足蹈地讲了起来，众人听得目瞪口呆的。

"老娘一看到这个山本清直啊，我就气不打一处来，这个狗日的，杀了我们多少中国人啊，我挥起杀猪刀，直冲他而去，他一见到我，就吓得屁滚尿流，连连后退，大叫着，快来人呀，快来人啊。就在我快要干掉这个大鬼子的时候，后面冲上来两个鬼子兵，我转过身，刷刷两刀，这个两个小鬼子便被我砍倒在地上。"

喜春用杀猪刀在空中挥舞了两刀，身边的人连忙低下身子去。

"哎呀，我当时就应该心狠一点，一刀子砍掉他的狗脑袋的啊，这个狗日的，他就趁我一时分神的时候，猛地扑上来，冲开了我。说时迟那时快，我就知道这个山本不好惹啊，他转到我身后面，立马拔枪打我。我呼呼呼一个飞身，躲过了飞过来的子弹。"

耕田咽了一口口水："真是太惊险了。"

"惊险的还在后头呢，山本一看没打中我，吓得连忙往营帐外逃出去，我就拼出力气冲杀过去，在山本的背脊上刺了一刀。就在我第二刀刺过去的时候，哎呀，你们猜怎么着？"

几个年轻人异口同声地："怎么着，怎么着了啊？"

"我的娘啊，外面黑压压的一群日本鬼子啊，山本的几个手下，就是在我们村杀人最多的几个鬼子都向我们扑过来，我当时就在想，跟他们拼了算了。于是我还是向山本杀过去，但是蒜头兄弟把我拉开了。"

喜春看了看蒜头，众人用鄙视的眼光看着蒜头，耕田："喂，你这家伙怎么回事啊，干吗要把我们喜春拉开了啊，敢情你和那些日本鬼子是亲戚啊？"

蒜头躺着也中枪："我……喜春，你真是乱说也不要说我头上来……"

喜春连忙阻止蒜头说下去："哎哎，蒜头兄弟，你别说了。大伙儿也不能怪蒜头兄弟，他是为了救我呢。如果没有他把我拉开啊，我现在哪里还能站在这里跟大家说话呢。"

喜春突然自己鼓起掌来："好。"

众人愣了一下，突然热烈地鼓掌此起彼伏。

喜春又清了清嗓子："今天我讲这些呢，也不是来和大家瞎吹的，更不是想要大家说我喜春是个女英雄，我喜春还是想啊，在我们老百姓中招游击队队员。"

月芳拉着喜春的手进来，一群人跟着他们过来，在登记册上登记。

这时，耕田叫起来："喜春，我耕田能不能参加游击队啊？"

喜春："能，当然了，你耕田这身板子，这牛一样的力气，我们游击队就需要你这样的壮汉子。月芳，给他写上，写上耕田的名字。"

月芳："好嘞。武耕田参加游击队，写上了。"

这时，又有几个家人被鬼子杀害的村民站出来要参加游击队，打鬼子，给家人报仇。她们都一一收下了。

最后统计人数时，喜春大叫了起来："哇，这么多啊，还不错嘛，加上我们几个，那就有二十多号人马了，今天报名了十八个，这只是在这里的几个人，我明天再去村里叫喊，问他们谁愿意加入我的游击队。"

喜春走到家里高兴得不得了，对着蒜头又吹开了："蒜头兄弟，我觉得我们这样下去，不出五天，这游击队的人数肯定要超过一百人，哇，一百人呢，要是一百人去打鬼子，我们就可以和他们面对面打，也不用偷偷摸摸的了。"

蒜头心里是有喜有忧："喜春啊，你还是不要太骄傲了，我们的游击队员都是刚招募起来的，其实是没有什么战斗力的。"

"哎呀，蒜头兄弟，你怎么能说这种话，我们现在应该是鼓舞士气的时候，不要让他们觉得打鬼子是一件不可能的事情，其实呢，也就那么回事，你看看，我们不是打了胜仗了。"

"这次打胜了也是险胜，而且山本他们刚被李昌鹏打败，元气大伤，所以我们才钻了空子。"

"好了，别说了，就算我们现在弱小，慢慢地也会变强的嘛。"

天龙这时有点担忧了："喜春姐，现在人是越来越多了，但吃的东西越来越少，我可不能空着肚子去打鬼子。"

喜春："吃吃吃，就知道吃。不过粮草还真是个问题，兵法说，兵马

未动粮草先行，这还是有道理。你们放心，这个我来想办法。"

喜春老爹武三带着一群老头子乐呵呵的过来了，喜春他们迎了出来，喜春还没开口问，武三便在开口了："哎呀，喜春啊，你看看，我给你带来了什么人？"

喜春看了看他们："呵，爹，这些叔叔伯伯这是干吗啊，我们家吃的东西可不多了。"

"哎呀，看你说的，我们又不是来吃的，我们是要来打日本鬼子的。"

喜春愣了一下："打日本鬼子？"

"对啊，他们可都是来参加你的游击队的，怎么样，爹还行吧，给你招募来这么多游击队员？"

喜春大笑出来："哈哈哈，爹啊，你太会开玩笑了，就他们参加游击队，他们能打鬼子吗，爹，都让他们回去吧，啊？"

武三拉住了喜春："喜春，你别把话说绝了啊，给爹一个面子好不好，不光是他们要参加游击队，你爹我，也要参加游击队，我们虽然有点老了，但是身子骨还行的，到时你们冲锋，我们可以在后面给你们叫喊助威啊。"

喜春被弄得有些哭笑不得，沉思了片刻，笑了笑，眼珠子一转，马上同意了。

蒜头看着喜春，喜春看了他一眼，对他一点头，转过身对武三："爹啊，你就当我们游击队的钱粮总管，我们游击队的钱和粮食都由你来管，相当于户部尚书呢。"

武三哈哈笑着："这官真有这么大？"

"对啊，少说也是个正二品的官。"

"那好，我就当这个钱粮总管，户部尚书。"

"好，爹啊，既然你已经当了钱粮总管，那就应该干点事吧，这不为过吧？"

武三也笑着："不为过，一点不为过，说吧，你想要我干嘛？"

"好，老爹就是个爽快的人，现在咱们游击队缺的就是粮食，爹，你就带着这些个叔叔伯伯们，到处去征集粮食。"

武三愣了一下："啊，你让我去干这事啊，不是说管粮吗？"

喜春："对，管粮啊，把粮食征收上来了，就统统都交给你管了啊。有什么问题吗？"

武三一屁股坐在了一堆草垛上："你给爹封的这个钱粮总管，我，我怕干不好，丢你的脸啊。"

"我知道这事不容易，所以才让你这位老将出马啊。爹，你要是把这事干成了，就是我们游击队的第一功臣。"

武三坐在草垛子上犯愁："你说大家都是穷百姓，去征谁的粮食哦。"

喜春也坐到了武三旁边，把手放在老爹的肩膀上："我们不征穷百姓的粮食，但是可以征有钱人家的。"

"谁家有钱？我们这有钱人也就斯宏兴这个老土豪了。"

喜春眼睛一亮："斯宏兴，斯瑜他老爹，千柱屋的老财主，哈哈哈，爹啊，你说中人了啊。我们就可以问斯宏兴征粮食。"

"你就别做梦，这个斯宏兴可是远近闻名的铁公鸡，一根毛都不肯拔给你，他肯给你粮食吗？"

"爹，你放心吧，我这里的蒜头也是老游击队员，又会精打细算，我把他派给你，让他和你一起去千柱屋。"

"唉，好吧，那我试试看。"

千柱屋的门口站着几个斯家的家丁，武三看了看他们，提了提胆子，大摇大摆走了上去，走到家丁面前，咳嗽了一声。

家丁趾高气昂："嗨，你谁啊，你干吗呢？"

"我是武三，武喜春的爹，你们知道不？"

"武三？喜春？谁啊？不认识，滚远点滚远点。"

家丁推了一把武三，武三差点跌倒，蒜头连忙扶住了他，武三生气了："你们这些狗东西，别狗仗人势啊，告诉你们，我女儿现在可是游击队队长，小心她带着人来斗地主，斗你们斯宏兴这个老地主。"

这时，斯宏兴从大门里出来："呦，是谁这么大口气啊，要斗地主啊？"

"老爷，是这几个不知死活的东西。"家丁指着武三他们，斯宏兴看了一眼武三。

武三对他点头哈腰微笑："斯老爷，你吃过了吗？"

斯宏兴站在门口，高高地看着武三："是武三啊，你来我这里做什么？"

武三笑着："嘿嘿，斯老爷，我就是来看望看望你，你身体最近可好？"

斯宏兴阴阳怪气："好着呢。你们来我这里，到底有什么事？"

武三吞吞吐吐还是不敢开口："我……"

"斯老爷是吧？"蒜头站出来，斯宏兴看了一眼蒜头，并不回话，"我们今天来你府上，是要问你借粮的，我们是天水游击队的，现在游击队人数与日俱增，所以想问你借些粮食，你放心，等我们打完了小鬼子，会把这个粮食还给你，我们可以写借条的。"

"借粮？呵，你们游击队的？"

"对对，我们游击队的，现在我女儿喜春是游击队队长啦。"

"喜春成了游击队队长，呵，有点意思嘛，呵，你们也别在这里站着了，都进里面来吧。"斯宏兴往里面走进去，对家丁丢了一个眼色。

到了厅堂，斯宏兴坐了下来，立马有丫鬟上来泡好茶，但是没给蒜头和武三泡茶。武三看了看斯宏兴，斯宏兴慢慢地喝了一口茶。

斯宏兴慢悠悠的说："唔，你刚才说要斗地主啊，怎么个斗法？"

武三嬉皮笑脸："啊，我刚才说了吗，没有吧，呵呵呵，老爷，你可能听错了。"

"我听错了，我还没有老到这种程度吧？"斯宏兴把茶杯重重地一放，站起来，故意拉长了声音："哼，武三啊，你现在是不是越来越牛哄哄了，女儿都当上了游击队队长了，你想怎么样，把我斗倒吗？"

武三吓得连忙摇着头："不不，不是的。"

斯宏兴指着蒜头问："斗地主，打土豪，这可是共产党最喜欢干的事情啊，嗨，你，是不是共产党？"

蒜头站起来："我，我是共产党，怎么了，我，我不怕你的。"

斯宏兴哈哈哈大笑起来，笑得有些瘆人。

武三看着这氛围不对："斯老爷啊，这粮食我们还是不借了，蒜头，我们走吧？"

武三拉着蒜头正要走出大厅去，斯宏兴把茶杯狠狠地一摔："他妈的，

你们还想走，你们把我这里当成什么了，想来就来，想走就走嘛。"

几个家丁冲进来，挡住了蒜头他们的去路，蒜头拔枪，就在蒜头拔出枪的时候，有几个家丁们也拿出长枪来，对着蒜头和武三。

"怎么，还想来一场枪战吗？我斯宏兴不喜欢动武，但家里还是有十多杆中正式步枪的。"斯宏兴嘴角闪过一丝笑意，蒜头慢慢地把枪放下，斯宏兴走了过来，夺蒜头手中的枪，蒜头不肯给，几个家丁上来一起夺，斯宏兴冷哼了一声，"敢跟老子斗，毛还没长齐呢。"

武三连忙向斯老爷求饶。

"饶你们可以的，但我斯家也是有家规的，私闯千柱屋者，乱棍打死。"

蒜头和武三被吊了起来，斯宏兴冷冷地看着他们，家丁们拿起棍子，对着蒜头和武三的身上打去，武三惨叫起来，蒜头咬着牙还想熬一熬不叫喊，斯宏兴呵呵笑着："就你们几个臭鸟，还想来斗地主，你们想要斗倒我，门都没有，看老子今天不打死你们。给我狠狠地打。"

家丁更加卖力地打蒜头他们，斯宏兴拿过一根棍子，也狠命地打在蒜头的身上，蒜头终于熬不住，痛得哇哇叫出来。

"什么狗屁游击队员啊，你不是很有能耐吗，怎么也会叫。"蒜头和武三继续受挨打着。斯宏兴一边打着，一边叫着："叫你们斗地主，叫你们斗地主，你们想要搞老子，老子先弄死你们。"

斯瑜听见声响跑了过来，看见斯宏兴正打着蒜头和武三，忙上前去阻止："爹，住手，你们都住手，不要打了。"

斯瑜拿住了斯宏兴拿棍子的手，武三微微睁开眼睛来，急忙大叫一声："斯少爷，快，快救救我们啊。"

斯宏兴看了一眼斯瑜："儿子啊，这两个狗东西，他们竟然要来斗你爹，想来要咱家的粮食，你说这两个畜生该不该打啊？"

斯宏兴卷了卷衣袖，还要继续打，被斯瑜拉住了："爹，算了，你再这样打下去，他们会没命的，你还是放了他们吧？"

"放了他们，啊哈哈，儿子啊，你真是太善良了，你要知道那个喜春现在当了游击队长了，他们接下去肯定要来斗我的，所以我要先下手为强，把他们两个送到县治安大队去，把他们关起来。"

"爹，这事就不要再搞大了，就算我求你了，你把他们放了，这事就算了啦。"

"是啊，斯老爷放了我们，我们家喜春和斯少爷还有一段情，当时要是他们在一起的话，我们现在还是亲家呢……"

斯宏兴又是一棍棒打在武三身上："你还有脸说这事，你们家那个喜春，这个臭娘们，害得我儿子好长一段时间饭不吃，觉不睡，这事今儿个，老子要跟你一块儿算账了。"

斯宏兴重重一棍子打过去，斯瑜扑上来，挡着了棍子，棍子打破了他的额头，斯瑜："爹，别打了。"

斯宏兴看着儿子头上流血："儿子，你这是干什么啊？"

斯宏兴扔掉了棍子，看着斯瑜头上的伤口："快点，快点去找医生来啊，儿子，你痛不痛啊？"

"一点皮外伤，没事的。爹，你放了他们，如果你还要再打下去，那就打在儿子身上好了。"

斯宏兴苦苦叫着："哎呀，我斯宏兴难道是生了个傻儿子，怎么还替这种人求情啊。"

蒜头和武三被一起扔了出来，门口几个老头儿跑上来，扶起了武三，都惊叫起来，骂斯宏兴心黑手辣。有人要去扶蒜头，蒜头把他们推开了，对着大门口的家丁，用手指着他们："你们这些狗奴才，你们都给我等着，你们仗势欺人，有你们好看的。"

武三惨叫回到喜春家。

喜春很是愤怒地："妈的，这个老土豪，真是欺人太甚了。蒜头，你怎么也这么没用，你不是有枪的吗？"

"我，我的枪一拔出来，就被他们缴了啊。他们有十多杆中正步枪呢。我哪里能跟他们打啊。"

喜春眼睛一亮："十多杆中正步枪？"

想着这十多杆枪，喜春心里就痒痒，再也按捺不住了，带着兄弟们，操起家伙，抱着小钢炮，扛着"替天行道"的大旗就往千柱屋跑去，找老土豪算账去。门口几个家丁一看喜春这阵势，有些害怕了，耕田拿着锄头

冲在前面一下子撞开了挡在前面的斯家家丁。天龙扛着小钢炮也冲上来，家丁吓得连忙逃散开了。

斯宏兴正院子里逗鸟玩，一个家丁慌慌张张地跑进来："老爷，老爷，不好了，那个喜春杀猪婆来了，她要来给她爹报仇了。"

斯宏兴嘴角一扬："妈的，还真是反了啊。"

这时，喜春他们已经走到斯宏兴面前，喜春："我他娘的，就是反了，今天老娘来，就是要打土豪，斗地主。"

耕田他们要冲上去，斯宏兴往后退了退，从他身后杀出来一群拿着中正步枪的家丁。

斯宏兴喝了一声："我看看你们谁敢动一下？"

喜春笑了笑："呦呵，不错嘛，你们斯家果然有十多杆步枪啊，唔，不错不错。"

斯宏兴得意的抚摸了一下胡须："怎么样，怕了吧，怕了就赶紧滚出我的千柱屋去。"

喜春哈哈笑着："怕了，我武喜春什么时候有害怕的事情，就是他狗日的日本鬼子，老娘也不怕他。斯宏兴，你要是识趣的话，就把这十多杆枪送给我，那我就带着我的兄弟们离开这里。"

斯宏兴也哈哈大笑着："真是笑话啊，如果我想让你们死在这里，你们就得死在这里，信不信？"

喜春往后退了一步，斯家家丁有些放下防备。突然一转身，阿飞一个飞身起来，拉开诸葛弓弩，斯家家丁们刚要举枪开打，阿飞一箭一个，射中了家丁们的手臂。

前面几个家丁们痛得丢掉了手中的枪，耕田冲在前面，一下子拿到了三杆枪。

斯宏兴大叫着："快，快点挡住他们，把他们都打死，打死他们。冲上去啊。"

几个家丁拿着枪，继续朝着喜春他们开枪。

喜春带着天龙等人往斯宏兴身后绕过去，斯宏兴看到喜春要从两边夹击自己，忙带家丁往走廊上撤退。这时，阿飞他们也冲上去，斯宏兴

被拦截在走廊上。斯宏兴看看阿飞，又看看喜春；耕田等人也横眉怒视着斯宏兴。

喜春笑了笑："哈哈哈，斯宏兴，你这个老土豪，你逃啊，你以为能逃得出老娘的手掌心吗？"

斯宏兴面对着喜春苦笑着，突然他转身向往外面爬出去，阿飞的动作极其灵敏，她一个飞身便到了斯宏兴面前，用诸葛弓弩对着他的面。喜春上来，一脚踢翻了斯宏兴，喜春用枪顶住了斯宏兴，斯宏兴吓得尿都流了出来，哭求着："别杀我，喜春姑奶奶，我错了，我错了，只要你不杀我，我什么都可以答应你的。"

喜春重重地踢了一脚斯宏兴。斯宏兴惨叫一声，这时，斯瑜急匆匆跑过来："爹，喜春……喜春，就算我求你了，你需要什么，钱还是粮食，我们什么都可以给你的。"

斯宏兴连忙求饶："对对，我们什么都可以给你，喜春，我知道你建立一支游击队很不容易，我斯宏兴全力支持你。你需要什么，就拿什么。"

喜春一口唾沫吐在斯宏兴脸上："我呸，你以为我喜春稀罕你们家这些破钱吗，耕田，把这老东西绑到院子里去。"

斯宏兴被耕田他们绑着，倒吊着，他还在求饶："喜春，我知道错了，我不应该打你爹的，求求你，饶了我吧，你大人有大量，就把我当一个屁放了吧？"

"我呸，老娘才不是什么大人呢，老娘就是小鸡肚肠，有仇必报，把你当屁放了？呵呵，你配做老娘的屁吗？给我打。"

天龙冲上来一棍子打在斯宏兴身上："你个狗娘养的老财主，以前老子来你家讨口饭吃，你也打过老子的，哈哈哈，今天落在老子手里，看老子不打死你。"

天龙又是打了斯宏兴两棍子，斯宏兴痛得哇哇叫："天龙兄弟啊，我狗眼看人低，你就别打我了。"

天龙又一棍子打过去，斯瑜挡在前面："喜春，你要打就打我，别打我爹。"

喜春一把推开了斯瑜，拿过天龙手中的木棍，对着斯宏兴打："叫你

打我爹。叫你把我爹打得这么惨。我要给我爹报仇。打死你这个老土豪。老娘就是要斗死你这个老地主。"

喜春每说一句话，便打斯宏兴一棍子，斯宏兴歇斯底里惨叫着，斯瑜向喜春跪了下来："喜春，求求你不要再打我爹了，就看在我们曾经的情份上，我求你了。"

喜春怒视着斯宏兴："哼，你这个老东西，看在斯瑜的面子上，今天先饶过你的狗命。你个老东西，你以后做人别太猖狂了。今天你必须拿出来两千斤粮食，这是赠送给我们游击队的。我们游击队是打鬼子的队伍，征收你们的粮食，是你们斯家为国家献上一份力量。"

斯宏兴："是是，我们心甘情愿为游击队献上这两千斤粮食。"

喜春高兴的吩咐着："天龙、耕田，你和斯瑜一起去粮仓搬粮食，两千斤粮食，我们现在就带走。阿飞、鸡毛，把斯家所有的枪支，全部收上来，这中正步枪，我也要带走，这也是为国家献上一份力量，我们要为这枪去打鬼子，而不是打老百姓。"

第九章

　　喜春他们高兴地离开千柱屋，喜春哼着小曲，大步向前走去。

　　斯宏兴在太师椅上坐了一下，痛得跳起来，臭骂着："武喜春，你这个臭娘们，老子一定要杀了你，把你碎尸万段。"

　　斯瑜劝说着："爹，冤冤相报何时了，你们都退一步不就没事了。我不想看着你们打下去了。"

　　斯宏兴气上加气："你这个畜生，给老子滚出去，滚。"

　　斯瑜无奈地走了出去。

　　斯宏兴重重地一拳头砸在桌子，又痛得连忙收手："嘶……武喜春，我斯宏兴一定会报仇的，你给老子等着。"

　　喜春很是得意地到家了，在蒜头面前显摆着："哈哈哈，打土豪真是太有意思了。"

　　趁着这会儿大家高兴，喜春让蒜头叫大家练枪拍，每个游击队员发了枪，只可惜子弹太金贵了，拿着空枪先练着。喜春大笑着："太简单了，就是拉开枪栓，瞄准前方，扣动扳机，子弹就啪一下子出去了。"

　　山本清直那个老师将军石原给他又调来了步兵联队和迫击炮队。

　　山本清直看着一队队的士兵和迫击炮，终于松了口气，阴阴地一笑。

　　鸡毛躲在山本营部边上的草丛中，看了看日军营地的情况，看到了山本清直笑着的样子。"你这个老鬼子有什么好笑的，难看死了。哼，马上让你们都笑不出来。"鸡毛暗暗说着，悄声往后溜走了。

　　喜春召集来了蒜头、阿飞、耕田等人开会。

喜春郑重地宣布："我已经得到消息，这个山本大鬼子在明天会向县城进发，我们要给这些小鬼子再搞一次偷袭，哼，他们到不了县城，我们就可以把他们消灭掉。"

蒜头眉头一皱："我看小鬼子的兵力太强，我们不是他的对手。而且，这次他们肯定有所防备，根据我以往的经验看，这次鬼子，不好对付……"

喜春瞪大了眼睛："放屁，上次我们就这么几个人，这么几杆破枪，都把山本清直给打得哇哇叫，现在我们游击队已经强大了，还怕他个鸟啊。"

天龙站出来："对，不怕他们。我这个先锋将军，一定会冲在最前头，打鬼子的。"

喜春重重地拍了一下天龙的肩膀："天龙，你好样的，没给男人丢脸。"

天龙嘿嘿笑着。

喜春转移到正题上："我已经想过了，就在山本他们去县城的路上，给他们来个伏击战，打得他们措手不及，打得他们嗷嗷叫，然后我们冲杀出去，和他们正面交战。争取这次把这些小鬼子都干掉了。"

天龙、耕田等人蠢蠢欲动，都呼应："好，这样子打鬼子，真是太爽快了。"

蒜头低着头不说话。

喜春满脸是笑，不可一世："我们巴山游击队的威名，马上就要遍布大江南北了。哈哈哈。"

喜春率领着游击队埋伏在道路边的山坡上，喜春开始时候还用枪对准着道路下面，但没过多少时间，喜春动了动，放下枪，琐碎躺着，开始挠痒痒。

这时，蒜头叫了一声："来了。"

氛围顿时紧张了起来，阿飞迅速地用诸葛弓弩对准下面，喜春也拿起枪来，游击队员们都一副准备战斗的样子，耕田瞪大着双眼。许多新进来的游击队员有些紧张，有几个还瑟瑟发抖着。

山本清直的人马在路上似一条长龙，前边是摩托车，紧跟着的补兵排着整齐的队伍前进着。喜春逼住了呼吸，突然，她吐了一口气，大喝一声："给我打。"蒜头他们开枪，喜春也打出去一枪，竟然还打中了一个鬼子，喜春乐了："哈哈，打中了，老娘的枪法也不是吃素的。"阿飞也连着发

出去几个箭镞，给山本清直开摩托车的士兵，被阿飞射过来的箭镞射中，摔了出去，山本清直大怒，手握紧了刺刀。

小鬼子们迅速做出了反应，连忙还击，架好了小钢炮，连着向喜春的游击队开了几炮，喜春带着游击队员冲杀下来，鸡毛扛着"替天行道"的大旗，风尘仆仆的向敌人冲去，炮弹已经在他们身边炸开了，好几个新来的游击队员都被炸死了。天龙一看，站住了脚步，不敢上前去了，已经吓得说不出来话，脑子犯浑，跟着喜春一起往前冲。有好多个游击队员都被鬼子的子弹击中。

山本清直一边指挥着鬼子们抵挡游击队的进攻，一边又让川岛贞夫开炮。在日军这么强大的火力下，游击队的攻势显得小巫见大巫了，喜春已是满脸黑灰，但她还是带着几个游击队员冲上来。阿飞用诸葛弓弩射杀了几个鬼子。鬼子向阿飞连着开枪，阿飞只能躲闪，不能向前进攻。喜春连开了两枪都没有打中鬼子，她有些恼火了，拔出杀猪刀就要去砍鬼子，但鬼子的火力太猛，根本无法冲过去。

天龙身上连着中了几枪，吐了一口血，倒地身亡。

这时，蒜头也上来："喜春，我们撤退吧，鬼子的火力太猛了，这样打下去，我们要全军覆没的。"

喜春坚持着："不行，跟鬼子拼了，跟他们拼了。"

喜春冲着冲着，发现身边已经没有人了，她回头一看，游击队员不是被打死，就是乱窜着，逃命去了，看着倒下去的战友，喜春已经失去了理智，刚要扑上去和敌人拼了，就在这时，阿飞和耕田冲过来，拉住了喜春，阿飞丧气："喜春姐，我们的人都打光了，就剩下我们了。"

喜春已经懵了，耳朵里似乎听不见什么了只一个劲的向前冲去，但被耕田拉住了。

蒜头哭丧着说："喜春，走啊。这回我们栽了大跟斗啊。"

喜春还是没有愣过神来："我们的人都死光了啊。"

蒜头欲哭无泪："还剩下我们几个，走吧？"

喜春痛苦地惨叫了一声："啊……"

他们一边还击，一边撤退，敌人穷追不舍，这时，从树林里杀出一队

人马，为首的正是凤凰寨女匪首马燕。马燕、白莲骑在大马上，桂香和阿红跟在身后，马燕等几个女土匪见了日军，像是疯了一样，和日军激战。

马燕大叫着："杀尽小鬼子，还我们男人命来。杀小鬼子。"

喜春回头看着她们，本来还想再冲上去，但被蒜头拉住了，喜春赞叹着："女英雄！"

马燕和武藤勇交战了一阵，干掉了几个鬼子，占了一点便宜，也都飞速撤离。

武藤勇要带兵追上去，被山本清直喝住了："这些支那人，我们随时都可以消灭他们。现在我们有更重要的事情要办。"

武藤勇不甘心，有点愤怒："难道就让他们这么逃走吗？"

山本清直奸笑着，命令："钱队长，你带着人，去追击武喜春。"

钱益清脸上露出笑容来："嗨，请太君放心，我一定会把他们追上的。"

山本清直他们重新调整部队，继续向巴山县城进军，钱益清带着他的皇协军，向喜春他们追击过去。

李昌鹏带着王迅他们往城外看了看，不远处，山本清直的部队已经过来，淡然一笑："就算他来势汹汹，咱们也按兵不动，给山本这狗日的，摆一出空城计。"

藤野一郎通过望远镜看向巴山城楼，只见城楼上一个守城的士兵也没有，城门也大开着，他连忙向山本清直汇报："大佐，很奇怪，巴山城门大开，城楼上一个士兵都没有，难道，他们弃城逃跑了？"

山本清直拿起望远镜，看了下，冷笑："李昌鹏，你把自己当诸葛亮了？摆个空城计，哼哼，可惜，我不是司马懿，我们大日本帝国的皇军，是不会愚蠢到上你们支那人的当的，传我命令，炮击城楼。"

在日军的连续炮击下，城楼被轰得震动，城楼的一角也随之倒塌，炮声不断。

王迅带着尖刀连的士兵躲在城楼上墙角边，王迅啐了口唾沫骂着："狗日的，真炸过来了。"

大狗摩拳擦掌手早就痒痒了

　　敌人一直都疑惑不解，连续打了二十多发炮弹，毫无反应，他们很高兴地认为胆小如鼠的李昌鹏他们弃城逃命，不费一兵一卒就可以占领巴山县城，但是敌人还是很小心，怕有埋伏，藤野一郎自告奋勇的站了出来，带着一队人马先行开路。当他们走到城门口时感觉太安静了，为了小心起见，转道去中水门。

　　喜春跟剩下的队员们一路狂奔，逃进了鬼谷密林，他们躲进灌木丛中，个个跑得满头大汗，有的累趴在地上，大口喘气，喜春抚着胸口，还探出头来四下张望，确定鬼子没再追来，松了口气："这帮短腿鬼子跑得慢，总算甩掉他们了。"

　　喜春看看剩下的游击队员，个个灰头土脸，一副狼狈的样子，生气地破口大骂："他娘的，该死的小鬼子，杀死我们那么多弟兄，老娘一定要活剥了他们，还要割下山本的狗头，祭奠死去的弟兄们。"

　　蒜头正在喝水，听喜春骂人，生气地一把扔了水壶："要不是你这婆娘逞强，吹牛耍威风，非要跟鬼子硬拼，咱会死那么多人吗？"

　　喜春懊恼地："是是是，都是我不好，蒜头兄弟，你骂的没错，以后我保证不再咋咋呼呼了。虽然我们的队伍已经毁了大半了，但咱游击队员的性命不能就这么白白丢了，这笔账咱先记着，留得母猪在，不怕没猪肉吃。"

　　蒜头冷哼了一下："现在总共就剩这么几个人了，你是不是要我们都死了，你才甘心啊？"

　　喜春自责："千错万错，都是我喜春一个人的错，我对不起弟兄们，我该死。蒜头兄弟，你要打要骂，随你，我保证打不还手骂不还口。"

　　蒜头还想说什么，到嘴边又咽了下去，索性转过头去不再理她。

　　"听，外面好像有人来了。"鸡毛提醒着，趴在地上继续听动静："听脚步，有几十号人，可能是小鬼子追来了。"

　　队员们跟着喜春朝灌木丛深处跑去，蒜头不情愿地跟过去，和他们一起蹲下身躲起来。

　　钱益清率领伪军进入鬼谷密林搜索喜春和队员们。密林中，弥漫着浓密的雾气，时不时发出几声瘆人的叫声，伪军拿着枪在在林子里搜寻，有

几个吓得有些不敢前进。

钱益清大声地："怕什么，你们都给我仔细地搜，把这几个游击队员揪出来，去皇军那儿请赏，太君说了，武喜春这臭娘们，要抓活的。抓回去，赏一百大洋。"

赵根屁颠屁颠地："老大，这鬼谷密林那么大，就是搜一天一夜，也搜不全遍啊？"

钱益清拿短枪柄敲打赵根的脑袋："你个榆木脑袋，不会动动脑子啊，这个鬼谷没有其他出口，只要守住这儿，除非，他们变成鸟飞出去，或者变成鱼游出去，不然，神仙也救不了。"

赵根谄媚地竖起拇指："嘿嘿，老大，你真是英明，他们就是那秋后的蚂蚱，蹦跶不了多久了。"

赵根回头呼喝其他皇协军："你们，守住这儿，其他人，赶紧去那边搜，都麻利点儿。"

喜春他们躲在茂密的灌木丛中，观察着不远处伪军正不放过任何一个角落地搜着，看着这帮狗腿子替鬼子卖命，欺负自己人实在可恶，无奈喜春她们人少，而且子弹也打完了，只好继续隐藏着。

这时四个伪军朝灌木丛这边来，就要发现她们了，阿飞只好用诸葛弩齐发四支箭，三个伪军倒地，剩下那个活的慌乱地边逃边喊，逃命声惊动了钱益清赶紧带着人马很快朝灌木丛这边过来了。

明知不敌，只好继续撤退，往密林更深处逃去。

伪军在钱益清指挥下行进到灌木丛，枪口全部对着灌木丛一阵扫射，可是灌木丛没一点动静。

伪军继续追到林间，钱益清拿来喇叭，大声朝喜春他们喊："游击队员们，你们听着，这里已经被我们控制，今天你们跑不掉了，都是乡里乡亲的，不要让我为难好不好，山本太君说了，只要你们肯投降，就饶你们不死，要不然，格杀勿论。"

接着伪军又朝喜春他们连着开了几枪。

"这狗东西，什么乡里乡亲，呸，不要脸，不过，好汉不吃眼前亏。"喜春在灌木丛中穿梭暗暗骂着，不过沉思片刻，一计已然生出，"哎哟，

钱队长，你就别开枪了哈，大家都是中国人，今天就行行好，放过我们吧。你可千万不能把我们交给小鬼子啊，我们会没命的，小鬼子杀了我们那么多弟兄，我还要回去，给他们挖坟，你就放我们一条生路吧。"

伪军们大笑："哈哈哈，这娘们，那么怕死，还带什么游击队，打什么仗啊，娘们就是娘们。"

钱益清得意的叫着："那你们快回来，我不杀你们。"

喜春爽快的应答着："好嘞，我们这就过来，求求你，千万你开枪啊。"

钱益清："好，好，我不开枪。"

其他队员跟喜春一起回头转身，蒜头不情愿地跟在后面，大家一起跟着喜春，慢慢走向伪军。

几个伪军上前枪对着喜春他们："怕死就别乱动，把身上的武器拿出来扔地上。"

喜春双手放到背后，朝蒜头使了个眼色。喜春从背后亮出杀猪刀，动作干脆，迅速地一刀砍在伪军的胳膊上，伪军痛得满地打滚，喜春眼疾手快，又敏捷的一个滚翻，接起伪军掉下来的枪，枪口对准了钱益清，同时，蒜头他们也打倒了几个伪军，轻易地夺下了枪，对准了他们。

钱益清吓得躲到几个手下身后："啊！你，你们……快开枪打死他们。"伪军们一时没有反应过来哆哆嗦嗦地拿着枪，不敢动。喜春朝伪军脚下开了两枪，

伪军跳脚躲子弹，又本能地退后好几步，一个个腿都软了。

喜春他们带着枪跑开，还开枪射杀了几个走最前面的伪军。

钱益清推开手下，向喜春他们开枪，气急败坏："妈的，你们这群废物，还不快追，给我狠狠地打。"

伪军们回过神来："呃，是，是，队长。"

钱益清他们追在后面，跑几步，就累的一个个东倒西歪，拿枪的力气都没了。

喜春回头看看，伪军没有追上来，过了这片鬼谷密林，前面是白凌江，没有船根本过不去，看着这个鸟不拉屎的地方，前面又是绝路，大家开始抱怨起来，喜春安慰着："你们急啥，老娘从小在这儿长大，就是闭着眼

睛也能把你们带出去，要教训这帮狗汉奸，鬼子凶残，就是因为有他们帮忙，特别是那姓钱的，一肚子坏水，一定要替老百姓，出出这口恶气，天机不可泄露，待会儿，你们听我的指挥就行了。"

钱益清他们一路追进竹林子，看到喜春他们就在前面的小路上，连忙向喜春他们开枪，可枪法实在不准，一枪也打不到人。子弹呼呼地飞过来，喜春灵敏地躲过了，继续往前跑。

藤野一郎他们到了中水门，还是没有发现任何的动静，感觉太诡异了，他们在街道上搜寻着，这时两个小鬼子将一个小孩，一个瘸腿弯背的白发老头带到藤野一郎面前，将他们一把推倒在地上，小鬼子拿枪对着他们。远处的李昌鹏看到这一幕心顿时凉了半截："糟了，还有人没离开县城。你们几个，跟我一起下去救人，救人要紧，小鬼子太凶残，注意，不能有枪声，也不能让鬼子逃出去报信。"

两路人马兵分两路，李昌鹏他们在屋顶上猫着身子移步前进，朝藤野一郎方向走过去。

老头颤抖地求饶："太君，求求你，放了我们吧。"

小孩害怕地躲到老头怀里。

藤野一郎蹲下来："老人家，我们皇军从来不伤害老百姓，告诉我，守城的士兵，都去哪儿了？"

老头可怜巴巴："啊，我不知道啊，太君，我真的什么都不知道。"

藤野一郎阴阴地："只要你乖乖告诉我，他们去哪儿了，我马上放了你们。"

老头哭着连连磕头："呜呜，可是我真的不知道啊，呜呜，太君，求求你，放我们走吧。"

老人额头磕破了皮，藤野一郎却狠狠地一脚踢开老人："八嘎！滚开！"

两个鬼子举枪，对准了爷孙俩，爷孙俩害怕地起身想要逃，眼看着鬼子们马上要开枪，李昌鹏快速扔下两枚飞刀，正好分别扎在小鬼上子的胸口，他们丢掉了枪支，倒在地上。

藤野一郎看到这一幕，急忙大喊："不好，有敌人！"散开的小鬼子

们全部靠拢，围着藤野一郎警戒。

藤野一郎急急地命令："城里有埋伏，快开枪，给大佐报信。"

同时，屋顶上，李昌鹏又向鬼子扔出几把飞刀，藤野他们还没扣动扳机，手腕纷纷被飞刀所伤，一个个都丢下了枪。又一枚飞刀朝藤野一郎飞来，藤野一郎立刻抓起小孩挡在胸前，飞刀刺在了小孩胸口上。

屋顶上，李昌鹏看到藤野一郎居然拿孩子做挡箭牌，痛心疾首，同时，老人看到小孩死了，拼了命似地向藤野一郎地冲上来："小鬼子，你杀了我孙子，我跟你拼了。"

藤野一郎狠狠地一脚踹开老人，老人头撞到墙角，鲜血直流，顿时倒下了，李昌鹏他们再也按捺不住，从屋顶纵身跃到地面上，与藤野一郎面对面。

藤野一郎拿剑指着李昌鹏，李昌鹏抢起地上的木棍，两人面对面，藤野一郎一剑向李昌鹏劈过来，李昌鹏灵活地躲开，后退两步，双脚跳上墙借力，一个连环飞腿下来，踢在藤野一郎身上，藤野一郎没站稳，倒退了几步，用剑朝李昌鹏一阵狂砍，李昌鹏用木棍抵挡。同时，王迅带着尖刀连兄弟们也都冲上来跟鬼子们搏杀在一起。双方开展了一场殊死搏斗。很快，小鬼子败下阵来，被士兵们用刀解决了性命。此时，被棍子打到几次，藤野一郎招招阴狠致命，李昌鹏奋力拼杀，身上也有几处被剑所伤，两人都杀红了眼。藤野一郎看着队友都倒下去了稍一分心想逃，却被李昌鹏趁机占了上风，凌空一记闷棍，打在了藤野一郎头上，藤野一郎倒地。

李昌鹏扔掉手里的棍子，整理了下衣服，把藤野一郎带走了。

一大片半人高的灌木丛中，钱益清他们眼看着要追上喜春他们了，喜春他们就跑的飞快，等钱益清他们又看不见人影的时候，喜春他们又在不远处等着他们，钱益清的人马已经累得气喘吁吁。

钱益清大口的喘着气："这该死的臭娘们，存心在捉弄老子。"

赵根嗓子都冒火了："老大，再这么绕下去，弟兄们腿都软了。"

钱益清一意孤行，仍坚持着："少废话，继续追，臭娘们，跟我玩阴的，等抓到你，看我弄不死你。"

跑了半天，喜春他们在树林里坐下来休息。

鸡毛不解地问道："姐，都折腾白天了，咱们这样跟狗汉奸玩躲猫猫，到底要玩到什么时候？"

蒜头也纳闷："这片林子那么大，线路复杂，根本出不去了，没把敌人绕晕，我们自己已经晕了，你还吹牛不打草稿。"

喜春："嗨，我说你这个蒜头，这么没出息的话，你一个大男人，也好意思说出口，今天，我们不光要打得他们屁滚尿流，还要把他们的枪全部抢过来。"

蒜头："那你快说，怎么打，怎么抢，别卖关子了。"

"我们要神不知，鬼不觉，打他们个措手不及，现在，是跟他们磨时间，你们听着。"喜春拉拢他们几个，围成一圈，低声耳语说出了自己的妙计，他们听着，不住地点头。

太阳下山，天色渐渐暗下来，山本清直拿望远镜看巴山县城，那儿还是原样。山本清直看看天马上要黑下来，变得有些不耐烦，拿望远镜看，城楼方向一片漆黑，什么都看不清楚。

山本清直扔掉望远镜："藤野还是没有任何消息，不能再等了，传令，炮击城楼。"炮兵小队再次上前，对准巴山县城城楼方向连开数炮。城楼再次遭到连续炮轰，顿时浓烟弥漫，一阵阵颤抖，李昌鹏他们躲在墙角下，避开被炸下来的碎砖尘土。他们顿时喜上眉梢，这小鬼子终于要进攻了，为了诱敌深入，他们只好佯装迎战，无力的抵抗着。

日本兵全部下车，列队整齐，黑压压地一片向城门口压了过来，他们走到吊桥前，最前面的冲锋队员朝城楼开火。在枪火中，国军士兵们开始迎战，用机关枪朝下面鬼子扫射。

这时，最前面的小鬼子边开枪边前进，已经开始上桥了，千钧一发之际，大家注意力都在吊桥上，山本清直正朝着吊桥走过来，离桥还隔了十几步。被五花大绑着的藤野一郎发了疯似的使出全部力气，一脚踢开押着他的士兵，朝城楼护栏冲过去。王迅过来想一把抓住藤野一郎，却扑了个空。李昌鹏朝藤野一郎身上开枪，藤野一郎想躲开，子弹打在了胸口，中弹后，

还是以最快的速度纵身跳下了城楼，嘴里还嘶喊着："大佐小心！"

藤野一郎掉下城楼，摔在地上，脑浆涂地。

同时，李昌鹏破口大骂："狗日的，快，炸桥！"

同时，山本清直一只脚已经踏上了吊桥，当看到藤野一郎跳下城楼的时候，山本清直意识到了藤野用自己性命做的提醒，马上转身掉头，嘴里喊着："快撤！"

已经来不及了，说话间，轰隆隆巨响，吊桥被炸开了，走在最前面的日本兵被炸飞了。山本清直也被震晕。川岛贞夫爬过来扶起山本清直，并用力摇山本清直的肩膀，被炸的灰头土脸的山本清直毫无反应。

李昌鹏看着对岸，硝烟弥漫中日军撤退了，感到不妙，皱起眉头："他娘的只差一步，山本清直要是不死，他们马上会再来的。"

王迅恨恨地看了眼楼下藤野的尸体："真该早点结果了他。"

月亮爬上枝头，鬼谷密林被一层水雾笼罩着，看不清四周，乌鸦的叫声时不时地划过上空，鬼谷密林在这样的夜色下，显得有些清冷，喜春他们还在与伪军兜圈子。

钱益清一伙人拿着手电筒过来了，他们全都已经累得筋疲力尽，步伐散漫。钱益清一屁股坐在路边草堆上，骂骂咧咧："臭娘们，跑哪儿去了，刚才还在，一转眼又没影了，快累死老子了。"

赵根："老大，这天黑的，我们还是回去，明天再来吧，日本人要问起来，就说已经被我们乱枪打死了。"

钱益清狠狠地拍打赵根的脑袋："你有点脑子行不？明天，明天他们还会在这儿吗？再说了，你以为日本人是吃素的吗，活要见人死要见尸，跟他们耍心眼，这不找死呢嘛。"

赵根摸着自己的耳朵："是，是，嘿嘿，老大教训的是。"

喜春她们一切都按计划进行着。

看着时机成熟了，鸡毛带着三个队员起身，走出来朝皇协军开了几枪，往草丛另外一边跑去，赵根带着一队人马开着枪往草丛里追去，消失在雾色里。

第十章

原地只剩下七八个狗腿子留下来保护钱益清，钱益清人疲马乏，饿的昏昏沉沉满肚子的恼火："妈的，这什么鬼差事，累死我了。"

手下何德讨好地向前递上一根烟："老大，您辛苦了，好好歇会儿，抽根烟。"

钱益清接过烟，何德给他点上，他狠狠地吸了两口："老子这日子过的，天天提心吊胆，日本人动不动就给脸色看，国民党跟游击队都惦记着我的脑袋，真是老鼠进风箱，两头受气。"

何德奉承着："是，是，老大真是不容易，弟兄们可全都仰仗着您呢。"

这时喜春他们悄悄上前跑到路边一棵大树下，躲在树后面，发出瘆人的叫声。听到声音，钱益清吓得呛了口烟，使劲咳嗽。树下，喜春又叫了两声，其他伪军听到都有些害怕，四处张望，却什么都看不清。

钱益清："妈的，这什么东西啊，听着不像鸟叫，跟猪叫似的。"

何德有些害怕了："难道，是这林子的鬼怪吗？我听说，这里以前闹过鬼，很凶，还吃人呢。"

其他伪军听着越发害怕了，都围成一团。树下，喜春继续发出怪声，喜春带着阿飞、耕田身上用树枝盖着，以作掩饰，悄悄走到林子边，又鬼叫了几声。

钱益清听到"鬼叫声"，浑身起鸡皮疙瘩，不敢坐着了："哎，你们几个，快去那树丛中看看，真有鬼怪，就给我开枪打死。"

伪军们战战兢兢地来到林间找鬼怪，一副惊恐的样子，喜春他们隐没在灌木丛中，阿飞突然从树丛中露出脑袋，瞄准伪军，射出三箭，三个伪

军被射中喉咙，无声地倒下，两个还活着的看到同伙都死了，想撒腿就跑，却被喜春与耕田一人一个拖进了灌木丛中，耕田捂住伪军的嘴巴，一下拧断了他的脖子。

喜春把伪军按到烂泥中，一把抓起伪军的头发，伪军吐出嘴巴里的泥土，想叫喊，又被喜春压进泥里面，喜春再把伪军拎起来，这家伙还想挣扎，喜春拔出杀猪刀，利索地一刀抹了他的脖子。喜春哈哈大笑："干得好，我们回去收拾姓钱的。"

喜春他们从死去的伪军身上拿下枪支，背在自己身上，悄声地离开灌木丛。只剩下钱益清跟刚才那个递烟的手下了。

这时，对面树上，蒜头扔下一块石头，砸到钱益清手下何德的脸上。

何德捂着脸："哎哟，什么东西？痛死我了。"

钱益清也不安分了："真他妈见鬼了，赵根他们去了那么久，怎么还没死回来？其他人去林间也还不回来。"

何德惊慌地："队长，难道他们是被鬼抓去了吗？我总觉得，有一双眼睛一直在盯着我们。"

钱益清拍了一下何德的脑袋："你他妈的少胡说八道。"钱益清嘴上虽这么说，人却吓得手脚发抖，阿飞将点着火的弓箭射向钱益清身边的狗腿子。

何德一声惨叫："啊，我的屁股，着火了，救命啊，快点救救我！"何德痛的四处乱窜，跑进草丛，往林间逃命去了。

钱益清叫着："混蛋，你给我回来！听到没有？快回来！"

只听何德扑通一声跳进了树林边的一个水潭里，喊着："救命……啊……我不会游泳……救命。"随后扑腾了几下之后就没声音了。

耕田轻而易举地爬上了树，喜春又连续几声怪叫，钱益清惊恐地张望着四周，很害怕，急忙快步往前跑，对面树上，蒜头将老枯藤一头甩到耕田那边，两人拉起老枯藤，一起跳到地面上，钱益清跑过来，直接被枯藤绊倒在地上。他爬起来想大喊，突然飞来一团东西堵住了他的嘴巴，他无法出声，接着头上也被一团东西打到，直接被打晕了。他们将钱益清头朝下，倒挂着吊在一棵树上。

钱益清醒过来，睁开眼睛，发现自己被绑着挂起来了，急忙大骂："你们敢把老子绑在这，快放我，把我放了，快来人，赶快放我！"

蒜头上前抽了他几嘴巴子："让你为非作歹，投靠小鬼子，打死你这卖国贼，我打死你。"

钱益清被打得鼻青眼肿："你快住手，我受不了了，快放我下来！"

蒜头飞身上树，割断了绳子，钱益清被狠狠地摔在地上，拍拍灰尘站起来："谢谢，谢谢姑奶奶不杀之恩。"

"老娘还没说完呢，你急什么！你一肚子坏水，没少给鬼子出主意，欺负咱中国人，汉奸汉奸，哈哈，听着跟太监似的。"喜春凑近钱益清，"还没听明白？老娘就想把你阉了，你帮着鬼子干了那么多缺德事，就该断子绝孙。"

钱益清吓得脸苍白："别，别，求求你，别阉了我，我上有八十岁的父母，家里六代单传，不能在我这里断了香火啊！"

喜春笑嘻嘻地拔出杀猪刀，在钱益清眼前亮了亮，刀子慢慢朝他裤裆下面移。钱益清吓得尿湿了裤子，喜春哈哈大笑："你多大的人了，当着我们那么多人的面尿裤子，也不嫌害臊。"

钱益清求叫着："姑……姑奶奶，只要，只要你们饶了我，往后，鬼子……有什么行动，我一定，一定提前给你们通风报信。"

"好啊，老娘可以不阉你。"

"不阉，不阉好啊，多谢姑奶……啊。"

还没等钱益清说完，喜春已经动作麻利地割下了钱益清一只耳朵，钱益清发出杀猪般的嚎叫，耳朵上的血不断地留下来，喜春一把拧住钱益清另外一只耳朵："听着，老娘今天取你一只耳朵，只是给你一点小教训，以后你要是还帮鬼子干坏事，老娘就取你的狗命，听到没！"

钱益清已经痛得说不出话来，直流眼泪还拼命点头，鸡毛他们也来到树林跟他们会合了。

鸡毛得意地说："他们一路追着我们，还朝着我们放枪，我们就一路跑，最后躲进草丛里，他们继续往前追，看他们走远了，我们就沿着树林边的小路回来了，雾那么大，他们肯定是迷路了，这会儿都不知道自己在哪里了。"

喜春他们得意洋洋地背起枪支，离开了树林，只留下钱益清一人被绑在树上，临走前，阿飞还过来踹了他一脚。

第二天一大早，喜春就嚷嚷着给死去的弟兄报仇，杀光小鬼子，蒜头可不干了，枪支弹药都很缺，要去跟大部队会合，喜春坚决反对，附近就有鬼子，万一来扫荡，还要留下了保护乡亲们。这时喜春想到了李昌鹏，说实在的她很担心人家的，昨天鬼子去攻城，也不知道城里的情况如何。最后在喜春的一再坚持下，带着队伍去巴山县城。

天刚放亮山本清直就带着日军压境，来到巴山城外，一副来势汹汹的样子，一切准备就绪后，小鬼子们叫喊着，在炮火掩护下，举枪开火向巴山方向冲，迫击炮不断地轰炸着城楼，城内顿时炮火连天。城楼被轰炸着，城头好几个士兵在炮火中身体被炸飞，掉下城楼。士兵们浴血奋战，狼嚎般的喊杀声响彻天际。一发发炮弹对准了城外发出去。战斗进行地异常激烈，鬼子火力太猛，国军有些守不住了。李昌鹏看着鬼子已经到城楼下，拿起手榴弹，朝鬼子扔下去，底下的鬼子顿时被炸飞了。

王迅躲开炮火，爬到李昌鹏身边："营长，我们子弹都快打完了，还是快撤退吧。"

李昌鹏起身，看着城楼上血泊中的尸体，士兵已经死伤大半，有的士兵甚至受伤后，不顾伤口，流着血还在坚持作战，李昌鹏不禁有些难过，城楼上枪炮不断，实在不忍士兵再当炮灰，李昌鹏留下来跟一班的士兵掩护撤退的士兵，继续跟鬼子作战，受伤的士兵们被其他士兵扶着，小心地躲着炮火，一个个陆续撤下去。

李昌鹏他们正在扫射，阻止攀墙的鬼子，李昌鹏打爆了一个正攀墙鬼子的脑袋。攀墙的几个鬼子动作迅速，跳到城楼上，跟李昌鹏他们展开了激烈的交战，这几个鬼子动作异常凶猛，几名国军士兵拼死抵抗，却不敌，很快被鬼子用刀刺穿了身体。李昌鹏用鬼头刀跟鬼子交手，几个回合下来，砍死了鬼子，血溅在了李昌鹏脸上。王迅准备一刀刺死与他搏斗的鬼子时，一个鬼子在背后拿刀刺向他，李昌鹏眼疾手快，将背后偷袭王迅的鬼子刺

死。爬上城楼的鬼子越来越多，国军拼力抵抗也无济于事。

武藤勇也爬到城楼上，亲自指挥手下追杀李昌鹏他们，一个奄奄一息的士兵拖住了武藤勇的腿，被武藤勇狠狠地刺了两刀，士兵倒在了血泊里。

鬼子们踏过国军士兵的尸体，继续追击。

山本清直用白布将藤野一郎的尸体盖住："藤野君，你是为帝国而死，却连最后的尊严都被这些支那军践踏，我不会让你白死，我要亲手杀了李昌鹏，来祭奠你的英魂。川岛君，传我命令，炮击城门，不惜一切代价，占领巴山！"

日军很快破城，鬼子持枪进入城内，大肆在大街小巷进行毁坏，枪扫屠杀守城的国军士兵，国军士兵拼死抵抗，却是杯水车薪，士兵们节节败退，死伤惨重。

李昌鹏带着受伤的士兵，尽力打退几股小鬼子，躲开子弹，一路撤往中水门，李昌鹏看着眼前剩了不到二十个士兵，大部分都带着伤，伤口还没来得及包扎，血不断流淌出来滴在地上，有的断了胳膊，有的缺了腿，那个当时在城楼上掉香袋的士兵，一条胳膊已经被炸掉了。

李昌鹏看着这些士兵们，心里非常难过，他强忍住眼泪，士兵们站在那儿一动不动。一班长大狗腿上已中两弹，血流不止："营长，我们走不了了，你别管我们了，否则只会拖累你们。"

李昌鹏："不行，要走一起走，死也要死一块，服从命令！"

大狗笑："营长，服从命令是哄新兵蛋子的，就让我们这些兄弟，为你做最后一件事吧。你们快走！"

鬼子不断朝这边开枪。

受伤的士兵们："营长，你们快走吧，鬼子打来了。"

李昌鹏强忍眼泪，勉强挤出一个笑容，拍了拍跟前几个受伤士兵的肩膀："我的好兄弟，逢年过节，我会请你们喝酒。"

大狗他们身上都绑上了炸弹，他们视死如归，拖着伤残的躯体步伐坚定地走向鬼子。他们唱起了《战场行》，歌声悲壮浑厚。

弟兄们大胆向前走，敌机虽在我头上盘旋，炮弹虽在我们头上飞过，

弟兄们大胆向前走，休为自己打算，休担忧。弟兄们大胆向前走，隐蔽瞄准，

沉着战斗弟兄们，大胆向前走，拼死杀敌虽死也光荣，

弟兄们！大胆向前走要做那轰轰烈烈奇男子，

打倒日本强盗，才显得我们的好身手，

打倒日本强盗，才显得好身手，弟兄们大胆向前走。

鬼子不断靠近大狗他们，他们迈着坚定的脚步唱着歌走向鬼子。鬼子拿着刺刀离大狗他们越来越近，很快，双方展开了搏杀，这些受伤的士兵根本不是鬼子的对手，鬼子的刺刀刺向他们，士兵的身体被刺穿，鲜血吐在鬼子脸上。在士兵们倒下去的瞬间，他们用最后的力气，引爆了炸弹，跟鬼子同归于尽。

就在李昌鹏他们撤出城门的时候，爆炸声从后面传来，李昌鹏转身停下来，眼泪再也控制不住流了下来，王迅他们也伤心落泪，朝士兵战死的方向敬礼。

巴山县城很快就被敌人占领了，城楼上飘起了膏药旗。

李昌鹏他们出了城，回头望了下硝烟弥漫的巴山县城，一脸愤慨，心情很沉痛："这哪里是撤？我堂堂国军战士，守土卫国，血流成河，最后竟被小鬼子追着到处逃，还是兄弟们用身体当炸弹掩护我逃走的，这叫什么事！"

负责殿后的陈二跑来汇报："营长，后面有鬼子追来了。"

李昌鹏："有多少人？"

陈二："大概几十个吧。"

李昌鹏犹豫了一下，马上就坚定的说："兄弟们，我们到前面的小坡上伏击，无论如何，都要吃掉这股小鬼子。"

几十个鬼子正举枪追来，快到小山坡旁边的时候，带头的鬼子示意停止前进，前面是个三岔路口。当鬼子在犹豫从哪一条路继续追击时，李昌鹏他们从山坡上冲下来朝鬼子疯狂扫射，剩余的鬼子们被炸得灰头土脸，还没来得及从地上爬起来准备开枪，就被子弹射中，倒下了十几个，李昌

鹏他们已经到鬼子跟前,他们用刺刀跟鬼子拼杀,将仇恨全部发泄在鬼子身上,不到几分钟,这拨鬼子全被歼灭。

刚打扫完战场,支援的鬼子到了,李昌鹏他们回头射击追来的鬼子,跑在前面的几个鬼子被打死了,后面的鬼子紧接着又上来,李昌鹏他们跳进路边的树林里,躲在树后面向鬼子开枪。

正当他们准备撤的时候,李昌鹏突然停下来:"糟了,忘记把雨菲一起带出来了!我现在回去找她!"

李昌鹏不让队友一起去,人多目标太大,他一个人回去,从路边鬼子尸体上扒下衣服,自己换上,从树林里抄近路回巴山县城。

听着鬼子整齐的脚步声在屋外走过,卢雨菲害怕地躲在杂物房的一口衣柜里,她捂着自己的嘴巴,怕自己不小心发出声音惊动了鬼子。

鬼子的脚步声渐渐远去,卢雨菲轻轻推开衣柜的门,爬上窗,准备翻出去,却不小心踩到一个瓶子,瓶子摔碎了,她吓一跳。

声音惊动了门外的鬼子,他们马上警觉的踢开门,看到了卢雨菲,鬼子两眼放光,鬼子淫笑,卢雨菲从窗户里跳了出去,卢雨菲跳到了外面的巷子里,却不小心摔倒在地,无法起身逃走,她咬着牙往前爬。

两个鬼子也从窗口跳出来,挡在卢雨菲前面,鬼子奸笑着开始解皮带:"你跑不掉的,乖乖地,哈哈。"

卢雨菲惊慌地往后退,她抓起地上的棍子对准小鬼子:"你们别过来!啊!不要!"

小鬼子慢慢靠近卢雨菲,夺下她手里的棍子,拽着她双腿,将她推倒在地压在身下。

小鬼子用力撕扯着卢雨菲的衣服,这时鬼子突然停止了动作,吐了口血倒地了,另外那个鬼子胸前被一把飞刀刺中,也倒在地上。卢雨菲吓得抱住胸口往后退了好几步。李昌鹏从围墙上跳下来,卢雨菲一看是李昌鹏,紧紧抱住了他哭起来:"昌鹏哥,你总算来了。"

李昌鹏拍拍卢雨菲后背轻声安慰:"好了,好了,没事了啊。"

李昌鹏又脱下鬼子的衣服,给卢雨菲穿上,两人低头朝中水门方向走

去。城内到处都是小鬼子，看到他们并没有发觉异样。李昌鹏他们来到中水门前，守卫的鬼子只是看了他们一眼，没有阻拦，正当他们走出中水门准备的时候，后面的鬼子突然叫住了他们，李昌鹏跟卢雨菲只好停下来，李昌鹏朝鬼子笑，鬼子也朝他笑了笑，还拍拍他的胸膛，鬼子又看了看卢雨菲，同样拍了拍卢雨菲的胸膛。

吓得卢雨菲大叫一声，护住胸膛，甩了鬼子一巴掌："你混蛋。"

鬼子一听马上大喊："快来人，这里有两个支那人！"

门口其他几个鬼子一听马上朝门口赶来，李昌鹏拉起卢雨菲就跑，后面鬼子们追来，朝他们开枪，李昌鹏拉着卢雨菲躲避着后面打来的子弹一路往前逃，还不时回头打死了几个鬼子。

枪声惊动了更多的鬼子，鬼子们纷纷赶来抓人，李昌鹏保护着卢雨菲，躲开鬼子的枪林弹雨。

武藤勇正带人在城内巡逻，听到枪声，抓住一个持枪追赶的小鬼子问话："怎么回事？"

小鬼子："报告少佐，城内有两个支那人，化装成了我们的士兵。"

武藤勇拿起枪："八嘎，一定要抓住他们，集合城内巡逻的士兵，给我搜！"

李昌鹏带着卢雨菲逃进巷子，卢雨菲气喘吁吁地跑不动了，李昌鹏突然想到了城墙边的狗洞。

为了抓捕他们，城内的鬼子开始全城地毯式搜索。李昌鹏带着卢雨菲为躲开鬼子，穿过好几条小巷子，来到城墙边。确定一波搜查的鬼子走远之后，李昌鹏到城墙边，翻开杂草堆，呵呵一下笑："就是这了。来，雨菲，你先钻出去，快。"

卢雨菲只好猫下身子，钻进狗洞，李昌鹏跟着钻了进去。李昌鹏拉着卢雨菲，一路逃跑。刚出城，就发现了回来接应他的士兵，在一片欢呼声中往虎扑岭走去。

李昌鹏他们在虎扑岭半山腰的乱石堆停下来，那里地势极为陡峭，四周都是岩石，鬼子无法轻易上来，是阻击鬼子的最佳位置。

山本清直亲自带领着几百人的队伍一路追来，队伍在虎扑岭山脚停下

来，武藤勇四周看了下："大佐，前面再没别的路，难道他们是上山去了。"

山本清直看着："这山看上去非常险峻，易守难攻，支那人真会挑地方。"

武藤勇："大佐阁下，属下先派人去刺探下，如他们果真在山上，那我们再想办法攻打他们。"

山本清直点头："武藤君，你总算聪明了一回。"

武藤勇："谢大佐夸奖。"

一小队人马开始上山搜查，只见有一小队鬼子已经朝半山腰走来。李昌鹏向小鬼子扔了一颗手榴弹下去，手榴弹在小鬼子中间炸开花来，没被炸到的小鬼子举枪朝上面射击，双方在山上开火激烈地打了起来。

山脚下的日军听到了枪声。

武藤勇火急了了："大佐，不如现在就全面进攻。"

"武藤君，你还是缺少点耐心，这样是做不成大事的。"山本清直表情镇定，冷哼了一声，"他们只有两条路，一是死守，二是逃走，如果死守，很快就会耗尽弹药，如果逃跑，他们的速度，没有我们的子弹快。"

李昌鹏他们连续射击，小鬼子不敢往前走一步，只能在原地朝半山腰射击。很快，李昌鹏他们用完了最后的子弹。

李昌鹏拿出视死如归的精神："兄弟们，看来今天，是天要亡我，现在就上刺刀，冲下去跟鬼子决一死战！"

李昌鹏："雨菲，听着，你快往山上躲起来，等鬼子走后，就翻过这座山，去上海特训部，找杨邪，记住没？"

卢雨菲早已哭得说不出话来。

李昌鹏他们准备起身往山下冲，这时候，李昌鹏肩膀被人拍了一下，他回头一看，是喜春他们，李昌鹏愣住了。

喜春很神气地说："嗨，我说小李子，怎么见到我，话都不会说了，是不是太高兴啦？"

李昌鹏惊奇地问："喜春，你们怎么会在这里？"

喜春一只手搭在李昌鹏肩膀上："哈哈，老娘掐指一算，你落难于此，所以老娘就带人来救你了，怎么样，是不是很感动啊？"

李昌鹏拿掉喜春的手："你正经点，别闹了，鬼子就在下面，你就别

往枪口上撞了，带着你的人快走吧。"

喜春豪爽的说："小李子，我可是老天派来来救你的，你命里的福星，哈哈，没子弹了是吧，蒜头兄弟，快，把枪跟子弹分给他们。"

蒜头不情愿地将枪递给王迅他们："哎，败家娘们。"

鬼子的子弹不断打过来。

李昌鹏熟练地将子弹上膛："喜春，我谢谢你，不过，打鬼子是我们的事，你们快点走吧。兄弟们，给我狠狠地打。"

喜春一把拉住李昌鹏，劈头盖脸地大骂："李昌鹏，你这个没良心的，白眼狼，你过河拆桥，老娘翻山越岭走小路来帮你，你拿了老娘的子弹跟枪，就想赶走老娘，告诉你，没门！"

李昌鹏气得说不出话来："你，你这个婆娘，怎么不知好歹呢？"

王迅忙说："营长，就让喜春他们一起吧，人多也能多打死些鬼子。"

喜春接过话："还是王迅兄弟好，弟弟，你成亲了吗？"

王迅尴尬地干咳一声。

李昌鹏："都什么时候了，要留下来打鬼子，就专心点。"

一颗子弹飞过来，喜春灵活地躲开了："娘的，小鬼子，让你们尝尝老娘的厉害。"喜春朝鬼子扔下了一颗手雷，鬼子们趴下，

山本清直带领部队朝山上走，一个小鬼子走下来汇报：报告大佐，支那军在半山腰，他们一直在回击，我们无法靠近。

山本清直来到在半山腰下，抬起头看上面，迫击炮也抬上来，炮兵对准半山腰乱石堆连发了几炮。炮击跟枪火不断朝半山腰轰击着。

半山腰下，武藤勇依仗着猛烈的炮火开始强攻。喜春他们依借有利的地势，居高临下，很容易就把敌人的攻势给抵挡住了，小鬼子很快就败下阵来。

这时，半山腰的喜春探出脑袋，看到山本清直在下面，便大骂："山本清直，你这狗日的，为什么总跟我们过不去啊，太缺德了！"

山本清直抬头看到喜春："你这个杀猪的蠢女人，怎么还没死？"

半山腰，喜春被李昌鹏一把拉下来："你不要命了。"

喜春继续骂："你都没死，我怎么会死在你前面呢？"

山本清直又闹又气："八嘎，今天就让你看看谁先死。"

喜春越说越有劲："嗨，我说，你们狗屁天皇，也不缺你这一个卖命的，你干吗那么缺心眼，一根筋，非要打我们中国人呢，你要是死在这儿，那你老婆就守寡了，说不定，还会改嫁呢，再把你儿子也一起带走，改姓什么乌龟王八的，你家可就绝后了，哈哈。"

山本清直听了，简直气得要死："你这臭娘们，满嘴胡说八道，再说，我马上炸死你。"

半山腰，喜春还想骂，被李昌鹏捂住了嘴。

第十一章

李昌鹏受不了了："你少说两句行不行？"

喜春正骂的高兴："我还没骂够呢。"

李昌鹏很是无语："大姐，现在是两军交战，不是你舌战群雄的时候。"

喜春哈哈笑着："小李子，原来你把我当诸葛亮了，哈哈，好啊，老娘骂人的本事的确厉害。"

蒜头酸酸地来了句："你那条舌头，能抵得上千军万马了。"

喜春得意："嗯，蒜头兄弟说得对，说不定老娘真能骂退这些小鬼子，刚才山本肯定气炸了。"

这时，半山腰又受到剧烈的轰炸，石头都炸起来了。鬼子们一步步爬上半山腰，准备强攻，可山势太陡，他们进攻比较缓慢。喜春他们躲着炮火，将手上的手雷全部都扔了下去，大批鬼子被炸死，李昌鹏他们不断扫射，剩下几个鬼子不敢再上前，慌忙撤下去。

又一批士兵列队朝半山腰进军，他们继续与鬼子对抗，就这样一直消耗着，喜春他们的子弹相继用完了。

喜春担忧起来："这下麻烦了。小李子，除了下去跟他们硬拼，还有什么办法？"

李昌鹏指了指旁边："看到没，除非把那块大圆石绑上炸药滚下去，再瞄准了，把炸药引爆，石头炸飞，这波小鬼子就会全部丧命，可惜我们人少，搬不动。"

喜春的眼珠子一转："那有什么难的，耕田，上。"

耕田连忙爬起来，一运气，居然将石头双手举了起来，然后放下憨厚

地说："怎么样？别说这块了，再大点我也能举起来。"

喜春炫耀："看到没，我这一员猛将，力气大的跟楚霸王似的，能举千斤啊！"

李昌鹏："这兄弟力气的确大，可是现在没炸药，只能扔下去碾死几个鬼子。"

喜春看着蒜头："拿来。"

蒜头捂紧衣服装着不明白："什么？"

喜春笑呵呵："炸药啊，别藏着了"。

蒜头继续装："哪来的炸药啊，跟你说都用完了。"

喜春直截了当："少废话，知道你藏着呢，不肯拿出来是吧，鸡毛，脱他衣服。"

蒜头最后只好乖乖地交出了炸药。

石头上绑好了炸药，耕田一推，快速滚落下去，突发性的那么大块石头滚下去，小鬼子来不及跑，有几个被活生生碾死了，石头继续滚落。

阿飞将带火的弓箭射出去，点燃炸药，石头瞬间爆炸，炸死了更多的鬼子。

大家都拍手称快，喜春乐呵呵："真他娘的太过瘾了，鬼子这下子不敢来了。"

李昌鹏由衷佩服："你的手下果然个个都是高手啊。"

喜春当仁不让，哈哈笑着："那当然了，没这金刚钻，老娘也不敢揽那瓷器活，怎么样，服了吧，小李子，别以为只有你能打鬼子，老娘的队伍，也是很厉害的。"

"厉害厉害。"李昌鹏由衷的赞叹着，转眼一丝丝的焦虑便写满脸上，"可是，鬼子很快又会再来的，我们现在真的是弹尽粮绝，山穷水尽了。"

喜春也冷静下来，沉思着："你说的对，鬼子马上会来的，我想，我们要想个办法脱身，山本那狗日的就在下面，我们只能从上面逃跑。"

王迅冷冷地说："要是能逃的话，我们早逃了，只要一离开这里，就无险可守，鬼子追上来，大家都成活靶子。"

李昌鹏担忧起来："折损了那么多兵，山本肯定很恼火，这会儿没派

兵过来，他必定在想更狠的招了。"

喜春认真起来："嗯，让老娘好好想想，一定会有办法的。"

山下山本清直已经气得暴跳如雷，拿剑劈掉了路边好几颗树发泄情绪。

已经包扎好伤口的武藤勇："大佐阁下，请息怒，区区几个败军，我们总有办法对付的。"

山本清直想了下，抬头望了望天，阴险地笑了："李昌鹏，杀猪婆，这次你们一定逃不掉了。"

众人原地休息，苦想这脱身之计，天色渐渐暗下来。

喜春突然大叫："老娘想到一个办法！"

卢雨菲紧跟着："你一个乡下女人，能有什么好办法？"

喜春有点不乐意："我说，你这丫头怎么说话的，大户人家的千金小姐，脾气这么差，以后谁敢娶你啊？"

李昌鹏看着她俩又吵起来了，看了一下不依不饶的卢雨菲："雨菲好了，我们就听听喜春想到什么办法了。"

卢雨菲倒是有些不高兴。

喜春："小李子，你们快脱衣服，我自有妙用。"

月色下，山本清直亲自带着队伍悄悄杀来，慢慢靠近半山腰，还趁着月色，隐约看到石头背后有人在，山本清直他们离乱石堆越来越近了。突然几十把机关枪疯狂地朝着人头扫射，可对方并无任何反应。

枪停止了射击，山本清直一步步走过去得意的说："李昌鹏，没想到吧，今天这乱石堆，就是你葬身之处。"

山本清直蹲下来一看，并没有李昌鹏，只有几件被支起来的衣服，山本清直差点气晕过去，倒在地上。

山本清直推开要扶他的武藤勇，鬼哭狼嚎的像要熏臭整个虎扑岭："八嘎，李昌鹏，杀猪婆，我要将你们碎尸万段！"

喜春他们回到了武家村。

卢雨菲发出惨叫："啊！啊！你轻点儿！"

喜春麻利地给卢雨菲扭伤的脚做复位："叫什么叫，真是娇生惯养的千金小姐，这么点疼就受不了！"

　　李昌鹏在一旁看着喜春的动作，又看着卢雨菲痛苦的表情："我说，你到底会不会治啊，不会就赶紧收手。"

　　李雨菲泪眼望着李昌鹏求助："昌鹏哥，啊，疼死我了，我不要你治了。"

　　卢雨菲想缩回脚，可是被喜春用力拉住了："别乱动，马上就好了，你嚎丧啊，李昌鹏你给我走开，别在这儿瞎掺和。"

　　在卢雨菲惨叫中，喜春松手了，喜春把卢雨菲脚放好，盖上被子，拍拍双手："好了，总算把骨头给接上了，累死老娘了。今天晚上一动都不许动，听到了吗？不然，老娘可就白忙活了。"

　　李昌鹏还是不敢相信喜春："你确定，就这样？她脚没事了？"

　　喜春嘿嘿笑着："不相信老娘的本事是吧？老娘这一手可是祖传的绝活，一般人，老娘还不给他治呢，放心吧，包管她明天就能下地走路，三天后就能活蹦乱跳了。"

　　李昌鹏告辞："雨菲，不早了，那你好好休息吧。"

　　卢雨菲可怜巴巴地望着李昌鹏："昌鹏哥，我一个人害怕，你能不能再陪我一会儿。"

　　李昌鹏心软了："这……那好吧。"

　　喜春见状，朝他们白了两眼："那我先出去了。"

　　喜春从卢雨菲住处走出来，蒜头正好走进院子。

　　喜春上前问："蒜头兄弟，那帮兄弟都安排好了吗？"

　　蒜头有些爱答不理："都住下了，我先去睡了。"

　　喜春叫住了蒜头，从他的语气里喜春发现了异样："你等等。"

　　蒜头停下来，只好挑明了说："你打算让李昌鹏他们留下来？"

　　"是的呀，有了李昌鹏的加入，我们重整旗鼓，一定可以把队伍再壮大，比原先的还要厉害。"

　　蒜头语气里有点悲伤："不行，我不同意，他们是国民党，曾经围剿过游击队，是我们的仇人，你要是把他们留下，我就走。"

　　"你这蒜头，真是的，你也说了，那是过去的事情，现在，大家合作，一起打鬼子，你该抛下过去的恩怨，冤家宜解不宜结啊。"

　　蒜头还想说什么，看到李昌鹏从屋里走出来，只好先行告退。

喜春还想叫住他，还是作罢："哎，死脑筋，真是的。"

喜春转身回头看到李昌鹏站在门口："嗨，小李子，你什么时候出来的？那大小姐哄睡着了？"

李昌鹏有点吞吐："已经睡了。喜春，那个，今天，谢谢你。"

喜春走过来拍拍李昌鹏的肩膀："嗨，跟我客气什么，我说过了，我们是出生入死的兄弟，以后你跟这帮兄弟就留下来，加入我们游击队，怎么样？"

"我们可以一起对付山本，但是我们不会加入游击队的。"

"为什么呀？现在大家都是打鬼子，国民党共产党也是一家，分那么清楚干吗？"

"我们始终是国军，打完鬼子，还是要回去跟大部队会合的。"

"呵，我们三番五次地帮你打鬼子，这次又是豁出命地救你们，好不容易下山了，叫你加入我们，你倒好，不领情，只惦记着你的大部队，真是没良心。"

"这打鬼子是为我打的吗？是为所有中国人打的。"

"我呸，你他娘的少来这一套，老娘救过你的命，你得报恩。"

郑小驴出来解手，听到喜春跟李昌鹏在吵，揉着眼睛："喜春，那么晚了，快回来睡觉吧。"

喜春本来就有气，刚好撒出来："你给我滚回去，这里没你的事。"

郑小驴还想走出来，被喜春喝止："听到没，回屋。"

郑小驴提着裤子，指指茅房："我，我上茅房。"

郑小驴看了看李昌鹏，朝茅房走去。

李昌鹏轻咳了一声："那你看这样行不，我们先留下来，我帮你训练队伍？"

喜春口气冰冷："也罢，就按你说的，留下来，帮老娘招兵买马，训练队伍，把队员给我训练个样子出来，等把山本给灭了，你要滚随便你。"

喜春气呼呼地走进了自己屋里。

山本清直在和石原辉雄将军通电话："将军阁下，巴山县城已经拿下，

守城的支那军也全部消灭。"

电话那头的石原："很好，山本君，巴山县城到了我们手里，这就等于给大日本皇军进军苏浙地区打开了大门。"

"嗨，都是将军阁下能给学生机会，谢将军阁下。"

"唔，山本君，你身上的担子还不能放下来，为了能够早日结束战争，把抵抗的支那人消灭完，我们的A计划已经全面启动，巴山县城作为剧毒药品的调试基地，你不能有一丝放松。"

"嗨，我明白，请老师放心。"

石原那边放下了电话。

山本清直松了一口气，坐在真皮椅子上，脸上露出笑容来。

川岛贞夫带着钱益清走进山本清直的办公室。

钱益清见了山本清直，立马就跪下了："大佐阁下啊，我回来了，我对不住您呀。"

山本清直看着钱益清这个样子，立马明白了什么："又让那个杀猪婆给跑掉了？"

钱益清打起了自己的脸："大佐，是我没用，是我没用，连一个女人都抓不住，让她跑掉，还有我的耳朵也被她给割掉了……"

山本清直重重地一脚踢在钱益清身上："八嘎，你这头猪，你真的很没用。"

"是是，我没用，很没用。"

山本清直拔出了军刀，钱益清吓得连连磕头："大佐，太君，求你，不要杀我，不要杀我啊……"

"我现在真的很想一刀子，把你给劈了。"

山本清直阴阴地一笑："你对皇军大大的忠心吗？"

"是的，大大的忠心，大佐，我保证，我马上带兵去，肯定能把武喜春抓回来，让您处置她。求大佐给我一次机会？"

山本清直看着钱益清，川岛贞夫站出来："大佐，就让他再去围剿那些支那游击队吧？"

山本清直："好，那你再去围剿他们，记住了，把武喜春活捉回来，

我要慢慢折磨死她。"

钱益清连忙应答着："好好，我知道，谢大佐不杀之恩。"

钱益清跌跌撞撞地滚出去。

山本清直笑了笑："支那人，可悲的支那人啊。"

游击队经过上一次和小鬼子交火，损失了很多人员，为了壮大游击队，喜春她们只好到各个村去招人。喜春走在前面，鸡毛扛着大旗，后面跟着蒜头，她们仨人风风火火的去往村子。眼尖的鸡毛突然看到了骑在大马上的钱益清。

喜春和蒜头上前去一看，喜春骂着："妈的，还真是钱益清这个鸟人。"

喜春拔出了枪："老娘要你有去无回。"

喜春要冲上去，被蒜头拉住了："不行，喜春，他们人数太多了，就我们三个人，肯定打不过他们的。"

喜春沉思一下："我们要把他们引走，这儿离村子太近了不然会伤到乡亲们。"

喜春对准了钱益清开枪，枪法实在太烂，没打中。

钱益清吓得从马上跳下来，叫着："快，有敌人，防守，攻击他们。"

几个伪军对着枪声传来的方向射击，这时，喜春他们一边躲避子弹，一边朝着伪军还击，喜春露出脑袋来："钱益清，你个狗东西，你来武家村是来报仇，抓老娘的吧？"

钱益清哈哈笑着："武喜春，你怎么自个儿送上门来了，老子就是来报仇的，就是要把你活捉了，交给皇军去折磨，嘿嘿嘿。"

"哼，老娘上次真是脑子被驴踢了，怎么会把你这个畜生放了，不过没关系，老娘的阎王册上已经给你上了名，你必死无疑。"

喜春对着钱益清这边开了几枪，钱益清连忙躲闪，大叫着："快，快把他们给包围住，把杀猪婆给活捉了。"

蒜头朝着伪军开了几枪，打中了几个伪军，边走边撤。

蒜头想留下来掩护喜春和鸡毛撤退："喜春，你听我说，子弹不多了，你是队长，必须活着，不能让他们给抓住了，你懂我的意思吗？"

喜春嘿嘿笑着："你承认我是游击队队长了啊，好，这个好。但是我不管，我们要活一起活，要死一起死……"

这时，伪军打过来的子弹呼呼地飞过喜春他们的耳旁。

蒜头看着伪军从两边夹击他们，对鸡毛说："鸡毛，你跟喜春从这边走，我来把汉奸们引开。"

蒜头说完对准钱益清这边开了几枪，往山岭下面冲去。喜春看着蒜头往山岭下奔去，自己和鸡毛往山岭上爬上去。

钱益清起先还朝着蒜头开枪，最后发现只有蒜头一个人，感觉又被耍了，突然他看到了鸡毛扛着的那面旗帜露出的头，他大喝一声："杀猪婆在那里，不要让他跑了。"

钱益清他们往山岭上追上去，喜春和鸡毛跑上了钟家岭山岭上，喜春回头看了一眼下面，钱益清他们也往上跑上来，喜春恼火地："他娘的，这个狗日的钱益清，还不肯放过老娘，老娘跟你拼了。"喜春朝着下面开了几枪，伪军躲闪在石头后面，喜春再开枪，没子弹了。

喜春看了看周围，看到一堆石头，伪军向喜春她们包围上来，喜春搬着石头往下砸，鸡毛也吃力地搬着石头砸下来，顿时，好几个伪军被砸中。

伪军往后退下来，钱益清用枪指着他们："不准退下来，给老子冲上去，她们已经没武器了，几块烂石头怕什么，给我冲，不然老子毙了你们。"

伪军无奈地往上开枪。

鸡毛刚砸完一块石头，钱益清开枪，子弹从她的脑袋边擦过，鸡毛"啊"了一声，倒了下去。

喜春急了："鸡毛，鸡毛，你没事吧？"

鸡毛躺在了喜春肩膀上，喜春大叫着："鸡毛……妈的，狗日的钱益清，老娘跟你们拼了。

喜春又连着砸了几块大石头，终于没力气砸了。

钱谦益他们已经越来越近，钱益清得意地："哈哈哈，武喜春，你个杀猪婆，你逃不走了。"

喜春拔出杀猪刀，吼叫着："老娘跟你拼了。"

钱益清往后退了退："快，快冲上去，拿下她。捉活的。"

赵根带着几个伪军一步一步向喜春逼近，喜春喝了一声："你们都别过来。"

伪军还是向喜春靠近过去，眼看着喜春就要被拿下，喜春挥舞着杀猪刀开始乱砍过来，两个伪军被砍伤，喜春叫着："砍死你们这些二狗子，老娘要杀了你们，我砍，砍死你们。"

钱益清在一旁催促着："赵根，动作快点。"

赵根扑上去，一把按住了喜春的肩膀，喜春想要反扑，两个皇协军抱住了喜春的大腿，喜春要用杀猪刀砍下面的一个皇协军，被赵根抓住了手臂。

赵根欢呼着："老大，我们把武喜春抓住了，她逃不了。"

钱益清兴奋地："哈哈哈，抓住了，老子可以报仇了，老子要割掉你两只耳朵，还要割掉你的鼻子。"

"呸，你们这些狗汉奸，老娘化成鬼也要追着你们，要咬死你们。"

"少废话，把她绑到树上去，老子要你尝尝被刀子割的味道，绑起来。"

喜春叫喊着，但还是被赵根他们绑到了一棵大树上，钱益清拔出一把短刀，走到喜春面前："哈哈哈，武喜春，想不到吧，这么快，老子就抓到你了，老子要把你的耳朵割下来。"

喜春一口唾沫吐在钱益清脸上："狗汉奸。"

钱益清弄掉脸上的唾沫，一把抓住了喜春的头发，用刀子贴在了喜春的脸上："妈的，老子现在恨不得捅死你。不过没关系，一刀一刀折磨死你，那才叫爽啊。"

钱益清正要割喜春的耳朵，突然后面传来枪声，一颗子弹在钱益清的刀子上，钱益清连忙躲闪到了大树后面。

伪军都转过身，朝着后面开枪。

钱益清叫着："什么人，给老子滚出来。"

钱益清话音未落，又是一阵子弹射出来。

伪军还击，钟家岭山岭上，突然杀下来一群土匪，为首的大土匪叫铁龙，他呼啸着："让子弹飞，飞喽，飞……"

子弹呼呼地朝着钱益清这边打过来，几个挡在前面的伪军被打中。

喜春脸上露出笑容："哈哈哈，打死他们，打死这些二狗子。"

土匪们冲过来，伪军连忙往后退去，钱益清："前面的是哪路人马？"

铁龙："哼，爷爷是山上来的英雄，你，欺负一个女人，算什么好汉。"

钱益清："妈的，敢偷袭老子，就是老子的敌人，冲上去。"

钱益清让伪军冲杀上去，但铁龙的手下枪法都很精准，二当家的黑狼一枪消灭掉一个伪军。伪军抵挡不住铁龙的人马，连连败退。钱益清见挡不住土匪力量，连忙对赵根："赵根，赵根，快把武喜春带走。"

赵根要去把喜春从绳子上解开带走，喜春用脚去踢赵根："滚开，滚开，别想带走老娘。"

铁龙看着赵根，冷冷一笑，朝着赵根开枪，赵根吓得连忙往后逃去。

"哈哈，想要带走老娘，门都没有。"

钱益清想要自己冲上去，铁龙朝着他开枪，钱益清只得退后。

钱益清想要对喜春开枪，铁龙一枪打过来，打中了钱益清的手，钱益清痛得大叫起来，被赵根扶着逃走了。

铁龙带着土匪走到喜春面前，喜春对铁龙笑着："多谢英雄救命之恩，我武喜春永生不忘。快，快点把我绳子解开了。"

铁龙看了喜春一眼，笑了笑："绑着，带回山去上。"

喜春大叫着："哎哎，你们要干什么，干吗带我去山上？"

小喽啰牵来铁龙的黑马，铁龙上马，把喜春一把提上了大马。

喜春大叫起来："放开我，快放我下来，混蛋，你们想要干什么，放开老娘。"

铁龙大笑着："哈哈哈，驾，驾。"

土匪们回黑龙山，鸡毛也被土匪带上山去。

铁龙他们快马而来，黑狼大叫一声："大当家的回寨喽……"一群小土匪把寨门打开来，齐声喊着："迎接大当家的回寨。"

土匪们欢呼着，敲锣打鼓着。

铁龙哈哈大笑着："小的们，看大当家的今天给你们抢来了什么？"

几个土匪七嘴八舌地："大当家的，你给我们抢来什么啊，这个女人是干吗的啊？"

铁龙笑着，喜春看着铁龙：快把老娘放下来。

一个叫田鸡的土匪："大当家的，你是给我们黑龙山抢来压寨夫人了吗？"

铁龙爽朗地说着："还是田鸡兄弟聪明啊，大当家的就是给你们抢来一个压寨夫人了。怎么样，长得还行吧？"

田鸡点点头："还行，还可以的。"

喜春急了："哎哎，你说什么，要把老娘当你的压寨夫人？不行不行，老娘都生过小孩了，不能当你的压寨夫人，你快放了老娘。"

铁龙笑着："嘿嘿，老子就是喜欢你这样带劲的娘们。小的们，把她押进去。"

铁龙一把把喜春往马下扔，土匪喽啰们接住了喜春，把她往寨子里抬去。

喜春大叫着："快放我下来，快放了我，老娘不当压寨夫人，土匪，你们这些狗日的土匪，老娘跟你们没完，放了我。"

铁龙爽朗地大笑着，黑狼看着铁龙，没有做声，和另外几个土匪走进了寨子。

喜春被关在了柴房里，她拍打着门，大叫着："你们快把我放出去，放出去啊。"

田鸡在外面："哎呀，夫人啊，你就别叫了，乖乖的，晚上和我们大当家的洞房花烛夜吧。"

"我呸，老娘是有夫之妇，老娘也懂得一女不嫁二夫，那个狗日的土匪想要娶老娘的话，老娘就死在他面前。"

"别啊，姑奶奶，我们大当家的这么多年下来，没搞个女人上山来当压寨夫人，今天把你抢上山来，说明他是真看中你了。你就听话一点，别做什么傻事啊。啊，知道了不？"

"嗨，我说你这个小土匪啊，你知道鸡毛被你们关在哪里吗？"

"鸡毛？什么鸡毛啊？"

"就是那个和我一起被你们绑架来的，刚才还昏迷着呢，你们快救救她？"

"噢，你说那个小丫头片子啊，你放心吧，我们大当家的已经找郎中给她看了。"

"她怎么样，你们大当家的，真的找郎中给鸡毛看了？"

"当然的啦，已经给她包扎好了，没伤到脑袋，只是削掉了一块皮，死不了的。"

喜春松了一口气："这就好，这就好，不然我就对不起鸡毛了。哎，看不出来啊，你们大当家的，人还挺不错的嘛，救人一命胜造七级浮屠啊。"

"可不是嘛，我们大当家的，那可也是一条响当当的好汉啊。"

黑狼有点不高兴："大哥，你干嘛随便抢了一个女人回来，就要跟她成亲呢？"

铁龙笑着："随便一个女人，没有吧，二弟啊，这个女人不简单，你想想啊，这么多皇协军追着她，她都不怕他们，可见这个不简单啊。"

黑狼："是啊，这样的女人更加不能碰，你要是想要压寨夫人，我去山下给你抢一个黄花闺女上来。"

"好了，二弟，这事你就别管了。这个压寨夫人，我是娶定了。"

"大哥……"

铁龙举起一只手，示意黑狼不要再说下去。铁龙对手下一个叫宋黑子的土匪："黑子，晚上好酒好肉招待众兄弟，要把婚事操办得热热闹闹的。"

宋黑子爽快地答应："好嘞，大当家的，保证给你一场轰轰烈烈的婚礼。"

铁龙哈哈笑着："唔，好，去看看咱的压寨夫人。"铁龙带着几个土匪走出了聚义厅，黑狼无奈地叹了口气摇摇头。

铁龙乐呵呵地过来看喜春，田鸡迎了上来："嘿嘿，大当家的，您来了啊？"

"里面的人怎么样？"

铁龙话还没说完，喜春在里面破口大骂出来："你这个死土匪，快把老娘放出来，不然老娘带着游击队，把你们山上的土匪统统地给消灭掉。"

"呦呵，这口气还不小嘛，有味道，老子就是喜欢这火辣辣的味道。

第十一章

哈哈哈。"

喜春抓过地上的一根烧火棍，狠狠地砸在窗口上，愤怒地："快放我出去，不然老娘灭了你们黑龙山。"

外面的铁龙嘿嘿笑着。

喜春越听越恼火："快点，你个死土匪，快放我出去，你别做梦，老娘是不会做你的压寨夫人的。"

"田鸡，把她放出来。"

"大当家的，要放她出来吗，我怕她会咬人啊。"

"屁，我叫你放出来，就放出来，少废话。"

田鸡打开了锁，喜春从里面冲了出去，把田鸡一把推到在地上。

铁龙对喜春拱了一下手："夫人，对不住了，我晚上向你赔罪。"

"我呸，谁是你夫人了？把你的狗嘴放干净点。"

铁龙对喜春笑笑："喜春啊，你看看，我救了你一命，要不是有我，你现在已经被皇协军抓住了，小日本鬼子可是要你性命的啊，难道你就不应该感谢我吗？"

"哼，感谢你？本来是想感谢你一下的，但是你这土匪，敢把老娘抢上山，还让我当你的压寨夫人，信不信，老娘翻了你的山寨。"

铁龙摆摆手："信信信，知道你厉害的。"

"知道我厉害就好了，把我放了，还有我的手下鸡毛，也一起放了。"

"放，我当然会放你的啊，可是你看看啊，你的手下现在伤势很重，还在昏迷中，走不了啊。"

铁龙领着喜春去看望鸡毛，田鸡等土匪跟在他们身边。

鸡毛还在昏迷中，喜春冲了进来，看到鸡毛："鸡毛，鸡毛，你没事吧？"

铁龙："嗨嗨，不要惊动她，郎中说了让她好好歇着，不然脑袋上的伤口裂开，她的小命可就没了啊。"

田鸡看着鸡毛："这个小丫头片子命换真够大，子弹稍微过来一点，她的脑袋可就开花了。"

喜春转过身，又瞪着铁龙："大当家的，你救了我们，要是把我们放下山，我喜春定当会重谢你。"

"嗨呀，谢什么啊，你看看这山寨里要什么有什么的，就缺一个压寨夫人啊，所以你还是留下吧。"

喜春笑了笑："想让老娘留下啊？好啊。"

喜春趁着铁龙还没反应过来，挥起一拳头，打在了铁龙的鼻子，铁龙捂住了鼻子："哎呦呦。"

喜春还想要打过去，田鸡他们几个土匪已经冲上来抱住了喜春："别让她伤着大当家的。"

"铁龙，你这狗日的土匪，你跟日本鬼子有什么两样，就知道人多欺人少。"

"放开她，哼，老子就不信，今天制服不了你。"

田鸡他们放开了喜春，喜春还想要打过来，被铁龙一把拿住了，喜春动弹不得。

"放开我，你一个大老爷们，欺负我一个女人算什么英雄好汉？"

"嘿嘿，对付你这样的婆娘，就得我这样的爷们。"

"你……"

"今晚上就拜堂成亲，和你洞房花烛。哈哈哈。"

"啊啊啊，我要疯了，老娘怎么会被土匪抢上山，老娘宁可被小鬼子杀了啊。老娘跟你拼了。"

喜春趁着铁龙放松之时，猛地扑了上去，双腿骑在了铁龙的腰间上，双手胡乱地在他脸上抓。

铁龙大叫起来："快，快拉开她，把她拉开啊。"

田鸡他们来拉开喜春，铁龙往屋子外逃去，喜春不依不饶地，继续追上去。

"嗨，你这个臭婆娘还有完没完了啊？"铁龙有些恼火了，"把她绑起来，送到日本鬼子那里去。"

几个土匪冲上来，摁倒了喜春，把她绑了起来。

喜春一看他动真格的急了："别别，别啊，大当家的，你不能把我送到鬼子那里去。"

铁龙哼了一声："你不是说跟老子成亲，还不如到鬼子那里去吗？"

"我跟你开玩笑呢,你看看,咱们可都是中国人啊,中国人就要团结起来嘛,你这么多人马,不应该欺负我一个小老百姓,应该去打鬼子。对对对,打鬼子。"

"人不犯我,我不犯人,现在小鬼子不来侵犯,我铁龙是不会去打他的。"

喜春的眼珠一转:"好好,你不去打也可以,但你不能为难我啊。"

"嘿嘿,只要你跟我成了亲,你的手下,我可以毫发无损地把她送下山。不然的话,哼哼,我把你们都扔到山谷下去喂狼。"

喜春看着铁龙,心想:"为今之计,只能先答应这个狗日的土匪了,等到晚上再想办法逃出去。"

喜春点点头:"好好,我答应你。"

"嗨嗨嗨,这就对了嘛。把她放下来,来人吧,给她穿上嫁衣,这天色也不早了,别耽误了时辰。"

李昌鹏知道喜春被抓后就带着王迅打探情况,突然看到小树林边的篝火,就停止前进,慢慢的摸过去。

钱益清还在喝着闷酒,篝火上还在烤着野鸡,李昌鹏他们潜伏在边上观察着动静,观察了好久没有发现喜春的身影。

这时,一个伪军士兵吹着口哨来撒尿,王迅和耕田点了一下头,朝着那个撒尿的士兵扑过去,王迅捂住了他的嘴巴,耕田一把夹住了他,把他抱了过来。

伪军士兵跪地求饶着:"爷爷饶命,爷爷饶命,你们不要杀我……"

李昌鹏低声的说:"今天爷爷不杀你,我问你话,你要实话实说。武喜春不是被你们给抓走了吗,人在哪里?"

伪军士兵:"噢,你是说那个杀猪婆啊,我们是抓住了她,不过她又被一群土匪给抢走了。"

李昌鹏有点发愣:"被土匪抢走了?"

"是的啊,被黑龙山的土匪抢上山了。小的句句都是实话,要是有假话的,你们就杀了我。"

王迅一掌打过去，劈在伪军士兵的后脖子上，士兵晕了过去。

聚义厅里很是热闹，铁龙一副乐呵呵的样子，他摸了摸自己的脑袋："哈哈哈，今天老子娶压寨夫人，真是太开心了，快，快点把夫人带上来。"

喜春换上了一身红妆，被两个丫鬟拉着。

"今天是我铁龙成亲的大喜日子，兄弟们都吃好喝好啊，不醉不归。来来来，兄弟们，喝。"

铁龙举起了碗，自己一口喝了下去。

众土匪："祝贺大当家的，兄弟们喝酒。"

铁龙走到喜春面前，拉住喜春的手："夫人啊，来，我们拜堂了。"

"哎呀，大当家的，我武喜春是嫁过人的女人，拜堂就免了，咱们还是直接洞房吧。"

铁龙愣了一下，反应过来，哈哈哈大笑："哈哈，原来夫人比我还要急啊，好好，咱们这就去洞房。"

田鸡："大当家的，你们这也太猴急了吧？"

"滚开，你这个小屁孩子懂什么啊，我马上就和你们夫人，给黑龙山生一窝小土匪。"

土匪们欢呼起来："好好，大当家的，厉害啊，要生一窝土匪崽子。"

铁龙抱起了喜春："走喽，我们去生小土匪去喽。"

众土匪们又呼喝起来，黑狼目光阴阴地看着铁龙的背影，喝了一口闷酒。

铁龙的房间已经被布置成为新房，铁龙把喜春抱进了房间，铁龙把喜春扔在了床上，转身去把房门关住了，随后向喜春冲过来，喜春喝了一声："你要干什么？"

"干什么？当然是生小土匪了。"

喜春连忙从床上跳了下来："瞧你个死样，你急什么急啊？"

"哎呀，刚才是你急啊，老子才不跟兄弟们喝酒，把你抱到房间里来了。"

"呵，跟你们的这些个兄弟喝酒有什么意思，还不如跟老娘喝。"

"嘿嘿，夫人啊，喝酒咱们以后可以喝的嘛，今晚上可是咱们的洞房花烛夜，赶紧办事情吧？"

铁龙扑上来，被喜春一脚踢开了。

"哎呦喂，你干吗啊，干吗踢我？"

"先喝酒，喝了酒，更有劲。"

铁龙哈哈大笑："好好好，喝酒，喝酒，喝了酒，更有劲，也有道理。"

田鸡和几个土匪喽啰趴在门口，想要听房，这时，铁龙一把打开了房间："你们都在干什么？"

田鸡他们摔在地上，田鸡："大大大，大当家的，我们在给你警戒呢……"

"警戒个屁，快去拿几坛子烧刀子酒来。"

田鸡屁颠屁颠的出去了，很快就拿来了几坛子烧酒。

"来，喜春，酒也带来了，我们喝上几碗，就开始生小土匪吧？"

喜春笑了笑，干爽的说："好，喝酒。"

铁龙给喜春倒上了一碗，给自己也满上了。

喜春看着斗大的海碗："嗨呀，你怎么用碗喝酒啊，真是太丢土匪的脸了，喝酒，就应该用坛子喝。这才够霸气。"

铁龙也不甘示弱："好，那我就陪你，用坛子喝酒。"

铁龙抓过坛子就要开始喝，被喜春按住了坛子："我说铁龙啊，这酒也不能白喝是吧？咱们要不打点赌？"

铁龙问着："打什么赌？"

喜春盯着铁龙："我们比拼喝酒，看谁喝得多，赢的人就有权命令输掉的一方。"

"这个，好。你说，你想要什么？"

"让你黑龙山的土匪都去参加游击队，我要把你们这些土匪改造成巴山游击队第二支队，大当家的还是你，但是，你得服从我。"

铁龙笑着点头："嘿嘿，这个好说，这个好说，你喝酒能喝得过我吗，你输定了。"

铁龙抓过坛子要喝酒，喜春又按住了他："还有要是我赢了的话，你

要把我们放走。"

铁龙哈哈笑着："我明白了，你是在给老子我下套啊？"

"下什么套啊，你要是有本事，现在就跟我赌。"

"好，我铁龙也算是铁骨铮铮的一条汉子，不就是喝个酒嘛，还怕你不成，喝。"

铁龙拿起了酒坛子喝了起来，喜春看着铁龙喝，自己也仰起脖子喝了起来。喜春又撕开一坛子白酒喝起来，铁龙也很快撕开坛子上的口子，拿起来，猛喝了起来。

第十二章

李昌鹏一行人在耕田的带领下来到了黑龙山的山脚下，夜色很黑，黑龙山易守难攻，为了救出喜春，他们只好选择智取，等三更天后，土匪都熟睡了再冲上去。

钱益清他们回去也不好交差，又被土匪打的很惨，只好也到黑龙山打探一下，看看有没有机会抓走喜春。刚到山脚下就发现了李昌鹏他们，钱益清想来个螳螂捕蝉黄雀在后，就暗暗的观察李昌鹏他们的动静。

这边，喜春和铁龙还在拼酒，喜春一边喝着，一大半的酒往她的衣领子里流了下去，她很快又解决掉了一坛酒。

铁龙已经有些醉意："夫人啊，这酒不能再喝下去了，再喝的话，我可就要倒下去了。"

喜春不依不饶："哎呀，你不是很厉害的嘛，怎么连个女人都不如啊，喝喝喝。"

铁龙无奈地又开了一坛喝起来。

喜春一边喝，一边看着铁龙偷笑，铁龙喝得晕晕乎乎，趴在桌子上："不喝了，我要睡觉了。"

喜春拍了拍铁龙的脸："喂喂，大土匪，你真醉了啊，醒醒，醒醒。"

铁龙唔唔叫着，就是不起来。

喜春笑了笑，悄声地要往门外走去，铁龙突然起身，从后面抓住了喜春："嘿嘿，你还想逃走啊。"

喜春惊了一下："你没醉？"

铁龙哈哈大笑着："我只是假装醉了，来吧，夫人，我们洞房吧，我

等不及了。"

铁龙说着就开始解裤腰带，喜春一把推开了他："他娘的，还跟老娘玩阴的啊。"

铁龙已经把喜春抱起来："来吧，夫人。"

喜春大叫："放我下来，混蛋。"

田鸡他们还在外面听房，田鸡乐呵呵地："开始了，开始了，快听，哈啊哈，大当家他们要上床了。"

几个小土匪都屏住呼吸趴在门边听着。

喜春一个鹞子翻身，从铁龙身上翻下来，铁龙转过身还想赖抓住喜春，喜春在他身边打圈，喜春："嘿嘿嘿，来抓我啊，来抓我。"

铁龙由于已经有些醉醺醺，被喜春一转悠，眼睛里冒花，摇了摇头，有些看不清喜春，喝了一声："你别跑。"

喜春推了一把铁龙，铁龙一脚没站稳，竟然摔倒，喜春大笑地："哈哈哈，你起来啊。"

铁龙跌跌撞撞地站起来："我就不信，我铁龙还制服不了你了。"

铁龙又向喜春冲了过去，喜春躲闪，一把把蜡烛给吹灭了，田鸡他们听得很激动："嘿嘿，干起来了，干起来了，蜡烛都灭了。"

黑暗中，喜春把铁龙一阵捆绑，这回轮到铁龙叫喊了："放开我，放开我……"

喜春重新点上了蜡烛，在恢复的光明下，铁龙已经被喜春捆绑地严严实实的。喜春倒了一碗酒喝喝："哈，你这个大土匪，真是比猪还要难捆啊。"

喜春拍拍手，拍掉了身上的灰。

"把我放开了，我要跟你上床，生土匪崽子。"

喜春一口口水吐在铁龙脸上："我呸，你还在做梦呢。"

喜春说着把脚上的鞋子脱出来，塞进了铁龙的嘴巴里，铁龙唔唔唔叫起来。喜春笑了笑："这回老实了吧，哼，别想赚老娘的便宜。"

喜春往门口走去，往门外听了听，听到田鸡他们的声音："怎么了，怎么了，我们大当家的好没用啊，这么快就完事了。"

喜春轻声地朝着门口呸了一下，又回过身来，走到铁龙面前，她从铁龙身上拔出一把短刀来，在铁龙脸上拍了拍，铁龙唔唔叫了两声，瞪大眼睛看着喜春。

喜春笑了笑："怎么样，现在你落到老娘手里了，老娘好想试一下，你这把刀子锋不锋利啊？"

喜春一把抓住了铁龙的头发，用刀子顶住了他的脖子："信不信老娘一刀子把你的血给放了啊？"

铁龙先是摇摇头，又连忙点点头。

"好，老娘不杀你，但是你要答应老娘三件事。"

铁龙想了想，但还是点点头。

"第一，你以后别再打老娘的主意，老娘是嫁了人的，你要想讨老婆，我帮你留心着先，有合适的，我就介绍给你。"

铁龙点点头。

"第二，你要把我和鸡毛都给放了。"

铁龙想了一下，也点头。

"第三……这第三嘛，第三件事我还没想好，等我想好了，我再和你说。"

铁龙也点点头。

喜春打了个哈欠："啊——老娘困了，折腾了一天，老娘要先睡一下。"

喜春说着走向床边去，铁龙呜呜叫着，想要喜春把他放开，喜春："别叫了，你要是吵着老娘睡觉，老娘就叫你的下面永远睡觉。"喜春把刀子插在了铁龙的裤裆中间，铁龙吓了一跳，看着裤裆下面的刀子，不敢再出声。春伸了个懒腰，躺倒在床上，片刻后，屋子里响起了喜春的呼噜声。

聚义厅里已经有一大半的土匪醉倒，黑狼和几个手下兄弟喝着酒。这时，田鸡走进聚义厅嘿嘿笑着："大当家吃不消那个女的啊，没两下，就讨饶了。哈哈哈。"

众土匪也跟着笑起来。

一直沉默着黑狼终于开口："这个女人不简单，我们大当家的怕是已经被她给迷惑了，她要是在我们黑龙山，以后就不得安宁了。"

守寨子的几个土匪不断地打着瞌睡，有两个已经靠在边上睡着了。

潜伏在那里的李昌鹏见准了时机，对王迅耕田他们一丢眼色，三个人同时冲上去，阿飞在后面殿后。李昌鹏抓住一个土匪，捂住了他的嘴巴，重重地一掌打在他的后脑勺上，土匪晕了过去。王迅和耕田他们也跟李昌鹏一样，抓住土匪，打晕了他们。耕田的力气大，连着打晕了两个土匪。

李昌鹏他们冲进了寨门，往山上潜行过去。

钱益清看着李昌鹏他们上去，悄悄的跟在后面，他们走到寨门口，看着躺在地上的晕过去的土匪，钱益清的目光阴了一下："狗日的土匪，竟然来偷袭老子，老子让你们见阎王。"几个伪军拔出刀子，结果了这几个晕过去的土匪的性命。这时，一个土匪醒过来，紧握住了一个伪军的插进来的刀子，伪军吓得往后退了退，没有把刀子拔回来。

钱益清瞥了他一眼："没用的东西。"钱益清给这个土匪补了一枪，随后他们摸上山寨去。

李昌鹏他们已经冲上来，几个土匪正开枪抵挡着他们，李昌鹏一枪打中一个土匪的手，土匪手中的枪掉落，阿飞要用诸葛弓弩射杀他们，李昌鹏按了一下阿飞的弓弩："阿飞，不要伤了他们的性命。"

阿飞明白地点点头，拉开诸葛弓弩，连着向土匪们发射过去，土匪们有被射中手臂，有的被射中肩膀，手中的枪都掉落。土匪都无法抵挡，李昌鹏他们正要冲进聚义厅去，黑狼带着一群土匪杀出来。

黑狼他们对着李昌鹏就是一阵猛打，李昌鹏他们躲在遮挡物后面，黑狼喝了一声："是哪个山头的，竟然偷袭我黑龙山？"

李昌鹏："你们黑龙山是不是抓了一个叫喜春的女子，要是抓了就赶紧把她放了，我们井水不犯河水，日后各走各的阳关道？"

黑狼哈哈笑着："原来是游击队啊，要想从我们黑龙山要人，那可没这么容易。好了，你们自行下山去，我们黑龙山可以不追究你们上山的过错。"

"哈哈哈，兄弟，咱们都来到你们黑龙山了，你不请我们进去喝碗酒，真是太没江湖好汉的气概了。"

"就你们这些游击队，也配喝我黑龙山的酒吗？少废话，识趣的，赶

紧下山，不然老子就不客气了。"

这时，黑狼见李昌鹏他们没有下山的意思："妈的，看来你们还想赖在这里不肯走啊，给我打，狠狠地打。"

土匪们继续朝着李昌鹏他们这边开枪射击，李昌鹏他们还击。

钱益清带着皇协军已经摸到了聚义厅外，他听到激烈的枪声，脸上露出笑容来："哈哈哈，他们打起来了。那就让他们鹬蚌相争，咱们渔翁得利了。"

这时，有两个黑龙山的土匪过来，土匪喝了一声："什么人？"

赵根要动手，被钱益清压下，钱益清笑着迎了上去："噢，我们是你们黑龙山的朋友，现在有敌人打过来了，你们大当家的在哪里？"

两个土匪对视了一眼，其中一个土匪："我们大当家的，还在房间里睡觉呢，昨晚他娶了压寨夫人。"

钱益清笑着走过去，突然一把挟持住了土匪，用枪顶着他脑袋，另一个土匪也被赵根他们制服。

钱益清要挟着："狗东西，不想死的话，就带我们去你大当家那里。"

土匪连忙点头："是是，我带你们去。"

土匪带着钱益清他们走向铁龙的房间。

喜春躺在床上呼呼大睡着，铁龙也有些迷迷糊糊地就要睡过去，突然他被外面的动静惊醒了，铁龙睁开眼睛，看了一下门口，又看了一眼床上的喜春，喜春动了动嘴，睡得很香。

钱益清笑了笑，随后从身上拔出刀子，一刀子结果了这个土匪的性命，另一个土匪也被赵根结果了性命。

钱益清对赵根他们丢了一个眼色："冲进去，乱枪打死他们。"钱益清他们破门而入，举起枪便朝着床上开枪，床上的被子被打得千疮百孔，钱益清得意走到床边，拉开了被子，顿时瞪大了眼睛，原来被子里面根本没有什么人，还没等钱益清反应过来，突然听到喜春的声音："钱益清，你这狗日的，吃老娘一刀。"

喜春从帷帐后面冲杀出来，挥着杀猪刀就砍向钱益清，钱益清吓得连连往后退，摔倒在床边，大叫着："快拦住他。"

　　赵根他们冲上去，朝着喜春开枪，铁龙还被绑着，但他也冲了出来，撞开了赵根，赵根的子弹打偏了，没有打中喜春。

　　喜春朝后面看了一眼，钱益清连忙闪身要往外面跑，喜春冲上去拦住了他，钱益清又绕到桌子后面去，喜春追着他跑，铁龙又撞开了一个皇协军，钱益清看着赵根他们围追着铁龙，也叫了一声："赵根，你们别管他，快来对付杀猪婆。"

　　赵根转身朝喜春开枪，喜春躲过子弹，又砍向钱益清。

　　铁龙的房间里，顿时乱作了一团。天色开始亮了起来。黑狼还在和李昌鹏他们激战，李昌鹏听到了里面的声音。

　　李昌鹏对前面黑狼他们喊话："喂，土匪兄弟们，你们听听，你们土匪窝已经乱作一团，小心你们大当家的被人干掉。"

　　黑狼也听到了里面的枪声，这时，一个土匪从后面上来，大叫着："二当家的，不好了有敌人偷袭了我们，他们已经杀进大当家的房间里了。"

　　黑狼骂着："什么，妈的，这些敌人真是太狡猾了。你们在这里挡着，其余人跟我走。"黑狼带着几个土匪冲向铁龙的房间，剩下的土匪继续朝着李昌鹏他们开枪。

　　李昌鹏也带着耕田往后撤去。

　　喜春追向钱益清，钱益清想要开枪，但还是喜春快一步，一刀子砍中了钱益清的手臂，枪掉落在地上。

　　铁龙叫着："喜春，快来给我解开。"

　　喜春："急什么，让我先杀了这个狗日的。"

　　喜春继续杀向钱益清，钱益清捂着伤口左躲右闪地：赵根，快来帮我，快杀了这个杀猪婆。赵根朝喜春开枪，喜春还追向钱益清，伪军向喜春包围过去，钱益清逃到了赵根身边。

　　就在喜春要被赵根开枪射杀的时候，外面黑狼他们冲进来，铁龙大叫一声："黑狼，干掉这些二狗子。"黑狼迅速朝伪军开枪，一个伪军被黑狼击毙，赵根连忙往后退去，拉着一个伪军当垫背，喜春一刀子插进了伪军的肚子，钱益清猛地把这个伪军推到喜春的身上，自己往门口冲去，赵根一看情势不对，和几个伪军也往门口逃走。

　　黑狼用刀子割开了绑在铁龙身上的绳子，铁龙挣脱开绳子："别让这几只撮鸟给逃跑了。"连着开了两枪，击中两个土匪。喜春和铁龙他们一起追了出去。

　　李昌鹏他们进了聚义厅，几个土匪冲上来，土匪们朝着李昌鹏开枪，这时，钱益清他们一边还击着铁龙他们，一边撤退出来，耕田看到钱益清，叫了一声："李营长，是二狗子。"

　　钱益清也看到了李昌鹏他们，钱益清没有理会他们，和赵根往门口撤退去。

　　黑狼看到了李昌鹏："妈的，他们竟然冲进来了，大当家的，这几个八路杀了我们好几个兄弟。"

　　黑狼说着杀向李昌鹏。

　　"哎呀，都是自己人，别打了，别让钱益清这个狗养娘的逃跑了。"喜春急叫着，要去追钱益清，但飞来飞去的子弹，让她趴在了一张桌子不敢前进了，"别打了，别打了，自己人……"

　　黑狼带着几个土匪杀向李昌鹏，钱益清趁机溜出了聚义厅的门口。

　　喜春眼睁睁看着钱益清逃走，恼火地："哎呀，又让这个狗娘养的逃走了啊，呜呜呜。"

　　"快叫你的手下把枪放下，别打了。"喜春站了起来，抓住了铁龙，急得眼泪都流下来了，又对李昌鹏这边吼了一声，"小李子，把枪收起来。别打了。"

　　这时黑狼和李昌鹏才慢慢停火。

　　喜春走到他们中间去："你们怎么回事，自己人，干吗打来打去，你们这些个败家爷们，就不会把子弹打向日本鬼子吗？"

　　李昌鹏关心的问："喜春，他们没有把你怎么样吧？"

　　喜春："嗨呀，他们能把我怎么样啊？"

　　铁龙上来："妈的，老子被她绑了大半夜，哼，你们游击队的人也来了，把我这黑龙山折腾得够热闹啊。"

　　李昌鹏上前，满脸的歉意："铁当家的，多有得罪，你这里损坏的东西，我们会赔偿给你。"

　　黑狼上来："你赔？咱们死了多少兄弟，你说你赔得起吗，都是人命啊。"

　　李昌鹏："不，我们自上山来，到现在，没有杀死过一个你们的兄弟。"

　　黑狼恶狠狠地说："放屁，就你们这些杀人不眨眼的，就是你们杀了我们黑龙山的兄弟。山脚下那几个看哨的，死得很惨，你们比小鬼子还要残暴。"

　　李昌鹏解释着："我们只是打晕了他们，并没有杀他们。"

　　黑狼对铁龙："大哥，就是这些游击队杀了我们的兄弟，绝对不能放走他们。"

　　这时被杀死的几个土匪已经抬了上来，黑狼看着这几个兄弟的伤口，对着李昌鹏他们："人就是你们杀的，你们别不承认了，大当家的，你不能听信这个女人，自从她来了我们黑龙山，山寨里就没有安宁过，现在就让我把她给斩了。"

　　黑狼向喜春冲杀过去，但被铁龙一把拿住了，铁龙紧握着黑狼的手："好了，别闹了"。

　　李昌鹏看着几个死去的土匪，走到铁龙身边："大当家的，我们游击队和你黑龙山无怨无仇，你来看看这几个死去的兄弟，都是用刀子结果性命的，这位兄弟握着的这把刀子，你来看下。"

　　铁龙看着这个土匪身上插着的刀子："是二狗子配的短刀，妈的，这些二狗子，杀我兄弟，老子跟他们没完。黑狼，把这些兄弟厚葬了。"

　　黑狼看了一眼喜春，有些懊恼地："唉。把这些兄弟抬下去。"

　　喜春："铁龙当家的，现在事情已经清楚了，是二狗子杀了你的人，我喜春也把话撂在这里，我一定会杀了钱益清这狗娘养的。"

　　李昌鹏见事情都水落石出了："喜春，现在我们下山去吧。"

　　喜春笑了笑："急什么。既然来了，总要在这里吃个饱饭，喝个饱酒的吧，铁龙，你说呢？"喜春拍了拍铁龙的肩膀。

　　铁龙楞了一下："啊？哈哈，好，请请，里面请。"

　　在聚义厅里，喜春向铁龙敬酒："来，铁龙当家的，我们游击队对你们黑龙山多有得罪，这碗酒是我喜春向你赔罪的。"

铁龙嘿嘿笑着："其实是我不好意思。"

喜春一口喝掉了碗中的酒，哈哈笑着："你有什么不好意思的，其实我还是很佩服铁龙当家你的为人的。"

铁龙："你佩服我？"

"当然了，你看看你啊，打鬼子，那是没话说，这方圆几百里，你说有哪路土匪肯出手打鬼子。"

铁龙笑了笑点点头。

喜春对铁龙竖起大拇指："你铁龙，在这地界上，可是响当当的一条英雄好汉啊。"

喜春和铁龙又喝掉了一碗酒。喜春看着铁龙哈哈大笑："爽快，铁龙兄弟，你是真英雄，铁汉子。"

"过奖了过奖了。"

"你看看啊，今天这天气也很不错，我们喝酒，谈话都很开心，我交定你这个兄弟了。"

"好啊。"

"趁着酒兴，我们何不来个拜把子，结为生死兄弟呢。"

"啊，我和你结为兄弟，可是你是……"

"哎呀，都什么年头，咱们可是男女平等的啊，难道你看不起我？"

铁龙摆摆手：不不，不是的，我怎么会看不起你。

"那就好，我们就来个桃园三结义。"

李昌鹏一直看着喜春，喜春本来拉着铁龙要走出去了，但是她又站住了脚，"不对不对，我和你才两个人，那就不叫三结义了。"

喜春转回头来，看着李昌鹏，李昌鹏也看了他一眼，又低下头去。

"喂，小李子，叫你呢。"

李昌鹏："叫我干嘛？"

喜春："别装傻了，跟我们拜把子。"

"我？不，喜春，这个，我还是算了。"

"是啊，别以为你是一个国民党营长就很了不起了，咱们叫你一起结义，那是你的福气。铁龙兄弟，你说对吧？"

　　铁龙："是是，对。是你的福气。"

　　喜春又去拉李昌鹏："走，跟我们桃园三结义去。"

　　铁龙也过来拉住李昌鹏的手，李昌鹏被喜春和铁龙一起硬拉着走出了聚义厅去。

　　黑龙山的空地上摆上了一张桌子，桌上放着酒食蜡烛香。李昌鹏站在喜春旁边："喜春，拜把子，还是你们拜吧。"

　　喜春指着李昌鹏的鼻子："小李子，你什么意思啊，真是茅坑里的石头，又臭又硬。"

　　铁龙："哎，喜春，如果李营长不想跟我们结义的话，就算了。"

　　李昌鹏："我们国军有规定，不能私下结义，所以，还是你们拜吧。"

　　喜春："呸，真是太不识抬举了。来，铁龙兄弟，我们来结义。"

　　喜春拿出杀猪刀，铁龙愣了一下："干吗？"

　　"嗨，歃血为盟啊。"喜春说着就割破了自己的手指，在酒碗里面滴进去了献血。铁龙也割破手指，把血滴进去。

　　喜春和铁龙一起跪了下来，拿起酒碗，对着上苍，喜春先开口："我武喜春，今日和铁龙结为兄弟，虽非亲骨肉，但比骨肉亲，从此以后有福同享，有难同当，有鬼子一起打，不求同年同月同日生，但求同年同月同日死，黄天厚土为证，如有违背，不得好死。"

　　铁龙点了一下头："我铁龙，今日和武喜春结为兄弟，虽非亲骨肉，但比骨肉亲，从此以后有福同享，有难同当，有鬼子一起打，不求同年同月同日生，但求同年同月同日死，黄天厚土为证，如有违背，不得好死。"

　　两人仰起脖子喝掉了碗里的酒。喜春大笑着："哈哈哈，好兄弟。"

　　铁龙："好兄弟。"

　　不远处，黑狼目光阴冷地看着铁龙和喜春。

　　喜春朗声笑着，又给铁龙倒了一碗酒："好兄弟啊，你还记得昨晚上，我说的那第三件事吗？"

　　铁龙："啊？第三件事？哈哈，喜春，你说，只要兄弟我能办到的，一定全力以赴。"

　　"嘿嘿，带着你铁龙的兄弟，加入到我的游击队里来，和我们一起杀

鬼子。"

铁龙一听愣住了："这个，这个……喜春啊，我这黑龙山的兄弟，还有一大部分是黑狼兄弟的人马，如果要带着他们一起下山，我还得跟他们商量商量，这样会比较好。你说呢？"

喜春点了一下头："也是。"

铁龙点点头："来来来，今天是我们结拜的大好日子，我们不醉不归。"

铁龙和喜春又走进聚义厅去。

喜春又拿着大碗向铁龙敬酒："来，兄弟，一起干了这碗酒。喝。"

喜春和铁龙喝完一碗酒，铁龙用刀子割下很大一块牛肉送到喜春面前，两人大块吃肉，大口喝酒，好不痛快。

铁龙拍了一下手，一个土匪喽啰端上来一个盘子，盘子里放着两根金条，铁龙："嘿嘿，喜春兄弟啊，这是我的一点意思，两条大黄鱼，望笑纳。"

喜春瞪大的眼睛，咽了一口水，要伸出手去拿，又觉得有些不好意思，对铁龙笑了笑。

喜春慢慢地拿过来金条，狠狠地咬了一口："是真的金子？"

铁龙："当然了。"

喜春又把金条放了回去，看着铁龙："我说铁龙兄弟啊，你这金条是哪来的，该不会是从老百姓那里抢……"

喜春没说完，铁龙打断了她："喜春兄弟，你这么不相信我铁龙这个人啊，我告诉你，我铁龙也是穷苦人家出身，从来不抢老百姓，何况穷老百姓身上哪来的金条啊。实话和你说，这大黄鱼是从小鬼子身上捞来的。"

"好，小鬼子肯定也是从外面中国人身上抢来的，我们拿回来，这叫做物归原主。"

"对对对，物归原主。兄弟，收起来吧，有大黄鱼了，要枪有枪，要酒有酒，要女人……"

喜春不客气地把两根金条收了起来，藏进衣服来。

黑狼很不爽地看着喜春。

几巡酒过后，喜春和和李昌鹏他们离开黑龙山。刚回到家，就看见斯瑜带着两个车夫，车夫推着两辆推车过来，斯瑜一路上叫着："哎哎，你

小心点啊，尤其你这车，一定要轻点，不能颠簸的啊。"见喜春进来了，笑了笑，"喜春，你看看，我给你带来了什么？"

喜春问："什么东西？"

斯瑜打开了一只箱子，里面是一些药品，斯瑜得意地："喜春，你看看，这东西可珍贵了。"

喜春拿了一小盒："什么东西啊，能吃吗？"

"这不是吃的，是药品，阿司匹林，镇痛效果可好了，我们要是有人受伤了，这药肯定能用得上。"

喜春看了一眼旁边那箱子："这箱子也是什么阿林劈死吗？"

喜春上来，自己打开了箱子，只见里面放着几把短枪，还有几颗手榴弹："呵，好家伙，斯地主啊，这些家伙，我喜欢。"

斯瑜可怜的看着喜春："让我加入你们的游击队吧，求你了？"

喜春很爽快的答应了："行啊，你加入我们游击队可以的，那就留在游击队里当个账房吧。"

斯瑜有点惊喜："真的啊？"

"真的，不过呢，这钱财啊，也得你去搞来，我们游击队现在开销很大的，不过我相信你，能搞到钱的。是不是？"

斯瑜有些为难的样子："啊？呵呵，是，我试试吧。"

斯瑜回到家，把自己的衣服都打包到了箱子里，看了看书桌上的一堆书，他又拿出了几件衣服，把书放进了箱子里，他笑了笑："哈哈，我斯瑜要做一个英雄，一个抗日英雄，真的很开心啊，关键是喜春接受了我，唔，斯瑜啊斯瑜，你现在真是越来越厉害了。"

斯瑜自言自语完后，拉着箱子走出房间去，突然背后一声怒喝："你要去哪里？"

斯瑜被斯宏兴一声喝，腿就软了下来。

斯宏兴："你给武喜春这个臭婆娘送了枪支弹药，你是让她来打你老爹吗，你这个不孝子。"

斯宏兴说着就从家丁手中拿过一根鞭子来，向斯瑜打了过去，斯瑜一

声惨叫，斯宏兴又打过来："打死你这个小畜生。"

斯瑜开始在院子里跑："爹，你别骂我小畜生，我是小畜生的话，那你就是老畜生了，是你把我生出来的。"

"臭小子，你是要气死老子吗？"

斯宏兴跑累了，放下了鞭子，对身边的家丁使了个眼色，示意把斯瑜抓住了。

斯瑜看见斯宏兴不追打了他，也停住了脚步，突然两个家丁扑了上来，把他给抓住了。任凭他怎么挣扎，怎么叫喊，斯宏兴那个老头就是不听，把他关进了屋子，不让他出去参加游击队。

李昌鹏在训练游击队员们，卢雨菲过来看望李昌鹏，还给他带来了凉茶，李昌鹏看了看一眼卢雨菲，就让队员休息一会儿，走到稻草垛旁边，卢雨菲给李昌鹏倒了凉茶，李昌鹏喝了两口凉茶，卢雨菲看着他额头上都是汗水，用手绢给他擦拭。李昌鹏对卢雨菲笑了笑。

这时，不远处的喜春刚好看到了这一幕，她想要冲上去，但又止住了脚步。

李昌鹏站了起来："好了，雨菲，我还要继续操练。"

卢雨菲在后面娇气的叫着："昌鹏哥……"

李昌鹏不去搭理她，走向晒谷场，叫了一声："集合，集合。"

游击队员们三三两两地汇集过来，李昌鹏让游击队员们继续练习站队列，游击队员们歪歪斜斜的，有的往左边转，有的往右边转，很多人都没有站准，金二胖站在那里都快要睡着了。

李昌鹏看到金二胖这个样子，走过去就是狠狠地踢了一脚。金二胖被惊醒："你干吗啊？干吗踢我？"

"你看看你的样子，你能上战场打鬼子吗，就你这个样子，当炮灰都嫌累赘。"

"那我就不去当炮灰，躲在战壕里睡大觉。"

众人都哈哈大笑。

喜春走了过来："怎么回事，怎么回事啊？"

"喜春，这些人还真的难教，你看看，这都什么样子。"

喜春拍了拍李昌鹏："好了好了，小李子啊，别生气了，其实呢，这几天我看下来啊，你整天教他们练这个站着的动作，我看着都觉得腰酸。"

"这是正规部队的操练方法，如果连这个站姿都练不好，还打什么仗，还怎么杀鬼子。都是普通老百姓，必须要从最基础的训练开始。"

"这样是慢了点，小李子，你看，要不这样行不行，你就直接教他们练枪跟突刺吧，只要会开枪会刺刀，咱就不怕小鬼子了，不然，山本那狗日的王八蛋，要是哪天再打来，我们怎么死的都不知道。"

"你那么心急干什么，养兵千日用兵一时，练兵就必须循序渐进，急也没用。再说了，练射击，你有足够的枪跟子弹吗？"

"这个我会想办法。小李子，老娘就想快些看到新兵们跟猛虎似的，杀起敌人来个个都嗷嗷叫。"

这时卢雨菲正朝他们走了过来。

喜春白了他们一眼："小李子，你就按照我的意思练兵吧，老娘是队长，老娘说了算。"

卢雨菲上来就替李昌鹏打抱不平："你这个女人，也太霸道了吧，我昌鹏哥好心帮你练兵，你还想指手画脚。"

喜春针尖对麦芒："这是老娘的地盘，当然一切得听老娘的，你这个小丫头，这儿没你的事，哪儿凉快上哪儿呆着去。"

卢雨菲拉着李昌鹏："你这态度跟土匪没什么两样，昌鹏哥，我们别理她了，还是早点回大部队吧。"

喜春一听，立马跳着脚，气呼呼地指着李昌鹏的鼻子大骂："李昌鹏，老娘好心，你要是忘恩负义，说话不算数，你信不信，老娘马上剁了你。"

卢雨菲也顶了上去："我们又不欠你，凭什么要听你的。"

李昌鹏看着她俩越吵越激烈，只好劝说着："好了，你们都少说两句，别见面就吵，见面就掐，雨菲，你也是一名大学生，说话要注意分寸，还有你，喜春，我李昌鹏答应过你，会帮你练好兵再走，我决不食言，不过练兵，一切都得按照我的方式来。"

喜春白了他们两眼："那老娘就等着你把兵练好。"说完便转身离开。

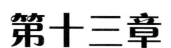

第十三章

喜春她们连续几次打击小鬼子的故事在乡下迅速的传递开来，有些被说的很神乎，这些事情很快就传到浙东游击纵队那里去。通讯兵宝山在向周司令汇报："报告周司令，最近巴山游击队，打鬼子是屡战屡胜，打得县城的小鬼子跟伪军，都不敢轻举妄动了。"

周司令看着沙盘，满意地点头："嗯，这支队伍我也听说过，成长迅速，自从老朱牺牲后，我一直担心，巴山一带的抗日力量，会很薄弱，没想到，这新队长打仗还有两小子，真是初生牛犊不怕虎啊。"

宝山靠近司令："我听说，这队长，会武功，耍起一把杀猪刀来，砍鬼子那是快准狠，一刀刀，跟切肉似地。"

周司令怔了一下："用杀猪刀杀鬼子？"

宝山点点头："噢。"

"你呀，少道听途说，作为革命战士，要根据事实判断一切。"

宝山不好意思地摸了摸头："嘿嘿，我也是听说的嘛，反正这个女游击队长很传奇。"

周司令的脸上露出笑容得意的说："我们有这样的队伍，应该积极表扬，让它更好的成长，对于这样的革命同志，也要爱护，这样吧，宝山，你同我去一趟武家村，我要见见这个新队长。"

喜春边擦枪边生气："这臭小李子，不就是嫌我们是游击队么，等老娘成了正规军，看你还走不走。"

"喜春姐，喜春姐，有好消息。"这时，鸡毛进门大喊着，喘着气来

到喜春跟前，"好像是什么游击纵队的，来了个当官的，说是上级领导亲自要表扬我们打胜仗。"

喜春激动："当大官的，真的？那人呢？"

"蒜头正带着人往这边过来呢。"

喜春乐滋滋地放下枪："看来我喜春带兵打仗，已经名声在外了啊，上级领导都亲自来表扬我们了，哈哈。走，我们出去迎迎。"

喜春跟鸡毛走到门口，蒜头已经屁颠屁颠乐得将周司令跟宝山引进了门，蒜头："周司令，来，请进。"

周司令进门，见到喜春，喜春见他便打量着道："你就是游击队的大官？"

蒜头："喜春，这是我们浙东游击纵队的周司令，啥大官的，咱共产党不兴这个。"

周司令热情和蔼地上前："你就是武喜春同志吧？你好你好。"

周司令与喜春握手，喜春很崇拜地："周司令，你是咱游击队最大的官吗？"

周司令哈哈大笑着："小武同志，大家都是革命同志，分工不同，职位称呼罢了。"

周司令坐下来："小武同志，你们对巴山县城日军的几次战斗中，表现非常英勇，一定程度上，抑制了小鬼子对浙东战区进一步的侵略动作，我这次来，是代表组织，对你们游击队进行表彰，宝山。"

宝山拿出一面大旗，一抖，旗帜展开，蒜头上前一看，激动地快哭了："哎呀，我的亲娘啊，司令，这是真的吗？"

喜春迷惑不解："司令，这上面写的啥？蒜头兄弟怎么又哭又笑的？"

周司令微笑着点点头。

宝山自豪的说："巴山抗日游击队，这就是你们部队今后的名号，周司令还要在全队面前亲自向你们进行授旗仪式。"

蒜头擦眼泪："这说明咱现在是正规部队了，朱队长在天有灵，一定也乐开花了。"

晒谷场最前面已经搭好了一个台子，上面还写着"游击队授旗大会"，喜春，蒜头等游击队骨干，周司令坐在台上。台下坐着所有队员们，队员们都聚精会神地端坐着，李昌鹏卢雨菲他们也被邀请在场，武家村百姓们全都来旁围观，场面隆重而热闹。

卢雨菲低声："昌鹏哥，这是他们游击队的家事，干吗叫我们来凑热闹？"

李昌鹏："整个武家村的人都在这儿，正好也看看共产党的领导，是怎么鼓舞人心的。"

卢雨菲不再说话。

喜春先起身开口："兄弟们，咱游击队，在这十里八乡，打仗是百战百胜，敌人现在见了我们都怕了，不敢来了，连我们上级领导都知道了，亲自来授旗，待会儿你们就好好听听啊，大领导是怎么表扬我们的。下面，我们请浙东游击纵队周司令讲话。"

所有人热烈鼓掌。

周司令起身："同志们，现在抗日战争已经进入相持阶段，你部在对敌人的几次战斗中，打得机智勇敢，应用战术灵活，打击了敌人的嚣张气焰，牵制了敌人在浙东战区进一步的侵略动作，极大提高了我们游击队，在巴山一带的威信，特别是武喜春同志，领导有方，英勇作战。在此，进行特别表扬。"

又是一阵热烈的掌声，听得喜春是心花怒放，沾沾自喜。

周司令示意掌声暂停，继续发言："我在此，代表国民革命军陆军新编第四军第七师浙东游击纵队，向你部进行授旗，今后，你部正式命名为，巴山抗日游击队，由浙东游击纵队直接领导，特任命武喜春同志为队长，蒜头同志为副队长。"

又是一阵如潮的掌声，周司令上前将旗帜交到喜春手里，周司令："武喜春同志，从今天起，你就是一名真正的新四军战士了，你的队伍，也是正规部队了，要再接再厉啊。"

喜春拿着旗帜，激动地手都抖了："谢谢司令，我喜春今后一定加倍地砍鬼子。"

蒜头等人一起将旗帜展开，"巴山抗日游击队"七个大字光闪闪地呈现在在场的所有人眼里。

掌声继续热烈地响起。

喜春上前讲话："兄弟们，现在我可是上级大领导点名表扬的大人物，咱游击队，现在也算是名震一方的主力军了，你们加入我巴山抗日游击队，那都是祖坟上冒青烟，上辈子修来的好福分啊。"

那些淳朴的队员听得一愣一愣的，都很欢喜，似懂非懂地点头，完全把喜春当大人物般崇敬着，不断鼓掌。李昌鹏听了笑着摇头，王迅也是偷偷地笑，卢雨菲一副不屑的样子。

"我喜春是浙东第一抗日女英雄，以后，你们也要叫我司令。听明白了吗？"

宝山想阻止："是队长，叫什么司令？真是给你三分颜色，就想开染坊了。"

周司令眼神制止了宝山，周司令："小武同志，纵队还会委派给你们一名指导员，配合你的工作。"

喜春问着："司令，指导员是干什么的，官比我这个司令还大吗？"

周司令哈哈笑着："指导员是来提高你们革命思想的，以后你要积极向党靠拢，争取早日入党啊。"

"哦，好好的干吗派个人来管着我们，算了，来了再说。"喜春又低声嘀咕着，随后便大声的宣布，"兄弟们，咱现在是主力军，就要有个主力军的样子啊，好好训练，晚上我亲自宰头猪，摆庆功酒。"

喜春正在家门口用磨刀石熟练地磨着她的杀猪刀，她极其喜爱的看着杀猪刀："我的宝贝儿，把你磨亮了，咱以后都不杀猪了，你就跟着老娘好好杀鬼子，让你喝鬼子的血，嘿，真是把好刀，越磨越亮了。"

李昌鹏经过看到喜春在自言自语，就笑她："你现在都用枪了，还打算拿刀砍鬼子啊？"

"你个小李子，砍鬼子当然是用刀过瘾了，你还不是一直带着你那把鬼头刀，睡觉都不离身，我看你是舍不得拿它砍鬼子吧，当老婆一样供着算了。"

　　李昌鹏很无语："你，我懒得跟你说，也不想想是你刀子快还是鬼子的子弹快。"

　　李昌鹏准备走，被喜春拉住："小李子，你别走啊，我还没说完呢。老娘问你，我的兵你到底什么时候才能练好？"

　　"你这么急干什么？已经跟你说了，这些新兵都是普通老百姓，要从基础练起。"

　　喜春放下磨刀石："可照这速度练，要等到猴年马月啊，老娘想过几天带他们，去县城转转，见见鬼子的血。"

　　"别逞能啊，打几次胜仗，你就了不起了？这些新兵连枪都没摸过，现在就带他们去杀鬼子，不是把他们往枪口上送么？绝对不行，我不同意你这么做。"

　　"可是山本这狗日的，杀害了我们那么多兄弟跟老百姓，他只要多活一天，老娘都觉得可恨，真想一刀把他砍成两半。我那些新兵，就该早点上阵杀敌，见见血，胆子自然就练大了。"

　　"对付小鬼子，可没你想的那么简单，鬼子不比钱益清那批贪生怕死的二鬼子，那是训练有素的几千日军，有枪有炮，如果我们主动出击，等于鸡蛋碰石头。我们好不容易才重新召集起来的游击队，总共不足一百人，枪炮武器也紧缺，这样让他们去送死，你就不心疼？你自己掂量掂量吧，我先走了。"

　　李昌鹏离开喜春家门口，喜春手挥着杀猪刀："好像他说的也对，老娘就再等等吧。"

　　李昌鹏在村道上遇到卢雨菲，卢雨菲将一套国军军装递给李昌鹏。

　　李昌鹏接过军装，很惊讶："这，你哪里弄来的？"

　　卢雨菲得意洋洋的说："是孙大妈的儿子，原先在巴山县政府做杂事，我们尖刀连士兵扔掉的旧衣服，他没舍得扔，就带了回来，我刚好看到她准备拆了裁剪，就向她要了过来。"

　　李昌鹏摸着衣服上的国军徽章："这青天白日，才是我们的魂啊，没了它，就没了精气神，雨菲，谢谢你。"

　　卢雨菲挽起李昌鹏的胳膊："这套军装虽然旧了些，穿上看着也总算

是军人，昌鹏哥，我喜欢看你穿军装的样子。"

李昌鹏抱着军装和卢雨菲一起往回走。

夕阳西下，将暮未暮，河边是一些妇女在淘米洗衣，李昌鹏坐在河边，用两片树叶放在嘴唇边，吹出动听的小曲子，他望向远方，神情有些落寞与不甘，眼神忧郁，曲声显得异常孤单无助，卢雨菲悄悄走近他，不敢打断他吹曲儿，静静在一旁聆听着，眼里满是深情。

曲毕，李昌鹏转身，看到卢雨菲已在旁："雨菲，你来了。"

卢雨菲朝他温柔地一笑，在旁边坐下来："昌鹏哥，你吹的曲儿，真好听。"

"随便吹的。"

"从曲声听来，你有心事。"

"没什么，对了，你约我来这儿，有什么事？"

卢雨菲头靠在李昌鹏肩膀上，李昌鹏对这个举动有些不适应，想轻轻推开卢雨菲，卢雨菲双手紧紧抓住李昌鹏胳膊："昌鹏哥，让我靠会儿，好吗？"

李昌鹏没再拒绝，只是身体稍微挪开了点保持距离。

卢雨菲幽幽地："最近发生了太多太多的变故，我爸爸去世了，家又被鬼子占了，我觉得心里空空的，有些没着没落。真希望时间就停留在这一刻，我们就这样，静静的在一起看日落。"

看着落日，他俩静静的呆着，最后卢雨菲打破这宁静："昌鹏哥，我想，我们留在这里不合适，要不，我们还是回大部队吧，起码可以大大方方跟鬼子打。"

李昌鹏深邃的眼睛依旧看着远方："回迟早要回去的，那儿才是我们的根。喜春带着游击队，冒死把我们救回来，我答应帮她练兵，不能出尔反尔啊。"

"你也救过她，顶多就是扯平，我们不欠她了，你再不归队，跟游击队混在一起，会受到上级处罚的。"

"现在是共同抗日，我们留在这里，也是为了对付鬼子，只要能除掉

· 192 ·

山本清直，我不怕什么处罚。"

卢雨菲起身："看来你是舍不得离开武家村了，那好，我自己走。"说完就生气地沿着岸边跑了。

李昌鹏赶紧起来，跑去追："哎，这丫头，雨菲，雨菲。"

喜春跟月芳带着一帮妇女，每人一盆衣服，从村口走向小河边，一帮女人有说有笑地，很开心的样子。

六嫂子指指不远处："你们看，那不是李营长跟卢小姐么，两个人在那里拉拉扯扯干什么呢？"

二丫："呀，他们城里人真开放，天还没黑呢，就搂搂抱抱的。"

喜春有点不爽："嘿，有什么好看的，快洗衣服去。"

李昌鹏搂住卢雨菲肩膀："雨菲，你听我说。"

卢雨菲别过头："你不想走就算了，我不勉强你。"

李昌鹏温柔的说："雨菲，相信我，到我们把鬼子全都赶出中国的那一天，我就带着你，远走高飞，去一个没有战争的地方，开始我们自己的新生活。"

卢雨菲有些心软了："昌鹏哥，你是说，去开始只有我们两个人的生活？"

"嗯，我们找一个山水环绕的地方，粗茶淡饭，过最简单惬意的生活。但现在，并不是我不愿回到部队去，而是这里更需要我，我希望你能一起留下来。"

卢雨菲靠到李昌鹏胸口："这是你心里的声音，我听到了，只要有你这些话，我愿意等。"

卢雨菲开心地踮起脚尖，在李昌鹏脸上亲了一口。

李昌鹏还没来得及反应，愣在那里，这时，喜春跟一帮妇女也看到了这一幕，喜春大叫："哇，你们羞不羞啊，大庭广众之下，做这种事，真是有伤风化啊！"

李昌鹏有些尴尬，而卢雨菲看到喜春，带着炫耀的姿态："我们谈恋爱，关你什么事啊？"

卢雨菲拉起李昌鹏："昌鹏哥，别理她，我们走。"两人朝着另外一

边走了，大家还议论着。

喜春不快地呆在那里："这小李子，嗨，真是闷骚。"

二丫也呆呆地说："不过那卢小姐，长的真是漂亮，水灵灵的。"

喜春冷冷的口气："岁月就是把杀猪刀，刀刀催人老，再美的女人，过几年都会变老。好了，再不去洗衣服，天就黑了，我们走吧。"

一帮人走去河边。

一批日军官兵也正在会议室等候，山本清直进入会议室，他与武藤勇、川岛贞夫等几个日军少佐相互点头行礼，然后开始发话："诸位，我部驻守巴山后，浙东战场，已是一片畅通。帝国圣战的 A 计划已经启动，接下来，你们的主要任务，就是不惜一切代价，确保 A 计划顺利完成。"他双手拿着一个盒子，小心的打开，"这是天皇陛下为我颁发的荣誉勋章，没想到这么快就到了，我要把它放进我的陈列柜里，最显眼的位置上，要让所有人都知道，这是我们整个山本家族的荣耀。"他说完就亲了一口，无比享受。

武藤勇站了出来："现在，巴山游击支队，是我军的隐患，需要尽早将他们消灭掉。"

山本清直："游击队跟土匪，都太令人讨厌，如果可以一起消灭，岂不更好。你们可知道鹬蚌相争，渔翁得利的典故？那几帮土匪，都贪得无厌，只要给予小利，枪口就会对着游击队。"

武藤勇得意的说："等他们自相残杀，两败俱伤的时候，我们不费一兵一卒，便能一举消灭他们。这样的高招，恐怕只有大佐阁下，才想得出来。"

山本清直阴笑："哟西，静观这些支那猪们互相撕咬，肯定无比精彩。"

大厅里放了几个大木箱，都敞开着，里面是快枪，还有些珠宝，武藤勇跟手下站在大厅里，三当家王大牛，按着腰间的手枪，仇视着他们，黑狼静静地坐着。

武藤勇笑着："铁龙大当家，这是我大日本皇军给你们的见面礼，一百条快抢，还有两箱珠宝，小小心意，望笑纳。"

铁龙瞟了一眼厅里的东西："哦？你们的二狗子，前几天杀了我们那

么多兄弟，怎么，做主子的，来给我们赔礼了？"

武藤勇："我们大日本帝国，提倡中日亲善，日前皇协军无意间冒犯了你们，还望见谅。"

铁龙冷笑："你们的狗咬人，你们拿这点东西就想了事？"

武藤勇："铁龙大当家，之前的事，非常抱歉，我们山本大佐，有意结交你这样的英雄好汉，所以派我来此，希望能化干戈为玉帛。"

"原来你们大佐是想跟老子交朋友，哈哈，有点意思，所谓无事不登三宝殿，既然皇军亲自来送礼，恐怕不是交个朋友那么简单吧？"

"铁老大果然聪明，我们山本大佐，还希望你们黑龙山，归顺我们大日本帝国。只要你们愿意归顺大日本皇军，那以后整个寨子的兄弟，都可以过好日子了"。

"归顺就算了吧，老子在山上，吃香喝辣，日子过的比皇帝还舒服，回去转告你们大佐，只要以后你们时不时送点枪支财宝上来，老子就不会对你们出兵。"

"只要你们肯合作，以后奖赏是大大的有。"武藤勇示意手下递上一把宝刀，"这是勇士宝刀，代表我们大日本帝国的诚意，请你收下。"

黑狼接过宝刀，递给铁龙，铁龙看着刀："真是把好刀！那我就不客气了，来人，把东西收了，回去替我跟你们大佐磕个头。"

武藤勇接着："既然是朋友，你们中国有句老话，就是为朋友两肋插刀，皇军有件事，还想麻烦大当家。"

"那太君就说说看，我铁龙要是能办到，愿意替你们'皇军'效力。"

"大当家真豪爽，武家村的游击队最近太猖獗，大佐希望你们，可以联合其他山头的好汉，将其剿灭。"

"剿灭游击队？我们跟他们，可是井水不犯河水的，而且我听说，最近他们连着打胜仗，我们这点武器也不够，怕是有心无力啊。"

武藤勇想发怒，还是忍住了："铁龙大当家，只要你们肯出面，皇军不会亏待你们，我们大日本帝国，向来赏罚分明，请你不要再推辞。"

"既然'皇军'这么说了，那我就尽力而为吧。"

武藤勇行礼："好，那我们就不打扰了，希望你们尽快去行动。"

　　黑狼带着武藤勇他们走出大厅。

　　王大牛："大哥，你为什么就这样，轻易地答应了这帮鬼子？他们可杀了我们好多兄弟啊？"

　　铁龙："答应个屁，老子只是跟他过过场。就这点破东西，还想收买老子。"

　　黑狼回到厅里，听到他们谈话："大哥，咱都收了他们的快枪跟宝刀了。"

　　铁龙："这帮鬼子傻不拉几的，自己送上门来的东西，哪有不收的道理，哈哈。"

　　王大牛："看他那嚣张的样子就来气，我刚才真想杀了那小鬼子，用他们的血，给死去的弟兄们招魂。"

　　黑狼："可是，大哥。"

　　铁龙打断了黑狼的话："好了，老二，老三，都别说了，鬼子想收买的，又不止我们一家，让别人去忙活吧。我们继续在山上喝酒吃肉吧，来人，上酒。"

　　黑狼眼神里出现一丝阴险的光。

第十四章

已经日上三竿，喜春却还在呼呼大睡，郑小驴不敢叫醒她，小心翼翼地收拾桌上的碗筷，心里很不爽："又喝得烂醉，太阳都晒屁股了，我郑小驴真是命苦，被她当畜生似地使唤。"一个碗不小心打翻了，喜春翻了个身，郑小驴吓一跳，赶紧闭嘴。

鸡毛带着几个队员在玩色子，耕田阿飞他们都围着在看热闹，鸡毛很熟练地翻弄着竹罐里的色子："这个很好学的，我教你们，来，来，来，买大还是买小，快压了，谁赢得多，这些枣就拿得多。"

队员们都兴冲冲地下注。

这时，韩新枝来到他们身边，看到这番情景，本来高兴的心情变得哇凉哇凉的，她是大学生，从上海来到这大山里，从事革命工作，又主动要求去基层，这次她自告奋勇要求来武家村，担任巴山游击队的指导员，她知道这毕竟都是乡下农民自己建的队伍，思想觉悟各方面，都还很初级，说不定还会跟她对着干，所以啊早有了心理准备，只是没想到游击队一点纪律没有，没有站岗的，没有训练，还在这聚众赌博，初来乍到，只好强压心里的怒火，走上前去："大家好，我是你们的指导员，韩新枝"

他们当时就愣了，鸡毛他们一听，赶紧收起色子，站起来，阿飞趁机悄悄跑了去找喜春。

鸡毛拿了几个枣给韩新枝："嘿嘿，指导员，不知道你要来，这几个枣，你尝尝吧。"

韩新枝不拿，真的想狠狠地训斥他们一顿的，只是这第一次的见面不想闹的不太愉快："你们不好好训练，怎么还赌博？"

鸡毛嬉皮笑脸："指导员，大家训练累了，就拿些枣玩玩，不是赌博。"

韩新枝毫无表情，语气凌厉："性质一样，游击队员，聚众赌博，像什么样子，你们队长呢？"

喜春被阿飞拉着跑，喜春喘着气："嗨呀，老娘的酒还没醒呢，头疼，真想再喝一壶，还还魂。"

阿飞急乎乎的："喜春姐，那个指导员看着可严肃了，够你喝两壶的。"

队员们已经列队站在那里了，韩新枝一脸严肃地站在最前面："你们平时就这么放纵散漫？你们队长呢？"

鸡毛低声："这会儿可能在跟周公喝酒划拳呢。"

耕田实话实说："队长喝醉了。"

鸡毛连忙用胳膊撞了耕田一下。

喜春大声叫到："谁说老娘喝醉了，老娘来啦，哈哈。"

大家都转看向喜春，只见她有些衣衫不整地走过来。

喜春看着韩新枝："这位妹子，就是指导员吧，不知道你今天就来，有失远迎啊。"

韩新枝打量喜春，问着："你就是游击队长武喜春？"

喜春上前拉韩新枝的手："是啊，妹子，可把你盼来了。"

韩新枝皱眉："你怎么一身的酒味？"

"嗨，昨晚贪嘴，多喝了几杯，兄弟们，上级给我们派的指导员来了，晚上我请大家喝酒，算是给妹子接风。对了妹子，你叫什么？"

"我叫韩新枝，武队长，以后你可以叫我韩指导员，游击队，要有游击队的样子，大家以后要根据职位来称呼，我希望你带头遵守。"韩新枝以领导的口吻说，"现在整个游击队，风气不正，聚众赌博，村口连个站哨的都没，跟流氓混混有什么区别，这样下去，怎么去打鬼子？"

喜春忙应付着："指导员，你也别生气，我们全都是农民，正宗土人，要枪没枪，要粮食没粮食，是要啥没啥，我这当队长的，也管不住啊。"

韩新枝还是一脸正派："不管怎么样，作为游击队，是打鬼子的，就不能放松对自己的要求，要有规矩，按照正规游击队的路子走，有组织有纪律。"

喜春很快就为她挖了个坑："指导员说得太好了，正规游击队好啊，上面派你来，说明领导重视我们，怎么地，你来了，就能去要些枪支跟粮食来了，不然，这里真快揭不开锅了，没法打鬼子。"

韩新枝稍犹豫了一下，不能认怂，不然以后的工作不好开展，马上就拍着胸脯："这个，枪支跟粮食，会有的。"

喜春得势就上："你们听，指导员都拍胸脯保证了，以后大家每人都会有枪，还能吃饱饭，大家说，韩指导员牛不牛？"

队员们鼓掌，齐呼喊："牛！"

韩新枝有些下不来台。

蒜头这时正好赶来，与韩新枝握手："指导员同志，你可来了，一路辛苦啊，我是蒜头。"

韩新枝好像握住了一个救命的稻草，在这尴尬的时候很是激动，赶紧的转移话题："你好，蒜头副队长。武队长，你们先操练，蒜头副队长，麻烦你带我去熟悉下这里的环境。"

蒜头看着韩新枝，脸上露出开心的笑容："好嘞，这边走。"

看蒜头跟韩新枝走远后，鸡毛带头鼓掌："姐，你真行，她一来，就给她来个下马威，拿不来枪支跟粮食，看她以后还怎么横。"

喜春横着鼻子，哼了一下："一个小丫头，还想老娘听她的，嫩了点。"

喜春跟几个主要队员在听韩新枝主持的会议。

韩新枝在上面兴高采烈地讲话："浙东游击纵队司令部肯定了我们的成绩，同时又提出了新的要求。"

阿飞他们打着哈欠，一个个无精打采。

韩新枝提高了的声音："大家打起精神来，你们都是游击队的骨干，今后要带好头，学习革命理念，打好思想基础，这样才能提高游击队的整体能力。"

耕田的呼噜声打断了会议，蒜头推了一把耕田，耕田惊醒："鬼子来了，在哪，我杀！"

在场的全部大笑，除了韩新枝。

韩新枝严厉地说："耕田同志，开会期间，请你注意。"

耕田有点不好意思地回答："哦，嘿嘿，指导员，只要能让我打鬼子就行，你接着说吧。"

韩新枝继续："今后每天的早中晚，我们都要开一次会，学习革命思想，加强理论知识，请大家做好笔记。"

喜春听着她讲的很烦："指导员，我们这在座的，都大字不识一个，怎么记啊，不如，你还是来点硬货吧，教教我们，怎么多杀几个鬼子才好。"

韩新枝合上笔记本："理论也是很重要的，没有思想，上战场就没斗志。散会。"

当她带着笔记本走了，喜春马上站起来说："什么狗屁理论，一个小丫头，估计见到鬼子，得吓得钻进娘肚子里去，哈哈。"

队员听到后都哈哈大笑。

蒜头带队在操练，韩新枝走了上来，一本正经："武队长，这些新队员，不光要操练，思想上需要先灌输吧，我想每天组织他们学习革命理论，提高他们的思想水平。"

喜春紧接着："当务之急，是让他们能尽快上阵，小鬼子可是一直盯着我们不放呢，那些理论，留着以后慢慢学吧。"

韩新枝毫不客气："队员们没有斗争意识，上战场很容易军心涣散的。"

喜春早就烦了，继续较劲："有再大的决心，没有枪跟子弹，照样当炮灰。指导员，不如，我们分头行动，看谁先弄来枪，谁的枪多，以后就听谁的，你觉得怎么样？"

韩新枝当然不肯服输："那行吧。"

喜春暗喜："好，那就这么定了，三天内，看谁的枪多，以后就听谁指挥。"

韩新枝其实心里一点谱都没有，故做镇定爽快地答应着："好。"

喜春心想："这女人可真烦，净整些没用的狗屁理论，这游击队老娘说了算，还想跟老娘抢威风，要不是看在司令的面子上，早就把她赶走了，这次等你输了，还有什么好说的。"

阿飞过来报告："姐，哦，队长，李营长他们回来了。"

喜春看了眼韩新枝："是吗，小李子总算回来了，我们去看看。"

喜春她们把韩新枝丢下，跑去找李昌鹏了。

喜春跟阿飞边走边说，朝这边走来："这指导员来了，一会这一会那的，鸡犬不宁，哎哟，小李子，你们可回来了。这，怎么回事啊？哪来那么多枪，你们又遇到鬼子了？"看到李昌鹏的住处放了几十把枪支很是惊讶。

李昌鹏回答："我们在钟家岭一带，遇上了几股土匪，都是受小鬼子命令，来清剿游击队的。"

喜春看着这些枪支："连土匪都投靠小鬼子了，不知道黑龙山会不会也来对付我们，他们山上有几百号人呢。

就在这时，蒜头跑了进来："喜春，黑龙山来人了。"

王大牛跟在后面："大哥听说有土匪来袭击你们，结果百来十号人硬是被几个人个打了回去，知道你们武器弹药奇缺就让我送了些过来。"

喜春摸着王大牛送来的快枪："妈呀，老娘不是在做梦吧，都是新快枪啊，铁龙兄弟，真他娘的够义气。"

李昌鹏也很惊讶："唔，这是小鬼子最新式的快枪，火力猛，射程远，用它来对付鬼子，再合适不过。"

蒜头也试着快枪，两眼放光："好家伙，拿着它打鬼子，一定给力，我看着就喜欢。"

喜春觉得还是铁龙人好，虽然是土匪，但觉悟还是挺高的："铁龙真是我的好兄弟，送来那么多杆枪，真大方，大牛兄弟，回去替我谢谢你们大当家的。"

王大牛也实话实说："这枪是小鬼子送来的，我大哥不想拿它对着你们，就让我送来了。"

喜春知道日本人向来奸诈，没想到他们还想出了这招："这狗日的山本，还想收买你们来对付老娘，真够阴险恶毒的，铁龙真义气，大牛兄弟，你们一路辛苦了，老娘请你们喝酒。"

王大牛还要回去复明，再说时候也不早了，只好道谢："喜春队长的好意我心领了，天色已晚，我该回去了，大哥托我带句话给你，日后游击队要是缺枪少粮，尽管开口。"

王大牛他们走了。

"这下,那个油盐不进的指导员,肯定没话说了。"鸡毛看到一下子就得到了这么多的枪支,真的想看看指导员洋相出尽,韩新枝刚好走到门口,听到有人在说她,便在门口听了起来。鸡毛继续发着牢骚,"整天一副哭丧似的嘴脸,好像别人都欠着她似的,我们可跟她打过赌的,谁枪多,游击队以后就听谁的,现在,她连一杆枪都没,我要是她,肯定呆不下去了。"

喜春:"你这臭鸡毛,背地里骂指导员,想造反啊,哈哈,不过你说得对。"

韩新枝听了,立刻怒气冲冲地闯进来:"你们有什么了不起的,靠国民党缴来的跟土匪送来的,能算吗?"

喜春:"哟,原来是韩指导员来啦。"

鸡毛低声:"指导员,咋还喜欢扒门缝偷听啊?"

韩新枝:"我是听说有人送枪来,才来看看,你们要是正大光明得来的枪,还怕我偷听?这些,全部不算,武队长,人家不知道的,还以为你是土匪呢?"

喜春一听韩新枝不满李昌鹏跟铁龙,也不再客气:"土匪怎么了,指导员,我还就喜欢跟土匪打交道了,人家起码还会开枪打鬼子,你呢,你拿过枪吗,你到底见没见过鬼子啊?这把枪,你拿去,给大家看看,你会不会用。"

鸡毛他们起哄:"你就使枪给我们看看呗。"

韩新枝着实生气了:"游击队,是强者生存的地方,武队长,你不要以为自己能打胜仗,就自由散漫,现在队内风气不正,还勾结强盗土匪,我要去纵队司令部,如实上报你的一系列作为。"

喜春爱理不理,她在这里就是天皇老子,谁也不怕,也用不着怕着谁:"你爱打小报告,就去吧。"

韩新枝从来就没有受过这么大的气:"武喜春同志,你太目无组织纪律。"她想拿组织来压一下她,可是喜春根本不吃这一套,依旧摆出一副地主老财的架势,只是韩新枝把这里当成了她的地盘。

韩新枝转身生气地走了,她在来时想到了可能受的各种委屈,但是她没想到会有这么多的烦心事,工作是这么的难以开展,本来就很脆弱的心

灵受到了强烈的打击，她实在是忍受不了了。

蒜头追了出去："指导员，你别走啊。"但是蒜头没有追上，就是他追上了，韩新枝也不会留下来了，她毕竟是指导员，是周司令派来的，对于一个老党员了的蒜头来说，心里还是有很多的不满，包括对喜春的，以及游击队的各种陋习，

李昌鹏感觉喜春太无组织无纪律了，上来劝说："喜春，你这样对她，好像有点过了。"

喜春还有一肚子的气，平白无故地突然来个人对自己指手画脚的："老娘已经对她陪够笑脸了，别管她。"

卢雨菲在训练队员们练射击。喜春、鸡毛、阿飞等队员每人头上顶着碗，手里拿着枪。卢雨菲一个个指正："把枪端平，拿稳了，头不能动。"

鸡毛双腿发软，站了这么久真是要命啊，吃不消了。喜春也受不了，拿枪的手发抖，被卢雨菲看到，用树枝打在喜春手上："不要抖。"

"我说卢小姐，练枪就练枪，练这玩意儿有屁用啊。"喜春抱怨着，她只想多杀鬼子，根本想不到这样做有什么用，就是想干脆直接利索的和小鬼子干仗："直接教我们，怎么一下子能打中小鬼子。"

卢雨菲回应着："不练基本功，怎么有好枪法。"

喜春："你在存心整我们吧。"

鸡毛："八成是。"

卢雨菲："你以为我愿意教你们啊，都别说话，这个动作坚持半小时。"

喜春："完蛋了，这丫头真狠。"

一个队员站不稳，碗摔碎了，卢雨菲又在他头顶放上碗，喜春他们站在太阳下，苦苦坚持着。

韩新枝朝他们走来，回去后，调离报告都写了，也把她对游击队的看法都一五一十的交代了，巴山游击队根本就是一支土匪部队，完全没有纪律，她实在受不了。武喜春，身为队长，非但没有以身作则，还带头喝酒耍闹，做事全凭江湖义气，对丁批评跟指导，全然不听，也不做检讨，这样的队长，怎么能带好队，还有就是让国民党来训练我们新兵，还跟土匪称兄道弟。

游走英雄

在司令的一一开导后，命令她回来继续工作，并且带有另外的一个任务就是让李昌鹏加入游击队。

鸡毛眼尖："姐，那不是韩指导员么。"

喜春叹息着："真不省事，好不容易打发走，又来了。"

韩新枝走到跟前："卢小姐，我找武队长谈点事，可不可以？"

卢雨菲："今天就到此为止，解散吧。"

喜春他们都松了口气，坐到地上。

自从韩新枝走后，喜春心里总是空荡荡的，也许当时都是一时的气话，现在还真的有些后悔，留着她是有用的，喜春笑着凑上前去："韩指导员，你总算回来了。上次我说的，你都别当真。"

韩新枝尽量表现的大度点："武队长，我也有不对的地方，我已经做了批评与自我批评，希望在今后的工作中，可以不断改进。"

喜春心想她肯定在司令那里把所有的事情都添油加醋的告发了，就故意地问："那司令员对我有什么指示或者批评。"

韩新枝没有那么傻，这个圈套不能钻，就敷衍着："司令员下了任务，要我好好配合游击队的工作。"

喜春心想既然司令员都没说什么，把你推回来，那我就打发你个好差事，哈哈笑着："配合工作，司令员真是说到我心里去了，小韩同志啊，我认为，眼下，游击队真的有个工作，是非常需要你的，希望你千万别推辞。"

韩新枝很高兴感觉她还是有价值的，还是会被重视的："武队长你说，是什么工作？"

喜春很正经的说："是这样啊，游击队员每天在辛苦操练，就为了能痛痛快快杀鬼子，可是队里没人去洗衣做饭。"

韩新枝很是失望："啊，你的意思，让我去洗衣做饭？"

喜春变得温柔起来："这洗衣做饭，可是非常重要的工作啊，你想啊，没有人洗衣做饭，我们怎么安心操练，好好打鬼子，指导员啊，你做事认真，这个工作，没有第二个人比你更适合的了。"

韩新枝犹豫．"那我……"

喜春一鼓作气，见她已然落入圈套中，完美收官："指导员啊，你就

别推辞了，就像司令员说的，你要让我们的抗日工作好好开展啊。"

韩新枝只能点头硬着头皮答应，喜春乐死了。

李昌鹏在晒谷场上训练队员，一天的任务做完了，正准备走，韩新枝来了："我可以跟你单独谈谈吗？"

李昌鹏爽快的答应："当然可以了。"

韩新枝准备了开场白，都是些客套话："李营长，这段日子，你帮我们训练新兵辛苦了，我代表组织，感谢友军。"

李昌鹏知道她在绕弯子，肯定有事："你有什么话，请直说吧。"

韩新枝只好挑明话题："李营长身为国军，逗留在此，恐怕不合适，毕竟游击队是共产党领导的。"

李昌鹏实话奉告："我李昌鹏在此，是与喜春队长有约在先，帮她操练队伍，共同对付山本清直，有一天队伍操练好了，兵强马壮，把小鬼子打败了，我就返回大部队去。"

韩新枝："我想，李营长何不转投共产党，这样，留下来，天经地义，我们共产党的队伍，是仁义之师，不问英雄出处，愿意吸收一切抗日的人才。"

李昌鹏正气凌然："自李某穿上这身军装之日起，就发誓，为革命效命，对党国忠诚，在有生之年，绝不会易主。"

韩新枝又碰壁了："既然李营长坚持自己是友军的立场，那以后我们游击队的事，就不劳你多费心了。"

卢雨菲提着篮子，不时地看看篮子里面活蹦乱跳的鱼，开心地朝李昌鹏住处走去，阿飞跟鸡毛说说笑笑走在路上，跟卢雨菲遇见，卢雨菲朝着她们温婉地笑了笑，算是招呼。

鸡毛有点纳闷："你看，她今天吃错药啦，居然对我们笑了。"

阿飞也闷闷地说："她那么高傲的一个人，今天是有点反常。"

李昌鹏走到家门口，看到浓烟从窗口冒出来，他急忙走进门，被一股油烟呛到了咳嗽。李昌鹏走进厨房，看到厨房已经乌烟瘴气，卢雨菲还在

灶前边咳嗽边忙活着。李昌鹏看到卢雨菲已经蓬头垢面，小脸上全是灰，惊讶的问："雨菲，你这是？"

卢雨菲将李昌鹏推出厨房："你先出去，这里油烟大，马上就可以吃饭了，很快啊。"

一会儿，卢雨菲一盆黑乎乎的汤出来了，有些不好意思："昌鹏哥，这是我为你做的鱼汤，卖相不怎么样，你尝尝看吧。"

卢雨菲为李昌鹏盛了一碗汤端到他面前，满是期待地看着李昌鹏。

李昌鹏满脸的笑容："好，谢谢你，雨菲。"

李昌鹏尝了一口，虽然很难喝，还是勉强喝了下去。

卢雨菲期待的看着："味道怎么样？"

李昌鹏掩盖真相，他知道卢雨菲没有做过饭，好心为自己做一次，很是感激，连忙点头："好喝，好喝。"

卢雨菲很高兴，继续为他盛汤："是吗，那你就多喝点，看你那么操练辛苦，喝点汤补补。"

李昌鹏不好意思拒绝，只能硬着头皮装作好喝的样子："好，好，辛苦你了，雨菲。"

喜春的大喊声打断了他们的温情："哇，好大的烟，快来人啊，快来人啊，李营长家着火啦？好大的烟。"

李昌鹏跟卢雨菲感觉不妙，李昌鹏跑到门口："你瞎嚷嚷什么？"

喜春咳嗽着看到李昌鹏："原来你在家呀，这是干啥呢，放火啊？"

李昌鹏："不关你事。"

旁边几家的邻居都拿着水盆准备来救火，卢雨菲从屋里出来："你们这是干什么？"

喜春看着卢雨菲的样子，想笑："我们还想问你们呢，好好的，没事干吗烧房子啊，大家都是来帮忙救火的。"

卢雨菲有些不好意思，却不甘示弱："我们在做饭，你有什么好大惊小怪的？"

喜春走进屋里，几个老乡一起跟着进来。喜春看到桌子上的鱼汤："这做的是什么呀？"

李昌鹏想拦却没拦住。

卢雨菲得意地说："本小姐亲自下厨做的鱼汤。"

喜春哈哈大笑："黑乎乎的，我还以为是王八汤呢。"

喜春尝了一口马上吐出来："天哪，咸死我了，妈呀，大小姐，你他娘的跟盐有仇啊。"

老乡们恍然大悟："原来大小姐不会做饭，还差点把屋子烧了。"

卢雨菲不信，自己也尝了口马上吐掉："难喝死了，昌鹏哥，你，你怎么喝得下。"

喜春哈哈大笑。

卢雨菲好不容易下定决心做一次饭，结果被这么多的人嘲笑，还在这么多人面前丢了面子，出了洋相，难为情地跑了。

李昌鹏跑出去追卢雨菲，还对喜春："就你事多。"

斯宏兴生气地打发掉下人送来的饭菜，他那个儿子又背着他悄悄地给游击队送粮食，想到这，他非常气愤，要是被日本人知道，肯定会有麻烦的，他越想越生气："我上辈子造了什么孽，生出这么个败家玩意儿。哎，这武喜春，就是个祸水，迟早我们都会被她给害死。纸包不住火，日本人迟早会知道，我们斯家跟游击队有来往，这可如何是好？"

管家这时讨好老爷："老爷，我倒有个连环妙计，既能让大少爷以后不再去找武喜春，又能向日本人表示我们的忠心，有了日本人的保护，她游击队也不敢再来寻事了。"

斯宏兴："哦？你快说说，什么妙计。"

管家走到斯宏兴跟前，贴着斯宏兴耳朵，低声："老爷，我们这样……"

几个杂工在院子里干活，管家走过来，对着一个叫猴子的杂工："猴子，你过来。"

论辈分，猴子应该叫武三大伯，管家自然是知道这层关系的，猴子放下手里的活，走到管家身边："管家，您有什么吩咐？"

管家吩咐着："猴子，你回去一趟，把武三叫来，就说上次打了他们，老爷觉得很愧疚，要亲自向他赔罪，并送他一车粮食。"

游走英雄

猴子高兴地回答："好，管家，小的这就回去，叫三爹来见老爷。"

管家又小声的叮嘱："听着，此事不要声张，就让武三一个人来。这事儿你办好了，就去管粮仓。"

猴子开心地："小的明白，谢管家，小的这就去。"

猴子一转眼的工夫就消失了，他不知道这背后有一场很阴险的预谋。

武三听说斯老爷亲自向他赔罪，还送他们一车的粮食，很高兴，想不到传说中的铁公鸡会拔毛，也许太阳真的从西边出来了，他没有考虑那么多，也不用考虑那么多，对于一个世代的老农民来说，没有那么多的花花肠子，因为他们是善良的，纯朴的。他马上就跟着猴子回去了。

武三跟猴子走进大厅，斯宏兴就已经在那坐等。

武三刚想开口，管家喊："来人。"

一下子上来了四个家丁，将武三制住，放倒在地上，让他动弹不得，武三知道自己上当了，愤怒地对着猴子："猴子，你……"

猴子也慌了："三爹，我什么都不知道啊，管家，管家。"

武三挣扎："哼，我早该猜到，你们黄鼠狼给鸡拜年，没安好心。"

斯宏兴把武三五花大绑，带到山本清直那里，斯宏兴向日本人邀功："太君，游击队活动猖獗，扰的大家鸡犬不宁，这就是游击队队长武喜春的爹，我特地把他抓来，献给太君。"

山本清直很满意："你做的很好，斯老爷。"

斯宏兴点头哈腰："是，是，我对皇军，是大大的忠心。"

武藤勇想打武三，山本清直制止了，山本清直掸了掸武三身上的灰："老人家，我们大日本皇军是友好的，不会伤害你，我们希望你女儿，能归顺我大日本帝国，只能先委屈你了。"

武三："呸，别做梦了，小鬼子，我女儿是不会投降的，你干脆杀了我吧。"

山本清直："不，不，不，我们大日本帝国皇军不随便杀人，你们支那人，讲究百善孝为先，我想，你女儿很快就会来救你的。"

"我宁可死了，也不会让你们得逞。"武三要去用头撞墙，被士兵死死地拽住，武三拼死却无法动弹。

山本清直："斯先生，我们皇军向来赏罚分明，这次你立了大功，我们要大大的奖赏你。巴山县治安维持会会长，从今天起，就由你来担任，希望你继续为大日本皇军服务，为大东亚共荣出力。"

斯宏兴激动地："谢谢，谢谢太君，我斯宏兴对天发誓，一定效忠大日本帝国，效忠太君。"

山本清直阴着脸咬牙切齿："真是天佑我大日本，武喜春，李昌鹏，我等你们很久了。"

斯瑜知道这件事情后，很生气，特别是知道他爹为日本人做事，还当上了治安维持会的会长，在他的眼里这都是汉奸走狗干的行当，最让他不能容忍的是把喜春他爹交给了日本人，真的是让他颜面全无，在别人面前抬不起头来。他就去和他爹理论，又是一阵刀枪舌战，最后被关进了书房，门被反锁着，门口是两个下人把守着。他偷偷地下掉窗户，从窗户逃跑，躲开下人，溜进马棚，跳上马，夺门而出。

斯瑜风风火火的到来喜春家，喜春知道后根本顾不上许多，就径直去救老爹。喜春已经跑到村口，李昌鹏跟游击队员们全都追来，大家叫住了她。

李昌鹏拉住喜春："喜春，你就打算这样去巴山县城？"

喜春甩开李昌鹏："我爹在鬼子手里，我要去救他，一分钟也不能耽搁。就算是刀山跟油锅在等着，老娘也非去不可。"

李昌鹏劝说着："你这样去是送死，山本清直肯定布好了陷阱。"

喜春冷静下来，细想，也是，可恨的日本人肯定布好了陷阱，就等着她往里钻，于是就商量着怎么去应对。在一切都安排妥当后，才出发。

第十五章

　　傍晚时分，喜春他们来到城外山丘下，看到山本清直他们已经候在山丘上，小鬼子们举枪对着山下。游击队员们也举枪对着山上，李昌鹏看了看，他们居高临下等着我们来，占据了制高点，在地势上占尽了优势，肯定还在周围设伏了，提醒大家要小心。

　　喜春上前一步："我爹一定在上面。"

　　李昌鹏在想对策，拉住喜春："跟他们正面冲突等于以卵击石。"

　　李昌鹏在王迅耳边轻语了几句，还做手势，王迅听完点头，走到后面指挥一批人："你们几个，跟我走，阿飞，你也来。"阿飞他们跟着王迅悄悄后退绕进路旁树林。

　　山丘山，山本清直嬉笑着："李昌鹏，喜春，没想到那么快，我们又见面了。"

　　喜春强硬的回应："少跟老娘来这套，你挟持一个老人家，算什么军人，快把我爹放了。"

　　山本清直胜券在握："喜春，我大日本皇军是很宽容的，只要你放下武器投降，我可以放了你爹，并且保证你们所有人都活着。"

　　喜春看到斯宏兴，恨恨地看着他。

　　喜春："斯宏兴，你个老杂毛，你不得好死。"

　　这时两个小鬼子将武三押送上来。

　　喜春大喊："爹。"

　　喜春想上前，被李昌鹏拉住："喜春，你先稳住。"

　　山本清直："喜春，你就忍心看着你的父亲，因为你而送命吗？百善

孝为先，你可要想清楚了。"

小鬼子的枪顶着武三的脑袋。

喜春看着父亲，哭着拼命跑过去，李昌鹏拉住喜春。

武三看这阵势，他早就想到了，敌人会拿他来要挟喜春："你们抓我，不就是为了让游击队投降么，你们算抓对人了，队长喜春是我女儿，她从小就听我的话，我来劝她。"

斯宏兴上来阻止，因为他不想看到喜春投降，如果那样的话会对他大大的不利，可能会有生命危险，他这次来就是看日本人怎么处死喜春的："山本大佐，你别信这老家伙的。"

武三想到了最简单直接的办法，这样敌人会很容易相信他的："好死不如赖活着，就许你斯财主爱财？哼，我武三也爱财，这位军爷，如果我劝我女儿投降，你给我多少金条？"

山本清直看来事情有了转机："你真能让喜春投降，我给你多多的军票。"

武三："我不要军票，我要金条，二十根怎么样？"

钱益清斯宏兴他们都震惊了："二十根？没想到这老头胃口还不小。"

山本清直只想看到他最想要的结果："只要喜春投降，我就给你二十根。不过，你最好别耍花样，给他松绑。"

武三松绑后上前朝山下喊："喜春。"

喜春："爹，你别怕，我来救你了。"

武三："喜春，他们说只要你投降，就给老爹我二十根金条。"

喜春："爹。"

武三："二十根啊，我发财了。"

山本清直他们都笑："真是有钱能使鬼推没。"

武三大笑："你明知这小鬼子用我当诱饵，设下埋伏等你来，你傻啊。我从小把你当儿子养，记住了，从今往后，你要像男儿一样，奋勇杀敌，爹就不拖累你了，消灭小鬼子，爹在黄泉路上也会大笑的。"

武三说完，推开身旁的小鬼子，抢了刺刀，冲向山本清直，山本清直连忙后退，两个小鬼子上前为他挡住掩护，武三又刺向那两个小鬼子，武

三一上前，那两个小鬼子的刺刀就刺穿了他的身体，武藤勇在背后朝他开了两枪，他的血喷在了小鬼子身上。

武三瞪大眼睛转投看向喜春，然后从山顶掉下来，脑浆涂地。

喜春看到这一幕，悲痛欲绝，她喊得撕心裂肺："爹。"李昌鹏他们连忙扶住了她。

山丘上的小鬼子朝山下射击，山下四周的小鬼子也举着枪，向喜春他们走过来。

喜春拼命挣扎着："你们放开我，我要爹。"喜春看着武三的尸体就在五十米外，她挣脱了李昌鹏，拿起枪疯狂地向鬼子扫射："啊，我要杀死你们，还我爹。"

鬼子的子弹打过来，李昌鹏护住喜春趴在地上。

山脚下武三的尸体被伪军抬走了。

喜春看到抓狂，浑身颤抖："不，爹！"

李昌鹏："这帮狗日的，火力太猛，我们不能硬拼，快撤，蒜头，快。"

天边夕阳如血，李昌鹏他们一路撤退，在树林里跑。喜春嚎啕痛哭："爹，我要去救我爹。"

鸡毛他们劝慰喜春："姐，别哭了，我们一定会把武三叔救回来的。"

喜春重重地打自己巴掌："爹，女儿不孝，女儿没用，让你惨死。"

李昌鹏抓住喜春胳膊："你别再自责了，喜春，你听我说，武三叔被他们带走了，从这条小路可以赶到前面，我们去截住小鬼子，抢回武三叔的遗体。"

喜春抓住李昌鹏的胳膊："你说的是真的吗，李昌鹏？"

李昌鹏："是的，你相信我。王迅他们已经在虎扑岭设伏，我们去跟他们会合。"

鸡毛扶着喜春急忙赶路，山本清直他们在回县城的路上，山本清直坐在高头大马上。

钱益清问："大佐，为何我们只派了部分兵力去追击杀猪婆他们？这是把他们一网打尽的好机会。"

山本清直笑嘻嘻地不语。

武藤勇："蠢货，每次打仗，都是有明确目的的，看来这点你还是不明白。"

斯宏兴一点即通："大佐的意思，只要老东西的尸体还在，武喜春肯定还会再来的，不怕抓不住她。不如将这老东西的尸体挂在城墙上，等他们一靠近，就将他们一网打尽。"

山本清直："斯会长，看来，你非常痛恨武喜春啊。"

斯宏兴："我只是想效忠皇军，替大佐分忧。"

钱益清："大佐，我觉得，不光要将老东西的尸体挂在城墙上，还要把他脑袋砍下来，让他死无全尸。谁让他女儿跟皇军作对呢。"

山本清直："哟西，你们都很忠心。"

天色渐渐暗下来，虎扑岭，听着就像老虎要扑下来吃人似地，地势险峻，不时有鸟儿发出怪叫，显得有些阴森。伪军抬着武三的遗体走在最前面。

山路上，伪军已经走近了。

阿飞用诸葛弩朝树上射出几箭，树上的绳索松开，一张大网罩下去，罩在皇协军们身上。

被网罩住的伪军们挣扎着，大喊："救命啊，救命啊！"

子弹打过来，其他伪军吓得乱窜，抬尸体的扔下了尸体跑开，皇协军们一个个吓得乱成一片。

小鬼子们举枪对着山上开枪。

这时，又是几张大网下来，罩住了跑上来的小鬼子们，被罩住的小鬼子们顿时着急着脱身。

山本清直差点中枪，从马上下来，躲在马身后，武藤勇紧靠山本清直，几个小鬼子连忙过来掩护山本。

山小鬼子举枪对着山腰进行射击。

避开枪火，王迅他们继续射击着，阿飞继续射下树上的大网。

这时李昌鹏他们赶到。

李昌鹏："鬼子兵力是我们的数倍，等下冲下去，夺回武三叔的遗体就马上撤。"

在火力的掩护下，李昌鹏他们冲了下去。

钱益清指挥着伪军，斯宏兴见状，吓得连忙逃跑，家丁们扶着他躲开子弹逃跑，却被武三的尸体绊倒了。斯宏兴一看是武三的尸体，连忙吓得往后退："啊，啊，武三啊，你死了，不管我事啊。"

四五个家丁扶着浑身发抖的斯宏兴躲进路边草堆里。

喜春冲到了路上，一下子砍死两个小鬼子，她杀红了眼，不断砍杀着身旁的小鬼子，喜春看到武三的尸体，想冲过去，一批小鬼子拦住了喜春，喜春奋力拼杀着。李昌鹏他们也冲下来，跟鬼子和皇协军厮打在一起，被网罩住的小鬼子跟皇协军被游击队员乱刀捅死了一批，小鬼子们也奋力拼杀，有几个游击队员死在了小鬼子的刺刀下。

山本清直举着长剑攻上来，跟李昌鹏开打起来，武藤勇从背后袭击喜春，队员阿文见状，用胸膛挡下了武藤勇的刀，喜春回头，阿文已经牺牲，喜春："阿文，阿文。狗日的，还我兄弟命来。"

喜春愤怒地一脚踢开杀过来的小鬼子，又一刀捅进旁边逼近她的小鬼子腹部，喜春恶狠狠地砍向武藤勇："老娘砍死你。"

武藤勇后退，喜春追上前，她看到武三的尸体在不远处，又一批小鬼子上前与她拼杀，阻止她接近武三的尸体，喜春用刀挑开小鬼子的刺刀："爹，女儿来了，你等着。"

草堆里的斯宏兴躲着不敢出来，斯宏兴望了眼武三的尸体："拿他做盾牌，武喜春不敢杀我们，如果我们杀了她，太君还会赏我们。"

家丁们跳出草堆，将武三尸体拖进草堆旁。

李昌鹏这边，山本跟小鬼子们对李昌鹏进行围打，李昌鹏身上被剑划伤了几处，继续跟山本清直交手，这时，蒜头他们赶到，加入了战斗，蒜头打死了几个小鬼子，到喜春身边。

蒜头他们帮喜春挡住围上来的小鬼子，喜春趁机突围，整个山路上还是一片混战中。

喜春看到了路边武三的尸体，加快脚步跑过去，抱住大哭："爹啊，女儿不孝。"

这时候，喜春的脑袋被两杆枪顶住了。

斯宏兴从草堆起身："武喜春，总算抓到你了。"

　　喜春恨恨地："老杂毛，你不得好死。"

　　斯宏兴："死到临头了，还嘴硬，留着跟阎王爷去横吧。把她绑了，交给山本大佐。"

　　这时候斯瑜闯过来："不许你们伤害喜春。"

　　"你这臭小子，别在这里瞎搅和了，皇军要抓的是他们，你快过来。"

　　"爹，你放了喜春吧，我求你了。"

　　"为了这个臭娘们，你连亲爹老子都要背叛？"

　　"爹，你明明知道，我一直以来都喜欢喜春，为什么还要对我心爱的女人下狠手？"

　　"我怎么生出你这么个窝囊废，这杀猪的有什么好？你这样死乞白赖的。"

　　喜春："呸，老混蛋，你儿子有良心，怎么会有你这么个没人性的爹呢？"

　　斯瑜拿枪顶着自己的太阳穴："你听着，你要是再不放喜春，我就立刻死在这里。"

　　斯宏兴气得："你，你，你快放下枪。"

　　斯瑜喝道："听到没，放喜春！不然我开枪了。"

　　斯宏兴无可奈何，示意家丁放下枪。喜春背起武三的尸体，斯瑜帮她。

　　斯宏兴："你听着，从此，我没你这个儿子。"

　　斯瑜没说话，看了斯宏兴一眼。

　　喜春恨恨地看了斯宏兴一眼，眼神足以杀人，蒜头他们过来接应喜春，耕田帮喜春背起武三的尸体，他们走进了树林。

　　李昌鹏跟山本拼杀，回头看了眼喜春这边已经抢回尸体，走进树林，王迅他们扔下几颗烟雾弹，李昌鹏他们趁机潜进树林跑了。

　　等烟雾散去，喜春他们早已逃脱。

　　武三的遗体躺在床上，郑小驴跟狗蛋跪在地上哭，李昌鹏等众人站在一旁，向武三深深地鞠了三躬，神情凝重，谁都没说话。喜春边流泪边用毛巾擦拭着父亲的脸："爹，你的脸脏了，女儿给你洗洗。"

喜春拿起梳子："爹，我再给你梳梳头发，到那边，咱要干干净净整整齐齐地见我娘。"

门口，斯瑜跪在那里大哭，却没进来，众人听到了哭声，李昌鹏走出来："斯少爷，你怎么不进去？"

斯瑜擦着眼泪："我没脸见喜春。"

李昌鹏扶起斯瑜："先进去再说。"

进门后，斯瑜跪在喜春面前，泪流满面："喜春，我对不起你。"

喜春擦了下眼泪，走到斯瑜跟前，将他扶起："你起来吧，我爹的死，不关你事。"

斯瑜哽咽着："可是，要不是我爹出卖了武老爹，武三叔也不会……"

喜春："他是他，你是你，冤有头，债有主。刚才要不是你，我也抢不回我爹的尸体，斯宏兴这老杂毛，我一定会亲手宰了他，到时候，我希望你也别怪我。"

斯瑜："他投靠了日本人，我已经同他断绝了父子关系，从此，我不会再踏进斯家大门一步。"

喜春："斯瑜，你大义灭亲，是个男人，既然你不再回斯家，今后，就留在游击队，好好做账房吧。"

斯瑜激动地流泪："喜春，谢谢，谢谢你。"

喜春："好了，兄弟们，辛苦了一天，你们都回吧，小驴，你也带狗蛋去睡吧，我想陪爹再呆一会儿。"

李昌鹏拍拍喜春肩膀：你振作些，我们走。

众人都散去。

斯瑜走出喜春家后，又回头看喜春家，停住了脚步。

李昌鹏停下来，看了看斯瑜。

李昌鹏走到斯瑜身边："把眼泪擦了吧，男儿有泪不轻弹。"

斯瑜用袖子擦掉了眼泪："李营长，喜春她。"

李昌鹏："她没有怪你，你就安心留下吧。"

斯瑜："我对不起她，欠她的，我这辈子做牛做马来偿还。"

李昌鹏："她一个女人，能有这样的度量，绝非一般人可以做到，你

真想为她做事，以后就支持她打鬼子吧。"

斯瑜郑重地点头："我一定会的。"

喜春看着武三的遗体，抱住武三痛哭起来："爹，你快醒醒啊，爹，你知道吗，其实我心里一直有点怪你，我娘死得早，你一直把我当儿子般养着，别的女人都做针线活，我却只会杀猪，人家都细声细气的，我却像个男人，喝酒撒泼，都是你惯出来的。爹，你醒醒吧，爹，你听到没。"

喜春擦了擦眼泪："爹，你的养育之恩，女儿只能来世再报了，下辈子，我还做你女儿。爹，你安心睡吧，你的仇，我一定会报的。"

赵根指挥着几个伪军："你们，把这两边的茅草都给割掉了，割干净点，别让游击队藏着这里面。"

伪军士兵在道路两边割草，赵根打着哈欠，伸着懒腰："他娘的，让老子来干这种活，这些小鬼子到底要搞什么鬼？每次都把我们当狗使，在前边开路，而且这一次还是全体都出动，这么大的动静，这一次还要清理道路的杂草，搞得神神秘秘的，到底运来的是什么东西也不知道，估计是很重要的，这些日子日本人真是越来越神秘兮兮的了。"

赵根实在是琢磨不透日本人，看了看周围有没有人注意他，随后又指着不远处的一个皇协军："哎，水生，你这狗娘养的，别偷懒，天黑之前，这里的茅草都要处理掉。"

伪军们有些怨声叹气。

这时，从另一边道路的杂草丛中露出鸡毛的脑袋来，她看着伪军他们隔着茅草，有些奇怪："嗨，这些二狗子干嘛呢，真是吃饱撑着了。"

鸡毛退了下去。

鸡毛回来汇报情况，对喜春："司令，二狗子们都在割茅草，我不知道这算不算情报？"

喜春不解："割茅草，难道他们城里没柴火烧了？"

李昌鹏："我看没这么简单，这些二狗子哪里需要自己来生火做饭。"

这时一旁的卢雨菲开口："我看啊，他们有一次大行动，估计是小鬼子让他们干的。"

喜春还是迷惑不解："大行动，什么大行动，难道是想要来打我们，但是没必要割草啊。他们到底想要干吗？"

李昌鹏补充着："小鬼子占领巴山县城后，一定有更大的阴谋，我们一定要搞清楚。"

喜春："是的，一定要搞清楚。哼，他们想干吗我们不知道，我们找个舌头来一审问，不是什么都清楚了吗。"

耕田开口："对对，抓个舌头来，这事交给我来干，我最喜欢抓人了。"

喜春："好，那就先去抓个舌头来问问。"

日军正在调动野炮、小钢炮等重型武器，赵根带着几个手下过来，赵根看到一队日军经过身边，他连忙笑着谄媚地点点头："太君好，太君好。"

日军没有朝赵根看一眼。

赵根在背后嘟了一下嘴，这时从不远处，几个日军在一边开路，后面有一辆坦克开上来。

赵根瞪大了眼睛："坦克？"

伪军议论着，一个叫小马的士兵："哇呀，这鬼——太君要干吗，是要打仗了，都用上坦克了。"

几个伪军在一边清除路障，把道路边的杂草处理掉。

赵根伸了个懒腰，这时一个伪军拿着茶壶跑上来，赵根走到一块石头边，坐下来喝茶，他吹着口哨，把眼睛眯了起来，慢慢地迷迷糊糊要睡过去，突然，后面有人捂住了他的嘴巴。

是耕田的大手捂住了赵根的嘴巴："不许出声，跟我们走。"

赵根瞪大着眼睛看着赵根，赵根身后出现喜春的笑脸，喜春："走，老实点。"

赵根连连点头，耕田把他挟持着带到一片荒芜人烟的荒地，赵根跪在喜春面前求饶着："喜春奶奶饶命，奶奶饶命，我赵根是好人，从来没有做对不起中国人的事，奶奶饶命啊。"

喜春踢了赵根一脚："你给我起来，你说你们这些二狗子为什么要清除这道路边的杂草？"

赵根还在犹豫："这个……"

喜春威胁着："快说，不然要了你的狗命。"

赵根："我说，我说，喜春奶奶啊，这都是皇——，不，小日本鬼子要我们干的，他们，他们要有大动作。"

喜春和李昌鹏对视了一眼，喜春："他娘的，这小鬼子果然有大动作。你说，小鬼子有什么行动？"

赵根："这个，这个我就不知道了。"

喜春拔出了杀猪刀："你敢对老娘撒谎？"

赵根连忙跪在地上叩头："没有，没有，我绝不敢骗奶奶，我赵根要是说谎的话，我不得好死。"

李昌鹏拉了一下喜春："喜春，他可能真的知道的不多。"

赵根："是是，我一个小跟班，怎么可能知道小鬼子的行动。"

喜春瞪了赵根一眼。

赵根吓得往后退："噢，喜春奶奶，我觉得这次小鬼子肯定是一场大行动，他们都很神秘兮兮的样子，而且，而且让我们皇协军都出洞了，还有，还有他们还动用了大武器，那个山本还要亲自出城来。"

喜春："他娘的，只要这个山本敢出城来，不管他要干什么，老娘都要跟他干一场，把这狗日的给灭了。"

"喜春奶奶，我劝你还是别冲动，这次山本好像是要下血本啊，我亲眼看到，鬼子已经调来了坦克，你们要是和他打……"

赵根话还没说完，就被喜春狠狠地一脚踢倒在地："他娘的，你还敢给小鬼子助威，老娘斩了你。"

喜春一刀子要砍下去，李昌鹏连忙握住了喜春的手："喜春，别杀他，他已经给我们提供了情报。"

赵根："是啊是啊，喜春奶奶，不要杀我。你就把我当个屁放了吧？"

喜春："哼，老娘可以不杀你，但也不能放了你。耕田把他带走，关起来。"

耕田一把拎起了赵根，带走了。

喜春看了一眼李昌鹏："小鬼子竟然动用坦克，山本这个狗东西啥意思啊，想把我们都灭了？"

李昌鹏的眉头紧紧地皱了："没那么简单，看来鬼子还真有大行动。"

喜春："他娘的，管他大行动还是小动作，老娘都要跟他干，杀父之仇大过天！一定要报！老娘一定要把这狗日的千刀万剐。"

喜春站在椅子上，挥着拳头："看来我们游击队这次真要打一场硬仗了，山本还出动了坦克，呵，他拉来坦克，老娘就炸了它。"

李昌鹏从椅子上站起来："喜春这个想法好，我们必须干掉山本的坦克部队，只要小鬼子的坦克动不了了，我们游击队的伤亡就能减少一半。"

喜春嘿嘿笑着："李子啊，我们游击队，你也是游击队的啦？"

李昌鹏吞吐："我……我只是和你们游击队一起参加行动。"

这时，卢雨菲过来："我和你们一起行动，多一个人，多一份力量。"

喜春："卢小姐啊，你这次主动请缨，很难得很难得。不过你还是呆在这里的好。"

卢雨菲坚持着："我只是跟在昌鹏哥身边，和他并肩作战。"

喜春不好再拒绝她："好好，我不拦着你，不过山本这个大鬼子你可不能杀他，要留给老娘亲手斩了他。"

李昌鹏的眉头皱了皱，又舒展开来："喜春，我觉得我们这次应该是采取游击队常用的战术。麻雀战术。游击队兵分三路，前路军先把山本的坦克给搞掉了，中路军和小鬼子干一场硬仗，还有一路军我觉得是不是可以去袭击巴山县城，因为山本如果派走了很多兵力，城里必然空虚，我们就可以趁虚而入。"

喜春："小李子，你这个麻雀战术很好，但是这回小鬼子的兵力很强，我们也不能太分散兵力了，毕竟我们的人马也不多。我们还是应该凝成一团，一起砸向小鬼子的脑袋。"

喜春边说，边握紧脑袋，往旁边一砸，刚好砸在蒜头的脑袋上，蒜头哎呦一声。

喜春："哎呦，蒜头兄弟，对不住，对不住。"

蒜头有些生气地瞪了喜春一样。

喜春继续讲自己的策略，她拿过来一双筷子，一只碗，她先放了一根筷子："这筷子就是虎扑岭地带，这足小鬼了山城进城的必经之路，这碗就是小鬼子。"

　　喜春把碗放在筷子旁边："我们就在这虎扑岭埋伏小鬼子。"

　　喜春把手中的这支筷子插在碗中央："直插小鬼子的心脏。就按小李子说的，先把他的坦克给搞掉了，然后我们如同猛虎下山一样，扑向山本这狗日的，把鬼子给消灭掉。"

　　喜春重重地把手中那支筷子连插了几下那只碗，但是这只碗没什么动静，喜春有些恼火了："他娘的，老娘还干不掉你。"

　　喜春拿起这只碗，一把摔在了地上，把碗摔碎了。

　　郑小驴有些心疼，喜春不去搭理他："好，这事就这么定了，我们把兵力放在虎扑岭这里，先派一路人马，埋好地雷，把山本的坦克给搞掉了。然后我们从虎扑岭两边的山岭埋伏兵马，先咬住日军的脑袋，再砍断日军的尾巴，由我亲自带着人马杀向山本，争取干掉他。"

　　李昌鹏沉思着。

　　喜春："小李子你在听我说吗，你到底有没有意见，没意见的话，你带一路人马，先来打小鬼子的前队人马。"

　　李昌鹏："好，那我来当先锋军。"

　　蒜头站出来："喜春，我来冲断小鬼子的尾巴，叫他们首尾不相应。"

　　喜春："唔，好。现在就是要想办法，来炸掉小鬼子的坦克，这个……"

　　喜春的眉头皱了起来，韩新枝和耕田、阿飞等人也不知道怎么办，因为他们没有足够的炸药。

　　这时，卢雨菲极其冷静地说了一句："这个炸毁坦克的任务就交给我吧。"

　　喜春看着卢雨菲："我说卢大小姐，你说这话，不是在开玩笑吧，这可不是闹着玩的。"

　　卢雨菲淡然一笑："我知道不是闹着玩的，但我们必须拼一把。"

　　李昌鹏："雨菲，你……"

　　卢雨菲对李昌鹏笑了笑："昌鹏哥，我们说过要一起杀鬼子的嘛，等我把坦克炸毁了，我会马上到你身边来的。"

　　李昌鹏："可是你……"

　　卢雨菲："我们出去说。"

卢雨菲拉着李昌鹏走了出去。

喜春："哎哎，你要说什么悄悄话，就不能当着大伙儿的面说吗？"

李昌鹏他们已经走出门口去。

卢雨菲往前走着，李昌鹏跟在身后，李昌鹏："雨菲，你疯了，还是开玩笑的，就凭你，怎么可能把坦克炸掉？"

"我没疯，也不是开玩笑的，昌鹏哥你难道忘了我在大学学的是什么？"

"你学的是……机械。"

"对，就是学机械的，而且我还去德国进修过半年，研究的就是这个坦克的结构。我们要想把这个坦克搞毁了，除了炸弹，首先是搞断坦克链，让它行动不了。"

"但是断了它的坦克链，谈何容易啊？"

"是得冒险，不过我就喜欢冒险。还有就是得我们紧密配合了，在你打日军的脑袋时，把坦克周边的火力吸引过去，给我争取接近的时间。"

李昌鹏的眉头皱着，但还是点了点头。

卢雨菲从外面进来，喜春突然从旁边过来，一把拉住了卢雨菲，卢雨菲吓了一跳："你干吗？"

喜春嘿嘿笑着："卢小姐，你胆子不要这么小吗，这怎么打鬼子啊？"

卢雨菲哼了一声："我以为是敌人偷袭。"

"什么敌人啊，情敌吗，哈哈哈。"

卢雨菲不想和喜春多拉扯："你有什么事？"

"我只是想问你，你真能把那个铁家伙搞毁了？你不会是在吹牛吧？"

"我又不是你，吹什么牛。如果我搞毁了小鬼子的坦克，你以后能离昌鹏哥远一点吗？"

"我……哼，我压根就懒得跟这个小李子在一起，是他整天缠着我不放好不好？"

"呵，只要你离他远点就好了。"

"好好好，远点就远点。嘿，妹子，你放心好了，我不会跟你抢男人的，虽然呢小李子这男人还挺不错。我喜春，现在心里啊，就是想打鬼子。"

第十五章

　　"这就好。喜春队长，我这次要搞毁小鬼子的坦克，我还得问你借两个人，掩护我接近鬼子的坦克。"

　　"说吧，你想要借哪两个人？"

　　"一个是阿飞，她来做我的副手。"

　　喜春犹豫了一下，但还是点点头："好，阿飞配给你当副手。还有一个是谁？"

　　"你。"

　　喜春指着自己的鼻子："什么，你要借我？不行不行，我可是游击队的队长，这场仗要我亲自指挥的。"

　　"我要借用你，不影响你指挥，只要你听我的号令，来帮助我一起炸毁鬼子的坦克。"

　　喜春看着卢雨菲："好，只要你能炸毁坦克，能搞死山本，我可以听你一回。"

　　卢雨菲："等昌鹏哥一和鬼子交上火，坦克的炮火必然会对准昌鹏哥他们，所以我想让你把坦克周边的小鬼子消灭掉，或是把他们的火力吸引过去。"

　　喜春："好，这个我能做到。"

　　卢雨菲对喜春笑了笑，转身离开。

　　喜春看着卢雨菲的背影："这个大小姐，到底还有多少本事藏着。"

　　通往巴山县城的道路上，一辆军用吉普车开在前面，后面还跟着一辆军用卡车，行驶在道路上。吉普车的后面坐着一个日本军医，军装外面还套着白大褂，他的表情极其严肃，手中端着一个金属箱子。在前面开车的日军从反光镜上看了一眼军医，开玩笑地："小泉博士，我看你一路上都没有动过一下，这样子很累的。"

　　小泉很严肃地说："我的手中可是大日本的天皇的秘密武器，它一旦被我们调试成功，推广出去，可以消灭掉至少两百万中国人。"

　　日本司机："是什么东西这么厉害？"

　　小泉阴阴地："剧毒药品。"

日本司机先是惊讶了一下："啊？真有这么厉害的话，那我们就可以早点回家去了。"

日本司机露出高兴的笑容来。

吉普车和军用卡车，继续往巴山县城这边开来。山本清直带着大批日军在路口迎接小泉，山本的身后还有几门野炮，和一辆坦克。

小泉的车队看到山本清直他们，车停了下来。

山本清直迎了上去，走到小泉的车旁边："您是小泉博士？"

小泉点了一下头。

山本清直："小泉博士好，我是山本清直，特来保卫你的安全。"

小泉看了看山本的阵势，又点了一下头："山本大佐，很好，辛苦了。"

山本清直上了小泉的车，山本的手在外面一挥，日军队伍向前行驶去。

在山岭前面，李昌鹏他这边有一路人马，李昌鹏一动不动匍匐在那里。王迅和几个尖刀连战士也安静地埋伏在那里，他们的身上都负着树枝，远远地看过来，根本发现不了他们。

蒜头这边也有一路人马，蒜头看着山岭下，打了一口哈欠，但很快又摇了一下头，提了提神。

卢雨菲带着阿飞在山岭的最下面，她们躲在草丛中，卢雨菲躺在那里闭目养神。

李昌鹏手中的狙击步枪往山岭下瞄准着，王迅他们在一旁稍微有些放松下来，突然李昌鹏的狙击步枪镜头里出现钱益清的身影来。

钱益清骑在打马上，率领着伪军作为开路部队，往前走着，钱益清朝着虎扑岭上面望了望，笑了笑："要是游击队在设伏，我们这些人怕是没命了。"

何能看着茂盛的杂草："队长，你不是让赵根兄弟来清理路障的吗，看来他还是偷懒了。"

钱益清也有点纳闷了："妈的，这小子不知道死哪里去了，这个虎扑岭地带，他肯定没来清理过。虎扑岭虎扑岭，他娘的，还挺阴森。"

钱益清瞥到了山岭上李昌鹏他们这边的树枝动了一下，但他还是没有

多想。伪军急速往前行军。

喜春往下看了看，也看到了伪军过来，鸡毛他们都摒住了呼吸，看着钱益清他们慢慢地靠近过来。

终于日军的队伍过来了，山本清直已经坐到了小泉的车里面，山本清直："小泉博士，今晚上我为你接风洗尘，我已经为博士安排几个漂亮的艺伎来招待你。"

小泉毫无表情："谢谢大佐阁下，我还有很多重要事情要做。"

山本清直哈哈笑着："小泉博士你们可都是帝国的精英人才啊，对天皇也是极其的忠心耿耿，令山本佩服，佩服。"

小泉礼貌性地点了一下头。

李昌鹏的狙击步枪在寻找着日军队伍中的目标，但李昌鹏没有发现山本清直的身影，他继续寻找目标，突然狙击步枪的镜头里出现下面那辆吉普车，很快，李昌鹏找到了山本清直的脸。

李昌鹏刚要开枪狙杀山本清直，小泉点点头挡在了山本清直的面前。

王迅看着下面的日军，坦克在日军队伍的前面开着，显得极其威武。

李昌鹏在捕捉山本清直的的脑袋，但小泉不时地遮挡住了，终于山本把前额稍微往前了一点。

李昌鹏扣动了狙击步枪的扳机。

小泉正巧抬起右手："我们的圣战很快就会结束……"

小泉话音未落，一颗子弹飞来，穿过玻璃窗，玻璃被击碎，子弹打进来了小泉的手掌中。

山本清直连忙往后一躲。小泉一声惨叫："啊……"

山本清直迅速地将小泉的脑袋摁到下面，这时，又是两发子弹射了过来，打在车里面。

王迅听到了命令，拉响了早已埋在下面的地雷，地雷爆炸开来，一队小鬼子被炸飞了。

吉普车的司机被子弹击中，方向盘打偏。山本清直连忙拉着小泉往车外面跳出去，山本清直他们刚刚跳出吉普车，吉普车带着司机冲下了悬崖，车毁人亡。

日军朝着山岭上开枪射击，坦克掉转了炮火口，朝着山岭上发射炮弹。

坦克中一个日军机枪手开始朝着李昌鹏他们这边疯狂地扫射，三个尖刀连战士被击中打死。

李昌鹏也被打过来的一连串子弹压得抬不起身来，他一滚，滚到另一边去，抬起头来，又朝着下面开枪，击毙了两个小鬼子。

但坦克中的机枪手还是疯狂扫射着。

喜春看到听到了激烈战斗，也都开枪射击，耕田连着拉开了两颗手榴弹，往下扔了下去，下面顿时响起两声爆炸声。

喜春拿过旁边一个游击队员手中的冲锋枪，对着下面一阵扫射，打中了几个鬼子，喜春跳出了埋伏点，带着游击队员一边开枪射击，一边往下冲上去。声势极其壮观，游击队员像是猛虎一般，冲将下来。韩新枝拿着枪，跟在后面也冲了下来。

日军虽然被偷袭，死伤了好几个士兵，但他们很快调整了队形，摆弄好了野炮。日军的野炮朝着喜春率领的游击队员们发射。顿时冲下来的好多游击队员被轰炸死。

韩新枝冲下来，身边有个游击队员被打死了，摔了一跤，但她很快又爬了起来，继续往前冲。

李昌鹏他们也朝下面冲去，对坦克边的鬼子开枪射击，击中几个鬼子。

坦克中的机枪手，掉转了枪口，继续向李昌鹏他们这边射击，李昌鹏他们不能往前。阿飞看着外面的战斗，很是焦急的样子："我说卢大小姐，外面都打成这样了，我们赶紧杀出去吧？"

卢雨菲朝着外面看了看："让他们再打一会儿，不然我们现在冲出去，还没靠近坦克，就会被小鬼子干掉。"

阿飞："可是……"

"把汽油瓶都准备好了，过会儿一定要准确无误地扔到坦克手那里。"

卢雨菲把身边的几个集束手榴弹又捆绑了一下，有两个集束手榴弹已经绑在腰间，她又朝外面看了看，喜春正在奋勇杀敌，快要冲到坦克那里。

钱益清他们已经走到了前面，他看着后面日军和游击队打得很是激烈，笑了笑："哈哈哈，看来我们已经出了游击队的埋伏圈。"

何能："队长，我们杀回去，帮助消灭游击队。"

钱益清："等等，让他们再打一会儿，太君们是很厉害，我们迟点出手，我们的兄弟伤亡就少一些。"

何能："哈，队长，你说得对，说得对。"

蒜头他们看着钱益清他们已经在眼皮底下，蒜头：打。

蒜头率领着几个游击队队员，也朝着钱益清他们狠狠地开枪，几颗手榴弹飞了下去，下面几个伪军被干掉了。钱益清连忙寻找到火力目标，朝着蒜头他们这边开枪还击。双方一阵交战，伪军开始要往后退，零零碎碎地朝着蒜头他们开着枪，蒜头带着几个游击队员一步步逼近。

阿飞焦急地看着外面的战况，她看到小鬼子的火力极其凶猛，游击队员不断地倒下去。阿飞叫了一声："卢雨菲，我们再不杀出去，队长就要被鬼子给干掉了。"

卢雨菲握紧了手中的集束手榴弹，站了起来："阿飞，走。"

阿飞看到卢雨菲终于站起来，她一个飞身，往外面扑了出去，几个鬼子看到了阿飞，正要向她开枪，她连发出了几箭，鬼子被击中。阿飞靠近坦克，鬼子要朝着阿飞开枪，被不远处的李昌鹏干掉。

这时，卢雨菲也冲了上来，对着阿飞大叫："阿飞，爬上坦克，把汽油瓶扔进去，烧死机枪手。"

阿飞要冲上去，机枪手的枪口掉转到了她这边，向着阿飞扫射，阿飞连忙跳下坦克，往一边躲去。

喜春看到机枪手在对付卢雨菲和阿飞他们，连忙对身边的耕田等人："耕田，我们把那个铁家伙上的小鬼子吸引过来。"

耕田往坦克这边扔过去了手榴弹，手榴弹在坦克边炸开，但对坦克一点损伤也没有。

机枪手的枪口又朝向了喜春这一边，猛烈的扫射，耕田的手臂被打中，喜春身边又有两个游击队员被子弹扫到，倒地身亡。

喜春冲上去，干掉了几个坦克边上的鬼子。

卢雨菲和阿飞继续向坦克靠近。

喜春杀过去，这时她看到了山本清直，她的眼睛里冒出怒火，她大喝

一声向山本清直杀过去，山本清直他们开枪还击喜春。

卢雨菲看着喜春转移了攻击目标，去打山本清直，连忙叫喊着:"喜春，快回来，对付坦克，先把坦克炸毁了。"

喜春还想往山本清直这边冲过去，山本这边的火力也很猛，喜春回头看到卢雨菲在叫她，无奈地又转向坦克这边，喜春连忙往一边躲闪去，子弹在她的脚边跳动，在她的身边呼啸着。

第十六章

　　游击队和日军正在激烈的战斗搏杀。喜春又一次被坦克上的机枪手击退，她躲到了道路边的大树后面，继续对着机枪手开枪。

　　山本清直自信满满地安慰着小泉："小泉博士，不用担心，这些支那猪，我很快就会把他们都消灭掉，他们这回是来送死的。"

　　小泉连连点头："好，好，杀死他们。"+

　　这时，李昌鹏他们往山本清直这边杀过来。

　　几个日军向李昌鹏他们冲杀过去，和他们搏杀在了一起，卢雨菲看到日军的火力都被喜春和李昌鹏吸引过去，急忙叫着："阿飞，烧死那个机枪手。"

　　阿飞一个飞身，跳跃到了坦克边上，鬼子机枪手看到阿飞上来，又把枪口转过来。阿飞已经点燃了一个汽油瓶，扔到机枪手那里，机枪手吓了一跳，但动作极其灵敏，把汽油瓶抛了回来。卢雨菲也已经冲上来，她躲避着日军的子弹，闪身到了坦克下面，迅速地埋下了两捆集束手榴弹。但坦克还在开动着，集束手榴弹掉了出来。

　　阿飞连着向机枪手砸过去两个汽油瓶，终于坦克手的衣服上烧着了，他惨叫起来，坦克里面的日军也想逃出来，坦克慢慢地停了下来。

　　卢雨菲见机，又在坦克下面埋了两捆集束手榴弹，她拉开了引信，大叫一声："阿飞，撤。"

　　这时，几个日军向卢雨菲和阿飞包围过来，手榴弹的导火线在一点点燃烧着。

　　李昌鹏和喜春见卢雨菲被包围了，都往坦克这边杀过来，李昌鹏开枪

打死了两个鬼子，他正要冲上去，被杀过来的川岛贞夫挡住了去路，两人用枪支，一阵近距离的搏杀。

坦克下的集束手榴弹就快要爆炸，卢雨菲本来可以逃出来了，突然阿飞被一个鬼子打中的小腿，卢雨菲又回过头来搀扶住了阿飞。

喜春冲上来用杀猪刀砍向坦克边的鬼子，集束手榴弹就在这时爆炸开来，坦克的履带被炸断了，坦克里面的机枪手被当场炸死，还有一个逃出来的日军满身是火，惨叫着在道路上乱窜。

卢雨菲和阿飞被炸飞在了地上，阿飞顿时昏了过去，卢雨菲看了一眼不远处的李昌鹏，也昏迷过去。喜春和鬼子们也被巨大的冲击波给冲倒在地。

李昌鹏凶猛地杀向川岛贞夫，川岛贞夫被击退，李昌鹏向卢雨菲跑了过去。

蒜头听到了前面巨大的爆炸声，脸上露出了笑容："哈哈哈，鬼子的坦克被我们炸掉了，同志们，冲啊，打死这些二狗子，我们再去杀鬼子。"

钱益清躲在一块大石头，朝蒜头他们开枪，但好几个伪军还是往后撤退。

李昌鹏跑到了卢雨菲这边，一把抱住了卢雨菲："雨菲，雨菲，你醒醒，醒醒啊……"

卢雨菲微微地睁了一下眼睛，脸上露出淡淡的笑容，很快又昏了过去，李昌鹏抱住了卢雨菲，叫喊着她："雨菲，雨菲，你醒醒啊。"

但卢雨菲没有一点动静。

喜春看着坦克被炸，笑着爬起来："哈哈哈，这个大小姐还真有两下子，把这么大个铁家伙都给炸了。"

这时，又有两个鬼子冲上来，喜春连忙拔出双枪，连开了两枪，击毙了鬼子。

王迅跑上来扶住了卢雨菲，李昌鹏杀向山本清直。

山本清直看着坦克被炸，许多日军被喜春他们消灭，脸上已气得发红，对川岛贞夫吩咐着："川岛君，你来保护小泉博士和这些设备。"

山本清直拔出了军刀，川岛贞夫挡住了山本清直："大佐阁下，你不能亲自上阵，让属下来吧。"

川岛贞夫和喜春斗杀在一起。

日伪军向游击队从两边包围过来，一个个游击队员倒了下去，王迅扶着昏迷的卢雨菲，一边朝着杀过来的鬼子开枪，一边往外突围。

受伤的耕田和阿飞也在和鬼子作战。

韩新枝被三个鬼子包围着，其中一个鬼子："呦西，这个花姑娘很不错，我们抓活的，抓回来好好快活快活。"

鬼子向韩新枝冲上去，韩新枝握着枪，叫着："你们别过来。"

韩新枝开了一枪，打中一个鬼子。

两个鬼子见同伴被打死，瞪大眼睛发怒了，举起枪，向韩新枝砸过来，韩新枝闭住了眼睛，不敢去看，千钧一发之际，鸡毛过来，从后面朝着鬼子开枪，又一个鬼子被打死。

还有一个鬼子回头看看鸡毛，又看看韩新枝，杀向鸡毛，鸡毛绕到一颗树边，叫着："指导员，我们一起干掉这个鬼子。"

韩新枝有些紧张地："我，我……打死你个日本鬼子……"

韩新枝闭着眼睛开枪，打在小鬼子的屁股上，鬼子惨叫一声，转身又要杀向韩新枝，鸡毛也开枪，打在鬼子的后脑勺上，小鬼子倒地身亡。

鸡毛乐呵了："哈哈哈，打中了，我又打死一个小鬼子啦。"

这时，鸡毛后面又有几个鬼子朝她开抢过来，韩新枝："鸡毛小心。"

子弹从鸡毛耳边呼啸而过，鸡毛连忙趴下。

喜春这一边，川岛贞夫攻击喜春，喜春先是往后退去，待川岛贞夫花去一半力气，喜春猛然间用杀猪刀刺过去，刀子刺中川岛贞夫的肩膀，川岛贞夫怒吼一声，喜春连忙往后退。

喜春笑了笑："小鬼子，今天就是你的死期。"

喜春继续猛攻川岛贞夫，川岛贞夫有些抵挡不住了。

这时，有几个鬼子朝着李昌鹏开枪，李昌鹏躲闪了一下，山本清直趁机杀过去，在李昌鹏的手臂上砍了一刀。

喜春看见李昌鹏受伤："小李子，你把山本的狗命留着，让我亲手斩了他。"

李昌鹏没回喜春的话，继续和山本清直激战。

喜春一边看着李昌鹏这一边，生怕山本清直被李昌鹏给砍杀了，一边又要去对付川岛贞夫。

川岛贞夫恢复了一些元气，开始对喜春发起再一轮进攻，喜春和他打了一阵，转身要去对付山本清直，但川岛贞夫一直缠着她。

喜春和川岛贞夫交战了两个回合，打退了川岛贞夫，喜春又杀向山本清直，和李昌鹏一起攻击山本清直。

山本清直被喜春砍了一刀。

川岛贞夫冲上来，护在山本清直身边："大佐，你快撤退，这里就交给我。"

山本清直："川岛贞夫，我是这里的指挥官，我不会退缩，谁也不许退缩，必须把游击队全部都消灭了。"

山本清直话还没说完，喜春又猛冲过来：山本，拿命来。

喜春一刀子砍向山本清直，山本清直用刺刀抵挡住了她，李昌鹏也想来帮忙，喜春喝了一声："小李子，我说过了，山本这狗东西就交给我。"

这时，川岛贞夫也杀过来，想来帮助山本清直，李昌鹏转身对付川岛贞夫，和他拼杀了五个回合，川岛贞夫抵挡不住李昌鹏的三棱刺刀。

山本清直看到川岛贞夫有危险，大叫一声："川岛君，当心。"

山本清直想要过去帮一把川岛贞夫，就在这时，李昌鹏刀起人头落，大喝一声。

一刀子劈了川岛贞夫的脑袋，川岛贞夫的脖子鲜血四射。

喜春看着山本清直正在伤心，一刀子杀过去，山本清直反应过来，但刀子还是刺中了山本清直的肚子。

山本清直猛地一脚踢开了喜春，李昌鹏扶住了喜春："喜春，你没事吧？"

喜春还想杀向山本清直，但山本清直的几个手下已杀过来帮助山本，李昌鹏拉住了喜春："喜春，我们撤，鬼子的兵力太多了！"

喜春看着游击队员们一个个被小鬼子打死，很是痛心地："我不走，我要给我的队员报仇，我要杀山本。"

山本清直叫嚣着："别让这些支那猪逃跑了，把他们统统都消灭掉。"

山本清直要冲上去，但他肚子上伤口流着血，山本捂着肚子，让手下杀过去，小鬼子们向喜春和李昌鹏包围过去。

喜春还要冲过去，但李昌鹏死死地拉着："喜春，撤，我们不能把命丢在这里。已经死了很多弟兄了，撤啊。"

喜春含着热泪，无奈地往后撤退。

游击队员们都一边打，一边撤退。

小鬼子们冲向游击队员们。

鸡毛在撤退中看到小泉博士一直护着手中的箱子，她的眼珠子转了转："嘿，这个小鬼子手中拿着什么宝贝？"

这时，蒜头跑到鸡毛身边："鸡毛，快走。"

鸡毛没听蒜头的话，已经向小泉冲过去，蒜头看着鸡毛冲过去，也只能跟着冲过去。鸡毛绕到小泉身后，拍了一下他的脑袋，小泉连忙回头，就在小泉寻找是谁打了他的一霎那，鸡毛神不知鬼不觉地夺下了小泉手中的箱子。

小泉惊恐地大叫了一声："我的药品……"

鸡毛笑了笑："哈，肯定是宝贝。"

小泉扑向鸡毛，蒜头连忙开枪，一枪打在小泉肩膀上。蒜头掩护着鸡毛撤退，对着鬼子开枪。

山本清直跑到小泉身边："小泉博士，你没事吧？"

小泉气息虚弱地："别管我，把那个箱子夺回来，不能落在支那人手中，夺回来……"

小泉说完，便昏了过去。

山本清直对竹下信义他们："竹下，快，快去夺回那个箱子。"

竹下信义带着鬼子向鸡毛和蒜头冲杀过去。

喜春他们撤退过来，喜春看着鸡毛手中拿着的金属箱子，问道：鸡毛，你手中拿着什么东西？

鸡毛看了一眼手中的箱子："哈哈，喜春姐，是宝贝，这个肯定是小鬼子的宝贝。"

喜春还想说什么，子弹在他们身边飞过，喜春转过身，对着冲上来的小鬼子一阵扫射，几个小鬼子被击中，但喜春枪中的子弹打完了。

喜春有些恼火："怎么没子弹了，小李子，把你的枪给我。"

李昌鹏："喜春，我们的弹药都不多了，赶紧撤。"

蒜头他们撤退下去，喜春和李昌鹏掩护游击队撤退，对冲上来的鬼子对战。

竹下信义他们的火力还是很猛，很快就冲了下来。

喜春他们一边还击竹下信义，引开冲上来的鬼子，一边往山道下撤下去。

竹下信义等日军向喜春和李昌鹏包围过来，另一边，山本清直忍着伤痛也带着几个鬼子包围过来，钱益清等皇协军跟在后面，喜春和李昌鹏躲到一个低洼处，喜春朝外看了看，到处都是敌人，这时，外面的山本清直在叫话："武喜春，你听着，现在你们已经没有活路了，把那个金属箱子交给我，我可以给你留个全尸。"

喜春愣了一下："金属箱子？那个鸡毛拿着金属箱子，嘿，看来还真是什么大宝贝啊。"

李昌鹏："里面肯定是重要物品。"

山本清直一边朝着喜春他们喊话，一边暗中指挥着竹下信义带着人马从喜春他们后面潜行过来。李昌鹏敏锐地发现了竹下信义他们，连忙举枪对着他们射击，打死两个小鬼子，竹下信义连忙躲到了一颗大树后面去。

喜春的眉头一皱："妈的，这个箱子里到底是什么东西？鸡毛啊，鸡毛，你还真有点本事，搞到这么个宝贝。"

李昌鹏："喜春，我们说不定还有活着的生机。"

李昌鹏对着外面喊话："山本，我知道这箱子里的东西很重要，只要你放我们离开，我可以完好无损地把东西还给你。"

山本清直想了想："好，我可以放你们。快把箱子交出来。"

李昌鹏从低洼处喊话过来："那就快叫你的手下，给我们让开一条道来。"

李昌鹏对喜春：把你的外衣脱下来。

喜春瞪了李昌鹏一眼："哼，小李子，你这是报复。脱就脱，有什么大不了的。"

喜春脱下了外衣，交到李昌鹏手中，李昌鹏找了一块方正一点的石头，用喜春的外衣包了起来。

喜春对李昌鹏笑了笑，李昌鹏却是一副严肃的表情，李昌鹏和喜春一起走出低洼处去。

山本清直看着李昌鹏手中拿着的东西，钱益清："太君，我们开枪打死他……"

钱益清话音未落，山本清直又是给了他一巴掌："八格，你给我闭上嘴。"

钱益清半捂住嘴巴："嗨、嗨。"

山本清直眼睁睁看着李昌鹏和喜春往外面撤退去，对远处的李昌鹏喊道："李昌鹏，把箱子放下，我不会追击你们。"

李昌鹏喊过来："你们把枪都放下。"

李昌鹏看着山本清直他们都把枪放下了，才放心地和喜春撤退。

李昌鹏和喜春又走了一段路，眼看着已经在山本清直他们的射程外，李昌鹏喊过来："我把箱子放在这里了。"

李昌鹏和喜春转过身，拼出全身的力气，奔跑起来，很快消失在树林子里。

山本清直他们拿起枪，跑了过来，跑到李昌鹏放下箱子的那个位置。

竹下信义拿起外衣包裹着的石头，突然他愣住了："大佐……"

山本清直拿过来，连忙解开外衣，露出一块石头，山本清直瞪大了眼睛，大喝一声："八格牙路。"

山本清直把石头重重地摔在地上，气得快要吐血，他拔出枪，用枪狠狠地射击地上那件喜春的衣服。喜春和李昌鹏已经逃进了树林子里，他们听到后面的枪声，喜春回头看了看："嘿嘿，山本这个傻子，肯定要气疯了，嘿，小李子，你还挺聪明的嘛。"

李昌鹏淡然一笑："都是向你学习的。"

喜春拍了拍李昌鹏的肩膀："向我学习，哈哈哈，好的不学，坏的倒是学得蛮快的嘛。"

李昌鹏："这个怎么叫学坏，这叫瞒天过海，只要能把山本清直瞒过去，那就是最好最好的。"

喜春和李昌鹏迅速离开树林子。

回到家，鸡毛等游击队员像是看西洋镜一样，围着金属箱子看。喜春背着手，也皱着眉头看着金属箱子："这箱子里装得到底是什么东西，山本这狗东西这么在乎。"

韩新枝："我看有可能是什么机密文件。"

蒜头连忙附和："是是，我觉得也肯定小鬼子的机密文件。"

喜春："妈的，我们也别猜了，把它砸开来看看不就行了，耕田，去把斧子拿过来。"

耕田把斧子拿过来，给喜春，喜春正要用斧子砍开这个金属箱子，李昌鹏从里面奔出来："慢着，别砸箱子，喜春，别砸。"

喜春手中的斧子还举在半空中："小李子，你说什么？不砸开来看看，我们怎么知道里面是什么宝贝，还是让老娘快点砸开来，让大伙儿心里的这块石头放下来吧。"

喜春又要砸，李昌鹏抓住了喜春的手："把斧子放下，如果里面是炸弹怎么办？"

李昌鹏话一出口，喜春迅速地往后退了一步，蒜头等人也往后退了一步。

李昌鹏走到桌子前，拿起了那个金属箱子，察看了一番："这个金属箱子密封性极其好，鬼子又这么重视它，山本派了这么多人马出城来迎接，里面到底是什么？"

喜春："你要是不确定的话，老娘现在就把它扔进山沟沟里去。"

喜春说着又要去拿桌子上的金属箱子，李昌鹏按住了金属箱子："好了，喜春，这个金属箱子里面的东西，现在我们谁也不敢确定，但可以断定肯定是很重要的物品。我的想法是明日一早，我派王迅把它送到省城去，交给研究所。"

这时，韩新枝站出来："凭什么要交给你们国民党，如果里面的东西

很贵重呢，这可是我们游击队夺回来的东西。"

蒜头："对，是我们共产党夺回来的东西，如果里面是宝贝的话，不是便宜你们国民党了。不行，我认为，这个金属箱子，应该送到延安去。"

李昌鹏："你们延安也就只能搞搞文艺创作，要是这里面是鬼子的什么秘密武器，你们有能力来应对吗？"

喜春看不下去了："好了，别吵了，你们这些人，整天搞内斗，还有完没完了，现在我们的敌人是小鬼子，要把力气撒小鬼子身上。"

蒜头："那喜春你说，这个金属箱子应该怎么处理？"

喜春："我先它埋起来，等鬼子打跑了，我们再来处理。"

李昌鹏还想说什么，喜春阻止了他再说下去。

村子口的高台上有游击队员阿水在站岗，他拿着枪，巡视着周边，老树上有猫头鹰在叫。

喜春走过来，阿水举起枪来："谁，是谁？"

喜春："老娘的脚步声都听不出来了啊。"

喜春又看了看，随后走回家去了。

阿水拿着枪，继续站岗。片刻后，几个黑影慢慢地潜过来，快要到阿水身边的时候，武藤勇举起一只手，这些黑影都轻声趴下了。

阿水似乎有些感觉，往周围看了看，但没有发现什么动静。过了一会儿，武藤勇对身后的一个黑影，做了一下手势。黑影飞一般出去，神不知鬼不觉地来到阿水身边，还没等阿水反应过来，黑影一把拧断了阿水的脖子。黑影挥了一下手，武藤勇带着特战队员们，向武家村潜进去。

郑小驴正在哄狗蛋睡觉，狗蛋还不肯睡觉，喜春累了，不想去搭理他们，爬到床上去，衣服也不脱就睡觉了，很快就打起呼噜来。

郑小驴无奈地叹了口气，又摇晃着狗蛋："狗蛋，快睡觉，睡觉。"

武藤勇带着特战队员和竹下信义过来，其中一个特战队员轻声地："这里就是武喜春家。"

武藤勇点了一下头："速战速决。"特战队员们都点了一点头。

这时，鸡毛迷迷糊糊地从屋子里出来，突然她看到一个黑影闪过，鸡毛揉了揉眼睛，一个特战队员举起短刀子杀过来。

鸡毛吓得不轻，但很快闪身躲过，后面又是一个特战队员杀过来，鸡毛轻身飞跳了出来，大叫一声："有敌人。"

竹下信义见鸡毛叫起来，连忙朝着她开枪，武藤勇本来想把竹下信义的枪压下，但还是来不及了，鸡毛闪身躲过了子弹："啊，是小鬼子。"

喜春听到了，迷迷糊糊地大叫一声："打鬼子，鬼子在哪里，在哪里？"

郑小驴抱着狗蛋跑了过来："喜春，喜春，鬼子就在外面，外面……"

李昌鹏听到枪声后，迅速地从床上跳起来，拿起枪，飞奔出屋子。

武藤勇和三个特战队员踢开了喜春家的门，冲杀进来，喜春看到武藤勇大叫一声，抓起一把凳子就砸了过去。一个特战队员用手臂挡开了，凳子四分五裂。

特战队员冲上去，喜春拿过枪，还想要反抗，但特战队员的动作极其迅猛，一脚踢开了她手中的枪，另外两个特战队员很快就把郑小驴和狗蛋给抓住了。

狗蛋大哭起来。

喜春大叫着："放开他们，放开我的孩子。"

喜春冲向武藤勇，把武藤勇猛地推到了窗户边，武藤勇反击，喜春用手在武藤勇的脸上猛地一抓，武藤勇的脸庞被抓破，武藤勇怒了："八格牙路，快把这个女人拿下。"

两个特战队员冲过来和喜春交手，喜春和他们斗了几个回合，被特战队员擒拿下来。

李昌鹏已经赶过来，两个特战队员想要干掉鸡毛，李昌鹏见了特战队员，就开枪，一枪消灭了一个特战队员，另一个特战队员连忙躲闪开。竹下信义也朝着李昌鹏开枪，这时，王迅和蒜头他们也赶过来，和其余的特战队员交上了手。

武藤勇已经用枪逼住了喜春，恶狠狠地："那个金属箱子在哪里？"

喜春抗争着："放开我，我不知道什么金属箱子。"

武藤勇："你还想要活命吗，想要活命就赶紧把金属箱子交出来，不然我杀你全家。"

人在他们手里，喜春为了家人的安全："先把他们放了，我这就带你

们去找那个破箱子。"

武藤勇思索了一下，对特战队员："先把他们放了。"

武藤勇对手下特战队员丢了个眼色，挟持着喜春往外走去。

喜春被武藤勇挟持着出来，后面跟着特战队员，李昌鹏刚好一枪，把一个特战队员爆了头。喜春对院子里的李昌鹏他们大叫一声："大家都别打了，小李子，别打了。"

李昌鹏看到喜春被日本特战队员抓住，只好停手。

喜春对武藤勇："嗨，小鬼子，我答应把那个金属箱子给你，你叫你的手下也别动手了，要打，以后我们面对面打，今天你挟持着老娘，太没意思了。"

喜春指了指院子的角落："就埋在那里，我带你去挖出来。"

武藤勇："不用了。"

李昌鹏看着喜春，感到有些可惜，但也无可奈何。

竹下信义去角落挖，武藤勇伸长脖子去看，武藤勇："竹下君，有看到吗？"

竹下信义："好像没有……"

喜春趁着武藤勇不注意的时候，突然猛地一脚踩在武藤勇的脚背上。武藤勇叫了一声，喜春想要挣脱开，武藤勇发怒了，重重地一拳头砸在喜春的后背上。

喜春叫了一声，摔倒在地上。

李昌鹏他们想要冲上来，武藤勇用枪顶住了喜春的后脑勺："别过来，不然我打爆她的脑袋。"

王迅他们还想冲上去，李昌鹏阻止了他们："都退下，别过去。"

喜春叫喊着："小李子，别管我，那个金属箱子肯定很重要，你把它带到你们国民党的那个什么所去。"

武藤勇用枪顶住喜春的脑袋："把东西交出来，不然你现在就没命了。"

李昌鹏转身跑到了挂在屋檐边的栏杆那里，从一只篮子里拿出了那个金属箱子。

喜春看着李昌鹏把箱子拿过来，懊悔地："哎呀，小李子啊，我们功

亏一篑。"

李昌鹏对武藤勇："好了，你放了喜春。我把箱子给你。"

武藤勇他们上过了一次当，这次是相当的小心："我们一手交人，一边交货。"

李昌鹏慢慢地把金属箱子拿过去，武藤勇也慢慢地放开了喜春，让她朝李昌鹏这边走过来。

武藤勇已经抓到了金属箱子，喜春脱离开了武藤勇，快要走到李昌鹏这里，喜春大喊一声："李昌鹏，你个混蛋，快点给老娘打鬼子啊。"

李昌鹏朝武藤勇开枪，武藤勇抓过箱子，侧身一翻，躲开了李昌鹏打过来的子弹，两个特战队员已冲过来对付李昌鹏。一个特战队员用飞刀攻击李昌鹏，李昌鹏仰身躲开飞刀，随后又侧身射击，击中一个特战队员。

武藤勇他们向院子外突围出去，几个游击队员冲上来，但很快就被武藤勇和几个特战队员给打死了。

武藤勇他们突围出喜春家的院子里，喜春和李昌鹏他们追击出去。

武藤勇他们一边往前奔跑着，一边朝着后面开枪。

喜春和李昌鹏等人追上来，喜春跑得气喘吁吁地，她对李昌鹏：不行，小李子，我们不能这样追。你继续追他们。蒜头、阿飞，你们跟着我，从这条弄堂里穿过去，在村口截住这几个鬼子。

李昌鹏等人点了一下头，分头行动。

武藤勇和几个特战队员护着金属箱子离开，喜春他们追上来，竹下信义朝着她开枪。

喜春连忙退到了一个枯树后面，子弹把枯树差点击倒。

李昌鹏也朝竹下信义杀过来，竹下被喜春和李昌鹏两边夹击，他知道自己逃不出去了，躲在遮挡物后面，竹下看了看枪里面的子弹，又朝外面看了看，看到喜春和李昌鹏，他的目光阴毒地盯着了喜春。

竹下信义突然从遮挡物中跳出来，枪口对准了喜春，李昌鹏大叫一声："趴下，喜春……"

就在竹下信义朝喜春开枪的一霎那，李昌鹏快于竹下信义两秒钟扣动了扳机，子弹击中了竹下的后脑勺，竹下信义打向喜春的子弹偏离了一点。

子弹从喜春的头顶飞过，喜春看到自己的头发冒了一阵青烟，但她看着竹下信义被李昌鹏击毙，还是一声赞叹："好枪法。"

喜春晕倒。

李昌鹏奔到喜春身边，扶起了她，李昌鹏又抬头看了一眼，武藤勇和几个特战队员的身影已经消失在了暗夜中。

小泉博士热泪盈眶地抱住了武藤勇抢回来的金属箱子，小泉把金属箱子放在山本清直的办公桌子上，用钥匙把金属箱子打开，里面是五瓶厚玻璃瓶装着的液体状物体。

山本清直看着玻璃瓶："博士，这是什么？"

小泉目光阴阴的，脸上露出不易察觉的笑："剧毒药品。"

山本清直："剧毒药品？"

小泉："是的，剧毒药品，只要一滴，就可以让十万个支那人结束生命。"

山本清直瞪大了眼睛。

小泉博士看着箱子里的玻璃瓶，笑了一下："都完好无损，哈哈。多谢山本大佐。"

武藤勇沉痛地低着头："四名特战队员为夺回这个金属箱子，勇敢作战，为天皇献出了宝贵的生命。"

山本清直："竹下君呢？"

武藤勇摇摇头："竹下君为了掩护我们撤退，被游击队包围杀害了，对不起，大佐，我没能把他们的尸体带回来。"

山本清直拍了拍武藤勇的肩膀："你已经立了大功了，不要再自责。"

武藤勇还是低下头去。

喜春的头上已经用纱布包扎好了，她迷迷糊糊地醒了过来，郑小驴、斯瑜都陪在她身边。李昌鹏不在旁边，卢雨菲刚醒，李昌鹏正在给卢雨菲一勺子一勺子喂粥，卢雨菲不时地对李昌鹏微笑一下。

斯瑜看到喜春醒过来，有些兴奋地："喜春，喜春，你醒了啊……"

喜春拍了拍脑袋："妈的，小李子真是好枪法。"

郑小驴："喜春，你没事吧，我听说子弹就是从你的脑袋边飞过的……"

喜春笑了笑："老娘福大命大，阎王爷还没想请我吃饭呢，哪有这么容易死。"这次真的算是在鬼门关转悠了一圈，现在想来心有余悸。

一个国民党军官和两个卫兵骑马而来，在喜春家门口下了马，耕田他们站在门口看着国民党军官走过来。这个军官对耕田开口："请问这里是武喜春家吗，李昌鹏是不是在这里？"

耕田问："你们是谁啊，要找他们干嘛？"

卫兵回答着："这是我们的长官，是李营长的朋友，叫李营长出来吧。"

这时，李昌鹏从屋里面走出来，看到军官他们："梁少校。"

军官梁少校："李兄，哈哈，你果然在这里。"

李昌鹏：你们怎么找到这里来了？

梁少校："哎呀，我们找你可是找得好苦啊，你说你一个国民党营长，怎么跑到这个乡下角落来了。"

李昌鹏看了看蒜头和韩新枝他们，拉了一下梁少校："我们去外面聊吧。"

李昌鹏和梁少校离开喜春家，走了出去。

喜春也从里面出来，看到李昌鹏和梁少校走开，对蒜头："那个国民党是谁啊，把小李子带走干吗？"

蒜头冷哼一声："这些国民党没一个好东西，肯定没什么好事。"

第十七章

李昌鹏和梁少校走到外面，梁少校："李兄，我是奉曹晟团长之命来找你的，一开始大家都以为你殉国了，没想到……我说，李兄你怎么会和这些游击队员在一起？"

李昌鹏："梁少校，这里只是我的暂留之地，县城我一定会夺回来的。"

梁少校举起一只手，示意李昌鹏不要说下去："你带着猛虎营能守县城这么长时间，已经很不错了。现在你只要跟我回大部队去就行了。"

"回大部队去？"

"是啊，曹团长让你回去，怎么，你不会是还想留在这里，跟着游击队干吧？"

李昌鹏有点纠结："不，不是的。只是……"

梁少校问："只是什么？"

"梁少校，你给我点时间，让我再想想。"

"嗨呀，我说李兄啊，你还想什么啊，你啊，现在就带着你的手下，跟我一起走。还有很大的仗等着你打呢。"

"但是这里也离不开我。"

梁少校有些惊讶："什么，离不开你，哈哈哈，李兄啊，我看你是糊涂了，你难不成还真想留在这个什么游击队里，你要好好考虑考虑你的前程啊，你可是黄埔军校毕业的，打仗又厉害，前途不可限量啊。"

"谢谢梁少校提醒。"

梁少校拍了拍李昌鹏的肩膀："好了，李兄，我先回去复命。你也抓紧回来，有更大的仗等着你来打。"

　　李昌鹏点点头，这时，在村道拐角处一间房屋旁边，喜春在偷听他们，她看见李昌鹏他们回过身来，连忙溜走了。

　　卢雨菲听说刚才有军官来找李昌鹏，也劝说让他回到大部队去，李昌鹏还是有些犹豫地："只是现在游击队刚刚打了一场大仗，人员伤亡惨重，如果我们这样走了，喜春他们会有危险。"

　　卢雨菲："昌鹏哥，你就别犹豫了。你已经够对得起武喜春了，我们帮她把队伍拉起来，又把鬼子狠狠地痛打了几顿。而且，你是堂堂国军军官，留在这共产党的游击队里，实在太不像话了。"

　　李昌鹏微微点了一下头。这时，喜春从外面冲进来："什么叫不像话了，卢雨菲，你这样做，才叫不像话了，你们这对狗男女，没良心的东西。老娘救了你们，把你们收留在家里，你们倒好，现在还要走了啊，真是没良心的东西，连畜生都不如。"

　　喜春破口大骂，李昌鹏被骂得不知道该怎么说了。

　　卢雨菲坐起身来："武喜春，你不要忘了，如果这次和鬼子交战，没有我们的话，你们游击队肯定是全军覆没。"

　　喜春："哼，你少在老娘面前牛哄哄的，以为自己炸了个坦克，可以翻天了啊。"

　　喜春转向李昌鹏："小李子，你别闭着嘴巴不说话，你是男人就开口，你走还是留？"

　　卢雨菲早就想离开这里了，再说李昌鹏的锦绣前程也不容耽搁，这时正是离开这里的好时机："昌鹏哥，我们一起走，我现在身上的伤已经没什么大碍了。"

　　喜春毫无遮拦，气话气说："你要走的话，现在就给老娘滚出我家去，滚，现在就滚，老娘不想见到你们，给我滚得远远的。"

　　李昌鹏很是为难地："喜春，我……"

　　蒜头、耕田、阿飞、王迅他们进来，阿飞劝说喜春："喜春姐，你不要这样子，不要生气。"

　　喜春离开了，一边走一边骂着："没良心的东西，李昌鹏，你个死猪头，真是太没良心，要不是老娘救你，你早就死掉了。"

李昌鹏追上来："喜春，喜春……"

喜春回头："你干吗，你不是要走吗，好啊，现在就走，走啊，你走。"

"我不走，现在是游击队最困难的时候，我不会离开的。"

"呵，你是可怜我们？"

"随便你怎么想。这次埋伏日军，虽说炸毁了鬼子的坦克，但是我们也死伤惨重，而且我觉得那个金属箱子，肯定有大问题，鬼子肯定有一个大阴谋。"

喜春看着李昌鹏，但没开口。

李昌鹏继续讲："我们不能让鬼子的阴谋得逞，所以在这个时候，我不会走，游击队要坚持下去，你也要坚持下去。"

喜春："以后可别怪我耽误了你的前程。"

李昌鹏笑了笑："什么前程不前程，只要能打跑了鬼子，马革裹尸又如何。"

喜春嘿嘿笑着："小李子啊，你也算是一条英雄汉子啊。"

李昌鹏见喜春笑了："当然了！我不是英雄，难道你是英雄了？"

喜春："我也是英雄，游击女英雄。"

枪口从草丛中慢慢地露出来，对准了下面的汽车，拿着狙击步枪的人正是黑龙山的黑狼，汽车里的人进入他的视线中，他对准了日军曹长的脑袋。

日军曹长还笑着对山本幽兰说着什么。突然，黑狼扣动了扳机，一枪枪响，日军曹长的脑壳崩裂。脑浆和血水溅到了山本幽兰的脸上。

山本幽兰看着眼前的景象，惊呆了一下，随后撕心裂肺地尖叫起来。前面的司机见有危险，脚下猛踩油门想要冲出去，逃跑，猛然间，又一颗子弹飞过来，打在了司机的胸口。

汽车撞在了山道边的石头上，司机还没有死，他拼出力气来，大叫着："山本小姐，快……快逃命……"

司机说完就毙命了，山本幽兰惊恐未定，又尖叫了一声，打开车门逃了出去。

　　黑狼带着一群土匪，从山道上冲下来，土匪们吹着口哨，发出各种怪异的叫声。

　　山本幽兰从车里面逃出来，跌跌撞撞地要冲下山路去。

　　黑狼手下的一群土匪包围过来，拦截了山本幽兰的去路和退来。山本幽兰用生硬的中国话讲着："你们别过来，别过来，不然我会跟你们拼命的……"

　　山本幽兰拔出了刀子，对着土匪们，土匪们淫笑着，靠近山本幽兰。

　　这时，黑狼走过来，对山本幽兰阴阴地一笑：好啊，你来杀我吧。

　　黑狼拉开了自己的衣服，把胸膛亮在山本幽兰面前，山本幽兰连忙闭上了眼睛：啊……

　　黑狼快速走到山本幽兰面前，一把握住了她的手，山本幽兰用日语叫出来："放开我，放开我，救命啊……"

　　黑狼："嗨呀，还是个日本娘们啊，有意思，有点意思。"

　　黑狼的亲信手下孙华："二当家的，这娘们不错，要不让兄弟们先快活快活。"

　　黑狼瞪了孙华一眼，孙华连忙地："当然，二当家的你先上。"

　　黑狼推开了孙华，命令："带回山寨。"

　　黑狼扛着山本幽兰进来，叫着："大哥，大哥，你看我给你抢来了什么。"

　　铁龙坐在虎皮椅上喝酒，看见黑狼背上扛着的女人，笑开了嘴："哈哈哈，这个娘们很不错啊。"

　　黑狼把山本幽兰放了下来，惊恐地看着铁龙，铁龙笑着拍了拍黑狼："兄弟啊，够意思，太够意思了。"

　　山本幽兰又用生硬的中国话哀求地："求求你们，放了我，我不想留在这里。"

　　王大牛开口："哈哈，留在这里是你的福气，当了我们大哥的压寨夫人，以后吃香的，喝辣的，你就享清福吧。"

　　铁龙拍了一下王大牛的脑袋："你懂个屁，这是个日本娘们，老子要是娶了她，那老子不就是日本人的女婿了吗，老子是日本人的女婿，那不是和汉奸差不多了。老子才不会当汉奸。"

山本幽兰冲到铁龙面前，拉住了他的手臂，流出眼泪来："我来你们中国，只是想见见我的哥哥，只要你们放了我，我会让我哥哥给你们很多钱的。"

铁龙问："你哥哥是谁啊，难不成很有钱吗？"

山本幽兰连连点头："我哥哥说他已经占领了你们一个县城，那肯定会很有钱的，求你们放了我？"

铁龙惊讶："什么，你哥哥占领了一个县城，你哥哥是谁？"

山本幽兰一个字一个字生硬的说："我哥哥叫山本清直。"

铁龙一听到"山本清直"这个名字，大骂一声："他娘的，你是山本这狗日的妹妹。"

山本幽兰惊讶地看着铁龙："你和我哥哥……"

铁龙兴奋地摸着自己的脑袋，围着山本幽兰看着："他娘的，没想到啊，没想到。山本这狗日的妹妹竟然落到我铁龙的手里，你说我那女兄弟，会不会喜欢这份大礼。"

黑狼和王大牛异口同声说出："大哥要把这个日本娘们送给喜春？"

铁龙："好了，我带几个人，亲自把这个日本娘们送去给我那女兄弟。"

黑狼又点了点头，但脸上露出了不快之意。

铁龙已经把山本幽兰抓到了喜春家里来，喜春瞪大眼睛看着山本幽兰，知道她是山本清直的亲妹妹后，对这个礼物真的很感兴趣，喜春恶狠狠的盯着山本幽兰。

山本幽兰仇恨地看着喜春："你们这些中国人，真是太无知，你们知不知道，我们大日本来你们这里，是为了帮忙你们……"

喜春一巴掌打在山本幽兰的脸上："帮助我们？呵，你知不知道你们这些小鬼子杀了我们多少无辜的同胞。"

山本幽兰摸着脸，看着喜春，泪水忍不住流了下来："你们如果不放我走，我会让哥哥来对付你们的。"

喜春刷地一下拔出来了杀猪刀："来啊，叫你哥哥来啊，老娘现在就砍了你这个日本臭货。"

韩新枝阻止了喜春："喜春，你不能乱杀无辜，她只是山本的妹妹，

游走英雄

你这样杀了她，就是违犯了我们共产党人的纪律。"

喜春："我才不管什么狗屁纪律，他们小鬼子杀我们多少中国人，难道他们跟我们讲了什么纪律吗？"

喜春说完用杀猪刀，还要去杀山本幽兰，蒜头和李昌鹏都拦住了她，李昌鹏："好了，喜春，你把刀放下，你现在杀了她又怎么样，无非就是解了一时的心头之气。"

喜春吐着大气："老娘解了这口气就够了，山本这个狗东西杀死了我的老爹，我就不能杀他的妹妹吗？"

韩新枝看着喜春在气头上，怕她一时冲动做错事，就连忙吩咐蒜头："快，你先把这个日本女人带下去，关进柴房里再说。"

蒜头说着去拉山本幽兰，对耕田、阿飞等人：走，把她关到柴房里去。

韩新枝劝解地："好了，喜春，你应该冷静冷静。"

喜春一屁股坐在凳子上："哼，你叫我冷静？我冷个狗屁静！"

韩新枝开导着："现在我们游击队遭到了重创，应该恢复一些元气才对，只要山本的妹妹在我们手中，山本就不敢对我们怎么样。"

李昌鹏："韩指导员说得对，这个山本幽兰就是我们对付山本清直的筹码。"

喜春一拍桌子："哼，我武喜春迟早要杀他山本全家。"

山本清直得知他妹妹被土匪劫持了，怒不可遏，马上就亲率军队而来，黑狼站在寨楼上看着下面的日军。山本清直自己走到寨门前，抬头看着眼前的黑狼他们："你们快把我的妹妹放出来，不然我现在就可以踏平你们黑龙山。"

黑狼打开寨门，独自一人出来，山本清直看着黑狼，没有作声。黑狼走到山本清直面前，抬头看着骑在马上的山本，笑着点了一下头："我是这黑龙山的二当家黑狼。"

武藤勇喝了一声："快把我们大佐的妹妹放出来。"

黑狼："嗨呀，这位是大佐是吧，你的妹妹原先是在我们这里，可是你们来迟了一步。"

山本清直："什么意思？"

黑狼："你妹妹啊，被我们大当家的送给那个喜春了，那个喜春，你知道吧？"

山本清直："武喜春，八嘎。幽兰，哥哥现在就来救你。"

武藤勇："大佐，我们不能轻信这里的土匪，说不定你的妹妹还在里面，他们是在对你撒谎。"

黑狼："不不，我没有说谎，你们要是不相信的话，可以跟我到寨子里面去查看，要是你妹妹还在我们这里，我黑狼的人头就割给你们。"

"好，我相信你。"山本清直从身上拿出一把勃朗宁手枪来，递给黑狼："这把勃朗宁手枪送给你，你什么时候有时间的话，可以来巴山县城，找我喝茶。"

武藤勇不解地："大佐……"

山本清直举起一只手，示意武藤勇不要说下去。

黑狼犹豫了一下，还是接过了山本清直手中的勃朗宁手枪："好，我有时间会找你喝茶。"

山本清直掉过头，带着日军离开。武藤勇骑着马在山本清直旁边："大佐，你怎么相信了这个土匪，而且还赠送给了一把勃朗宁手枪？"

山本清直看着前面："我从他的眼神中看出，这个人，我们值得利用。"

武藤勇："大佐阁下，你还想收服这黑龙山的土匪？"

山本清直没回武藤勇的话，眼神中露出杀气。

上次日本人可是吃了不少的苦头，不会善罢甘休的，再说现在山本清直的妹妹在他们的手上，肯定会来报复的，大家都在商量着对策，都要撤离到山里面去，可是喜春就是不同意。韩新枝站了起来："喜春队长，我们是游击队，游击队最大的优势就在于它的灵活性，它能够打完这一仗，就转移阵地，尤其是和山本清直这样装备精良的日军打仗。"

蒜头连连点头："对对，我很赞同指导员的话。"

喜春不服气："哼，我们越是怕他们，就越打不过他们。"

韩新枝："但是我们不能驻扎在这村子里，这样是对老百姓不负责，

会危害到老百姓的生命安全的。"

这时阿飞进来了:"那个山本的妹妹不肯吃饭,把饭菜都扔掉了。她还在大吵大闹。怎么办?"

"老娘去对付她。"喜春说着冲了出去,韩新枝、李昌鹏等人连忙跟了出去。

山本幽兰还在里面大叫着:"你们要么杀了我,要么放我走,快放我出去。"

柴房里,山本幽兰还想大喊,看到喜春,反而闭上了嘴巴。喜春一步步逼近了山本幽兰,山本幽兰一步步往后退去:"你想干什么,你别过来……"

喜春看了一眼地上倒掉的饭菜,瞪大着眼睛看着山本幽兰,韩新枝想要劝阻。

喜春推开了韩新枝,喜春指着地上的饭菜,对山本幽兰:"你知不知道,现在有多少中国人因为没饭吃,被活活饿死,呵,老娘不杀你,杀你还浪费力气。阿飞,以后不要再给这个日本娘们送饭了,饿死她。"喜春说完,转身走了出去。随后柴房的门又被锁了起来。

山本幽兰坐在地上呜呜呜地哭起来:"哥哥,哥哥快来救我啊……"

韩新枝感觉山本一定会来的,只是这个喜春太狂妄自大了,就派蒜头带着几个队员在路上设伏,蒜头带着一批队员身负树叶,埋伏在钟家岭山间,俯视着山脚下路上的情况。

突然,卡车的轰鸣声打破了周遭的宁静,氛围顿时紧张起来,蒜头起身探出头一看,鬼子的几辆卡车行进在路上,懊恼:"他娘的,鬼子真来了,你们说说,哎,这喜春,怎么不听劝,全队撤退呢,哎。"

鸡毛也探出来一看,紧张:"妈呀,那么多鬼子,怎么办,哥?"

蒜头沉住气:"别慌,幸亏指导员留了一手,就按指导员说的,你们几个先放枪,扔炸弹,打完就跑,再换个地方接着打,不要真跟鬼子去拼,让他们放慢速度就行,一定给我坚持一时半会儿。"

蒜头指着另外队员:"你们几个,去王家山埋伏,那儿离武家村最近,

同样办法阻挡鬼子的行军速度。"

鸡毛他们起身离开，回去报信，好让村子里的百姓撤退。剩下的队员握枪准备着。

鬼子的几辆大卡车行进在山脚下路上，伪军跟在后面。时机成熟时游击队员们朝大卡车车轮开枪。手榴弹炸开，大卡车被炸到一个轮胎，驾车的司机被打死，车急刹停了下来。后面的车子跟着刹住，山本清直坐在车里一阵颠簸。

钱益清的马一惊，他从马上摔了下来，何能连忙扶起他："老大你没事吧？"

钱益清摸着屁股骂："该死的杀猪婆。"

小鬼子们从车里跳下来，举枪朝上面开枪，有几个小鬼子中枪倒下了。

山本清直听着这零星的枪声，心想这肯定是他们的伎俩，想阻止我们行进速度，就命令："留下两个小分队掩护，我们向武家村全速前进，救出我妹妹。"

队伍继续前进，留下的小鬼子躲在大卡车后面，朝山上开枪，一门小山炮对着山上轰击。

一行人避开鬼子的子弹，飞快撤离。

鸡毛气喘吁吁地跑回村子，听说鬼子来了，安静的村子马上变得鸡飞狗跳，村民们乱糟糟地逃窜着。韩新枝和月芳她们几个人在做转移工作。

赵根听到外面乱哄哄的，他已经被关了好久，一直在找机会，通过外面的情况他已经嗅觉到机会来了，拼命在柱子上磨身上的绳子。

鸡毛急得跺脚："这下完蛋了，都乱成了一锅粥，小鬼子马上就来了，这样转移，大家都得死。司令，我看我们还是快撤吧，保存游击队实力要紧。"

"就算游击队全军覆没，也要保证乡亲们安全撤离。"李昌鹏朝天开了两枪，乡亲们都停下来，"乡亲们，都听我说，你们快朝村后小路，跑到彩仙村去，实在跑不动的，自己找个角落躲起来，不要出声，我们游击队员会全力掩护你们，你们不会有事，千万别怕。王迅，让乡亲们转移，阿飞，留下的乡亲交给你了。"

山本清直已经带着人马来到武家村口。山本清直："这帮可恶的支那猪，

想延缓我们行进，简直是痴人说梦，传令，从各个路口包围游击队，救出幽兰，不能让他们跑了。"

郑小驴还在慌忙收拾着行李，狗蛋哭着说："我要去找娘。"

狗蛋跑出家门。

郑小驴慌乱地追出去，一着急，在门槛上绊倒，头磕在板凳上，晕了过去。

赵根使出吃奶的力气，总算把手上的绳索磨断了，他把脚上的绳索也解开，跑到窗口一看：都在逃命，说不定是日本人来了，老子这下有救了。

赵根喜滋滋地靠在窗户边。

村民们还在有序地转移，蒜头和鸡毛飞快地跑来。蒜头："喜春，小鬼子已经到村口了，正在朝各个路口进村，黑压压一片，多得数不清。"

喜春抓起被绑住的山本幽兰："有这娘们在，山本那狗日的来了，我们不怕他，一定要让乡亲们全部安全转移，老娘还要宰了他报仇。"

喜春："小李子，撤肯定是来不及了，我们只能杀出去，跟他们血战一场。兄弟们，准备出击。"

李昌鹏："没时间了，喜春说得对，我们只能杀出去，击退小鬼子，现在我、喜春、蒜头、雨菲，分头带队，去各个路口击破小鬼子，切断他们的互援，杀出去，等下我们王家山集合。"

喜春，李昌鹏，卢雨菲，蒜头分头带着人向村外跑去。

小鬼子握着枪冲进村子来，李昌鹏他们也快到村口了，他们隐避在暗处，李昌鹏把鬼子引过来，对着鬼子开了两枪，打死两个鬼子，鬼子朝李昌鹏这边冲过来。李昌鹏突然一拉一下一根地雷线，冲上来的鬼子踩着地雷，都被炸飞了。挡住一批鬼子，李昌鹏带着游击队员冲出去，又一拨鬼子上来。小鬼子用快枪疯狂扫射，李昌鹏他们躲在屋子墙角边，还击小鬼子，前面一批小鬼子中枪倒下，可是小鬼子火力太猛，几个游击队员也倒下了，还有些受了伤。

李昌鹏朝鬼子扔了颗手榴弹，这时，狗蛋突然哭着跑出来："娘，娘，你在哪儿？"

李昌鹏看到狗蛋，眼看小鬼子马上要向狗蛋射击，千钧一发之际，李

昌鹏冲了过去，抱起狗蛋，小鬼子朝李昌鹏射击，李昌鹏抱着狗蛋连续几个翻滚，避开子弹，子弹只是打到了地上，李昌鹏躲到墙角边，摸摸狗蛋的头："狗蛋，你没事吧？"

狗蛋摇头："小李子叔叔，我要娘。"

这时又一拨鬼子开枪朝他们走来，李昌鹏他们对着鬼子开了几枪，李昌鹏他们躲避着子弹，往村内撤退。

钱益清带着伪军从北路走进村子，钱益清恶狠狠："都给我机灵点，老子这次一定要抓住这杀猪婆，割她的耳朵，挖她的眼睛。"

赵根从柴房推门而出，兴奋地奔到钱益清身边："老大，老大，你总算来了。"

钱益清看看是赵根，用力打了几下赵根的头："你这头猪，你还没死啊，老子以为你早死了。你怎么会在这里？"

赵根："都是那杀猪婆，把我抓来关了起来。"

钱益清打断赵根的话："行了，别废话了，杀猪婆他们呢？"

"村子一片混乱，可能逃命去了吧？"赵根耷拉着脑袋，突然赵根指着前面大喊，"老大，你看，他们在那儿。"

子弹呼呼地朝喜春他们这边飞来，喜春他们赶紧散开，躲在墙角内，开枪向伪军还击。耕田将手雷往脑壳上一敲，扔到伪军那边炸开，在前面的几个伪军被轰炸倒下。

鸡毛将山本幽兰推出来，自己躲在她后面："有本事朝她开枪啊，来啊，哈哈。"

钱益清一看不妙，下令："停止开枪，后退，快去报告太君，他们在这里。"

喜春看到他们停止了射击，感觉机会来了："趁机将他们击退，咱突围出去。"。

喜春他们朝伪军开枪，钱益清他们也躲在墙角边不时探出来打几枪。

卢雨菲这头，他们遇上了武藤勇带领的一队小鬼子，队员们跟小鬼子进行着激烈的枪战。卢雨菲双手举枪，每次开枪都打爆一双鬼子的脑袋，子弹朝武藤勇发射，武藤勇以最快的速度拉住身旁的小鬼子，子弹打在了小鬼子身上。武藤勇朝卢雨菲开枪，卢雨菲敏捷地躲开子弹，又接连几枪，

射倒了一批鬼子。卢雨菲他们跟小鬼子对抗着，火力相持不下，卢雨菲看到身旁一块门板，顿时有了主意，队员们跟着卢雨菲抬起门板，躲在门板后面冲出来，对着鬼子一阵扫射，一批小鬼子身体被打穿了孔，卢雨菲带着队员们冲出了村口。

蒜头这边，队员们不敌小鬼子的枪林弹雨，没几下，许多游击队员就已经牺牲，蒜头也受伤了。小鬼子手持刺刀渐渐逼近游击队员们，衣服上、身上沾满鲜血的蒜头："今天是活到头了，兄弟们，我们跟小鬼子拼了。"一片嘶喊声，双方刺刀拼杀在一起，韩新枝扶起蒜头往村内撤退。队员们全部倒下，小鬼子们还疯狂大笑，凶残地用刺刀不断捅着队员们的尸体。随后，小鬼子们从队员尸体上踩过去，走进村子。

喜春他们正和伪军交着火，李昌鹏他们带着狗蛋冒着弹雨赶到喜春这边。

喜春回头一看："啊，狗蛋？小李子，你怎么回来了？"

狗蛋扑到喜春怀里。

喜春："哎，这没用的东西，连狗蛋都看不好，好了，我们先击退那帮二狗子。"

伪军战战兢兢地走上前，李昌鹏将子弹打在地上，伪军们吓得不敢上前一步，喜春双枪接连打死了好几个，钱益清吓得躲在后面，不敢向前，反而后退了。

韩新枝带着受伤的蒜头，也到了喜春这边。韩新枝："大部分老百姓已经撤出武家村。我回来是找那些还来不及走的乡亲们。"

喜春："好。哎，蒜头，你受伤了？其他人呢？"

蒜头低头没有回喜春的话。

韩新枝："为了掩护蒜头副队长，其他同志都牺牲了。"

一时间，火力又变得更加猛烈。看着身边的队员越来越少，硬拼下去会全军覆没，只好选择撤退，他们拐进旁边一条小弄堂。

钱益清他们跑出去，看到山本清直过来了，壮了壮胆子，掉头举枪朝着喜春他们："看你们还往哪里跑，赶快投降。嘿嘿，太君，杀猪婆他们就在这里。"

钱益清带着山本清直到刚才与喜春交战的地方，喜春他们已经不知去向，其他各路小鬼子也集合到这里。

钱益清来回看了遍："咦，刚才还在这里，怎么不见了？"

山本清直扇了钱益清一耳光，怒了："八嘎，你这蠢货。"

钱益清捂着脸："太君，刚才他们真的在这里啊，我还看见幽兰小姐。"

山本清直一脚踢开了钱益清，他看到旁边一条极小的弄堂，才明白过来，山本："狡猾的支那猪，传我命令，把剩下的村民全部抓起来。"

一批村民被小鬼子抓到了晒谷场，山本清直来回看着村民："我们大日本皇军，提倡大东亚共荣，我们不会伤害你们，只要你们肯合作，告诉我们，游击队在哪里？"

喜春他们藏在茅草堆内，看着晒谷场的一切，看到村民被抓，喜春想出来，被李昌鹏死死按住，山本幽兰被捂着嘴巴，鸡毛用刀子顶着她的脖子。

山本清直问一个带着小孩的老妇人："老人家，你可以告诉我吗？"

老妇人拉紧了孩子，摇头："不，我什么都不知道。"

山本清直阴着脸："真不知道？"

老妇人护住孩子："不，不知道。"

山本清直一把抓来孩子，将小孩一枪打死了。老妇人悲痛："啊，孩子，我的孩子，我跟你拼了。"

山本清直又是一枪，冲上前的老妇人倒下了，祖孙俩的血流淌在晒谷场。

山本清直恶狠狠地："谁还不知道，这就是下场。知道的，快说，我的耐心有限。"

山本清直接着开枪打死了几个村民，村民们一个个倒下，鲜血溅到了茅草堆上。

喜春几次想出来，李昌鹏摇头，一直摁着她。山本幽兰看着哥哥凶残地杀害无辜的村民，茅草堆上的鲜血滴到了她身上，她浑身颤抖，不敢相信眼前的情景，她泪流满面。韩新枝他们不忍看，都低下了头。

郑小驴被两个小鬼子押上来，害怕地打哆嗦："太君，别杀我，别杀我。"

钱益清赶快上来指证："大佐，他是武喜春的男人，他一定知道他们藏哪儿了。"

游击英雄

山本清直盯着郑小驴："不要害怕，告诉我，你的老婆去哪儿了，你一定知道。"

郑小驴还是很害怕："不，不，我不知道，太君，我，我刚才，刚才晕倒了，什么都不知道啊。"郑小驴吓得尿了裤子。

"爹。"茅草堆内，喜春想捂住狗蛋的嘴，已经来不及了。

山本清直听到了狗蛋了声音："哦？武喜春，你快出来！"

茅草堆内，喜春：只怕是躲不过了。

李昌鹏放开了喜春。

喜春他们起身：山本，你这魔鬼，杀害无辜的村民，你的心是不是被狗吃了。

郑小驴喜出望外：啊，喜春。

山本清直一挥手，小鬼子们举枪将喜春他们围了起来，山本笑眯眯："很好，都在啊，你们游击队，真是贪生怕死啊，让老百姓替你们挡枪，自己却躲了起来。"

喜春拿枪顶着山本幽兰："你妹可在老娘手里，快给我们让路，不然，老娘送她去见阎王。"

山本幽兰被刚才屠杀场面吓坏，楚楚可怜流着泪："哥哥。"

山本清直一把拎起郑小驴，枪口顶着小驴的脑袋："你要是敢动我妹妹一根汗毛，我杀了你丈夫。"

喜春："你杀了他算了，这个没用的男人，老娘我早就想休了他。"

郑小驴大惊失色地看着喜春："啊，喜春，你……"

山本清直一怔："哟西，你连自己的男人都可以不要。"

李昌鹏也愣了一下："喜春，你……"

喜春低声："我不这样说的话，小驴肯定马上没命，他妹在我手里，小驴他们反而是安全的，不如赌一把。"

喜春扣动扳机："你要是再不让路，老娘可就一枪打下去了。"

山本幽兰闭上了眼睛，满脸是泪。

山本清直非常着急："你别乱来，武喜春。"

这时，一个通信兵拿着一份电报过来："大佐阁下，指挥部的电报。"

　　山本清直拿起电报看了一下，攥紧了眉头，大喊："后退。"小鬼子们全部一步步后退，山本清直无奈地一挥手，士兵们全部将枪放下。

　　喜春："乡亲们，快跑。"

　　喜春话说完，村民们全都马上跑开。

　　山本清直："我现在就撤军，你最好别伤害我妹妹，不然，我一定杀了你男人。"

　　喜春他们挟持着山本幽兰朝村口跑去，李昌鹏举着枪，确定距离安全后，也离开。

　　山本清直不甘心，却又无奈，阴险地："他们跑不掉的。"郑小驴瘫坐在地上，伤心地哭起来。

　　喜春他们来到村口，沿途看到很多游击队员的尸体，血流淌在地上，喜春懊恼地将气撒在山本幽兰身上："都是你哥哥害的。"

　　山本幽兰哭着不说话。

　　李昌鹏没看到卢雨菲："雨菲他们呢？"

第十八章

　　卢雨菲他们在山上跑，一边避开子弹，一边向追上山的小鬼子射击，走在前面的几个小鬼子中枪而亡，无法攻上来。

　　武藤勇带着所有小鬼子上山追捕着卢雨菲，卢雨菲带着队员们，只能勉强回击一下小鬼子，因为她们的子弹不多了。队员们还是在武藤勇他们猛烈的枪林弹雨中，接二连三倒下了。最后，只剩下了卢雨菲一个人，她手臂也受伤了，卢雨菲握住受伤的手臂，继续朝山上跑。

　　小鬼子们继续追击着卢雨菲。

　　喜春他们赶到王家山山脚下，就听到山上有枪声，李昌鹏飞快地向山上跑去，喜春紧跟在后面。

　　卢雨菲跑到山顶上，才发现，前面已经是悬崖，她顿时非常绝望，犹豫着不敢再走出去，武藤勇已经带着几十个小鬼子围上来，他们一步步走近卢雨菲。

　　武藤勇淫笑着："花姑娘，快投降，我不会伤害你的。"小鬼子们色迷迷地看着卢雨菲。

　　卢雨菲慌乱地用枪对着他们"：别过来，再过来，我开枪了。"

　　武藤勇继续上前："女人是不该拿枪的，特别是这么漂亮的女人，哈哈。快过来啊，花姑娘。"

　　卢雨菲慢慢后退到了悬崖边上，痛哭着闭上眼睛，用枪对着自己的太阳穴："昌鹏哥，永别了。"

　　就在卢雨菲扣动扳机的时候，武藤勇开枪打掉了卢雨菲手中的枪。

　　卢雨菲花容失色，继续后退，怒视着武藤勇。

李昌鹏跟喜春以最快的速度跑向山顶。

武藤勇开始解开自己衣服扣子："哈哈，想死，没那么容易，快过来啊，我会让你舒舒服服的。"

卢雨菲："你们这帮小鬼子，我昌鹏哥一定会为我报仇的，你们不得好死。昌鹏哥，来世再见了。"

卢雨菲站到了悬崖边，奋身跳了下去。

在卢雨菲跳下去的同时，李昌鹏跟喜春正赶到山顶上，亲眼目睹了卢雨菲跳崖。喜春看到这一幕，愤怒地朝小鬼子开枪，李昌鹏悲痛地大叫："雨菲……"

李昌鹏也杀了出去，连连干掉了几个小鬼子。

武藤勇落荒而逃。

李昌鹏跑到悬崖边，下面是深渊，他已泪流满面，痛苦的跪了下来："雨菲，雨菲，我没用，没有保护好你，啊……"

喜春趴在悬崖边，手拍打着地面大哭："卢雨菲，你快回来啊，小丫头，你不是很得意么，快上来啊，快上来啊。"

喜春靠在李昌鹏胸口大哭起来，许久，李昌鹏站了起来："喜春，我们走吧。"

喜春擦擦眼泪，看了眼悬崖，起身，李昌鹏拉着喜春离开山顶，他还回头依依不舍地望了眼，满是悲伤。

喜春他们上了钟家岭山。几个小鬼子跟到山脚下，却没有上山。

山本清直正在接听石原的电话，一脸谦恭。

山本清直："嗨，是属下的疏忽，将军阁下教训的是。"

电话那头，石原辉雄："蠢货，为了救你妹妹，你竟然出动了全城的兵力，万一敌人趁机来攻城怎么办？"

"嗨，属下知错了，属下只是听到妹妹被支那猪抓走，非常着急。"

"你是一名帝国军人，只对天皇效忠，必须抛下一切个人情感，以后别再犯如此低级的错误，你的任务，就是保护Ａ计划实施。"

"嗨，属下一定全力保证Ａ计划顺利进行。"

"如果Ａ计划失败，你就以死向天皇陛下谢罪吧。"

山本清直挂了电话："哎，本来这次倾城出动，差一点就能救出我妹妹了，现在石原将军命令我守城，只怕救我妹妹的事，心有余而力不足啊。"

武藤勇："大佐请别再为此事烦心，属下愿意为大佐分忧，支那猪们上了钟家岭，请允许属下带兵去围剿，救出幽兰小姐。"

山本清直拍拍武藤勇的肩膀："哟西，武藤君，我没有看错你，营救我妹妹的事情，就拜托你了。"

武藤勇："大佐放心，属下一定把幽兰小姐毫发无损地带回来。我想，有郑小驴在我们手上，杀猪婆不会伤害幽兰小姐的。"

喜春他们来到了钟家岭深山内一处山洞口。

喜春指着山洞："就这儿了，这个水帘洞很大，应该够呆下我们这些人，那帮狗日的，一时半会找不到这里。"

鸡毛朝洞里探了探："司令，这哪里是什么水帘洞啊，乌七八黑的，看着怪吓人的。"

蒜头苦丧着脸嘀咕："还水帘洞，以为自己是孙猴子了，咋没七十二变，硬是被鬼子追着一路跑，游击队也快毁没了。"

喜春想说什么，最终还是没说。

李昌鹏："我看，大家都跑累了，先进洞休息会儿吧，王迅，安排人在山路口轮流站岗。"

山本幽兰被绑着，在洞口不肯进去，喜春踢了她一脚："还不快滚进去，该死的日本娘们。"

山本幽兰看了喜春一眼，走进去。

洞里燃起了火堆，耕田搬来了柴，阿飞往火堆上添柴。其他人都一声不肯靠坐着。鸡毛用叶子裹着些野果来，一个个分给大家："都找遍了，只有这么颗野果树，来，吃点垫肚子。，这山里，没什么吃的，我们要下山重新找地方躲，不然会饿死的。"

喜春："放心，船到桥头自然直，我们命大，死不了的。"

喜春恨恨地看向山本幽兰："都是你那杀千刀的哥哥，杀了我们那么多兄弟，亲人，抓了我家小驴，老娘真想一刀抹了你脖子。"

喜春从身边捡起石头朝山本幽兰扔过去，山本幽兰手脚都被捆着，害怕地躲开，大喊："你们放了我吧，求求你们了。我去跟哥哥说，叫他以后别再杀中国人了。"

鸡毛将吃剩的半个果子塞进山本幽兰嘴里："闭上你的狗嘴，别以为我们不敢杀你，你再喊一个试试。"

山本幽兰挣扎着，眼泪流下来。

喜春跑过去，一巴掌扇在山本幽兰脸上："我们不杀你，可是不代表老娘不打你，我打死你，打死你。"

喜春打山本幽兰出气，山本幽兰含泪默默忍受着，韩新枝过来阻止："好了，武队长，别拿她撒气，我们共产党有纪律，不能伤害人质。"

喜春："我呸，什么狗屁纪律，老娘我们家小驴，说不定正在被他们打。"

桌子上摆满了丰盛的酒菜，郑小驴被伪军带了上来，伪军给郑小驴松绑，钱益清亲自将绳索拿掉。

山本清直喝了口酒："小驴先生，来，坐。"

从来没被"先生"过的郑小驴哆哆嗦嗦地走上前："啊？我……"

山本清直示意："坐下说话。"

郑小驴很惊讶地心惊胆战地坐下来："您真的不杀我？"

"那是自然，你虽然是武喜春的丈夫，可我们大日本皇军，向来宽厚，不杀无辜的人。"山本清直继续说，"你的老婆，看到你被抓，都不肯交换人质救你，而是选择跟别的男人一起跑了，作为男人，这是多么大的耻辱啊。"

郑小驴垂下头很丧气："在她心里，我就是个窝囊废。"

山本清直："我看，她是故意不救你的，她想借我们皇军来除掉你，你死了，她才能名正言顺地跟李昌鹏在一起。"

山本清直阴笑了下："别伤心了，作为男人，你以后应该直起腰杆做人，让她看看，你厉害的样子。"

"我？真的可以吗？"

"当然可以，你的敌人，是李昌鹏。而我们大日本皇军，会重用你，

让你成为真正的男人。"

郑小驴听完呆了。

钱益清:"还愣着干什么,还不快谢谢大佐。"

郑小驴啪地跪在地上叩谢:"哦,多谢,多谢,今后我郑小驴,一切都听你——太君的。"

几个老队员在跟蒜头说话,金二胖:"哥,我们不能再听喜春这女人的了,那么多大老爷们,偏听她一个女人唧唧歪歪,你看,好不容易拉起来的队伍,被她败的,又剩下这么几个,你们说,她怎么就不心疼呢。"

队员附和:"就是,都说女人是祸水,一点没错,要不是喜春自大,觉得她最厉害,这次咱也不可能被鬼子打得那么惨,跑进这鸟不拉蛋的鬼地方。"

"她就听那个李昌鹏的话,连自己姓共还是姓国都拎不清,我们真瞎眼了,哪有共产党听国民党的,哥,不能跟她混了。"

"就是,哥,我们还是带着剩下的弟兄们走吧,我们自己打鬼子,为死去的弟兄们报仇。"

所有人都你一句我一句的抱怨着。

蒜头斩钉截铁:"行,都小点声,这次咱豁出去了,我们自己干。"

这时候耕田走出来:"嘿嘿,你们在聊什么,那么起劲。"

金二胖踹了耕田屁股:"去站好你的岗。"

耕田摸着屁股走了。

队员们都三三两两靠着睡着了,李昌鹏满脸忧,喜春抱着熟睡的狗蛋,轻叹了口气。

李昌鹏往火堆上添了把柴。

"小李子,你是不是在想卢雨菲?"

"想又能怎样?人死不能复生。"

"其实她也是挺好的一个姑娘,以前我还老跟她过不去,想想真不应该啊。"

李昌鹏苦笑:"是啊,她是个好姑娘,这丫头就是嘴硬了点。"

"现在她死了，都没人跟我斗嘴了，我宁可她天天叫我练习站着顶碗举枪，只要她能活过来，我就是站个三天三夜都愿意。要不是你拦着，我真想冲过去，你当时为什么要拦着我呢？"

李昌鹏摆手示意："行了，你别说了，生又何欢，死有何惧，如今国土沦丧，从拿起枪的第一天开始，就知道会有这么一天，我们早已把命交给了国家，活着，哪怕多活一天都是赚的，只要活着，就能多杀掉些鬼子。"

喜春拍拍李昌鹏的肩膀："那我们就好好活着，为我们死去的兄弟姐妹们活着，杀鬼子，直到把他们全部赶出去。"

喜春将狗蛋抱了抱紧："我一定要把我家小驴救出来，他胆小，吃不了苦，希望他一定要挺住。"

喜春说着说着，没一会儿就起鼾声了。

李昌鹏眼眶里有眼泪在打转，想到卢雨菲跳崖的场景，他捏紧拳头忍住了，嘴里轻唤："雨菲，我对不起你……"

韩新枝从山洞里走出来，坐在洞口，看着天上的月亮，蒜头也从洞里出来，他把身上的布衫脱下来，给韩新枝披上："指导员，这山里晚上风大，别着凉了。"

"谢谢你，蒜头副队长，我睡不着，出来透透气。你呢？"

"跟你一样，透透气，真是难为你了，跟着我们一路逃进这荒山野岭。"

"蒜头同志，你这样说，就见外了，我也是游击队的一员，你们到哪，我也到哪。"

"没想到，你枪法这么好，可是你这指导员，平时干的是洗衣做饭的活，喜春没把你放眼里，真是把鲜花当菜叶，委屈你了。"

韩新枝尴尬地笑了笑："其实也没什么，分工不同罢了，只要能打小鬼子，都一样。"

"你是指导员，是来领导我们的料，她却不会用人，跟着她，打胜仗都是小胜，一吃败仗，那元气全伤没了，败家啊，那么多兄弟都死了。"

"对于牺牲的同志，我也觉得很悲痛，蒜头副队长，你就别难过了，我们要重新整顿，扩充力量，争取多消灭敌人的有生力量，我相信，总有一天，我们会取得胜利的。"

"指导员说得真好，只是我们游击队现在就这个样子，我是想，回纵队跟司令要些人马，咱自己指挥，去打小鬼子。"

"你的意思是……那武队长他们？"

"她除了会吹牛，压根不会带兵打仗，芝麻大点脑袋，就想戴乌纱帽，给她多少兵，都能给败光了，这次要不是因为她，哪会大败，哎，不能再由着她瞎胡闹了。"

韩新枝点着头："你说的也有道理，武队长就是做事太冲动了。"

"指导员，不如，我们自己带队，一起打鬼子，你是文化人，你指导思想工作，学习革命理论，我负责领兵打仗，你主内我主外的，咱也算英雄有用武之地，怎么样？"

韩新枝还在犹豫："这样好是好，只是……"

"有咱俩领导，保证队员们都一个个跟猛虎似地，不光会打，还有精气神，打仗才不输阵。"

韩新枝想了下，终于点头了，蒜头乐了。

两个中队的小鬼子已经集合完毕，钱益清带领的伪军也在一旁待命。

武藤勇对小鬼子训话："帝国的勇士们，为天皇陛下建功立业的机会即将降临在诸位身上，为了彻底清剿游击队，我们要将他们的藏身之地荡平，不能再有漏网之鱼，此外，我们还要将幽兰小姐毫发无损地营救出来。"

山本清直："有劳武藤君了，救出我妹妹，游击队其他人，死，李昌鹏跟喜春，活捉。"

武藤勇："请大佐放心，属下一定会给大佐带来喜讯的。"

小鬼子的几辆大卡车行进在钟家岭方向的路上，武藤勇坐在一辆吉普车里，钱益清骑着大马，带着步行的伪军跟在小鬼子后面。赵根跟在钱益清马旁边，抱怨着："老大，我累得腿都发软了，就是上吊也要喘口气啊，这一天马不停蹄地，晚上又要去剿杀。"

钱益清嘀咕："造孽啊，大半夜地瞎折腾，小鬼子真是脑子长泡了。"

"快起来，不好了，不好了，司令，你快醒醒。"鸡毛大叫声吵醒了大家，

"早上换我去站岗，前面应该是金二胖，可是我出来，却没看到他，我还想去问问他，是不是又偷懒了，结果进洞一看，蒜头他们几个人全不见了。"

李昌鹏："好像，韩新枝也不见了。"

喜春一看，果然不见韩新枝："怎么就剩下我们几个了，人呢？"

李昌鹏："肯定是昨天晚上，等我们睡着，他们就趁金二胖站岗的时候跑了。"

阿飞跑出来："不好了，不好了，司令，剩下的枪支，也少了一半，十几支快枪，还有三八大盖，子弹，连我们舍不得吃的那点干粮，也没了，还留了这张纸条。"

喜春恼火地："什么？都给卷跑了？"

喜春将纸条塞给李昌鹏，跑进洞里，洞内果然只剩下几把枪跟一些子弹。

喜春大骂："蒜头，他娘的，居然连他也带着人跑没影了，老娘就剩这点家当了。"

李昌鹏看着纸条："这纸条是韩新枝留下的，说他们到司令部要人，自己去打鬼子了。"

耕田："怪不得，原来是这样。"

鸡毛："耕田，你在嘀咕什么？"

大家都望向耕田，耕田："哦，是这样，昨天晚上，轮到我去站岗，看到蒜头他们在聊天，蒜头还问我，要不要跟他们一起打鬼子，还让我当副队长。"

"这帮没良心的孙子，白眼狼，亏了老娘把他们当兄弟看，居然想甩开老娘自立门户了。"喜春说完抄起枪准备带人去追蒜头他们。

李昌鹏："他们现在下山，是去打鬼子，又不是投降当汉奸，蒜头平时精打细算，带走的枪跟子弹，肯定一点都不浪费地用在鬼子身上。"

喜春："嗨，听你这么一说，也对，蒜头平时对枪跟子弹抠门地要死，就当老娘大方送他的，让他用这些子弹去好好伺候小鬼子吧。"

这时，山下传来枪声。

蒜头他们躲在大树下，跟伪军交火。

　　蒜头朝伪军开枪："这帮二狗子，居然抄上来了，下面肯定有大批鬼子在等着。"

　　赵根带着十几个伪军，向蒜头他们射击，武藤勇他们在山下也听到了枪声，开始向山上进军。

　　赵根看到扔下来的手雷，慌乱地往后退："啊，快跑！"手雷轰地炸开，几个伪军被炸伤了。赵根他们狼狈地逃下山，在半路遇上了增援的鬼子。

　　赵根看到鬼子后，只能硬着头皮上山，小鬼子紧跟在后面。看着敌人一步步逼近，蒜头刚想扔手榴弹出去，却听到爆炸声响起。

　　蒜头他们探出头一看，下面的小鬼子们被炸死了几个。

　　韩新枝回头一看，惊喜地："我们有救了，你看，是武队长他们。"

　　蒜头感动："他们还是来救我们了，我真没脸……"

　　蒜头一脸难为情，刚想开口，便被喜春制止了："少废话，拿着，一起打。"蒜头他们拿起喜春给的枪，一起对着小鬼子打。

　　小鬼子被打死了一批，可是很快又有新的兵不断上来增援，慢慢走上来。

　　喜春他们一边躲着小鬼子的子弹，一边回击着。

　　李昌鹏："这样打下去不是办法，很快会耗尽我们的弹药的。"

　　喜春急："怎么阻止？这里除了竹子就是土了，他娘的，难不成还要给他们挖坟！"

　　"挖坟？"李昌鹏突然想到了一个好主意，目光坚定，"让他们有个好死法。"

　　李昌鹏他们迅速将竹刺插进坑里，用树枝将坑盖住，还放了些土在上面，一切都伪装好后，李昌鹏他们朝上面退去。

　　喜春哈哈笑着："这样，他们肯定成筛子了。"

　　李昌鹏笑笑："我们继续上去挖坑，保证他们不敢再上来，走。"

　　下面，小鬼子们一边开枪一边追上来。他们踏上了树枝，全部掉了下去，惨叫连天，小鬼子身体被尖利的竹刺刺穿，流血而死了。剩下的后面几个小鬼子不敢轻易上前，犹豫着，还朝喜春他们开枪。

　　上面，喜春回头："哈哈，这帮狗东西，便宜他们了，直接跳进坟里，山本都省得埋尸体。"

王迅耕田他们全部齐刷刷将手中竹刺朝小鬼子射去，剩下的小鬼子转身逃跑，身体也被竹刺乱刺而死。

王迅他们留下将竹刺用树藤挂在树上，刺尖对着下面，树藤挡在了路中间。下面，增援上来的小鬼子悄悄摸摸地跑上来，脚步很轻，怕又踩进坑里，前面的小鬼子绊到了树藤，还没等他们反映过来，上面的竹刺全部刺向了他们，又一批小鬼子找嘉仁去了。剩下的惊慌失措，不敢上山，慌慌张张地撤下去了。

蒜头向喜春承认错误："我不该在游击队最危难时，拿走枪，子弹，还有粮食，拐走老队员，我对游击队不忠，我不该抛下共患难的同志，我对不起喜春队长，对不起大家，对不起因我而送命的那几个老队员，我对游击队不义，我这种不忠不义的人，就是罪人，小人。"

韩新枝在一旁："武队长，不是蒜头副队长一人的错，我也有责任，我不该意志不坚定，不但不阻止蒜头副队长的行为，还跟着擅自离开队伍，我必须受到处分。"

喜春："行了，没你的事，你好好活着就够了，别在这儿瞎搅和。"

蒜头打自己巴掌："总之，我蒜头不要脸，没本事，还眼睛长在脑门上，我心比天高，我贱，我没脸再对着大家了。"

喜春阻止他："好了，好了，别再打了，不是你一个人的错，主要是我太大意，听不进你们的劝，我负全责，听到没，快住手。"

"那么多兄弟都死了，打一次死一批，打一次死一批，我心疼啊我，这仗怎么打也打不完了。"蒜头擦了一下眼泪，"我小时候家里穷，爹娘死得早，跟我哥相依为命，那年鬼子来扫荡，我哥为了掩护我逃跑，被鬼子打死了，后来我加入游击队，就为了打鬼子，给我哥报仇，只要能活着，就想着，能多打死些小鬼子，我们少死些战友，让老百姓少受一点罪，呜呜呜。"

在场的人都感触颇深，有的还掉泪了。

喜春擦去自己脸上的泪，坚强地："蒜头兄弟，别伤心了，大家都是穷苦老百姓，谁跟鬼子没个仇啊，我爹，你哥，无数中国老百姓，死鬼子

手里了，我们拿起枪，打鬼子，就是为了给亲人报仇，把他们赶出去，让父老乡亲有好日子过。"

韩新枝握紧拳头："同志们，让我们紧密团结在共产党的领导下，一起打倒小鬼子。"

众人群情激奋："打倒小鬼子，打倒小鬼子。"

山本幽兰表情复杂，带着歉意跟伤心。

敌人在山下派重兵把守，要把他们困死在这荒无人烟的山野中。山上没有食物，受伤的人员得不到医治，伤口情势恶化，派出去向黑龙山求救的人，一去也无音信。

韩新枝替伤员包扎伤口："已经感染了，再不及时用药，恐怕……"

李昌鹏看了下其中一个伤员的大腿："看来伤的不清，再不救治，这条腿是要废了。"

山本幽兰看着病人痛苦的样子："可不可以让我看一下？"

李昌鹏问："你懂医术？"

山本幽兰点头："我们山本家族是医学世家，我上山的时候，看到这里有一种草药，应该可以缓解他们的伤痛。"

喜春阻止："你别听她的，这日本娘们，指不定在耍什么花招。"

李昌鹏："她说的也有道理，不如，我们让她试试看吧。"

韩新枝："武队长，就让她试试吧，说不定真的有用。"

山本幽兰熟练地用小刀割开队员伤口，将污血放掉，然后把药草敷在伤口上："在这里晒太阳，有利于伤口恢复，敷了这药草，应该可以防止伤口恶化了。暂时可以阻止感染到其他部位，但是要彻底医治，还需要及时就医。"

喜春："没想到，你这日本娘们还懂医术。"

"如果我哥哥没来中国，现在应该是个治病救人的医生。可是……"山本幽兰弯着腰，"对不起，之前我不知道哥哥会变得那么凶残，他一定杀死了很多中国人，如果你们杀了我，可以解恨的话，我愿意把生命交给你们处置。"

喜春他们听完，都惊呆了。

小鬼子在山脚，几十个火堆上烤着猪肉，他们还用风扇将肉的香味吹向山上。

队员们都有气无力地躺着，闻着飘来的肉香，快崩溃了。

金二胖流着口水，不时看着外面："我要是死了，也要做个饱死鬼。"

其他队员："是啊，要是死前能美美吃一顿大肉，死也值了。"

李昌鹏低声在喜春耳边："现在士气低落，要想办法让大家振作起来，不能让士气散了。"

喜春起身："我跟你们说啊，我们一定要扛住，等到下山，大活人，不能就这样饿死了，要是饿死了，就见不到家里的老婆，未过门的小媳妇啦，多么水灵的女人啊，太招人喜欢了，别说你们了，连我看着都喜欢。"

队员们都笑了。

李昌鹏在一旁摇头，蒜头看看韩新枝，阿飞看了看王迅。

喜春继续："嗨哟，金二胖，瞧你笑得，牙肉都露出来了，是不是村里有个俏媳妇，等着你回去呢。"

喜春："我知道，这些天，你们心里肯定在打退堂鼓，山下那些小鬼子，是想困死我们，我们才这么二三十号人，山下有几百号敌人，根本没法打，其实啊，我想跟你们说，这场仗，我们绝对能打，而且能把他们打得屁滚尿流。"

队员们："为什么？"

"我就知道，你们肯定会问为啥，我告诉你们，一，钟家岭地势险要，上山的时候大家都清楚，只有一条小道，鬼子没办法一拥而上，只能老母猪生小猪似的，一个个地来，咱就在高处，一个个灭了他们，不就是几百发子弹的事情吗。"

队员们又问："那咱没那么多子弹啊？"

"这就是我要说的第二点，这儿距离黑龙山很近，山上的大当家铁龙，是我拜把子兄弟，我这就亲自下山，去跟他们借点枪支弹药回来，顺便让他们一起来吃掉这股小鬼子，鬼子的弹药，也让他们米平分点，我们不吃独食。"

李昌鹏也补充着："队长说的对，之前我们之所以没有主动出击，是在等时机，等小鬼子们放松了警惕，我们才能将其一举击破。"

队员们都相信了喜春的话："原来如此，那我们没白挨饿啊。"

蒜头带头，队员们一起喊："好，杀死小鬼子，杀死小鬼子。"

喜春跟李昌鹏对视，李昌鹏手伸到背后，向喜春竖起了大拇指，喜春得意。

说出去的话，泼出去的水，再说喜春也不能眼睁睁看着队员们就这样活活被困死。她独自一人走到山岭间，擦擦汗，四下望了望，又转身藏在草丛里望了下，却没有发现小鬼子。喜春在草丛等了一会儿，外面一点动静都没，她刚想大摇大摆走过去，又停住想了想："不行，老娘还是小心点，钻草丛到那边山里去，哎呀，真是太累人了，到了黑龙山，一定要跟铁龙兄弟喝个痛快。"

喜春灵活地钻进草丛里。她没发觉，旁边草丛里，有几杆枪正瞄着她。喜春抬头，只见七八个小鬼子正拿枪围着她。

"别开枪，我起来，我起来。"喜春装作要起身的样子，从地上抓起一把沙土甩到小鬼子们脸上，趁着他们擦脸，喜春飞快跃进草丛内，一个滚翻后开出两枪。两个小鬼子倒地，其他十几个小鬼子赶来，他们一起对着喜春开枪，喜春在草丛内一边前进一边避开子弹，小鬼子很快追了上来。

喜春跑了几步回头开枪，扣了几下扳机，却发现没子弹了，喜春扔掉手枪："破东西，关键时刻掉链子，还是你管用。"拔出杀猪刀，几颗子弹呼呼飞过来，喜春敏捷地用刀挡了回去。很快小鬼子围了上来，用刺刀对着喜春，小鬼子们刺上来，喜春狠狠地劈过去一刀，面前那个小鬼子肩膀被砍伤了，就在喜春准备砍向另外一个小鬼子脑袋的时候，两个小鬼子左右两边夹击喜春，眼看着他们的刺刀马上要刺进喜春的脑袋，两声枪响，那两个小鬼子还举着行刺的动作，脑袋已被打爆，脑浆溅到了喜春身上。

喜春一擦脸，转头一看，两个小鬼子已经血肉模糊，轰得倒下。

喜春听到马蹄声由远及近，女匪首马燕的声音传来："小鬼子，拿命来！"马燕正带着她的手下们骑着马冲过来，英姿飒爽，马燕骑着白马，双手持枪，她朝喜春看了一眼。

　　喜春见状，马上拿刀，几刀砍断了两个小鬼子的脖子，小鬼子倒在草丛边，还睁着眼睛。马燕他们干净利索地将剩余的小鬼子全部击毙。

　　十几个女匪一起下马。

　　喜春满脸是血，向马燕道谢："女好汉，谢谢你救命之恩。"

　　马燕淡淡地："没什么好谢的，是这帮小鬼子该死，我只是碰巧遇上。"

　　喜春由衷地："你枪法实在太厉害了，跟谁学的？"

　　马燕没有回答，还是淡淡地："你没事就别出来乱晃，小鬼子很快会再来，姐妹们，我们杀过去。"

　　马燕她们准备上马离开。

　　喜春赶紧叫住马燕："女好汉，你们打鬼子那么厉害，何不跟我们巴山抗日游击队合股，一起把这帮小鬼子打得屁滚尿流呢。"

　　马燕："我们向来独来独往打鬼子，不需要跟人合股。"

　　喜春："哎，我说，你人长那么漂亮，怎么心肠就那么冷呢，怎么说，大家都是中国人。"

　　马燕手下们纷纷："住口，不准你骂我们大当家。"

　　喜春索性拦住马燕的白马，喜春还想继续说服马燕，铁龙跟黑狼带着二十几个手下骑着马赶来了。铁龙下马，踢了一脚鬼子的尸体："喜春兄弟，真是对不住，铁龙我差点来迟一步啊。"

　　喜春拍拍铁龙的肩膀："哈哈，铁龙兄弟，你真是太够意思了，你来的正是时候，妹子正准备去找你搬救兵呢，你就来了。"

　　黑狼看了眼喜春，眼神有些淡漠跟不屑。铁龙看了看马燕："想必这位就是五指山的马大当家吧？我是黑龙山的铁龙，幸会啊！"

　　马燕微微点头示意。

　　王大牛："喜春，我大哥一听你有难，立马就带着兄弟们来了。"

　　喜春："真是好兄弟啊，比及时雨还及时，你们听谁说我有难的？"

　　铁龙："我底下的人在黑龙山脚下的河边，发现了个你游击队的人，才知道是你派来的，知道你们被困在这钟家岭后，我就带着兄弟们赶来了。"

　　铁龙叹了口气："哎，那小兄弟中了鬼子好几枪，跳进河里，被冲到了我山下，发现的时候，说了几句，就不行了。"

喜春又看了看马燕："铁龙兄弟，这里有几百个小鬼子，还带来了不少武器，到时候我们两股人马，合伙灭了他们，可是这枪支弹药都搬不完呀。"

马燕坐在马上一提马缰，准备走，喜春朝铁龙使了个眼色，铁龙马上会意："马大当家，请留步。"

马燕停下来："铁龙大当家，有何指教？"

铁龙："嘿，指教倒不敢，我铁龙早就听闻你是专门打鬼子的女英雄，一直有心结识，今日总算有机会正式照面了。"

"铁龙大当家有什么话就直说，别绕弯子了。"

"马大当家够爽快，江湖上风大浪急，我们有共同的敌人，这样算起来，也是朋友，我看，不如，我们合伙干掉这些小鬼子，分了他们的武器，再用他们的枪炮去打他们，多带劲啊。"

马燕依旧冷冷地："我对武器没什么兴趣，只想杀鬼子。"

铁龙碰了壁，一时不知道说什么好："这……"

马燕继续："合伙可以，但我要冲在最前面，不许跟我抢。"

"那简直太行了，有你们这两股梁山好汉的加入，我们游击队这下子简直是如虎添翼啊，哈哈。"喜春乐了，"老娘已经有妙计，不过鬼子马上会到这边来，你们先随我上山再说。"

喜春他们分享着食物跟水，一个个狼吞虎咽，喜春喝了口水，满足地抹了抹嘴巴："哈，真舒服。"

铁龙看了眼山本幽兰，有些愧疚："兄弟，要不是我把这日本娘们送给你，说不定山本那狗日的也不会丧心病狂地来剿杀你们，说起来，这次祸还是我给你惹来的。"

喜春："嗨，我们本来就跟山本这狗日的，有不共戴天之仇，不关你事。"

李昌鹏在洞内一块桌子大的石面上，放着几块小石头，喜春他们全部过来围着石面。李昌鹏用树枝指着："据我们探察，钟家岭外围至少有两个中队的小鬼子，还有一百多个伪军，每隔百米就设有山炮跟士兵驻守，武藤的临时指挥处在这里，大概有一支小队的小鬼子守着，我们只要集中火力，把他端掉，小鬼子群龙无首，就自然会散去。"

　　喜春他们都点头同意。

　　李昌鹏继续："还有，他们的弹药跟补给全部在这辆车上，有二三十个小鬼子把守，我们再派一路人马，突袭这里，拿下这辆车，他们无法及时补充弹药，很快就会失去战斗力。"

　　喜春大赞："好啊，就像是杀猪，用刀捅断几个重要的节骨，它就动弹不得了，哈哈，就这么办，现在就兵分三路。"

　　马燕："你们自己分吧，我这路就去正面攻击。"

第十九章

日军的一个小分队被消灭来了，指挥部外，日军集结了起来。

钱益清也集结好了伪军："都给我盯紧了，连苍蝇也别放过。"

钱益清走到武藤勇跟前："太君，我们部署的那是天衣无缝，几个土匪跟游击队，根本不是我们的对手。"

这时，几发子弹射过来，射穿了几个小鬼子的胸膛。钱益清吓了一跳，小鬼子们也马上紧张起来，举着枪对着子弹射来的方向。

武藤勇拔长剑大吼："快，准备出击。"又是几颗子弹打过来，武藤勇身边的两个士兵倒地了，武藤勇大惊失色。

这时，马燕她们正骑着马，朝小鬼子们开着枪，气势凶猛地冲杀过来。子弹全部落在了小鬼子们身上，小鬼子身上全部冒血。

小鬼子们开始用重机枪朝着她们扫射，炮兵也对准着马燕他们的方向开炮。

马燕她们拉着马缰，上半身往后翻，灵活地躲开子弹跟炮火，接着双腿夹住马身，自己倒挂身体，头几乎贴地，冒着炮火前进，朝小鬼子开枪，子弹精准地打中了小鬼子们。

马燕她们继续向前冲向小鬼子指挥部阵地。铁龙他们藏在树林里，看着马燕她们冲锋。铁龙豪迈地："哈哈，这娘们，太带劲了，长得漂亮，枪法也好。老子带人在这里掩护这帮娘们，二弟，带上你的人去左边，三弟，你去右边，增援的小鬼子，来多少，就他娘的干掉他多少。"

黑狼看了看小鬼子那边，有些不情愿。

铁龙他们用快枪，朝指挥部侧面的小鬼子疯狂地进行扫射。

喜春他们来到山脚下路边，看到路边大卡车，还有一批小鬼子在把守。喜春他们猫着腰悄悄接近守护车子的小鬼子们。眼看就要到大卡车边上，鸡毛突然很响亮地打了个嗝，她赶紧捂住自己的嘴巴。喜春他们全体呆住了。

小鬼子听到了动静回头，发现了喜春他们，连忙举枪，喜春他们迅速地散开，躲避小鬼子的子弹，跳进了路边草丛里。

树林中间，铁龙他们继续掩护着马燕她们，铁龙看着马燕杀鬼子，直呼："这杀得太他娘的过瘾了。"

冲杀过来的马燕在马上双枪对准两个炮兵，子弹飞过来，两个炮兵的太阳穴中弹。伪军们跳着脚躲开流弹，跟着钱益清往大卡车方向跑去。武藤勇手臂被流弹划伤，他拎住身边士兵的衣领疯狂大喊："快，即刻派兵来增援。"

女匪们在马上拔刀熟练地划破一个个阻挡她们的小鬼子喉咙，马蹄将小鬼子的脑袋践碎，脑浆全部涂地。

几十具小鬼子的尸体横陈在指挥部阵地上，女匪们洒了些酒在地上，白莲扔下了一把火在小鬼子尸体上，马燕她们向武藤勇逃跑的方向追去，阵地上的鬼子尸体已经燃起了熊熊大火。

喜春他们还在跟小鬼子交火，王迅扔下一颗手榴弹，喜春他们全部撤离。

钱益清带着伪军赶往大卡车方向，赵根乘着队长不注意哧溜一下钻进路边草丛里，钱益清他们继续赶路，没想到却在路上遇到了喜春他们。趁钱益清他们还没发现，喜春他们赶紧躲进路旁树林。

鸡毛突然一个飞身，脚尖在树上一点，跃到了钱益清背后，伪军有气无力跑着，没人发现鸡毛，鸡毛将刀子架在了钱益清脖子上，另一只手用力抓住钱益清。

钱益清吓得直哆嗦："啊，姑奶奶，姑奶奶，别杀我。"

何能他们全部慌张地举枪对着鸡毛："你，你，你别乱来，快放了我们队长。"

鸡毛用刀子割破了钱益清脖子上的皮，鲜血顿时流了出来："看看是你们的枪快，还是本姑娘的刀子快。"

钱益清痛的直掉眼泪："姑奶奶，姑奶奶，手下留情啊，求求你了。"

鸡毛推着钱益清后退两步："都离我远点，把枪丢下。"

钱益清又急又怕："听到没，都退下，都退下。"

伪军扔掉了枪。

喜春："把身上皮脱了，以后别再当狗了。"

何能他们马上扒下身上的制服："是，是，姑奶奶，以后再不敢了。"

何能他们赶紧作鸟兽散。

钱益清被吊在了树上，喜春用树藤狠狠地鞭打他："要不是小鬼子马上要来，老娘非打你三天三夜不可，你这伤天害理的狗东西。"

钱益清大叫："别打了，别打了，姑奶奶，我也是被逼的啊，这当狗，是被人家戳脊梁骨骂祖宗的差事，都是那帮狗杂碎的鬼子逼我的啊，我从来没做伤害老百姓的事。"

"我呸，你伤天害理，坏事做尽，还有脸说，老娘今天要为民除害。"

"你也别贼喊捉贼了，你男人也当了汉奸，你怎么不去杀了他？"

喜春又下去几鞭子："你放狗屁，还瞎说，我让你瞎说。"

钱益清哭喊着："我真没骗你，你男人被抓去后，山本三言两语一哄，就把山本当亲爹般孝敬了，哎哟，别打了，不信你自己进城去看。"

钱益清被放下来，以为要放了他，跪在地上磕头："谢谢姑奶奶不杀之恩，谢谢姑奶奶不杀之恩，以后我一定痛改前非，弃暗投明。"

喜春："你向武家村方向跪着，向死去的乡亲们认罪。"

钱益清转身向武家村方向跪着磕头："乡亲们，我错了，我错了。"

喜春怒视着钱益清，一刀子砍下去，正在磕头认罪的钱益清脑袋落地，滚到了地上，喜春一脚将钱益清的头踢了老远。

李昌鹏他们都换上了皇协军的衣服，他们走后，草丛里发抖的赵根已经脸色苍白，他探出来，确认没人之后，跳出草丛，看到钱益清血淋淋的人头，赵根哭了："老大，你死的好惨啊，游击队要是一日不除，这也是我的下场，呜呜呜，老大，呜呜呜，这荒郊野外的，连个全尸都没留，我带你回去。"

赵根擦掉眼泪，脱下衣服，将钱益清的人头包了起来，撒腿而跑。

武藤勇他们一路撤退，跑到了一条溪涧边。这时，他们听到马蹄声已经越来越近。武藤勇他们看到马燕她们策马奔腾而来，还来不及开枪，马燕她们大喊着已经快到他们跟前，武藤勇他们跳进了龙跃涧。

马燕她们骑着马跨进龙跃涧，马燕身手敏捷，用刀跟小鬼子拼杀，一刀一个解决掉小鬼子。白莲跟阿红两人一起抓住武藤勇，将他扔到溪水里，用拳头猛揍他，武藤勇奋力反抗着，双方僵持不分高下。

喜春他们穿着皇协军制服，来到大卡车边。李昌鹏他们走向大卡车，他用眼神示意喜春他们，喜春他们会意，他们趁着小鬼子没注意，迅速转身，三下两下用刀利索地解决掉了这拨小鬼子。喜春他们在小鬼子尸体边上捡起他们的枪。

阿飞跳到车里翻看着："喜春姐，车里有好多牛肉罐头，还有上百条快枪，好几十箱弹药呢。"

鸡毛也跳进车里："哈哈，这下我们发财了。"

喜春："你们全上车，把车里的好货全部搬出来。"

"不必那么费劲。"李昌鹏笑了笑，上前打开车门，熟练地发动了车子，笑着朝喜春挥手，"上车。"

队员们全部爬上车，李昌鹏开走了大卡车。

铁龙跟手下赶到龙跃涧。马燕他们跟小鬼子还在搏杀，溪水已经被血染红了，小鬼子的尸体躺在水里。

铁龙跟手下跑下水，跟小鬼子拼杀，一个小鬼子正要从背后袭击马燕，铁龙一刀捅破了那个小鬼子的腹部："见你们该死的天皇去吧！"

马燕回头："谢了。"

铁龙一边抵挡小鬼子，一边劝马燕："鬼子的援兵马上会过来的，我们差不多就收了吧。"

马燕没理铁龙，继续杀鬼子。

黑狼跟王大牛来到龙跃涧岸边，看到铁龙他们还在跟鬼子厮打，王大牛："二哥，我们去帮帮大哥。"

黑狼阻止了王大牛："不，让大哥见好就收吧，小鬼子援兵后脚马上就来了，咱不能贪小便宜吃大亏。"

　　这时，喜春他们坐着卡车也从另一头来到龙跃涧岸边。老远地看到了溪涧里马燕他们在跟鬼子激战。

　　在车内，喜春大叫："哎，小李子，你看，他们在那儿，好像是武藤勇那王八蛋，我们一起去把这帮小鬼子打得屁滚尿流。"

　　李昌鹏："看样子小鬼子的援兵还没到，必须尽快结束，虽然我们抢了他们的物资，但人数上没他多，再恋战下去，恐怕脱身都难。"

　　喜春想了下："行，还是把蒜头他们带下山治伤要紧，我们快去让他们停战。"

　　黑狼在上面大喊："大哥，小鬼子援兵马上就来了，我们快撤。"

　　铁龙："马大当家，小鬼子援兵马上要来了，留得青山在不愁没柴烧。"

　　马燕正跟武藤勇打在一起，一分神，武藤勇趁机逃开。

　　马燕跟手下想去追，小鬼子围上来阻挡她们，武藤勇已经连滚带爬逃到岸边。其他女匪也发怒地开枪射击，溪涧里的小鬼子都被乱枪打死，对岸，爬上岸的武藤勇避开子弹，钻进树林里去。

　　这时，喜春他们停车下来。

　　喜春看着武藤逃命的方向："还是让武藤这狗日的逃了——算了，让他再多活两天吧，老娘迟早取他狗命。"

　　马燕铁龙他们也全部上岸来，浑身都是水。

　　喜春："女好汉，今天这一仗，我们打得太过瘾了，不如，你们就加入我们巴山游击队，以后，咱拧成一股劲，一起打他娘的小鬼子。"

　　马燕依旧冷冷地："我们跟小鬼子是有仇，可跟游击队也不是一路的，姐妹们，我们回寨子。"

　　喜春："你不要枪支弹药了？哎……你们别走啊。"

　　不再理会喜春，马燕她们上马，挥鞭而去。喜春他们全部上车离开。王迅开着车，李昌鹏他们全部坐在后面车厢内，蒜头他们也全部都在车内。

　　喜春还在为马燕的事情不爽："铁龙兄弟，这马燕怎么冷得跟冰块一样，什么来路，皇帝的女儿吗？"

　　"我也只是听说，她是个寡妇，男人被小鬼子杀了，她就上五指山当了土匪，还建立了一支黑寡妇抗日敢死队，手下都是一帮跟小鬼子有仇的

女人，专门杀鬼子。"

喜春赞："呵，这娘们真是比孙二娘还厉害啊，这路人马，老娘要定了。"

铁龙："嗨，她们向来独来独往，谁都不买账，我看啊，你别去热脸贴她冷屁股了。"

李昌鹏看着喜春："本来，女人是该远离战争的，可是这乱世所迫，国恨家仇加在一起，女人也拿起枪，带兵打仗，实在不易。"

喜春："打仗不分男女，花木兰还率领千军万马呢，我爹也是死在小鬼子手里，这马燕跟老娘倒有几分相似，同命相连的人，一定能走到一起的。"

韩新枝："武队长说得对，我们要增加自己的抗日力量，团结起来，一起消灭小鬼子。"

喜春："铁龙兄弟，这一仗打得大快人心，上次跟你提过，和我们合伙，你考虑好了吗？"

铁龙："这个……以后游击队要是需要我们，尽管吱声。"

李昌鹏："铁龙大当家，现在我们游击队人手紧缺，经不起鬼子再次的围剿，还烦请大当家，能够暂时留下来帮忙，等我们兵强马壮，大当家再功成身退，回山上去过逍遥日子。"

黑狼："大哥……"

铁龙抬起一只手，打断黑狼的话："行，我铁龙就恭敬不如从命，暂时留下来帮你们打鬼子，等游击队养肥了，我们再回山上。"

喜春喜，拍拍铁龙的肩膀："哈哈，铁龙兄弟，你真是太够意思了。"

喜春一手搭着李昌鹏肩膀一手搭着铁龙肩膀："老娘有你们这两位出生入死的好兄弟，真是上辈子修来的好福分啊，你们是老娘的左膀右臂。"

黑狼看着非常不痛快，闷闷不乐。

车子在五指山下停了下来，开着这辆车，目标太大，将物资全部搬下来，再把车开到山里销毁。

铁龙跟黑狼稍微走远了几步："大哥，你真要留在游击队帮他们吗？"

"二弟，喜春已经多次向我开口，我也不好再推辞。"

"可是大哥，刚才那一仗，他们明明是在拿我们当枪使啊，他们去抢

物资，我们跟小鬼子打，当炮灰，仗打赢了，好处是他们的，打败了，死的是我们的人，大哥，你是个精明人，怎么一碰到这个女人，就糊涂了呢。"

"我之前就跟你说过，这次游击队差点全军覆没，祸因在我，我必须帮他们挺过这一段。"

黑狼急了："大哥，我们已经帮助他们突围，不欠她了……"

铁龙打断黑狼："好了，二弟，我意已决，我知道你不情愿留下来，也罢。寨子里也不能没人管事，带上你的人，回去把黑龙山守好。"

黑狼沉思了一会儿，点头："那好吧，大哥。"

铁龙拍拍黑狼的肩膀："家里就交给你了，别出什么岔子，等我回来。"

"大哥放心。你多保重。"

铁龙点了下头。

山本清直气得暴跳如雷，推翻了办公桌，又狠狠地打了武藤勇两个巴掌："八嘎，一群废物。"

样子狼狈的武藤勇低下头，武藤勇举起长剑，准备切腹。

山本清直拔剑将武藤勇的剑挑开，剑掉在地上："帝国的勇士，是要勇往直前的，绝对不能懦弱，现在还不是你死的时候。"

山本清直冷静下来，叹了口气："作为帝国的精锐部队，连正规中国军队，都能轻易踏平，可是，却屡屡被几个农民耍弄，我有种很深的挫败感，不，是恐惧。"

山本清直思索着："也许，我们该用地道的农民的方式去对付他们，而不是现在这样被动。"

郑小驴有些紧张地走进来："山本太君，您找我？"

"小驴君，来，坐。"

郑小驴陪着笑脸，半弯着腰，想坐下，又起身，不敢坐下来。

山本清直笑着示意："坐下说话。"

郑小驴这才坐下来。

山本刚想说话，赵根抱着钱益清的人头跌跌撞撞地跑进来："报告，太，

太，太君，钱队长他，被游击队，给，杀，杀死了。"

赵根将血淋淋的人头递到山本清直面前，郑小驴看到吓得从椅子上跳起来。

山本清直皱着眉头，非常厌恶地将人头踢得老远，大骂："八嘎，不过是条狗，死了就死了，拿走！"

赵根看着被踢开的人头，苦着脸："太君，我们对太君是大大的忠心，可是杀猪婆说，要让我们不得好死啊，太君……"

山本清直阴狠地："屡屡与帝国作对，我一定会让她死的很惨。"

郑小驴非常害怕，脸色发白，浑身发抖。

山本清直又和颜悦色地对小驴："小驴君，你别害怕。你们中国有句话，叫罪不及父母，祸不及妻儿，是武喜春跟我们有仇，和你没关系，我不会伤害你。"

郑小驴跪下来谢："谢谢太君，谢谢太君。"

山本清直扶起郑小驴："钱队长既然已经殉职，那皇协军大队长一职，以后就由你接替。"

郑小驴简直不敢相信："啊，什么，您是说，让我当皇协军的队长，不，不，我哪里有这本事啊？"

"我说你能胜任，就一定可以胜任。"

郑小驴还是耷拉着："我怕我做不好，让太君失望。"

"不，我相信自己的眼光，你也要对自己有信心。"

郑小驴又跪下谢恩："谢谢太君，谢谢太君赏识。"

"你起来，一个男人，不要动不动就下跪，要挺起胸膛做人，明白吗？"

郑小驴从地上爬起来："是，是，以后我郑小驴一定会做牛做马，替太君效劳。"

赵根上前巴结："哈哈，恭喜郑队长，贺喜郑队长，以后兄弟们都听你调遣，靠你罩着了。"

郑小驴勉强地笑了笑。

山本清直露出了阴险的笑。

　　黑龙山的土匪们带着东西往黑龙山走去，只有孙华跟着黑狼，黑狼他们往另外一个方向去。

　　喜春他们来到鬼谷密林里，斯瑜慢条斯理地为蒜头上药，李昌鹏："幸亏斯瑜去了省城，乔来这些消炎药，不然，伤员的伤口就会恶化，现在战乱，这药可比金条还金贵啊。"

　　喜春："斯瑜，这次记你一功。"

　　斯瑜扶了扶镜框，笑："我是账房兼跑腿，采购物品是我的职责，以后还有什么差遣，队长尽管吩咐，我一定竭尽所能去办。"

　　"你说话能他娘的别那么文绉绉吗？白面书生！"

　　斯瑜又扶了扶眼镜："是，是，这个习惯，我一定改。"

　　喜春："小李子，我想把山本幽兰放了。"

　　李昌鹏："你想放了她？"

　　喜春点头："还是让她走吧，留着还浪费我们口粮呢，而且我们在这林子里，可以养养兵，这里的地形，就是小鬼子来了，也方便跟他们周旋，铁龙已经帮我们去招兵买马，很快我们的队伍就会壮大。"

　　李昌鹏："你真不想杀她解恨？"

　　喜春："你存心骂我是吧，我喜春虽然是个粗人，可是绝不滥杀无辜，跟我有仇的是山本清直，她一心在为我们做事，想减轻山本的罪孽，是个好姑娘，可惜生错了国家。"

　　茶室内，穿着和服的山本清直与黑狼面对面盘膝而坐，茶几上放着茶具，日本音乐萦绕在茶室内。山本清直倒好茶，一杯递给黑狼："黑狼君，你能大驾光临，山本非常高兴，请。"

　　黑狼一饮而尽，山本清直浅呡了一口："黑狼君，品茶，是需要慢慢用心品尝的。"

　　山本又为黑狼续杯："谢谢大佐，我黑狼是个粗人，大佐如此款待，实在令黑狼受宠若惊啊。"

　　山本清直笑："我们大日本帝国子民一向好客，来者是客，当然要用

最真诚的礼节来款待客人。"

黑狼也学山本呡了口茶："好茶，好茶。"

"这是西湖的明前龙井——希望以后，我们一起可以喝更多的中国好茶。"山本清直继续说，"中国历史悠久，物产丰富，可中国人却从来不好好珍惜，而我们日本就不同了，像这茶道，自从唐朝引进我们日本，就一直流传至今，所以，我们大日本帝国，缔造大东亚共荣圈，就为了帮中国更好地去发扬各种文化，缔造中国的繁荣。"

黑狼举起茶杯："听得大佐的一席话，黑狼真是受益不浅啊，这杯，我以茶代酒，敬大佐。"

山本清直举杯："好。"

山本双手一拍，一个穿着和服的侍女进来，手里端着个盒子，侍女蹲下呈上盒子。

山本打开盒子，里面是一盒金条，山本推盒子到黑狼面前："黑狼君，这是一点小礼物，还请笑纳。"

黑狼看到金条，眼睛都直了，不过他马上恢复了平静的表情："山本大佐，这是？黑狼无功不受禄啊。"

"收下吧，能结交你这位英雄好汉，是我的荣幸，我们是朋友，别客气。"

黑狼接过盒子："那我就恭敬不如从命了，多谢大佐。"

山本清直举茶："欢迎你以后经常来喝茶。"

黑狼举茶："一定，一定。"

山本清直正在看文件，武藤勇跟郑小驴在一旁待命。

士兵进来通报："报告大佐，幽兰小姐回来了。"

山本清直扔下文件，喜出望外："什么？妹妹回来了，人呢？"

这时候，山本幽兰出现在门口。兄妹两相见，山本清直非常激动："妹妹，妹妹，真的是你。"

山本清直张开手臂走上前，山本幽兰跑过去，扑进山本清直怀里："哥哥，哥哥。"

山本清直抱住妹妹："别怕，妹妹，有哥哥在。妹妹，你是怎么回来的？"

山本幽兰："哥哥，是武队长跟李营长把我送回来的。"

山本清直："妹妹，让我好好看看，她们有没有伤害你？"

山本幽兰摇头："不，哥哥，她们都是好人，没有伤害我。"

"妹妹，你回来就好，那他们人呢？"

山本幽兰："他们把我送到城门口，就回去了。哥哥，你以后别再跟他们打仗了，好吗？"

"妹妹，你先回去好好休息，哥哥等会儿再来看你。来人，送小姐回去。"山本清直心里其实另有打算，看着士兵将幽兰带着，马上命令，"武藤君，他们肯定还没走远，派兵去追，小驴君，你老婆跟别的男人出双入对的，我们大日本帝国，会好好替你出气的。"

李昌鹏拉着喜春到了城外小路，喜春甩开李昌鹏："你放开。无论如何，我都要亲眼去看看，小驴是不是真当汉奸了。"

李昌鹏："我们等天黑，再混进去。"喜春不再说话，闷着坐在路边。这时候武藤勇正带着兵一路追杀过来，郑小驴跟着他们。

李昌鹏听到摩托车的声音，赶紧掐灭手上的烟头："妈的，小鬼子来了，喜春，快，我们先躲起来。"

李昌鹏拉着喜春，躲进路边草丛内。武藤勇他们正在开近，喜春看到了武藤勇身边穿着皇协军制服的郑小驴，很震惊，她气得大骂："郑小驴，你这狗日的，果然穿狗皮，当了汉奸走狗！老娘毙了你。"

喜春拔枪，李昌鹏阻止却来不及了，小鬼子遇到枪击，摩托车停了下来，子弹没打中人，郑小驴吓得躲到武藤勇后面。

小鬼子们朝着草丛射击。喜春他们赶紧逃跑，小鬼子的枪声在后面。子弹不断飞过来，李昌鹏拉着喜春躲开子弹，喜春还是不甘心，气得直流眼泪："郑小驴，老娘一定要亲手杀了你。"李昌鹏拉着喜春一路而逃。

后面追来的武藤勇："小驴君，你看，这对狗男女，连逃命都拉着手不放。"

郑小驴气愤地："奸……奸夫淫妇，不会有好……好下场的。"

"那你就拿起枪，捍卫你的尊严。"

郑小驴举枪，闭着眼睛对着前面开枪，浑身发抖，子弹在很近的地方

落了下来，郑小驴："太君，我，我，我头晕。"

武藤勇边开枪轻蔑地嘲笑："那你就好好看着吧。"

喜春跟李昌鹏跑在山头上，不断转身开枪，小鬼子们开枪在后面追，还不时朝他们扔手榴弹。喜春他们躲开炮火向前跑，喜春不小心被树枝绊倒了，李昌鹏扶起喜春，这时，一颗子弹打过来，李昌鹏刚好回头，眼看子弹要打在喜春背上了，李昌鹏推开喜春挡下了子弹，子弹打在胸口，顿时鲜血直流。

喜春见状大惊："啊，小李子，你中枪了。"

喜春将李昌鹏的手搭在自己肩膀："我们走。"

后面小鬼子开着枪正在追来，喜春躲开子弹。

李昌鹏："你别管我了，这样跑不快，我们都得死，你快跑，我掩护你。"

李昌鹏倒在地上，喜春不管李昌鹏反抗，吃力地背起李昌鹏一路跑："你为我挡子弹，我怎么可能丢下你，小李子，你可别死了啊。"

喜春背着李昌鹏艰难地跑动着："你忍着点啊，小李子，你怎么那么傻呢。"

李昌鹏在喜春背上渐渐昏迷，喜春将李昌鹏背到一棵大树下，看着昏迷的李昌鹏，喜春着急地掉泪："都是我不好，我不该不听你的劝，害你受伤，你一定要撑住啊。"

喜春探出头，朝后面的小鬼子开枪，几个小鬼子倒地，喜春跟小鬼子对打了一会儿，子弹就打完了，拔出杀猪刀，准备冲过去跟小鬼子拼命，这时，她背后响起了枪，将几个小鬼子击中。喜春回头一看，是韩新枝他们。

韩新枝他们跑到喜春身边，喜春："你们怎么来了？"

阿飞："喜春姐，是指导员担心你们有危险，就带我们出来接应了。"

王迅看到李昌鹏，急忙叫唤："营长，营长，你醒醒啊。"

喜春从耕田手里拿起两个手榴弹，扔了出去，手榴弹炸开了，几个小鬼子被炸死，武藤勇他们不敢向前。

身边又是一个小鬼子中枪死了，郑小驴吓得浑身发抖，武藤勇他们赶紧地转身往回跑。

李昌鹏睁开眼睛。喜春看到李昌鹏醒了，还挂着眼泪的脸上马上露出一个笑容："小李子，你总算醒了。"

其他人全部围着李昌鹏。

李昌鹏想起来，被喜春摁住："你失血太多，不要乱动。"

李昌鹏痛得直冒汗，他看着自己的伤口："扶我起来。"

李昌鹏吃力地从腿上取出一把小刀给王迅："去火上热一下。"

王迅在火上将刀子热了下，拿过来。

王迅把刀子给李昌鹏，被喜春截住："你要干什么？"

李昌鹏：再不把子弹取出来，老子就要去见阎王了，快给我。

韩新枝："李营长，这里没有麻药，止疼药也用完了，你自己取子弹，会有生命危险的。"

喜春哭："我带你去找郎中，走。"

李昌鹏嘴唇颤抖："来不及了，别废话，快给我。"

喜春难过地别过头去，李昌鹏拿过刀子，强忍着，将刀子插进胸口受伤的部位。李昌鹏大叫一声，喜春哭着扯下身上的一块布，塞进李昌鹏嘴里，喜春从李昌鹏背后扶住他，王迅过来帮忙，李昌鹏忍住疼痛，刀子在伤口搅动着，满头大汗。在场所有人都流着眼泪，喜春扶着李昌鹏，扭着头大哭。李昌鹏脸色苍白，最后终于将子弹挖了出来，他松了口气，倒下。

喜春转过身，看到脸色苍白的李昌鹏，喜春将李昌鹏搂在怀里："小李子，小李子。"

李昌鹏嘴巴微动着想说话，喜春靠近李昌鹏嘴边："小李子，你说什么？"

李昌鹏声音微弱："你给我缝上。"

喜春哭着摇头："不。"

李昌鹏艰难地笑："放心，就当是给猪缝皮了。"

"都什么时候了，你还取笑老娘。"

李昌鹏："快点，喜春。"喜春擦掉眼泪，目光坚定地为李昌鹏缝伤口。

第二十章

郑小驴到城里简直是舒服极了，吃得好，穿得好，还不用做饭洗衣服，再也不用被老婆骂了，活着有了自信，这口吃也一下子好了，真的是活出了一个男人该有的样子。

在日本人的怂恿下，他带着伪军去攻打游击队，武藤勇陪着他，并不时的开导他："郑队长，作为一个男人，是不应该怕老婆的，在我们日本，女人就是男人的玩物，就是一件衣服，想穿的时候穿，想脱掉的时候就脱掉。"

郑小驴点点头，他看了看周围的环境，鬼谷在白天的雾气明显小了很多，但还是有阴森森的感觉。

"郑队长，我们现在已经到了鬼谷，你带着人马杀进去，游击队现在的弹药已经不多了，你一定能将武喜春打败的。"

郑小驴想了一下："武藤太君，我有一个想法，我先派一队人马进去，把游击队引出来，只要他们出来了，我们在这林子口给他们来个突然袭击，一下子把口袋收紧起来，把他们包围住，这样他们肯定逃不了。"

武藤勇哈哈大笑："郑队长，想不到你还挺有谋略的嘛。"

"整天跟游击队在一起，听多了，我也就学到了一些本事。"

"呦西，好，就按照你说的来做。"

赵根带着一小队人马，进入密林，郑小驴看着赵根他们进去，心里似乎松了口气，但还是有些胆怯地张望了一阵，武藤勇朝他看了一眼。

密林中，雾气明显浓密了很多，一阵阵向赵根他们飘过来，赵根摸了摸身子："妈的，一来这鬼谷密林，老子身上鸡皮疙瘩就起来了。"

赵根话音刚落，突然一颗子弹射过来，一枪击中了一个伪军，赵根大叫一声："有埋伏，跑……"

喜春追击赵根他们，赵根他们一边对着后面开枪，一边疯狂往外跑去。郑小驴他们已经埋伏在那里，郑小驴听到林子里的枪声，一阵惊，武藤勇看出了他的不安："郑队长，不要紧张。你马上就可以抓住武喜春，这个女人以后就随便你怎么处理了。"

郑小驴苦笑了一下。

片刻后，赵根他们逃出来，赵根大叫着："郑队长，快来救我们啊，救命啊，喜春来啦。游击队杀出来了。"

喜春听到赵根在叫郑小驴，愣了一下："郑小驴也来了？"

喜春大喝一声："郑小驴，你个混蛋，快给老娘滚出来……滚出来。"

郑小驴看着喜春，瞪大了惊恐的眼睛，握着枪的手抖起来，武藤勇："郑队长，武喜春已经在你眼前了，消灭她。"

郑小驴还是犹豫不决："啊？好，好，消灭……"闭着眼睛朝喜春这边开枪。

子弹在喜春身边飞过，喜春躲开了子弹，就在这时，李昌鹏冲上来。武藤勇手下的几个日军和伪军一齐朝着喜春他们开枪，李昌鹏拉着喜春退到大树后面，对着武藤勇他们这边还击过来。

在林子口，武藤勇他们都冲了过来，郑小驴看到喜春，吓得两腿有些发软，连忙躲到了武藤勇后面去。

喜春也看到了郑小驴，怒喝一声："郑小驴，给老娘滚过来，别做缩头乌龟。"

武藤勇拉着郑小驴："郑队长出来，你不用怕这个女人，现在无论是兵力还是武器，他们都不是我们的对手。"

郑小驴低着头不敢面对喜春。

喜春一副怒火冲天的样子："郑小驴，你这个狗汉奸，老娘现在就杀了你。"

喜春朝着郑小驴这边，武藤勇推开了郑小驴："郑队长，她都要杀了你了，难道你还不还手吗？"

郑小驴躲在一块大石头后面："武藤太君，要不我们还是撤吧？"

武藤勇："你现在撤退，只有死路一条，跟着我杀上去。"

郑小驴看着喜春，大叫一声："武喜春，你这个臭婆娘，你别瞧不起我，我郑小驴也是一个大男人。"

郑小驴拿着枪冲上来："呀——"

喜春躲开武藤勇的攻击，一转身，飞起一脚踢在郑小驴身上，郑小驴被踢出了两米远。喜春用杀猪刀指着郑小驴："郑小驴，今天当着大伙儿的面前，我武喜春要休了你，从此后，你郑小驴就不是我的男人了。"

郑小驴站了起来，还是有些畏畏缩缩地看着喜春："武喜春，我自从到了你们家，你给过我好脸色看吗，你让我做牛做马，我活得有意思吗？"

"好啊，那你现在投靠小鬼子，当狗汉奸就有意思了吗？"

"至少，至少我觉得我现在有个男人样了。"

喜春紧握住了杀猪刀砍向郑小驴："好，那你拿出男人的样子来，跟老娘打一场，你个狗汉奸，拿命来。"

郑小驴吓得捂住了眼睛，武藤勇一见喜春的杀猪刀砍过来，飞速地用刺刀挑开了。喜春还要再砍向郑小驴，武藤勇抵挡住了喜春的进攻，郑小驴往后爬去，对赵根大叫着："快，快打过去，打过去……"

赵根他们朝着李昌鹏他们这边开枪，武藤勇手下的几个日军也朝着游击队员们疯狂扑过来。游击队开始抵挡不住了，蒜头他们一边还击，一边往密林中撤退。李昌鹏杀到喜春身边，强硬地拉着喜春，往密林中撤退进去。

武藤勇和郑小驴他们往密林中冲进去，密林中雾气缭绕，前面的喜春他们很快消失在密林中。突然从前面飞过来几颗子弹，击中了几个伪军士兵和一个小鬼子，武藤勇连忙躲到了树后面去。

喜春的声音从密林中传出来："郑小驴，你这个狗汉"奸，老娘一定要亲自斩下你的狗头，给死去的游击队兄弟和父老乡亲们祭灵。

郑小驴又吓得退后了，但他鼓起勇气："武喜春，我不怕你，我不怕你……"

郑小驴对着密林深处乱开了几枪。

武藤勇看到喜春她们逃到密林深处，赚不到便宜，只好撤退。郑小驴

还紧张兮兮地望着前面，武藤勇拍了一下他的肩膀："郑队长，走吧。"郑小驴连忙跟着武藤勇撤退出来了鬼谷密林。

喜春看着李昌鹏，忍住了内心的怒火。突然，李昌鹏捂住胸口，吐出一口血来。喜春连忙扶住了李昌鹏："小李子，小李子，你怎么了？"

李昌鹏："刚才打得太厉害，伤口裂开了，不碍事……"李昌鹏话还没说完，就昏迷了过去，喜春在细心照料着李昌鹏，用清水擦拭李昌鹏身上伤口周边，嘴里念叨着："都是我不好，小李子，对不起，是我不好，没听你的话，让你着急。"

李昌鹏慢慢地醒了过来，看了一眼喜春，喜春竟然有眼泪滴下来。

喜春连忙擦掉了泪水："小李子，你醒了，醒来了就好。我们今天就离开这里，回武家村去，我去给你找好郎中。"

韩新枝在一旁："喜春，你让李营长好好养伤就可以。"

喜春点了一下头："好，我知道了。小李子，你想吃什么，我去抓野鸡来，给你炖汤喝。"喜春说着就走了出去。

武藤勇在向山本清直汇报情况："大佐阁下，我认为你不应该让郑小驴当皇协军的大队长，他根本就不是这块料，郑小驴胆小怕事，在那个武喜春面前，还是一个怂包。请大佐，立即撤了这个没用的东西的职务。"

山本清直轻笑了一声："武藤君，你们这次围剿游击队的结果，我可想而知，我也很清楚郑小驴是个什么样的人。"

"那大佐您怎么还要用他？"

"哈哈哈，我就是要看着他和喜春斗杀，你不觉得这个游戏很好玩吗？"

"可是……"

山本清直举起一只手，让武藤勇不要说下来："武藤君，你我都需要有耐心，要把郑小驴好好培养起来，把一头驴培养成一只老虎，确实是有难度的。不过等他成为了虎的时候，那精彩的好戏，我们就可以慢慢地欣赏了。"

武藤勇似懂非懂，但还是点点头。

郑小驴蹲在地上哭，打着自己的耳光："我没用，我真是没用，郑小驴啊，郑小驴，你现在怎么会变成这样。我没用。喜春，喜春啊……"

这时，山本清直从外面进来，武藤勇跟在后面："郑队长，你又没打败仗，怎么在说自己没用。"

郑小驴连忙擦掉了脸上的泪水。

山本清直："我知道，你心里难过的是什么，你还是不敢面对武喜春。"

"太君，她毕竟是我的老婆，我这样做……"

"不，她现在是你的敌人，她想要杀你，你如果要活命的话，就应该把她先杀了。我会给你配备先进的武器，给你三门山炮，还有再给你增加五百兵员。"

郑小驴向山本清直跪下来："太君，谢谢你对我的信任和重用，你就是我的再生父母，我一定会好好效力大日本皇军，把游击队消灭掉。我要成为一个真正的男子汉，把武喜春打败，一洗前耻。"

山本清直赞叹："唔，小驴君，你会成为一个英雄。"

密林中缺衣少吃的游击队只好回到了武家村，喜春扶着李昌鹏进屋。队员们在院子里休息，阿飞擦拭着手中的诸葛神弩。喜春让李昌鹏躺在卢雨菲躺过的那张床上。

韩新枝把喜春叫到外面。

"什么，你让我去游击纵队司令部学习？"喜春很惊讶，完全不同意："哎呀，我的小韩同志啊，你也不想想现在我们游击队的情况，我作为队长，能在这个时候出去吗？"

韩新枝郑重其事地："武喜春同志，这是周司令的意思，他希望你能参加培训学习，这样不但能提升你个人的本领技能，也能让游击队变得更强大，才能消灭更多的鬼子。"

喜春犹豫了一下："小韩，这事，你让我再想想吧。"

"你也别犹豫了，这里有我，还有李营长、蒜头他们，你就放心去。我向你保证，两个月之内，给你再拉起一支队伍来。"

喜春思索了片刻："好，那我就去训练两个月，两个月后回到，看看你有没有把队伍给我拉起来。"

"两个月？两个月你能学到什么，至少要半年。"

"半年啊，我怕半年后，小鬼子都被别的队伍打跑了。两个月就两个月，不然我就不去了。"

韩新枝无奈地摇了一下头："这个你还跟我讨价还价，只要你通过组织上的考验，你就能回来。你要记得认真学习理论知识，努力提高思想水平。"

"哎呀，我的好指导员啊，我知道了。"

喜春安排好了一切的事情后，就去游击纵队的司令部去学习，李昌鹏和王迅、阿飞、韩新枝一起把喜春送到村子口，李昌鹏牵着狗蛋的手。

喜春在前面走着，她还不时地回头看下，这时她的眼帘中出现李昌鹏，她顿时露出笑容来。

李昌鹏跑了上来，喜春乐呵呵地："嘿嘿，小李子，你还要再送我啊，要不索性和我一起去好了。你也学习学习共产党的思想。"

"我还是留在这里好。再送你一段路吧，送你到马桥。"

"哎呀，小李子啊，你是要学梁山伯和祝英台十八相送吗？"

"梁山伯和祝英台？别胡说，我啊，送走了你这位大姐，心里也可以松口气了。"

喜春看着李昌鹏："好啊，小李子，你是不是有什么鬼主意，把我送走了就可以胆大放心地做什么坏事了，是不是看中哪个小姑娘了？"

"怎么会呢？喜春，走吧，前面就是马桥了。"

两人并肩往前走着，都沉默了好一会儿，李昌鹏开口："喜春，我一直让你去国民党特训部参加特训，你没去，游击纵队让你去，你就去了。"

"小李子，你小心眼了是吧？如果是你，你是游击队的队长，你会选择去哪里？"

"好，我说不讨你，反正你自己保重好，多学点本领回来。"

李昌鹏把喜春送到了马桥上："喜春，到了那里，你要管住自己的脾气。"

"就这句话？"

"我等你回来，我不想再失去你。"

喜春对李昌鹏笑了笑："不想再失去我，哈哈，好。"

喜春哼着跑调的山歌，大步往前走去。李昌鹏一直看着喜春的背影消失在前方的路上。

郑小驴以前经常带着狗蛋去树林里去抓鸟，烤着吃很香的，郑小驴不在身边，喜春走时又把照顾狗蛋的任务交给了李昌鹏，闲着没事的时候，狗蛋拉着李昌鹏到树林里去抓鸟。

树林里，几只鸟从树丛中飞出来，李昌鹏迅速出枪，一声枪响，子弹射了出去，一下子打下来两只鸟。狗蛋欢呼起来："哇，李叔叔，你太厉害了，好厉害啊。一枪打中了两只鸟。"

郑小驴想狗蛋，就想偷偷的把狗蛋带回城里，经过一番思量，郑小驴和赵根换上了老百姓的衣服，带着草帽，就往武家村去，郑小驴听到树林里的枪声，东张西望了一阵，一想到是他和狗蛋经常去玩的地方马上就过去看看。

郑小驴他们从灌木丛中探出脑袋来，郑小驴看到了狗蛋，惊喜地要叫出声来："狗蛋……"

郑小驴自己捂住了自己的嘴巴，就在这时，李昌鹏又开了两枪，打下来两只鸟，李昌鹏没有发现郑小驴他们。

天色渐渐地暗了下来，狗蛋跑到了前面灌木丛附近，灌木丛中，郑小驴学布谷鸟叫了两声："咕咕，咕咕咕……"

狗蛋站住了脚步，竟然轻声叫出："爹……"

后面的李昌鹏慢慢地走过来："狗蛋，你不要乱跑，天黑了，我们赶紧回家去。"

李昌鹏走近了灌木丛，愣了一下，狗蛋竟然不见了踪影，李昌鹏叫了一声："狗蛋，你藏哪里去了，快出来，狗蛋狗蛋……"

但周边都没有回应，李昌鹏一下子就急了起来，四处寻找："狗蛋，你快出来，不要和李叔叔躲猫猫了，狗蛋，你出来。"还是没有狗蛋的回应。

郑小驴背着狗蛋从树林里出来，往县城去。

树林里亮起了火把，李昌鹏和韩新枝他们分头在找狗蛋，韩新枝和蒜头他们一队，韩新枝叫着："狗蛋，你在哪里？狗蛋，狗蛋，回家啦。"

蒜头："狗蛋，你是不是还在这里啊……狗蛋。"

李昌鹏这边："狗蛋，别跟李叔叔躲猫猫了，天黑了，快出来，回家去了，你娘着急了。"

树林子里只有李昌鹏他们的回声，没有狗蛋的应答声。李昌鹏他们还在树林里寻找狗蛋。

已经找了两天了，树林都翻遍了还没找到狗蛋，大家都在怀疑狗蛋不可能是在树林里。就在这时，鸡毛带着一个老妇女进来，听她说，她看见郑小驴背着狗蛋离开了村子，因为郑小驴是狗蛋的爹，也就没有想太多。

李昌鹏知道后，执意要去把狗蛋带回来，他自责自己太大意了，既然是他犯的错误，就由他一人来承担，不然也没法向喜春交代。别人怎么劝说都没用。

日军剧毒药品配制的秘密基地中，显得有些阴森恐怖，小泉一身白大褂，正在给一只小白鼠打针，然后把小白鼠放进了一只透明的箱子里。小白鼠先是安静了一会儿，随后开始拼命地挣扎，吱吱吱疯狂地叫着，片刻后，小白鼠瞪大着血红的眼睛，毙命了。

小泉看着小白鼠死去，阴阴地一笑。

这时，山本清直出现在小泉的身后，他拍了几下手，称赞地："好，很好，小泉博士，你成功了。"

小泉毫无表情："这只是初步阶段的成功，小白鼠和人体之间还是有很大的差异的。"

山本清直："小泉君是想拿活人做试验？这个不是很简单吗，我让手下去抓几个支那人来，不就可以了。"

小泉对山本清直笑了笑："那就有劳大佐阁下了。"

山本清直："为了帝国能够早日统治支那，我们这些人必须精诚团结，可不能像支那人一样，一盘散沙。"

小泉："是是，大佐阁下说得很对。"

在浙东游击纵队的教室里周司令亲自在上面讲党的理论知识："中国共产党党员是中国工人阶级的有共产主义觉悟的先锋战士。中国共产党党员必须全心全意为人民服务，不惜牺牲个人的一切，为实现共产主义奋斗终身……"

喜春坐在下面打了一个哈欠，差点睡过去，她的脑袋撞在桌子上，连忙抬起头来，拍了拍自己的脸，让自己清醒过来，继续听周司令讲课。

周司令继续讲："我们都是劳苦大众，我们打鬼子是为了什么，就是为了老百姓，百姓的利益是高于一切的，作为一名共产党员，就应该多为穷苦百姓考虑。"

喜春听到周司令的这话，抬起头来，开始认真听起来。

下课后，喜春坐在小山坡上，一副无精打采的样子："哎呀，真是太无聊了，看来喜春你要成为一个合格的共产党员，还是真难啊！"

喜春躺倒下来，她竟睡了过去，口水也慢慢地流了出来，喜春似乎是在梦中，有一个人在叫她："喜春，喜春……"

卢雨菲拍拍了喜春的脸，喜春的睡眼朦胧："别拍我啊，就让我睡一会儿嘛。"

喜春迷迷糊糊地醒过来，卢雨菲站在她的面前。

卢雨菲的身影慢慢地在喜春的眼前清晰起来，喜春猛然间大声哭了出来："雨菲啊雨菲，没想到我喜春这么快就随你来了。"

卢雨菲有些莫名地看着喜春，喜春抽泣着，朝四周看了看："这里就是阴曹地府吗？我不是在做梦吧？"

卢雨菲看着喜春的样子，有些哭笑不得，捏了一把喜春的脸，喜春疼得叫出声来："痛痛痛，是真的，是真的，雨菲，你真的没死啊？"

"难不成，你很想让我死吗？"

"不不不，我不是这个意思，我怎么可能想让你死呢，你出了事，我也哭了三天三夜。"

"真的？"

"当然真的啦,其实我都已经把你当成自己的妹妹了。哎哎,雨菲,这到底怎么回事啊,你不是被武藤勇追杀,跌下山崖去了吗,怎么又到了这里了?"

"说来话长。"

"话长我也要听,你快说。"

卢雨菲对喜春无奈地摇了摇头:"好,我说,我从山崖上摔下去后,被树藤缠住,没有摔到崖底下,后来我拼尽力气爬了上来,上来后又晕倒在路边,被新四军战士救起,但我一直昏迷着,随后他们把我带到了这里。"

"他娘的,卢雨菲,你这命还真够大的啊,大难不死必有后福。那你怎么不回来找我们啊?"

卢雨菲淡然一笑:"周司令让我留在这里养伤。其实我,我还是很想念你们的,很想回到你们那……"

"呵,你是在想小李子吧?"

"是的,我想他。"

喜春又抱住了卢雨菲:"雨菲,太好了,你还活着,要是小李子知道你还活着,他该有多高兴。"

喜春说着,眼泪也流了下来。

卢雨菲反过来安慰喜春:"好了好了,别哭了,你不是游击女英雄嘛,怎么能流泪。"

喜春:"嗯嗯,我不哭,但我实在是高兴啊。"

李昌鹏和耕田及陈二等三个特务营的战士坐在茶馆的包厢里,李昌鹏脸上有焦虑之色。这时,王迅和阿飞从外面进来,李昌鹏站起来,王迅报告:"营长,查到了,现在郑小驴的住处就在原先钱益清的办公处,狗蛋也在那里。"

李昌鹏:"那个地方是伪军的老营,兵力都集中在那里,硬闯肯定不行。这次我们进城来,武器带的也不多。狗蛋一定要救出来,不能把他留给郑小驴,不然我李昌鹏太对不住喜春了。这伪军老营就算是虎穴,我们也要闯一闯。"

　　伪军驻地不远处的土丘旁，李昌鹏他们探出身子来。伪军驻地内的两座瞭望楼，上面有伪军士兵站在那里。王迅和阿飞他们也顺着李昌鹏的视线看到了瞭望楼上的士兵。李昌鹏转身退了下去，王迅他们也跟着李昌鹏离开。

　　狗蛋在郑小驴的办公室里玩耍，郑小驴一本正经的样子："游击队那边这几天都没有什么动静吗？"

　　赵根："游击队那边？噢，我一直派人监视着呢，不过我听说啊，喜春好像去了外地去学习，对对，她去了游击纵队司令部了。另外我派去的探子说，李昌鹏这几天突然消失在游击队里了。"

　　郑小驴感觉有点不对劲："他也不见了？真是太奇怪了，他不可能离开游击队的。"

　　郑小驴思索着："他会去哪里呢？难道是……不好，他很有可能来抢我的狗蛋，说不定已经进城来了。"

　　赵根一听，手连忙按住了腰上的枪："他们进城来了？"

　　"不要慌，就算他们进城来了，我们也别怕他们，赵根，你通知下去，叫大家都提起点神来，尤其是到了晚上，一旦发现有可疑的人，就乱枪打死他们。"郑小驴抚摸了一下狗蛋的脑袋，他朝窗外看了看，"李昌鹏，你要是敢来这巴山县城，我就叫你有去无回，哼，都是你，都是你这家伙，害得我现在当了汉奸。"

　　夜色降临，伪军的驻地的瞭望楼上，有伪军士兵在巡逻。李昌鹏他们已经摸了过来，他对王迅做了个手势，示意王迅去解决另一座瞭望楼上的士兵。其中一座瞭望楼上的士兵打了个哈欠，李昌鹏一挥刀子，刀子刺进士兵的喉咙里，另一座瞭望楼上的士兵似乎发现了情况："喂，那边的兄弟，怎么了？"这个士兵话还没说完，王迅已攀上来瞭望楼，结果了他的性命，李昌鹏对王迅竖了个大拇指。

　　李昌鹏他们摸了过来，李昌鹏敏锐地感觉到了什么："这里太安静了，不对劲。"

　　王迅："会不会是这些二狗子都睡着了？"

　　李昌鹏："大家都小心提防，抓紧时间找到狗蛋。"

　　王迅点了下头，他和阿飞，还有两个特务营战士往郑小驴办公室方向摸过去。李昌鹏轻声推开了郑小驴住处的门，里面没有什么动静，他朝床上看了看，床上像是睡着一个孩子。李昌鹏悄悄地走过去，轻叫了一声："狗蛋……"拉开被子，发现里面只是一个枕头，"不好，我们真中计了，走。"李昌鹏他们正要冲出去，躲在黑暗处的皇协军的士兵对着李昌鹏他们开枪。

　　陈二挡在李昌鹏面前，子弹打在陈二的肩膀上，李昌鹏连着开了两枪，击毙了两个伪军士兵，李昌鹏扶着陈二往外突围出去。

　　郑小驴出现在自己的住处外，他指挥着一队队的伪军向李昌鹏围攻过去。

　　子弹呼呼地从李昌鹏他们耳边飞过，李昌鹏躲在柱子后，还击皇协军，李昌鹏看到郑小驴，目光中露出愤怒之色："郑小驴，快把狗蛋还给我。"

　　郑小驴："狗蛋是我的儿子，李昌鹏，你个混蛋小子，今晚上就是你的死期了。"

　　皇协军对着李昌鹏他们这边，一阵猛射。

　　李昌鹏朝郑小驴开枪，郑小驴连忙躲到伪军士兵后面去。

　　王迅他们见李昌鹏这边打起来，连忙杀过来，阿飞拉开诸葛弓弩，连着射到了一批伪军。

　　郑小驴一看又来了一拨人，就马上打电话给山本清直打电话请求支援。山本清直听说李昌鹏被围住了，就立刻派人过来。

　　李昌鹏还在奋力抵抗，打退了冲上来的伪军，他又开了几枪，枪中的子弹打完，伪军围拢过来。

　　阿飞他们挡住这里的二狗子，王迅一个人去救营长，一边冲，一边还在地上捡了两把枪。王迅把枪扔给了李昌鹏，李昌鹏一把接住了枪，迅速地对着已经冲到面前的伪军士兵开枪射击。伪军士兵倒地，李昌鹏一个翻身出去，杀到了院子里，和王迅会合。

　　李昌鹏他们向驻地外突围，李昌鹏奋勇杀向赵根这边，赵根见势头太猛，连连往后退去。门口的几个伪军不战而退，就在李昌鹏他们撤出皇协军驻地时，突然外面的大灯亮起，直射李昌鹏他们，亮得李昌鹏他们都睁不开眼睛来。

　　李昌鹏微微地看到眼前的人是武藤勇，武藤勇阴冷地笑了一声，嘴里只蹦出一个字："杀。"日军机枪手朝着李昌鹏他们这边疯狂扫射。

　　陈二奋身挡在了李昌鹏面前，子弹打在了陈二的身上，李昌鹏扶着陈二："陈二，陈二……"

　　陈二对李昌鹏笑了笑："营长，你们快走，这里交给我。"

　　"不，我不能丢下你这个兄弟。"

　　陈二："走，这辈子我陈二能跟着你这么多年，就知足了。我们下辈子还做好兄弟。"

　　李昌鹏悲痛地点了一下头："还做好兄弟。"李昌鹏无奈地放下陈二的尸体，对着日军机枪手，一枪爆了他的脑袋。

　　日军向李昌鹏他们疯狂地扑上来，李昌鹏和王迅他们一边还击，一边往后撤退。郑小驴看到武藤勇带兵前来，把李昌鹏打得连连后退，顿时乐呵了，也来了劲："快快，李昌鹏他们快不行了，给我打，消灭他。"

　　郑小驴带着伪军也向李昌鹏包抄过来，李昌鹏他们腹背受敌。阿飞用诸葛弓弩射击冲上来的小鬼子，三个鬼子被击中，但还是有一批鬼子继续冲杀过来。阿飞还想再开弩，但已没有箭镞。鬼子的子弹打过来，阿飞连忙躲闪开。

　　李昌鹏看着战士倒地，很是痛苦，看着郑小驴他们也包围过来，相比小鬼子，伪军还是好打许多，李昌鹏他们往郑小驴这边杀将过来，郑小驴一看李昌鹏他们一副凶猛的样子，有些慌了神，躲在赵根他们身边，让皇协军士兵们向李昌鹏他们开枪。

　　武藤勇他们在后面杀上来，李昌鹏向他还击，王迅他们往郑小驴这边杀过来，鬼子的火力很猛，李昌鹏他们奋力突围。郑小驴这边已抵挡不住，武藤勇冲上来，对着李昌鹏猛烈开枪，打中了李昌鹏的大腿。

　　耕田扶住了李昌鹏："李营长，你受伤了，我背你。"

　　耕田要背李昌鹏，李昌鹏把他推开："你们走，这里就交给我。走啊。"

　　王迅："营长，我不走，要死一起死。"

　　"王迅，你个臭小子，混蛋，活着出去，给老子报仇。"

　　王迅："我……"

李昌鹏："给老子滚。"

李昌鹏继续向武藤勇这边还击，王迅他们也朝着鬼子开枪，干掉了几个小鬼子。

郑小驴见李昌鹏他们把枪口对准了鬼子，又冲了上来。

李昌鹏又喝了一声："你们快走。"

武藤勇也带着日军继续包抄过来，眼看着王迅他们突围不出去，李昌鹏再次大喝一声："走啊。"

王迅、阿飞、耕田看着李昌鹏，眼眶中含泪。李昌鹏用枪顶了自己的脑袋："你们不走，老子现在就死在你们面前。走啊。"

王迅悲痛地大叫一声："跟着我杀出去。"王迅、阿飞、耕田向郑小驴这边杀过去。郑小驴抵挡不住王迅他们，绕到另一边，向李昌鹏攻打过去，李昌鹏被武藤勇和郑小驴夹击，枪中的子弹也打完了，王迅他们突围了出去，回头看着李昌鹏。

李昌鹏大叫一声："走。"

几个小鬼子去追王迅他们，王迅和耕田对着鬼子开了几枪，望了一眼李昌鹏，往前冲去。李昌鹏捂着腿上的伤，毫无畏惧地看着武藤勇。

武藤勇对李昌鹏笑了一下，随后又看了一眼郑小驴："郑队长，你这次算是立了一功。"

郑小驴点着头："武藤太君来得及时，才抓住了这个李昌鹏。"

武藤勇指了指郑小驴："哈哈哈，郑队长，你提升的很快，比起那个愚蠢的钱益清来说，真的是太厉害了。"

郑小驴还是笑着点点头："太君夸奖了。太君，我们怎么处置他？"

武藤勇没回郑小驴的话，走到李昌鹏身边，得意地一笑："李昌鹏，李营长，真是想不到啊，你也会有今天。"

李昌鹏也笑了笑："是的，我也没有想到，怎么就会落在你的手里，不过你放心，我李昌鹏死后，武喜春很快就会来取你的人头，来我坟上祭奠的。"

武藤勇强忍住了怒气，狠狠地往李昌鹏受伤的脚上踩了一脚，李昌鹏忍着巨大的痛苦，硬是没有哼一声。

　　武藤勇拔出枪对准了李昌鹏的脑袋，但还是忍住气，把枪放了下去，李昌鹏被两个鬼子拖着走。

　　王迅他们杀过来，对着守城门的几个伪军开枪，伪军抵挡不住，王迅他们杀出城门去。

　　李昌鹏被捆绑着进了山本清直的办公室，武藤勇："大佐阁下，李昌鹏已经被我们活捉来了。"

　　郑小驴对山本清直笑着点头。

　　山本清直看了一眼武藤勇，突然一巴掌打在武藤勇的脸上，武藤勇有些莫名其妙："大佐……"

　　"谁叫你们这样对待李营长的？"

　　武藤勇不知所措，郑小驴更愣愣傻傻地看着山本清直。

　　山本清直走到李昌鹏面前，亲手给他松绑："对不起，李营长。是我的属下不懂事，得罪了。"

　　山本清直给李昌鹏倒了一杯清酒，山本对李昌鹏敬了一下："李营长，这清酒是我从家乡带来的，你尝尝。"

　　李昌鹏冷眼看着山本清直，随后拿起清酒喝了下去："我还刚好是有点渴了，拿你这清酒解解渴。"

　　山本清直微笑着点了一下头。

　　李昌鹏放下酒杯："你这什么酒，有股马尿味，你喝出来了吗？"

　　山本清直忍住了，还是笑了笑："李营长喜欢什么酒，我可以叫人去拿来。"

　　"不用了。你给老子来个痛快的，别像个娘们一样，婆婆妈妈的，说，你到底想怎么样？"

　　"我想早点结束这场战争，回自己的家乡去。"

　　李昌鹏冷笑一声："呵，是你们发动了这场惨无人道的战争，现在想早点结束了？你是想让我们投降吗？"

　　"我们大日本就是想帮助你们支那——不！帮助你们中国，让你们富裕起来，过上幸福的日子，实现大东亚共荣。难道这样不好吗？"

　　"放屁，我们宁做断头鬼，不当亡国奴。"

"李营长，反抗是没有用的，现在这样的战争局面你也看到了，你们中国根本不是我们大日本的对手，这样打下去，只会让你们的老百姓受更多难，吃更多苦。"

李昌鹏大笑："哈哈哈，可笑，真是太可笑了，就算我们的武器兵力落后于你们，但我们还是会抗战到底，直到把你们赶回老家去，你也可以回到你日思夜想的家乡了。"

"不，你们支那人没这个本事。"

"我看山本大佐你是怕我们了，你怕我，怕喜春，怕游击队，你看看，就是像喜春这样一个猪倌乡下妇女，她都起来反抗了，还拉起了一支队伍，能和你抗衡，在我们中国，有千千万万这样的人，他们都是英雄，我们这个民族的英雄。只要有喜春这样的人在，你们小鬼子迟早要完蛋，我倒是劝你，早点离开我们的国土，这样说不定你还能活着去见你的老娘。"

"李昌鹏，现在我们大日本已经研制了最新式的武器，就算是美国佬、苏联人来帮你们，你们也将统统死去，而且生不如死。"

李昌鹏看着山本清直，山本清直阴阴地一笑，李昌鹏脑子里有一种不祥的预感。

"我给你最后一次机会，降还是不降。"

李昌鹏抬起那只受伤的脚，笑着："让我投降啊，可以，从我的胯下钻过去。"

山本清直愤怒了："八格牙路，李昌鹏，你别敬酒不吃，吃罚酒。"

李昌鹏给自己倒了一杯酒，一口喝进了嘴里："只要是酒，我都爱喝，就是你们这日本人的酒，喝进嘴里还有一股臭味。"

李昌鹏把嘴里的酒吐在了山本清直的脸上："哈哈哈哈。"

山本清直极其气愤地拔出了刺刀，横在了李昌鹏的脖子上："八嘎牙路。"

李昌鹏一副视死如归的样子。

"把这个支那猪关进水牢中，慢慢地折磨他。"

李昌鹏被武藤勇押了下去，山本清直用刺刀猛地把桌子劈开了："李昌鹏，我会让你生不如死，武喜春，你也一样。"

李昌鹏被绑在行刑架上，已经被打得遍体鳞伤，郑小驴站在一旁，武藤勇看着李昌鹏，又狠狠地打了几鞭子："李昌鹏，这鞭子的滋味还好受吧？"

李昌鹏一口血水吐在武藤勇的脸上："有种就一枪打死老子。"

"我可没有这么傻，我们还要慢慢折磨你。来，郑队长，你也来解解闷，就是这个男人，让武喜春把你给休掉的。"

郑小驴接过了鞭子，恨恨地看着李昌鹏："李昌鹏啊李昌鹏，想不到你也有今天吧。"

李昌鹏对郑小驴冷冷地一笑。

郑小驴重重地一鞭子打在李昌鹏身上，李昌鹏："痛快，哈哈哈。"

郑小驴发狠地打，大声叫着："李昌鹏，你这个混蛋，我郑小驴要打死你，打死你……"

郑小驴拼出浑身力气，在李昌鹏身上抽打，一直打到自己实在没力气为止。李昌鹏也垂下头去，但他还是笑了一下："郑小驴，你怎么当了汉奸还是这么没用，老子身上还痒痒呢。"

郑小驴还要再抽打李昌鹏，武藤勇拉住了他："郑队长，你歇一歇，我来。"

武藤勇手中拿着盐巴，猛地一下按在了李昌鹏的伤口上，李昌鹏撕心裂肺地惨叫，惨叫声响彻了监狱，武藤勇放声地大笑起来。

在游击纵队学习，课程安排的很满，不仅有理论的学习，还要学习射击格斗等等实战性质的训练，喜春累得趴在了床上，这时卢雨菲走进来："喜春，起来。"

喜春连眼睛都没有睁开："干吗啊？"

"周司令他们说你进步飞速。"

"那是当然的啦，我武喜春是谁啊，武松的传人。"喜春睁开一只眼睛来，仰起身来，"雨菲啊，我跟你说，这两天我的右眼皮老是跳，俗话说，左跳财右跳灾，我总感觉游击队出事情了。"

"游击队出事情了？"

"对，我有这种感觉，我担心小李子管不好这群人，说不定他们已经闹翻天了。"

卢雨菲的眉头皱了起来："昌鹏哥不会有什么事的。"

这时喜春家早已炸开了锅，游击队乱糟糟一片。喜春过去一个月了，也没有任何的音信，关键是李昌鹏被抓后也没有一点消息，王迅他们早就等不急了，要带人去县城营救李昌鹏，韩新枝一直在旁边劝说，要他们不要再冲动了，不要做无谓的牺牲，没有李昌鹏的消息说明他现在还活着，敌人想利用李昌鹏把游击队一网打尽，就等着他们去上钩了。

王迅知道这些，但是内心还是很痛苦，现在唯一的希望就是等喜春回来，另做打算了。

喜春总是提心吊胆的感觉游击队要出事，一想到这，心就安不下来了，培训还没有结束就急匆匆的向司令辞别，司令看她决心已定也不好强留，就同意了，卢雨菲的身体也恢复的差不多了，就同喜春一起回去。

喜春和卢雨菲一起回武家村，喜春欢呼着："嗨，游击队的兄弟姐妹们，你们司令回来了，兄弟姐妹快出来迎接你们的司令啊。"

喜春探头看了看村子里的人："怎么回事，怎么没人啊？这么冷冷清清的。"

这时，鸡毛从一棵树上跳下来，跑到喜春身边，喜春："你这个死丫头，你吓我啊？"

喜春一看鸡毛的神情，感觉到了不对劲："鸡毛，出什么事啦？"

鸡毛低着头不说话，抽泣起来，喜春感觉到了不对劲，疯狂地跑向自己家去。

得知情况后，喜春站住了脚步，把众人都扫视了一遍，大家都等着她出主意，下决心："人，一定要救，但不能和小鬼子打硬仗，凭我们现在的实力，要攻城的话，伤亡也会很大。"

在纵队的学习总算是有了提高，喜春有计划有组织的详细布置着这次作战：卢雨菲和王迅带一路人马正面佯攻巴山县城，如果敌人出城追击，就撤，等敌人回去后，就继续攻击，不断的扰袭敌人，韩新枝带着新人留守村子，保护村民的安全，蒜头和喜春带着游击队的主力，潜行到巴山县

中水门，伺机冲进去。黑龙山人在虎扑岭驻守。

一切都按计划进行着。

卢雨菲和王迅带着几个特务营战士和游击队杀过来，干掉了几个守城门的鬼子和皇协军士兵。这时，武藤勇带着一队鬼子杀出来，火力极其猛烈，将卢雨菲他们击退。

武藤勇看到卢雨菲，愣一下神，有点惊讶，明明看见她从悬崖上跳下去的，怎会还活着。他也顾不得想这么多了，马上组织兵力杀出来，扑向卢雨菲他们。

卢雨菲和王迅等人还击了几枪，便撤离城门口。

武藤勇带着日军继续向卢雨菲他们追击过去。

第二十一章

　　喜春带着游击队已经潜伏在那里，他们都听到了远处激烈的枪声。喜春也有一丝的担忧，但是想到卢雨菲可是个聪明人，没有那么傻，游击战术她懂，肯定不会吃亏的。

　　事实也是如此，敌人追击她们就撤，看到敌人回城，又杀了回去，继续袭扰敌人。

　　城内的郑小驴匆匆忙忙地向山本清直报告游击队来了，山本清直阴阴地笑着，游击队终于要上钩了，但是为了确保万一，还是让伪军一半去防守监狱，一半去防空洞，郑小驴不明白其中的安排，当然山本也是不会告诉他其中的缘由，只命令他照办。

　　喜春抬头看了看天色，太阳慢慢落下山去。喜春对阿飞："阿飞，城头上的那几个小鬼子，我们一人一半。"

　　阿飞有点担忧："司令，你的枪法？"

　　"本司令这回就是让你们见识见识我的枪法。"喜春说着站起身来，对着城头上的鬼子开枪，连着开了三枪，三个鬼子应声倒下。阿飞也向鬼子和伪军开枪，把他们都消灭了。守在城门口的鬼子一看不对劲，想要退回城中去。

　　喜春使出双枪，迅速干掉了他们，带着游击队员们向巴山县城中杀了进去。

　　鬼子和伪军抵挡了一阵，节节败退。带领伪军的小队长正是何能，何能一看到喜春，就吓得躲到了巷子边去，喜春一枪打中了他的腿，何能摔倒在地上，耕田冲上去，一把抓住了他的脑袋，要拧断他的脖子，喜春阻

止了耕田。

何能乞求着："喜春奶奶饶命，喜春奶奶饶命啊。"

喜春用枪顶住了何能的脑袋："说，小李子被关在什么地方？"

"噢，我知道，就是被郑队长抓住的，他，他被关在水牢中。"

喜春他们往水牢方向杀了过去。

监狱的守军看到喜春她们，牢头大叫起来："有人来劫狱。"监狱守军向喜春她们开枪射击，游击队向监狱的守军扑上去，喜春扔了两颗手雷，炸死了几个监狱守军，其余守军都往后撤退去。

"快，快，快去叫援兵来。"牢头一边开着枪，一边叫着，开了几枪，看了一下腰间挂着的监狱钥匙哼了一声，"老子的监狱可是铜墙铁壁，你们想要救人，可没这么容易。"

牢头向后撤退去，拐进了一条巷子里，阿飞看着牢头逃走，悄声跟了上去。监狱门口的守军败退，喜春她们杀进监狱中去。

喜春带着蒜头、耕田他们打进来，蒜头带几个兄弟在门口守着。喜春等人往里面打进去，一边打，一边大叫着："小李子，你在哪里，小李子，你他娘的听到老娘在喊你吗？小李子……"

这时，不远处的地方传来李昌鹏的声音："喜春，喜春……"

喜春循声而去，快步跑上到了水牢边，李昌鹏被关在水牢下面，喜春扑倒在地，把手伸了下去，李昌鹏也把手伸了上来，两人的手紧紧地抓在一起，喜春看着李昌鹏，眼泪流了出来，但很快她把泪水擦干了："小李子，你再等一等，我马上就把你救出来。"

"喜春，对不起，是我把狗蛋给丢了。"

"你给老娘闭上嘴，回去一定要好好收拾你，你先出来再说。"喜春站起身来，查看了锁住水牢的大锁，"他娘的，这个水牢怎么锁得这么牢。耕田，你把这把铁索砸开了。"

耕田拿过来一把刀，狠狠地砍了几刀，但这把铁索硬是没有一点动静。

"你真是没用，我来。"喜春推开了耕田，拿过刀，也重重地砍了几刀，但还是砍不开铁索。喜春用枪，连着打了几枪，还是没动静，"他娘的，这是什么锁啊。"

牢头快步跑过来，看看后面没人了，松了口气："吓死我，吓死我，老子差点没命了。"这时，鸡毛从对头走过来，撞了一下牢头，牢头一看是个小丫头，大骂一声，"臭丫头，没长眼睛啊。"

鸡毛连忙赔礼道歉："对不起对不起，是我不对。"

"给老子滚远点，不然老子一枪崩了你。"

鸡毛撒腿就跑。

牢头回身要走，突然感觉有些不对劲，摸了摸身上："啊，我的钱包，我的钥匙呢，死丫头，你给老子站住了。"

牢头追上去，但鸡毛早已不见踪影了。

郑小驴带着大队的伪军向监狱方向过来，郑小驴叫着："快，都给我快点，把监狱包围起来。"

蒜头发现了郑小驴他们："不好，二狗子来了，哎呀，这个喜春怎么回事，人怎么还没有救出来。"

郑小驴他们杀过来，蒜头对着郑小驴开枪，郑小驴连忙躲闪。

喜春听到了外面的枪声，急了，顿时眼泪就落了下来。

李昌鹏抬着头："喜春，你别管我，你快带着游击队的弟兄们赶紧离开这里。"

铁龙也劝喜春："喜春兄弟，走啊，再不走外面的鬼子二狗子就杀进来了。"

喜春很是痛苦地："不，我不走，我要和小李子在一起，鬼子要是杀进来，老娘就在这里打鬼子。"

李昌鹏："武喜春，你个混婆娘，老子才不要和你一起死。你给我滚蛋。"

喜春眼眶中的泪水又流了出来，极其痛苦的样子："小李子，我会回来救你的，你给老娘好好活着。"

李昌鹏点头。

正当喜春要杀出去的时候，鸡毛跑了进来，喜春一把抓过鸡毛手中的钥匙："小李子，小李子，你有救了，哈哈哈。"

蒜头他们已抵挡不住郑小驴的攻击，蒜头躲到监狱的门后面，郑小驴叫着："烂蒜头，今天你见识到我郑小驴的厉害了吧，哼，告诉你，老子才是一个真男人，真英雄。"

蒜头："我呸，你就是个倒插门，怂包，喜春马上就来收拾你了。"

郑小驴气红了脸："给我打，狠狠地打，打死这些个狗东西，打死那个烂蒜头，我赏他十块大洋。"

伪军疯狂射击，蒜头身边的游击队员都倒下了，蒜头正要冲杀出去，喜春他们从后面上来，喜春扶着李昌鹏，李昌鹏的脚一拐一拐的。监狱外面已是火光冲天，大片的皇协军把喜春他们围了几层。

郑小驴大喝一声："武喜春，你这个臭婆娘，你今天就是插上翅膀，也逃不走了。"

喜春对着郑小驴连开了五枪，郑小驴躲闪到后面去，几个伪军被打中："郑小驴，快把狗蛋还给我。"

"呵，你他娘的有了野男人，还想带走我儿子，呵，你要是不投降，我就叫你和李昌鹏这对奸夫淫妇死无葬身之地。"

喜春带着铁龙和耕田像猛虎下山一般，向伪军扑了过去，喜春一边开枪射击，一边大叫着："退后者不杀，都是中国人，中国人不打中国人。还想当二狗子的就上来受死。"

耕田和铁龙一边打，一边也叫着："退后者不杀，汉奸走狗上来受死。"

伪军听着喜春她们的话，不敢再上前，有的往后退。郑小驴和喜春对击，喜春躲过子弹，一枪打中郑小驴的肩膀，郑小驴惨叫一声，被旁边的伪军扶住。伪军畏畏缩缩地，但还是向喜春她们冲杀过去，喜春她们奋力还击着，对着伪军人少的地方拼杀突围出去。

武藤勇带着日军一路追杀卢雨菲他们而来，卢雨菲他们的弹药已经差不多打完了，眼看着就要被日军包了饺子。

鬼子疯狂地叫喊着，向卢雨菲他们杀了过来，鬼子的机枪扫射着，压得卢雨菲他们根本抬不起头来。

就在他们绝望的时候王大牛带着一队人马杀了出来，双方又僵持起来。

天色已经亮了起来，喜春带着游击队撤退到中水门边，李昌鹏的腿一直在流血。喜春背起李昌鹏，他们继续往中水门边跑去，郑小驴带着皇协

军追击上来。中水门关着门，城门边静悄悄一片。喜春突然站住了脚步："这里感觉不对劲。"

已经有几个游击队员冲在喜春前面，猛然间，从掩体后面露出一群鬼子的身子来，山本清直站在后面，鬼子们开始疯狂地朝着喜春这边射击过来。

喜春背着李昌鹏跳到一边，两人摔在地上。喜春对着山本清直这边的鬼子开枪，耕田和蒜头他们对着郑小驴这边的伪军开枪。

山本清直已经慢慢地将包围圈缩小，战斗打得极其激烈。

武藤勇等日军已抵挡不住卢雨菲和黑龙山土匪的夹击只好撤退。卢雨菲看着日军撤走，去往向巴山县城方向中水门接应喜春。

喜春身边的游击队队员不断倒下，喜春杀红了眼，鬼子疯狂地扑了上来，山本清直瞄准了喜春，开枪，耕田看到子弹飞向了喜春，用自己的身体替喜春挡了子弹。

喜春一心杀鬼子，没看清子弹打在耕田身上的什么部位，耕田强忍着痛楚，继续打鬼子。

阿飞关切地问："耕田哥，你没事吧？"

耕田摇摇头，不说话。

阿飞继续用诸葛弓弩射击冲上来的伪军，郑小驴这边的人马往后退了退。

喜春眼看着游击队被鬼子包围，山本清直这边的火力极其猛烈，游击队员伤亡惨重。喜春看着战友们倒下去，眼中含着热泪，山本清直得意笑着，看着喜春撕心裂肺地叫喊着，他胜券在握，对旁边的日本军官："他们已是瓮中之鳖，今日可以将游击队一网打尽，哈哈哈。"

情势岌岌可危，就在千钧一发之际，城门外响起枪声，卢雨菲带着王迅他们杀了进来，城门边的几个鬼子被打死。山本清直转身发现卢雨菲他们，向他们还击，一些没有反应过来的日军都被卢雨菲他们打倒。

耕田肚子上的血已经渗透，但他还是奋力拼杀着，中水门门口的鬼子被打散，喜春她们全力冲向门口。小鬼子向喜春她们冲杀过来，郑小驴带着皇协军也包围上来。

王迅打开了中水门城门，卢雨菲冲到李昌鹏身边，李昌鹏看着卢雨菲，

两人默默无言，但四目已是热泪盈眶。

喜春掩护着李昌鹏和卢雨菲，他们撤退出城。

耕田对喜春："司令，你快走，我来掩护你们撤退。"

"不，要走一起走。"

耕田猛地吐出一口血："我快不行了。"

喜春抓住了耕田的手："耕田，耕田，你怎么了，耕田……"

耕田笑了一下："被子弹咬着了，不过还好，我皮厚，不是很痛。"

喜春看到了耕田身上的伤口，已经鲜血淋漓，耕田重重地推了一把喜春。山本清直他们冲杀上来，已经逼近喜春，耕田回身射击冲上来的鬼子，耕田的腿也被打中，差点摔倒。喜春的眼泪流下来，耕田见喜春她们都撤退出了城门，转身把城门关住了，用自己的身体牢牢地抵住了城门。

山本清直看着喜春逃走，大怒地："八格牙路，又让这个杀猪婆逃跑了。"

山本清直连着对耕田开枪，耕田身上已经中了好几枪，但还是死死地挡着城门。几个鬼子上来要把耕田拉开，但耕田拼出最后一口力气，像千斤顶一般，顶着城门一动不动。

喜春她们已经逃了出来，喜春痛苦地大叫："耕田，耕田兄弟……"

喜春悲痛地大哭，看着不远处的中水门，但还是铁龙等人拉着离开了。

鬼子们都拉不开耕田，山本清直大为光火，拔出刺刀，走到耕田身边："支那猪，八格牙路。"一刀子劈了下去，把耕田的一只手劈断了，耕田的眼睛还是死死地瞪着山本清直，又是一刀子劈下去，劈在耕田的脑袋上，脑浆和鲜血溅了出来，在一旁的郑小驴不敢去看这一幕，低下头去，山本清直去拉耕田，想要把他的尸体拉开，但耕田的另一只手还紧紧地抓着城门，至死都没有放开，山本清直往后退了一步，看着死去的耕田："支那人真是太可怕了。"

王迅跟铁龙搀扶着李昌鹏回到他住处，蒜头等人也一起进屋来，喜春紧张地慢慢让他躺上床，用一条被子垫在李昌鹏背后，喜春："小李子，你慢点，小心点。"

李昌鹏吃力地一笑："我没事，你先去看看其他兄弟。"

喜春拍了下李昌鹏肩膀："浑身伤成这样了，还嘴硬。"

李昌鹏大叫："啊，你轻点。"

喜春赶紧给他揉揉，语气带着心疼跟责备："看你，伤那么重，这帮狗日的，真是下手太狠了。"

这时，卢雨菲拿着伤药进来了，看到喜春跟李昌鹏挨那么近，一时不知道该说什么，卢雨菲笑了笑掩饰尴尬："我帮你擦点药吧。"

喜春马上起身给卢雨菲让座："对，擦上药，好得快"。

卢雨菲坐下来，轻轻解开李昌鹏的扣子："昌鹏哥，你忍着点啊，这药碰到伤口会有点疼"

李昌鹏点头，看着卢雨菲，卢雨菲细心地为李昌鹏擦："雨菲，没想到，还能再见到你，对不起，是我没有保护好你。"

卢雨菲摇头："不，昌鹏哥，什么都不要说了。其实我也没想到，我居然命大，还能活着见到我的昌鹏哥。"

卢雨菲看着李昌鹏，眼泪已经流出来。

蒜头："都说大难不死，必有后福，看来卢小姐的好福气，还在后头呢"

卢雨菲高兴："蒜头，承你贵言了。昌鹏哥，以后我再也不要跟你分开了，你去哪儿，我就跟你去哪儿。"

李昌鹏点头，李昌鹏又望了眼喜春，喜春在一旁站着有些不知所措："我去打盆水来，给你泡泡脚。"

喜春刚想走出屋子，李昌鹏叫住了她："喜春。"

"嗯？"

"都怪我太大意，让郑小驴把狗蛋带走了，我连个孩子都没看住，要打要骂……"

喜春打断李昌鹏："哎，要是打跟骂管用，我们他娘的也犯不着去拿枪打仗了。"

卢雨菲："喜春，昌鹏哥也不是有意的，你不要怪他。要不是为了让你回来看到狗蛋，昌鹏哥也不会带人去县城，还险些送命。"

王迅："是啊，这次营长为了狗蛋，不顾有多危险，闯入虎穴，依营长的性格，他从来不会这样留然行事的。"

喜春："行啦，我只是气那郑小驴，没想到，还是个当汉奸的料。还

有你，小李子，你是活腻了还是怎么的，这样闯进县城，你要是死了，叫我怎么办啊？"

李昌鹏眼神真诚地望着喜春："放心，我不会死，我一定把狗蛋给你带回来。"

卢雨菲听到他们这么说，手停了下，看看李昌鹏，又继续默默地为他擦伤口。

铁龙，蒜头他们看看喜春他们三个人，脸上都不约而同地浮上了暧昧的表情，喜春拿起脸盆走出屋子，铁龙，蒜头等人也纷纷散去。

李昌鹏的表情看上去始终很矛盾，夜深人静，他们两人在烛火摇曳下，紧紧地依偎在一起。

喜春一个人来到河边，微风中，太阳刚刚升起来，河面波光粼粼。喜春盘腿而坐，打开酒壶喝起来，才喝了一口，就呛得直咳嗽："爹，你留下的酒真是烈啊，来，你也喝一口。"

喜春倒了些酒在草地上："爹，咱爷俩好久没说话了，女儿好想你，最近烦心事太多了，嗨，再不喝酒解解闷，肯定会憋坏的。"

喜春放下酒壶："驴子投靠了小鬼子当了汉奸，我已经把他休了，如果你还在，肯定也会让我休掉他，他把狗蛋抢走了，小李子为了帮我抢回狗蛋，差点丢了性命，这家伙，呵呵，自己死活都不顾。"

喜春又拿起酒壶喝了两口："现在他的小情人卢雨菲回到他身边了，看着他们团聚，我应该为他们高兴才对，可是我就是高兴不起来，心里面像有什么堵着。"

这时蒜头声音从背后传来："哟哟，这大清早的，怎么就喝上了？"
蒜头走到喜春身边坐下来，"嘿嘿，有心事吧？"

"狗屁心事，给，要不要来一口？"

"不，不，我又没心事，喝啥闷酒。"

喜春继续自己喝："不喝拉倒，我喝。"

"让我说中了吧？你把人家小情人带回来了，就该料到会这样，人家现在出双入对的，看着心里难受了吧。"

"呸，你少他娘的放屁，李昌鹏跟卢雨菲腻歪，关我屁事啊？"

"我可没指名道姓说，是你心事被我说中了吧。怪不得跟个娘们似地，学会烦心了，还借酒浇愁。"

喜春打着蒜头："老娘本来就是娘们，你说什么呢，你个臭蒜头。"

"哈哈，好好，别打啦，我觉得，你要是真心喜欢李昌鹏，还是有机会的。"

喜春大叫："什么？我喜欢李昌鹏？滚你的蛋，老娘嫁过人，是已婚妇女，还有个孩子，怎么会喜欢他，他也就是我的小兄弟。口口声声喜欢喜欢的，你知道啥是喜欢？"

"我当然知道了。"

喜春喝了一口："行，那你说说看。"

"喜欢一个人，就是你见不到他的时候，会很想他，同他说话的时候，你会心跳加快，心里甜的就像吃了蜜，你还会吃不下睡不着。"

喜春不承认："没有的事。"

"这有啥好害臊的，你现在已经是一个人了，有权利跟自由去追求自己的幸福，怕啥，大家都是男未婚女未嫁的，机会平等。"

"你哪来这一套套的邪门歪理，胡扯。你什么时候搞定我们的小韩同志？"

"我……我，你别岔开话题。不肯承认就算啦，李昌鹏始终是国民党，这点来看，你们不适合。还是等打完鬼子再说吧，哎，这兵荒马乱的，能活到哪天还不知道呢，想这些儿女情长的也没用。"

蒜头起身离开。

喜春回味着蒜头的话："见不到他想他，在一起时间过得特别快，说话就像吃蜜，还会吃不下睡不着。"

喜春如梦惊醒般："不会吧，他娘的。"

喜春拼命摇头："不，不可能，绝对不可能，小李子跟雨菲才是般配的一对，老娘要是插足，就太不厚道了。蒜头说得对，打鬼子要紧，哎，不想了。"

游击队经过这几次的战役，把小鬼子折腾的够呛，虽然没有消灭敌人，但是极大地鼓舞了人们的抗日激情，他们的抗日故事也被传的很神，当地人们被小鬼子害惨了，心头的愤怒早已压抑很久了，听着游击队打击小鬼子的故事都很兴奋，乡亲们参加游击队的激情都很高，都抢着报名参加，其中绝大多数的人都是曾经的受害者，对敌人是恨之入骨。

游击队的人数也逐渐多了起来，新来的人也很多，为了提高整体的战斗力，不得不加强训练。

队员们全部集合在晒谷场，每个人手伸直，手里都拿着块大石头，一动不动地站在那儿，最前面是一排稻草人。

卢雨菲严肃地讲着："在战场上，射击是非常关键的，因为枪较沉，所以手臂力量训练，是射击前的重要环节，只有练好了臂力，才能有足够的稳定性，子弹打出去，才不会偏。"

鸡毛他们手都有些抖，卢雨菲一一指正："胳膊伸直，姿势要稳，对准射击目标，要不急不躁，这个姿势保持一小时，谁要是动了，场地上跑十圈。"

铁龙，蒜头他们已经叫苦连天。

铁龙叼着烟："喜春跟卢小姐白天晚上地轮番着来，老子也快散架了。"

蒜头："我的个亲娘啊，浑身酸痛，这两个女人，啥事都比着来，再这么闹腾下去，别说打鬼子了，连走路腿都发软。"

金二胖："王迅，赶紧的，叫你们营长把卢雨菲给娶回家去，不，不，都娶回去算了，该干吗干吗，俩娘们成天指手画脚的，我这胳膊，哎哟。"

王迅只是笑了笑："营长的终身大事，我可做不了主。"

喜春跟韩新枝朝他们走来，喜春："干吗啊，一个个躲这儿偷懒呢。"

鸡毛："姐，求你了，让我们歇几天吧，你们再这么魔鬼训练下去，小鬼子还没死，咱先陪阎王爷玩色子去了。"

其他人都附和："就是，你们这训练实在太狠了。"

新队员也表示："队长，现在每天训练，比种完十亩地还累人。"

韩新枝也感觉到训练的强度确实是有点过了："喜春，你着急练兵的

心情我可以理解，不过，既然大伙都提意见了，不如，你就降低点训练强度吧。"

喜春心里有谱："兄弟们，你们现在都加入了游击队，就为了多杀些小鬼子，我们不分日夜的加紧训练，等你们上了战场，宰下几个小鬼子后，就会知道，自己在短期内，已经变成了杀鬼子的好汉，到时候，心里肯定美得冒泡。"

喜春接着忽悠："你们知道不，老娘去了纵队司令部一个月，就把他们全部的本事都学来了，如今，老娘在用同样的方法训练你们，你们肯定会跟老娘一样厉害的。"

鸡毛："姐，既然你都那么厉害了，为啥还要卢雨菲啊？她教的那些，基本派不上用场。"

喜春："嗨，你以为打鬼子是比武招亲呢，比谁厉害，卢雨菲训练你们基本功，跟我教的实战本事相结合，可以提高你们的战斗力，都给我好好练啊。"

一个个都苦不堪言，有的还呲牙咧嘴……

山本清直在防空洞内巡查，穿着白大褂的专家在忙碌着，几个戴着口罩的人正在给绑在病床上的人注射。小泉正在对着玻璃瓶研究数据。

山本清直：博士，实验进行得怎么样了？

小泉：非常顺利，不过，我需要一个合适的活体，确认人体在不知觉情况下，接受我的研制成果，多久会起效。

山本清直：博士要什么样的，我马上帮你去抓，中国最多的就是人了。

小泉：不，这个活体，我需要亲自挑选。我想，这个实验成功之后，我们马上就能把药品，投入到敌人后方了。

山本清直：哟西，天皇陛下庇佑，有了这些剧毒药品，我们大日本帝国的圣战，马上就要胜利了。

日本人的 A 计划在秘密的进行着，为了挑选合适的活体，确认人体在不知觉的情况下会多久起效，小泉亲自去挑选。狗蛋在营部门口玩耍，小

泉跟手下菊池经过，小泉观察了狗蛋一会儿，满意地微笑："哟西，非常合适的活体。"

小泉走近狗蛋："你好啊，小朋友。"

狗蛋抬起头："你是谁，我不认识你。"

小泉笑嘻嘻地掏出两颗颜色鲜艳的糖果："我是给你送糖果吃的人。"

狗蛋看着小泉手中的糖果，犹豫着不敢拿，小泉剥开一颗给狗蛋："乖，吃吧。"

狗蛋接过放进嘴里吃了起来。

"好吃吗？"

狗蛋点头。

"想经常吃糖果吗？"

狗蛋："嗯，想。"

小泉："很好，我可以经常给你吃糖果，但是你一定要保守秘密，不可以告诉任何人，知道吗？"

狗蛋似懂非懂地点头。

"走，我带你去个地方，只要你乖乖听话，我给你很多很多糖果。"小泉阴狠地笑了，拉着狗蛋的手离开。

几十个国军士兵已经受伤，一路溃败到山下小路上，孙铭一个胳膊已经被炸断，还在流血，他们身后响起了无数枪声，小鬼子的三轮摩托朝他们开来。

孙铭他们边跑边开枪，小鬼子一个手榴弹扔过来，又几个国军士兵被炸开了。

孙铭悲壮地："今天真是天要亡我们，跟他们拼了。"

其他士兵："好，拼了，大不了一死，十八年后，个个都是好汉。"

孙铭他们已经用完了子弹，小鬼子朝他们靠近，将子弹打在孙铭他们脚边，带着轻蔑与挑衅，孙铭他们被激怒了，于是上了刺刀："他娘的，兄弟们，上。"

小鬼子下车，也举起刺刀慢慢走近他们，就像豺狼靠近猎物般。

　　孙铭他们不再后退，朝小鬼子跑去，国军士兵们与小鬼子浴血拼杀，寡不敌众，很快，孙铭他们只剩下十几个人，被几个小鬼子围在中间，正当小鬼子举起刺刀的时候，接连几声枪响，几个小鬼子背后中枪，口吐鲜血，倒下了。

　　小鬼子警觉地转身，又有几个小鬼子脑袋被打爆了，路边草丛里，喜春、李昌鹏他们带着队员们，在对着小鬼子开枪。喜春："小鬼子上了刺刀，枪膛是空的，大家快开枪灭了他们。"

　　队员们朝着小鬼子开枪，路上，小鬼子又死了几个。路上，孙铭他们赤手空拳跟小鬼子搏杀在一起。

　　李昌鹏认出来了："是孙铭他们，大家别开枪，会伤了国军士兵的。"

　　喜春他们上了刺刀从草丛冲了出去：冲啊，杀！

　　喜春他们跟小鬼子拼杀在一起，李昌鹏冲到孙铭身边，一刀砍死小鬼子："你没事吧，孙铭。"

　　孙铭很惊喜："营长，原来你没死？"

　　"小鬼子不死，老子不能死，先打完这股小鬼子再说。"

　　小鬼子人数上不敌游击队，很快，就被全部消灭了。

　　喜春他们把受伤的国军士兵安顿在一间空房内，韩新枝跟鸡毛、阿飞、斯瑜在帮他们处理伤口跟喂吃的。

　　李昌鹏问："孙铭，不是让你负责保卫陈军长的吗？怎么跟小鬼子干上了，还伤成这样？"

　　"哎，别提了，营长，我们把陈军长送上飞机后，就回来找你们。但国军里面，大多是像曹晟这样贪生怕死的混蛋！"

　　李昌鹏很惊讶："曹团长？孙铭，这到底怎么回事？"

　　孙铭咬牙："哼，这姓曹的，就是个孙子，浙东战场那一战，他们明知小鬼子兵力是我们数倍，却只管自己跟那帮权贵逃命，骗我们上前线，掩护他们撤退，当炮灰，他们都逃到重庆去了，根本不管我们的死活，我们一路撤退，被小鬼子追着打，才到了这一带。"

　　李昌鹏起身，攥紧拳头："在国军内部，贪生怕死者不在少数，可是，毕竟是事关民族存亡的大事啊，他们怎么可以只管自己先跑，让属下挡枪

的？"

孙铭："哼，营长，你还不知道吧，当初，你们守巴山县城，他们之所以没有派兵增援，不是兵力不够，其实早就做好让你们死守，弃车保帅的打算了。"

王迅："我们一百多人抵挡日军几千，他们却逃去后方逍遥快活，真不是人。"

李昌鹏沉默了。

喜春："嗨，兄弟们，你们受苦了，就留下好好养伤吧，咱游击队，穷是穷了点，可是咱是共产党领导的，真心打鬼子的队伍，他国民党不好好待你们，我喜春以后就好好罩着你们。"

孙铭："谢谢武队长，谢谢你救命之恩。"

喜春："嗨，谢啥，你们个个都是打鬼子的英雄好汉，我喜春佩服，咱都跟小鬼子有深仇，这仇一定要报，既然国民党的大官不拿你们的命当命看，咱就不去尿他了，他们寒了你们的心，咱来把你们的心焐热，兄弟们，你们能活下来，又让我们遇到了你们，一定是老天爷安排你们来到这儿的，不如，就跟你们营长一样，留下来，跟我们一起打鬼子吧。"

孙铭："营长。"

李昌鹏点头："你们先把伤养好，然后一起打鬼子。"

孙铭很高兴："我们又可以跟营长在一起了。"

山本幽兰在街上逛，不时地挑选小玩意，身后还有两个日本兵保护。她拿下一串糖葫芦，准备给钱，不料卖家看到她身后的小鬼子，不肯收钱，山本幽兰坚持着："你拿着吧，我买东西，给钱是天经地义的。"

卖家直摇手赔笑："我们哪敢收您的钱啊，您拿我的东西，是给我面子。日本人买东西，不要钱。"

"哪有买东西不给钱的。"

士兵："幽兰小姐，这个县城是我们大日本帝国的，这里的一切东西，都是我们的，您不需要付钱。"

山本幽兰还是将钱塞给卖家，卖家看着手上的钱，连忙行礼："谢谢，

谢谢。"

山本幽兰拿着糖葫芦继续朝前走，士兵狠狠地瞪了一眼卖家。

日本兵在城门口挨个地检查进出城的老百姓，武藤勇在盘查。一个老农被带到山本清直面前，士兵汇报："少佐，这个老头身上藏着药。"

武藤勇拿起药一看："这是止血的药。"

老农慌张的乞求："太君，太君，我儿子上山砍柴，手被刀子砍伤了那么大个口，这个药是为他止血的啊，太君。"

武藤勇笑里藏刀："你撒谎，这药是给游击队员用的吧？只要你说出实情，我就放你走。"

这时，山本幽兰已经走到了城门口，看到武藤勇在审问老农。

老农跪在地上可怜的回答："太君，求求你放了我吧，我真的不知道，我什么都不知道啊。求求你们放了我吧，我真的不知道游击队在哪儿，我儿子还在家等着我的药呢。"

武藤勇："看来你真的不知道。"

武藤勇转身，手一挥，士兵开枪打中了老农的胸膛，老农倒地，眼睛睁得很大。山本幽兰看到这一幕，惊得扔掉了手中的糖葫芦，用手捂住了嘴巴，可是她看到武藤勇带着冷血的笑。

武藤勇警告着围观的人："谁要是对大日本帝国不忠诚，就跟这老头下场一样。"

山本幽兰眼眶中噙着泪水，难过地转身离开。想不到她一直相信的圣战是这个样子，所谓的东亚共荣圈只不过是为侵略的借口，她彻底地失望了，也许以前是有过，但是今天所亲身体会到的让她彻底的觉醒了，也看清了这被蒙蔽了很久的事实。

山本清直坐在办公室，仔细研究着巴山一带的地图。

山本幽兰走了进来。

山本放下地图，柔和地一笑："妹妹，你来了。"

幽兰坐下。

"怎么样，在这里玩得开心吗？"

幽兰面无表情："我还是更喜欢大阪。"

"是啊，离开了那么多年，好怀念在家的时候啊，在樱花盛开下，静静喝着母亲煮的茶。"

"那哥哥，我们回家乡，好吗？你继续当治病救人的医生。"

"哥哥答应你，等帝国的圣战结束了，我们就回家。"

"可是这里是中国人的土地，我们在这里侵占了他们的家。"

"妹妹，我们是天皇陛下的子民，我们大和民族，是最优秀的民族，支那人愚蠢的跟猪一样，不懂得珍惜，只有我们的子民，才值得拥有这片肥沃的土地，我们会让这里变得更加繁荣，支那人应该感谢我们。"

"既然是帮助支那人，你为什么要残酷地杀害他们呢，他们很多都是手无寸铁的老百姓。"

山本语气有些严厉："妹妹你不懂，这是战争，流血是必然的。"

"那都是一条条活生生的性命，你怎么就下得了手？"

"好了，女人就不该过问战争，你回去休息吧。"

幽兰起身，走了两步回头，带着失望："哥哥你变了，不再是我以前那个善良的好哥哥了。"

武藤勇朝山本清直办公室走来，碰到了山本幽兰。

武藤勇殷勤地打着招呼："幽兰小姐。"

山本幽兰没理他，独自哭着离开。

武藤勇笑着自言自语："我们日本女人，连哭的样子都那么漂亮。"

武藤勇走进了办公室，山本清直有些烦躁地扔掉了手里的地图："我们为了帝国的圣战，离开家乡，不远千里来到中国，可是我们的亲人，却未必能明白我们的使命。"

"想必大佐跟幽兰小姐之间沟通上有些不愉快。"

"我这妹妹太天真了，根本不懂战争。"

"我想，亲人始终是亲人，总有一天，幽兰小姐会明白的。"

"但愿吧，不说她了，武藤君，我希望你去趟黑龙山，说服那个二当家黑狼，让他为我所用。"

武藤勇抱怨着："这个土匪，人过贪婪，只怕不能全心为大佐所用啊。"

"不，我看中的，就是他的贪婪，人最怕就是没有弱点，像李昌鹏，

这个黑狼，贪心就是他的弱点，只要满足他的贪念，他就能无原则地为我卖命。"

"大佐高见，属下这就去黑龙山，说服黑狼为我们大日本帝国效力。"

游击队不断的壮大，通过训练队伍的战斗力也极大地提升了，再加上刚刚入伙的孙铭等人，可谓是如虎添翼，他们都是身经百战的老兵，在战场上杀敌是无所畏惧，以一当百。喜春心头还有一件事，就是想收编马燕她们一伙人，本想亲自去谈一下，但是铁龙自告奋勇地站出来，其实他的心思喜春早就明白，就把这个任务交给了他。

他们带着猪和酒就上山了，猪还在叫，其他女匪都偷偷笑了。

马燕淡淡地："你们太客气了。"

铁龙笑着回话："只是聊表心意，游击队你也知道，穷，不过这是喜春的心意，还望你别嫌弃。"

"既然铁大当家亲自来了，想必还有事吧？"

"妹子真是爽快人，我也就开门见山说了，如今游击队已经不同往日，加上我们黑龙山，人数上已经扩大数倍，喜春想跟狗日的小鬼子痛痛快快干一场，最好是把他们灭了，还是那句，妹子，跟咱入伙吧。"

"所谓船小好调头，我们凤凰寨几十个姐妹，专门杀鬼子，跟人合伙，只怕到时候，反而无法全身而退。"

"人多了，才能干掉大股的鬼子啊，你们这样，遇上鬼子多数的时候，那是要吃亏的啊，妹子。"

"我们有自己的法子去对付小鬼子，就不劳铁大当家费心了。"

"妹子，大家一起，也好有个照应，减少没必要的损失嘛。"

"打鬼子是我跟姐妹们自己的事情，你们请回吧，白莲，送客。"

"妹子，妹子，凡事都有商量的余地嘛。"

马燕起身，面无表情："你们请回吧。"

铁龙一看没戏了，面子也不要了："妹子，要不这样吧，你把我招了吧。"

马燕回头："招了？我们凤凰寨不要男人。"

"我来凤凰寨做上门女婿，我们黑龙山几百号兄弟以后都归你管，打

鬼子听你调遣。"

马燕有些生气："你。"

"我铁龙都以身相许了，你看，你还是答应了吧。"

"你要是再胡说，今天就别想踏出我这凤凰寨半步。"

铁龙继续耍赖："我本来就准备呆着不走了，妹子，这么说，你是答应了？"

马燕着实生气了："白莲，还愣着干什么？"

白莲手一挥，几个女匪举枪对着铁龙，铁龙轻轻按下白莲的枪："这位妹子，我们这就走了，你们大当家不领情，劳烦你再劝劝她，万一小鬼子冲来凤凰寨了，你们也不至于没人增援，大家都是打鬼子的，都是中国人，就该相互照应，是吧。"

白莲催促着："行了，你们快走吧"

铁龙没招："好，走，我们走。"

铁龙拉马燕入伙不成功，他万万没想到，日本人早已盯上了黑狼。黑狼坐在虎皮椅子上看着山本清直的委任状，孙华等亲信站在一旁，黑狼不敢相信日本人出手太大方。

黑狼还在犹豫："这个……"

武藤勇看出了黑狼心已动："我们大日本帝国，会让你荣华富贵，大洋，女人，享之不尽。"

孙华站出来："二当家，这可是升官发财的好机会啊。"

一个叫泥鳅的土匪站出来："二当家，这日本人杀害过我们的兄弟，我们不能去投靠他们当汉奸，大当家要是知道，肯定也不会同意的。"

孙华早就没把铁龙放在眼里，在诱惑面前本性就露出来了："大当家，大当家的，少拿他来压我们，你们搞清楚，谁是你们真正的主子，没有二当家，你们能有今天吗。二当家做了警备司令，咱兄弟也能摆脱土匪这个名头，变成正规军啊。"

泥鳅还是不赞同："大当家对咱有恩，咱不能忘恩负义啊。"

孙华："大当家被那女人迷昏了头，自己想当游击队，也不能让兄弟

们跟他过苦日子啊，再说了，他凭啥拦着兄弟们发财啊？哪天他要是被小鬼子灭了，还得拖着咱为他披麻戴孝吗？二当家这么多年，都屈居在他手下，欠他的早就还清了，凭啥不能自己去过好日子？"

黑狼沉闷着不说话，目光阴冷。

武藤勇看黑狼不说话，于是："二当家，看来，这里的人，对你的忠心，还不够啊，有二心的人，都是定时炸弹，说不定哪天就会栽到他手里了。"

黑狼："惭愧，今日让您见笑了，麻烦回去转告大佐，我解决了这里的问题之后，就进城去。"

武藤勇见黑狼已然动心："很好，那我就告辞了，请二当家尽快进城就任。"

武藤勇刚走到大门口，泥鳅红着眼拔枪冲过去："狗日的，老子今天先干掉你。"

还没等泥鳅开枪，一声枪响，武藤勇回头，泥鳅已经中枪倒地，黑狼的手枪还冒着烟。

武藤勇露出满意的笑："哟西，二当家，果然是好汉，大佐没有看错你。"

黑狼："让您受惊了。"

武藤勇由孙华领着，转身离去。

黑狼面对众土匪："还有谁不服？"

众土匪："我们都听二当家的。"

黑狼满意地笑了。

喜春跟李昌鹏到病房的时候，只见山本幽兰正在为伤员换药。

喜春惊奇地问："铁龙兄弟，她怎么来了？"

铁龙情绪低迷："兄弟，对不住，我没说动马燕入伙，倒是把她带来了，你，还是让她自己说吧。"

山本幽兰帮孙铭换好药起身，走到喜春身边，鞠了个深躬行礼："武队长，请你收留我吧。"

喜春："行了，别动不动就哈腰，老娘不是送你走了吗，怎么又回

· 324 ·

来了？"

这时候，蒜头跟韩新枝也进屋来了。

山本幽兰："哥哥做了很多对不起你们中国人的事情，我不想继续留在他那里了，我希望能为你们做些事情，减轻他的罪孽。"

李昌鹏："这么说，你是自己偷跑出来的？"

山本幽兰点头。

喜春："你那混蛋哥哥知道了，又要来攻打我们了。"

山本幽兰："我留了封书信，告诉他回日本了，叫他别再找我。"

铁龙："喜春兄弟，我们发现她的时候，她是在钟家岭一带迷路的，应该不会有什么问题。"

喜春点头："行，那你先留下来，正好游击队缺个郎中。"

山本幽兰又是不停地深深鞠躬："谢谢，谢谢。"

第二十二章

　　狗蛋被蒙着眼睛，昏睡着躺在病床上，菊池将毒剂注射进狗蛋的身体。小泉每次把他哄骗进来，在不知不觉中给狗蛋服下安眠药，人的意识很强大，他们就是想确认身体在不知不觉中对毒剂的接受度，在狗蛋醒之前就悄悄把他带出去，这样就不会察觉到。

　　狗蛋回家后，全身发痒，皮肤红肿，有些地方已经流脓，而且身体发烫，病情一阵一阵的，郑小驴带着狗蛋去看郎中，郎中认为是热症引起的，抓点药就没事了。

　　次日，狗蛋又被带到防空洞外，菊池："来，我们眼睛蒙起来，去吃糖果咯。"

　　狗蛋开心："好。"

　　菊池蒙上狗蛋的眼睛，带他进防空洞，剧毒品配制室内，被关起来的实验活体们，在痛苦地呻吟着。狗蛋安静地躺在床上，小泉看着狗蛋的身体："哟西，效果很不错，菊池君，把我们新调制好的毒剂给他注射。"小泉爱惜地摸着狗蛋的身体，"这将是最完美的活体，我们将会载入大日本帝国的史册——不，应该是全世界，都会看到我的成就。"

　　日本人的军需物资已到，兵员也得到了补充，山本觉得是将游击队彻底铲除的时候了，集结所有兵力，准备攻打武家村，另外，留下一支精英小队，全力保护实验室。

　　乔装后的鸡毛从药店抓药走出来，看到街道上全是大卡车，三轮摩托，步兵。心里纳闷，怎么回事，猫猫狗狗全出动了？鸡毛压低斗笠，偷偷的跟上去探个究竟。伪军步行跟在最后，在队伍尾巴上，鸡毛紧随其后，只听得两个伪军在抱怨。

"他娘的，又让我们去当炮灰。"

"可不么，他们坐车，我们跑断腿，我们跑到那武家村，力气都没了，直接成游击队的炮灰。"

鸡毛听到这个消息，就抄小路赶快就往回跑。

喜春她们知道这个消息后，让老百姓全部撤离，觉得时间上是来不及了，游击队现在是人强马壮，但是武器装备相差太悬殊了，如果硬拼的话肯定会吃亏，但是也不能做缩头乌龟，最后她们决定利用地形的优势来和敌人周旋。县城到武家村一带都是山连着山，在山上伏击小鬼子是个不错的选择。

敌人行进到虎扑岭时，突然间遭到袭击，前面的小鬼子倒下了几个，其他小鬼子马上进入警备状态。又是一波扫射从山上发过来，山本清直车上的司机脑袋被子弹打穿了，山本清直跟郑小驴放低身体，山本清直下车躲在车子铁皮后面，炮兵连上前，几架迫击炮朝山上发射，重机枪对着山上几个方向疯狂扫射。

在小鬼子的狂轰滥炸下，几个新队员倒下了，队员们扔下手榴弹，山下两辆卡车被炸了，又炸死好多小鬼子，不过游击队员们也不断地倒下。

火力上根本敌不过小鬼子，占不到任何的便宜，游击队只好撤退。日本人已经吃过了几次亏，这一次又做了充分的准备，山本清直可谓是信心满满。

郑小驴带着伪军上山来，喜春看到了郑小驴："狗日的郑小驴，老娘今天非宰了你不可。"

山路上，几个伪军中枪倒下，郑小驴连忙躲进了草丛里。伪军朝上面开枪，可是枪法太烂，又被喜春他们扫下了一批。

郑小驴看见情况不妙，马上往下山逃去，但是被被喜春打中了胳膊，郑小驴逃到山下就晕了过去。

山本清直皱眉："废物，继续打。"

枪炮不断轰击着山上。

黑狼带领的土匪们与铁龙他们遇上，双方开始拼杀在一起。

铁龙与黑狼打在一起，铁龙步步紧逼大骂："黑狼，你当汉奸，你反

了你！"

黑狼招架着："是你逼我反的。"

"我逼你，我怎么逼你了？"

"你非要去打什么鬼子，跟了游击队，啥都不管了，可寨子里兄弟们要有酒喝，有肉吃，日本人随便一个炮就能平了黑龙山，我们怎么办？你问问，谁愿意去死？"

"混蛋，你是铁了心做汉奸，可你不能连累弟兄们和你背这个骂名啊！"

两人厮打在一起，黑狼招招凶狠，铁龙向上一跃，一记老鹰扑兔，狠狠地擒住了黑狼。

黑狼被俘："我这条命是你捡回来的，要拿去，我无话可说。"

铁龙还是下不去手，忍痛好久："人各有志，曾经的兄弟情分，就到此为止了，黑狼，你好自为之吧。"

黑狼跪下："大哥，兄弟有负于你，你的恩，黑狼来世再报了，兄弟们，我们走。"

黑狼在自己手臂上开了一枪，孙华："司令，你？"

"这样就好交差了，我们走。"

黑狼带着人离开了。

铁龙满眼无奈跟失望。

天快黑了，这时，几个队员突然中枪了，子弹不断地从他们的身后打过来。喜春朝射击方向扔过去两个手榴弹，却没看到小鬼子被炸开。敌人使用的是日式最新冲锋枪，射程远，火力猛，手榴弹根本扔不到那么远。

武藤勇带着士兵们在林间继续朝喜春他们射击，他们想耗尽游击队的弹药，再来个"瓮中捉鳖"。

硬耗下去肯定不行，弹药本来就不多的他们，根本耗不起，队员们全部隐蔽了起来，上了刺刀，等待小鬼子靠近了再打。

等了一会儿，见游击队没有了动静，武藤勇他们握着刺刀，慢慢向喜春他们靠近。喜春他们握住刺刀，准备迎战，这时，几声枪响，几个小鬼子从背后中枪倒下。武藤勇转身，子弹又击穿了几个士兵，武藤勇带着士

兵躲进林间。

只见马燕带着手下们，从另外一边上山来。

喜春大喜："哈哈，我们有救了，是马燕。"

铁龙激动："马燕来了，我就知道，她心肠没那么冷，哈哈。"

马燕她们对着林间发起猛烈的攻击，，连续扔出了几个手榴弹在林间炸开了，小鬼子被炸死了一片。

武藤勇气得拍土，腹背受敌，损失惨重，只好撤退。

喜春他们起身，马燕她们走过来，喜春激动地拉住马燕的手："马燕，谢谢你救命之恩，你真是观音菩萨再世啊。"

铁龙也连忙上前嘿嘿笑着："妹子，你能来，实在是太好了。"

这时一颗子弹射过来，马上就到马燕背后，千钧一发之际，铁龙推开马燕："妹子，小心。"

铁龙肩膀被子弹打中。

铁龙被大牛扶起来，看着马燕："老子皮厚，没事，只要你没事，老子死也值了。"

马燕终于有点感动："你怎么那么傻。"

铁龙听得心里软绵绵的，傻傻地看着马燕。

天已经黑下来，喜春她们觉得还是趁黑突围下去比较好。但是马燕坚持着，既然来了就要教训教训小鬼子，把弹药也分给了游击队一些。

武藤勇灰头土脸地低头："一群女匪扰乱了我们的围捕，大佐，卑职无能，请大佐处罚。"

山本清直看看武藤勇，又看看一旁受伤的黑狼，山本清直阴狠："今天绝不能让他们活着出去，每条山路口，加强封锁，一旦发现，全部杀光。"

黑狼看到孔明灯："大佐，你看。"

山本清直抬头："怎么会有那么多孔明灯出现？"

马燕举枪，对准一盏孔明灯，只见灯下系着绳子的葫芦被打破了，女匪们纷纷举枪对着孔明灯射击，喜春他们全部一起朝着半空开枪，阿飞用诸葛弩射穿了葫芦。

有液体从孔明灯上流下来，流在了小鬼子们身上，山本清直闻了下："不

好，是煤油，大家快脱下衣服。"

山本清直他们还在边退边脱衣服，煤油如下雨般不断流下来，手榴弹在他们身边炸开，车子都被炸毁，很多小鬼子，伪军，黑狼的人马，来不及跑，身体都着火，活活被烧死了，山下路上惨叫声鬼哭狼嚎般。

山本清直脱光衣服，只剩了一条日本人专用的内裤，躲进草丛。

喜春他们听到惨叫，都叫好："真是太痛快了。"所有人边开枪边冲下去。武藤勇，黑狼及剩下的小鬼子们，都脱光了衣服，还击着喜春他们的射击。小鬼子在强大的攻势下，很快伤亡过半，山本清直在武藤勇他们的保护下，带剩余的兵，狼狈撤退。

喜春想乘胜追击，但是被李昌鹏拦住了："穷寇莫追。再追去，我们也得不了便宜。"

在清理战场时，有几个小鬼子躲在草丛中被抓住了，在韩新枝的劝说下才保住了这几个俘虏的命。

喜春大摆庆功宴，桌上放着大盆肉、大坛酒，游击队员，铁龙，马燕的人都在场，大家尽情地畅饮着。

蒜头看看韩新枝被鸡毛跟王大牛在哄喝酒，蒜头拿过酒碗："指导员，你不会喝，我帮你。"

说完，蒜头一饮而尽，王大牛取笑蒜头："哈哈，你算是英雄救美呢。"

大家起哄，韩新枝脸红了。

阿飞敬着王迅，王迅喝完一碗，阿飞迅速地往他碗里夹肉。

卢雨菲坐在李昌鹏旁边。李昌鹏旁边是喜春，喜春看看他们，拿起酒碗，走到马燕身边："马大当家的，今天多亏了你，这碗酒我敬你。"

两人碰杯，一饮而尽。

铁龙等人鼓掌："好，都是女英雄啊。"

喜春拉着马燕的手："咱是抗日女英雄，马大当家，我今天就跟你说句掏心窝子的话，大家都是女人，做女人难，做没男人的女人更难，做打鬼子的女人，那是难上加难，咱都一样的命，不容易啊。"

这话说得马燕有些动容："喜春，我们黑寡妇敢死队的女人，活着就为了打鬼子。只要能杀鬼子，我们什么都怕。"

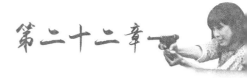

喜春："你们凤凰寨的女人们都命苦，入伙咱游击队吧，你总是在我们最危险的关头出手相救，但是你们总是单独行动，力量还是太单薄了，入伙了，大家也好有个照应，今后，大家就跟今天这样，一起打鬼子。"

铁龙："就是啊，妹子，你就入伙吧。"

白莲桂香等女匪："大当家，你就应了吧。"

马燕她们一直都是在背后袭击小鬼子，虽说每次都有所斩获，但伤亡还是很大的，每次都是人单势薄，便宜很难捞到，加入游击队，不仅可以壮大队伍，而且还可以和小鬼子面对面的较劲，这样就可以杀更多的小鬼子，其实她也想过这个问题，今天时机都已成熟，马燕也高兴的点点头。

李昌鹏审问着一个叫关谷的俘虏："只要你把你知道的告诉我们，我保证不会要你性命。"

关谷："我真的什么都不知道，我只是军医。"

"你们的军队，在我们国家肆意蹂躏，你作为救死扶伤的医生，看到那么多人被杀害，难道，真的一点都不动容吗？"

"天皇陛下召唤我来到中国，可我从来没杀害过一个中国人。"

"可你们的军人，随意地掠夺我们的东西，残害我们的同胞，如果，换做是你们国家遭到侵略，你就忍心看到你的亲人，一个个被杀害吗？"

关谷低下了头。

山本幽兰也在劝说："我不想再看到，我们国家对中国人滥杀无辜，留这儿，就当是赎罪吧，我不想再看到更多无辜的生命被残忍的杀害。"

李昌鹏："我们好多亲人，战友，都死在你们日本人手里，可我们不会滥杀无辜，明天，就把你们交给我们的上级，你放心，不会要了你们的命，这场战争，打了那么多年了，我们真的不想再看到血流成河，生灵涂炭无休止地继续着。"

关谷低着头："对不起。"

李昌鹏："毕竟生命只有一次，你现在还有伤在身，明天送你去战地医院治疗，早点休息吧。"

关谷犹豫了。

李昌鹏起身就走。

当李昌鹏走到门口，关谷："请等一下。"

李昌鹏回头。

关谷："我……"

李昌鹏："你知道什么，就尽管说吧。"

"现在有一批帝国医学专家，正在调试和配制剧毒药品，他们打算把药品投入到支那——不，军后方去。中了这种毒的人，不但自己性命不保，而且还会传染给别人。"

李昌鹏惊讶："什么？毒药？传染给别人？"

"这是最高军事机密，我知道得不多，只知道，这批药物，毒性非常强，危害性很大，一旦投入，那几乎是毁灭性的。"

李昌鹏追问："那现在，这批毒药在哪里？"

"实验基地设在巴山县城的防空洞内，驻守巴山县城的军队，就是为了保护专家，顺利进行实验。我知道的就这些了。"

李昌鹏陷入思考："怪不得，山本清直之前出动全城兵力，还拼死夺回那个金属盒子，后来，他一直没有出动全部兵力剿杀我们，原来这些，都是为了保护实验顺利进行。"

李昌鹏一下子明白了："那现在，他亲自出兵要剿杀我们，难道，试验已经……不好！"

李昌鹏的眉头紧锁。

关谷上前来："请你们让我暂时留在这里，我想为你们做一些事，赎轻身上的罪孽。"

李昌鹏拍着关谷的肩膀："好，那你就留在这里。"

关谷向李昌鹏鞠躬："谢谢。"

众人齐聚在办公室商议，喜春知道后气得拍桌子："这小鬼子太他娘的恶毒了，十八代祖宗缺德的东西。老娘一定要去毁了他的狗屁毒药。"

李昌鹏："这批毒药，我们肯定要提前去毁掉，绝个能让鬼子投入使用。"

卢雨菲："小鬼子在正面战场运用过毒气，很多士兵都中毒牺牲，没想到，他们一直在巴山县城，秘密地配制剧毒毒药。"

韩新枝："一旦这些毒药投入到后方，那全中国，都要遭受灭顶之灾，实在太可恶了，不能让他们阴谋得逞。"

喜春："事不宜迟，我们马上制定好计划，今晚就混进城，把那实验室给端了。雨菲，县城你最熟悉，防空洞的位置你应该很清楚吧。"

卢雨菲："这个交给我。"

李昌鹏："这次行动，我们必须隐秘进行。"

喜春他们带着几名骨干队员，已经来到了城门外。他们兵分两路，韩新枝，马燕，在城外接应。喜春，李昌鹏，铁龙，卢雨菲，蒜头等人进城。

喜春他们用绳索攀墙而上，城楼上站岗的几个小鬼子，被喜春他们利索地用刀割断了喉。换上了日军军服。喜春他们来到医院门口，他们没说话，直接走进医院。不一会儿，他们换成军医的衣服，戴着口罩，从医院走出来，继续前进在路上。在卢雨菲的带领下朝防空洞走去，他们刚想走进去，却看到武藤勇跟郑小驴带着一队小鬼子跟皇协军在巡逻，正朝他们走来，喜春他们立刻躲进一条小巷子。武藤勇他们带着人马从他们眼前走过，没有发现他们。

防空洞外有重兵把守，喜春他们进去，被士兵拦住，李昌鹏："小泉博士命令我们来的。"

士兵检查了下他们的身体，给他们放行。喜春他们来到防空洞内实验基地，只见里面灯火通明，所有穿着白大褂的人都在忙碌着，被关着的人痛苦嚎叫着。

喜春他们装作忙碌的样子，开始在实验室的桌子柜子里小心翼翼地不动声色找着。李昌鹏跟喜春悄悄靠近小泉的办公室，小泉跟菊池正在观察玻璃瓶和玻璃试管。

小泉拿起一个玻璃瓶子，非常喜爱："最新的毒剂总算配制成功了，我仿佛听到天皇陛下的赞赏了。"

菊池："恭喜博士，这将是医学界最伟大的成果。"

小泉："明天开始，就给体格最好的马路达，注射这种药剂。"

小泉极其细致地将瓶子放进一个箱子里，锁上了密码。

李昌鹏靠近箱子，趁没人发现，赶紧藏进白大褂。李昌鹏走出来，向卢雨菲他们发了暗号，准备撤离。喜春看了看，趁李昌鹏他们没注意，朝营部跑去。

喜春从后墙翻进去，看到屋子还亮着灯，她悄悄靠近屋子，用手指点破窗纸，只见狗蛋坐在床上，喜春赶紧推门进去。

喜春一把抱住儿子："乖儿子，来，让娘好好看看。"

喜春发现狗蛋脸上皮肤溃烂，在流脓，摸着狗蛋，又看到狗蛋脖子，胳膊上都一样流脓，喜春心疼地哭了："狗蛋，儿子，你怎么了？啊，这是怎么了？"

狗蛋为喜春擦眼泪："娘不哭，狗蛋乖。"

喜春赶紧擦去眼泪："好，娘不哭，狗蛋，你疼吗，啊？"

喜春抱起狗蛋："娘带你走，咱回家。"

实验室内一片混乱，山本清直接到电话，万分焦急，大骂之后，叫来手下，他一边拿枪一边命令："召集兵力，全城地毯式搜索，一只苍蝇也不能放过，一定要把箱子抢回来。"

这时候，全城的警报声都响起来了。

李昌鹏刚想跑回去找喜春，看到喜春背着狗蛋赶来了，她喘着气。

李昌鹏背起狗蛋："我们快走，小鬼子马上要来了。"

城内警报声不断，小鬼子全部出动，山本清直亲自带着兵。喜春他们加快步子跑，他们朝着城门口跑去，却在路上遇到武藤勇跟郑小驴。

郑小驴看到狗蛋："臭婆娘，你们这对奸夫淫妇，把狗蛋还给我。"

喜春："狗汉奸，你做梦。"

喜春拔枪，对着武藤勇跟郑小驴开了几枪，有几个小鬼子中枪死了。

郑小驴："武藤太君，我儿子在他们手上，能不能别开枪啊？"

武藤勇狠狠地瞪了郑小驴一眼："八嘎，滚开。"双方激烈交火着。

喜春拿出两枚手雷："他们人不算多，用这两个家伙开路。"在墙上一敲，朝武藤勇那边扔去。

第二十三章

　　武藤勇他们全部趴下，手雷没有炸开，滚到路边，所有人的注意力都集中在手雷的身上，突然间安静极了，这时狗蛋突然快步跑了出去："爹，爹。"喜春想抓住狗蛋，却来不及了，武藤勇他们起身继续开枪过来，子弹朝她飞来，李昌鹏拼命拽回喜春，躲过了子弹，李昌鹏跟铁龙死死地拉住喜春，喜春拼命喊："你们放开我，狗蛋，狗蛋。"

　　狗蛋冒着小鬼子的枪火，朝小驴跑去，郑小驴吓得脸色苍白。这时候，狗蛋踢到了地上的手雷，手雷炸开，另外一枚手雷也引爆，武藤勇他们赶紧趴下。

　　墙角，喜春看到手雷爆炸，甩开李昌鹏跟铁龙，只见狗蛋的身体被炸飞了，这一幕，喜春崩溃了，她撕心裂肺的喊叫："不，狗蛋！"

　　路旁，郑小驴看着狗蛋的尸体掉在地上，伤心欲绝。

　　李昌鹏，卢雨菲，蒜头，铁龙，全部怔住了。

　　郑小驴爬到狗蛋残缺不全的尸体旁，抱住跪地大哭："狗蛋，我的狗蛋，呜呜呜，臭婆娘，你杀了我儿子，你不是人！"

　　武藤勇大笑："连儿子都杀，你这女人，太恶毒了，继续射击。"

　　喜春大声咆哮："啊！"

　　喜春拿起杀猪刀准备朝自己肚子捅下去，李昌鹏及时制止了喜春，他一手拉开喜春，一手握住喜春的刀，顿时鲜血直流："喜春，别这样，狗蛋的死是意外，不关你事。"

　　李昌鹏忍痛阻止喜春。

　　蒜头朝武藤勇开枪，一边夺下喜春的刀："我们杀小鬼子，给狗蛋

报仇。"

卢雨菲跟铁龙对抗着小鬼子，卢雨菲："喜春，你要死，也要先杀了这帮小鬼子，都是他们害死了狗蛋。"

这时候，山本清直带着士兵赶来了。

喜春脸色惨白，一动不动。山本清直跟武藤勇两边开始朝他们围上来。

蒜头紧抱着箱子："看来我们要死在这儿了，就是死，也要先把它毁了，才够本。"

李昌鹏跟蒜头他们冲过去，跟小鬼子交手。李昌鹏保护着木头般的喜春，一次次躲过武藤勇的刺刀。

十几个士兵围住了蒜头，跟他们拼杀起来，几个队员中刺刀倒下了，蒜头肚子上也被刺中一刀。蒜头夺过小鬼子的刀，一刀捅死一个冲上来的小鬼子："抢老子的东西，比要老子的命还难。"

小鬼子人数越来越多，很快，李昌鹏他们就筋疲力尽，被围困在中间。

山本清直带着胜利的姿态："别再做无谓的反抗了，大家都省点力气吧。"

李昌鹏轻声："蒜头，兄弟们给你杀出一条路来，你带着箱子快走。"

蒜头摸了下腹部，血一直在流，他忍痛："老子有办法了。"

城门口路上，韩新枝他们与小鬼子遇上，双方交火。

马燕一下子打爆两个小鬼子的脑袋："喜春他们那边已经打起来了，我们要快点解决这些狗东西。"

蒜头举起箱子："小鬼子，你不是就要这破玩意儿吗，你信不信，老子把它炸了，让你们陪葬。"

鬼子后退。

李昌鹏他们朝城门口跑去，蒜头抱着箱子殿后。

李昌鹏他们一路跑着。

蒜头捂着腹部，忍痛抱着箱子，他停了下来，对着李昌鹏他们的背影笑了笑："你们活着，比什么都重要，兄弟们，多保重。"

蒜头转身，神情坚定，他将手榴弹咬在嘴里，抱着箱子，慢慢往回走。

这时候，山本清直他们赶来，灯光全都打在蒜头身上，蒜头眯了下眼睛。

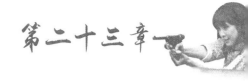

小鬼子上前包围了蒜头。

山本清直："你们支那人，是最自私的，口口声声仁义道德，关键时刻，就只管自己跑，你的勇气令我佩服。"

角落里，一个日军狙击手开始瞄准蒜头的眉心。

蒜头拖延着时间，慢慢伸手，假装要将箱子交给山本清直。

子弹朝他飞过来，他挪了下步子，想趁小鬼子松懈一下的时候，拉开手榴弹，突然，他的眉心中枪了。蒜头缓缓地往后倒，再没力气去拉引线，他眼睛睁开着倒下去。

这时候，李昌鹏跟韩新枝他们赶到，听到了枪声，他们在墙角下，远远地看到蒜头中枪牺牲了。李昌鹏跟韩新枝都悲痛万分。

韩新枝眼泪飙了出来："不……蒜头！"

韩新枝握住墙角，李昌鹏扶着韩新枝。蒜头死死地抱着箱子，武藤勇上前，用刺刀在蒜头尸体上狠狠地刺了几刀，韩新枝看着蒜头的惨状，捂住自己的嘴巴，痛苦至极，手指掐着墙角，眼泪直流。

武藤勇将蒜头怀里的箱子取下，交给山本清直。

山本清直满意："总算有惊无险。"

韩新枝泪眼望了蒜头一眼，无奈又不舍地离开。

小鬼子追击着，李昌鹏他们边跑边回击小鬼子，到了中水门口，跟卢雨菲他们会合。

小鬼子追来，李昌鹏跟王迅朝小鬼子扔了几颗手榴弹，然后飞快地跑出城，小鬼子继续朝他们射击。

山本清直赶到城门口，看到游击队已经走远，现在最重要的是确保A计划的顺利进行，就命令士兵："不用追了。"

李昌鹏他们一路跑，喜春突然晕倒了，李昌鹏等人：喜春，喜春……

喜春躺在床上，还是没清醒，嘴里说着胡话："狗蛋，狗蛋，娘的心肝儿，快过来，狗蛋，狗蛋。"

山本幽兰放下听诊器，朝他们看看，摇摇头："吃药后还是高热不退，神志不清，她没有求生欲望，所以药物对她不起作用……"

李昌鹏从脸盆里不断换着毛巾为喜春敷在额头，满眼关切跟心疼。

　　卢雨菲看着李昌鹏憔悴的面颊："昌鹏哥，你也二十四小时没合眼了，去休息下，我来照看喜春。"

　　李昌鹏："没事的，你们都先回去吧，我一个人可以的。"

　　韩新枝他们都走出房间，卢雨菲还回头望了眼李昌鹏，眼神带着失落跟伤心。

　　李昌鹏还在细心照顾着喜春，他将喜春的手放在自己手心里，放到他脸颊旁：喜春，快点醒来好吗，小鬼子还没有消灭完，三叔，狗蛋，还有老百姓的仇还没报，你别睡了。

　　喜春还是没有睁开眼睛，此刻睡着的样子却很安静。

　　卢雨菲放慢脚步，样子非常落寞，这时，她看到斯瑜也同样落寞地走在她身后。斯瑜朝卢雨菲苦笑了下，卢雨菲回了个同病相怜的笑容给他。

　　斯瑜犹豫了下，还是开口了："卢小姐，可否借一步说话？"

　　卢雨菲跟斯瑜走在村道上，一轮圆圆的月亮挂在枝头。

　　"斯瑜，你有什么话就直说吧。"

　　斯瑜托了下镜框："卢小姐，李营长衣不解带地照顾喜春，希望你别介意。"

　　卢雨菲反问："那你介意吗？"

　　"真爱一个人，未必要占有，只要能远远地望着她，看到她幸福，我就满足了。"

　　卢雨菲："想不到你还挺大度的么。"

　　"武三叔是被我爹害死的，光这点，我这辈子都没资格跟喜春站在一起，所以，我只能把感情放心里，希望她过得好，看得出来，喜春跟李营长之间，有很深的感情。"

　　卢雨菲叹了口气："你不会让我把昌鹏哥让给喜春吧？"

　　"卢小姐，爱不是占有。"

　　"同样，爱也是自私的。"

　　"这么说，你……"

　　卢雨菲："现在，我们首要任务是消灭小鬼子，感情的事，以后再说吧。这段时间，喜春生病，昌鹏哥也没精力，我会训练游击队，不能让大家丢

了士气。"

"卢小姐，原来你比我大度。"

郑小驴伤心地边哭边摸着狗蛋残缺不全的尸体："狗蛋，狗蛋，我的乖儿子，你就这么走了，让爹以后这么活呀，武喜春，臭婆娘，你害死我儿子，我一定要找你偿命。"

韩新枝一个人坐在草堆旁，她摸着蒜头给她的桃核，很是伤感，眼泪不断地流下来："蒜头，你在那边还好吗？喜春病倒了，现在游击队没了她，毫无士气，我真的很担心，小鬼子再来，游击队会不堪一击，我好想你，蒜头。"

卢雨菲走近韩新枝，递给她一块手帕："你还好吧？"

韩新枝赶紧用手抹掉眼泪，挤出一个笑："风吹得眼睛疼，你训练完了？"

卢雨菲坐下来："比哭还难看，我都听到了，蒜头牺牲了，你难过，想哭，就别藏着了，大声哭出来，心里会好受些。"

"打仗流血，我参加革命第一天就知道，迟早会有这么一天。"

"是啊，命都不是自己的，儿女私情，在这个乱世，又算的了什么。"

在这乱世下，一切都是如此的卑微，但又是如此的伟大。生命在一瞬间就消失了，消失的无影无踪，没有一点的痕迹，他们的故事可以流传千古，经久不息，即使过去很久，也足以让人泪流满面。

郑小驴一遍遍地整理狗蛋的遗物，他发现了一个精致的盒子，上面有日文，他打开盒子，里面有几颗糖果，糖纸上也是日文，郑小驴："狗蛋为什么会有日本人的东西？"

郑小驴陷入沉思，有几次经过防空洞都被日本人呵斥，肯定是有重大的秘密。

郑小驴悄悄穿过树林，到了防空洞外，这里有闲人莫入的标记，还有重兵把守，郑小驴看了会，无奈地离开。

李昌鹏在屋里照顾喜春，连续几声枪响传来，李昌鹏警觉起来赶紧走出屋子。韩新枝跟卢雨菲已经在组织老百姓撤离。

卢雨菲："昌鹏哥，铁龙的人来报信，小鬼子在王家山，跟马燕和铁龙的人已经交火了。"

李昌鹏："等乡亲们安全撤离后，全队到鬼谷密林，隐蔽作战。"

黑龙、马蓝军与小鬼子在激烈地交火。山本清直命令："留下一个小队对付这帮土匪，其他的全部围剿武家村。"

李昌鹏背着喜春，带着队员们准备撤离，枪声不断从村口传来。山本带着人马赶到村后河边，看到一座小桥，山本清直怀疑他们一定从这里跑的。

小鬼子开始浩浩荡荡地步行上桥，当他们走到桥中央的时候，桥突然爆炸了，桥上的小鬼子全部被炸死，还未上桥的山本在桥爆炸的时候赶紧趴下，灰头土脸的他看着被炸毁的桥，非常恼火："地图。"

手下呈上地图，山本清直看了看，恨恨地："又让他们跑掉了，包围这一带，继续搜索。"

李昌鹏他们全部进了鬼谷密林，铁龙与马燕他们也进来会合。

李昌鹏继续细心照顾喜春，跟喜春说话："喜春，我知道你能听见我说话，有些话，藏在我心里很久了。"

门口，卢雨菲端着盆水，刚想进门，听到李昌鹏在说话，就停下了。

"有好多次，我想告诉你，也许，是天意弄人吧，今天，你安安静静躺着，就让我把话都倒出来吧。其实，在很久以前，我就对你有感觉了，那时候你有家有孩子，我没往那方面去想，直到你休了小驴，雨菲再次出现。"

喜春手指头动了下。

门口，卢雨菲的表情非常复杂。

"她回来了，我才发现，原来，我只是把她当亲妹妹看，而我心里的人，是你。喜春，你一定能听到，快醒过来好吗，认真点。打完鬼子，我娶你，我们好好过日子，喜春，快醒过来啊。"

喜春眼睛动了下。

卢雨菲哭着转身离开心想："昌鹏哥，我一直以为，你是爱我的，只是你从未表露，其实，我早就感觉到了，再次回到你身边，一切都变了，只是，我不敢面对现实，原来我才是你们之间的第三者。"

卢雨菲放下水盆，准备离开，走了两步，擦擦眼泪，又回来了，她端起水盆，推门进去。

卢雨菲拧起一块毛巾："我来帮她身上擦下，这样会舒服点。"

李昌鹏走出去。

卢雨菲解开喜春的扣子，边擦边说："喜春，以前我看不起你，觉得你处处不如我，凭什么跟昌鹏哥走那么近，不过，后来我才发现，你真的不像一般女人，你善良，大气，豁达，对人真诚，这些，我都不如你，难怪，昌鹏哥，他会……你快点醒过来吧，游击队不能没有你，大家都需要你。"

喜春看起来很是痛苦，在梦境里挣扎。

喜春突然坐了起来大叫，满脸是泪："爹，狗蛋……不，不，我要报仇，我要报仇！"

卢雨菲吓了一跳，摸摸喜春额头："啊，喜春。"

卢雨菲向门口大叫："昌鹏哥，昌鹏哥。"

李昌鹏飞快跑进屋："喜春，你醒了？"

不一会儿，所有人都聚到喜春小草屋。

喜春傻坐着，一句话都没，所有人都着急地看着她。

过了会儿，喜春开口：小李子，我饿了。

李昌鹏转忧为喜："鸡毛，快拿吃的来。"

众人舒了口气。

深夜，郑小驴穿着白大褂，戴着口罩，又到了防空洞外，他等在那儿，寻找机会。

终于，他趁日本兵换岗，有几个士兵去抽烟的时空档，溜了进去。

郑小驴进了防空洞，看到里面是个巨大的实验室，有很多身穿白大褂的人在走来走去，还有很多人在鬼哭狼嚎，郑小驴有些害怕，努力装作平静地走在里面："他们不会发现我的，为了狗蛋，我不能害怕。"

小驴听到里面的人喊叫着:"放开我,你们这些狗杂种,不得好死,滚。"

郑小驴循着声音看过去,只见一个人被绑在手术台上,浑身流脓,脸上也都是脓包,样子跟狗蛋一样。

郑小驴心想:"为什么他的样子,跟狗蛋那么像?"

小驴看到小泉他们正准备给那个人注射,那个人挣扎着。小驴不小心碰到了一个瓶子,瓶子从桌子上掉了下来,小驴赶紧接住,身边有几个人走过来,他紧张地有些发抖。

小驴低下头,那几个人从他身边走过,他听见里面的对话。

"一号,你最好乖乖的,三天后,就把你们跟样品一起送出去,你还是乖乖合作。"

"连六岁的孩子都比你听话,给他几颗糖,就乖乖打针,可惜被炸死了,哎。"

郑小驴听到这,一下子呆住了,再也听不进他们的谈话。

喜春将所有人集合起来,大家围坐一起。

喜春将酒洒在地上:"蒜头兄弟,各位死去的兄弟们,这一壶敬你们,大家一起出生入死打鬼子,虽不是一个娘生的,却比亲的兄弟姐妹还要亲,你们都是好样的,我们活着的人,更需要带着你们未完成的任务,继续活下去,兄弟姐妹们,我喜春回来了,这一觉我睡够了,也想明白了一些事儿,我们一次次跟小鬼子打仗,我们的同志,亲人,一个个地离开我们,心里都是仇,咱要将这种仇恨,变成力气,打小鬼子的力气,咱得好好活着,为亲人们报仇。"

其他人也全都呼喊:"报仇,报仇。"

喜春示意大家停下来:"这些年,我们一腔热血,投身战场,经历了生离死别,现在,大家都成了抗日的英雄好汉。小鬼子蹦跶不了多久了,灭了他们,是迟早的事。"

这时候,阿飞跟队员来报告:"姐,我们回武家村巡查,发现他鬼鬼祟祟的,就把他抓来了。"

阿飞跟队员将麻袋扔地上,打开,只见里面是郑小驴。

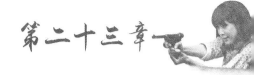

喜春大惊地："郑小驴，是你！"

喜春拔出杀猪刀："你这狗汉奸，我正想去杀你，没想到你自动上门，我今天就剁了你，给狗蛋报仇。"

郑小驴双手抱头："你等等，喜春，刀下留人。"

"你还有脸讨饶？还我儿子命来。"

"狗蛋也是我儿子，喜春，我错了，都是我不好。"

"你给我闭嘴，你不配当狗蛋的爹，我现在就杀你祭狗蛋。"

"不，我回武家村，是有事找你，喜春。"

"有屁快放。"

"都是我不好，我不该带走狗蛋，不然，狗蛋也不会被日本人害得得病。是我害死了他。"

"你说什么？"

所有人都惊呆了。

郑小驴继续说："是日本人，他们把狗蛋当试验品，悄悄给狗蛋注射药，狗蛋得了怪病。狗蛋就是没这次意外，也活不长的，喜春，我们一定要给儿子报仇啊。"

喜春大怒地："你这怂包，为什么不看好狗蛋，我现在就杀了你。"

"我也是才发现的，只要能为儿子报仇，你杀我十次都行。"

喜春崩溃地哭："我苦命的孩子。"

喜春冷冷地："你想怎么弥补？"

郑小驴："我进过防空洞，小鬼子这两天就要把配制好的毒药，还有做试验的中国人，运送出城了，我想跟你们一起毁掉那害人的东西。"

李昌鹏他们都看着喜春。

过了一会儿，喜春："我信你这一次。"

喜春、李昌鹏等一干游击队员都换上了伪军军装，郑小驴在前面带队。

鸡毛穿着伪军衣服很是不舒服："这身黄狗皮子穿着，真是又难看，又不舒服。"

阿飞："等我们完成任务了，我们就把这黄狗皮子烧掉。"

喜春瞪了阿飞她们一眼。

阿飞和鸡毛马上闭嘴低下头去。

这时，郑小驴带着喜春他们已经走到城门后。

这时，一个鬼子军曹上来，用生硬的中国话："郑队长，这么早训练回来了？"

郑小驴递上一根烟，哈着腰微笑着："是是，我们出去兜了一圈，回来休息了。"

郑小驴一挥手，带着游击队进城去。

郑小驴直接带着游击队来到防空洞这里，喜春和李昌鹏远远地看着防空洞这边，两队日军在防空洞边上巡逻警戒。

这时，有两个日本专家医生戴着口罩出来，喜春恨恨地盯着他们，恨不得立马就杀上去干掉他们。李昌鹏握住了喜春的手，郑小驴看了一眼他们，又把视线转向防空洞这边。

李昌鹏看着日本专家医生摘下口罩，他们得意洋洋地笑着，小泉也出来和他们谈话，都很是高兴的样子。

郑小驴带着喜春他们上来，守在防空洞外的日军中队长拦住了郑小驴他们："郑队长，你带着你的人马来干吗？"

郑小驴："我，我是奉山本大佐的命来帮助你们一起防卫这个地方的。"

日军中队长："奉山本大佐之命？我们怎么没接到过他的电话。"

喜春上来，看着日军中队长："其实我们是奉阎王爷之命，来取你们狗命的。"喜春说着举枪对着日军中队长开枪，中队长毙命。

李昌鹏他们见喜春动手，迅速动起手，对着旁边的日军开枪，双方激战起来。

喜春：兄弟们，跟我杀到里面去。

喜春他们要往防空洞里面冲，但鬼子们奋力抵挡住了他们。

小泉和几个日本专家转移到了防空洞中，小泉大叫着："挡住支那人，不要让他们破坏实验室，快，保护好实验室。"

铁龙他们和日军交战在一起，喜春和李昌鹏等人往里面冲杀进去。

小泉他们都拿出枪来，喜春刚冲到实验室门口，几发子弹便朝他们飞

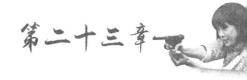

来，喜春连忙躲闪。

李昌鹏用日语对小泉他们："里面的小鬼子，你们反抗没什么用，还是投降了，把那个箱子交给我们，我们可以留你们的性命。"

小泉不回李昌鹏的话，对手下："大日本帝国的勇士，是不可能投降的。我们要用性命保护实验室，这比我们的生命都重要。"

喜春一个跃身，跳了出去，连着开枪，击中了几个小泉的手下，小泉的手臂也被喜春打中。

小泉往后退去，对手下："剧毒药品不能落在游击队手里，保护不了，就毁了它们。和游击队同归于尽。"

小泉对着身边的玻璃试管开枪，试管中的毒剂流了出来。

喜春冲到了一个柜子边找，没找到，一个日本专家向喜春扑上来，喜春一枪崩了他。

小泉握住一根大试管，对喜春他们疯狂的笑着："我们同归于尽，我们一起死。"

小泉要把手中的试管炸毁，喜春一枪击中了小泉的脑门。李昌鹏一个飞身上去，小泉手中的试管就要掉落在地上，李昌鹏一把抓住了试管。

喜春冲到小泉面前，又对着小泉的尸体开了几枪："狗蛋，是他们害死了你，娘给你报仇，给你报仇了。"

喜春又开了几枪，脸上还有愤恨之色。

鸡毛找到了密码箱，喜春他们快步离开实验室。

铁龙见喜春她们从实验室出来，已经得手了，往防空洞里扔了几颗手雷，防空洞瞬间被炸毁了。

武藤勇带着日军冲上来，李昌鹏和喜春隐蔽在巷子的墙壁上，武藤勇感觉到了不对劲，正当他抬起头时，喜春对着他开枪，武藤勇躲开，喜春从上面跳了下来，把武藤勇踢倒在地上。鬼子冲上来，被躲在巷子拐角处的阿飞、王迅他们开枪击倒。

武藤勇迅速翻身起来，喜春和武藤勇过招，李昌鹏和卢雨菲联手射击冲上来的鬼子。

游击队和日军展开巷战。喜春将武藤勇击退，武藤勇受伤，游击队撤

离巷子。

喜春他们杀过来，城门口的日军用机枪对着游击队扫射，李昌鹏躲到掩体边，对准了日军机枪手，一枪爆了他的脑袋。

游击队们以为前面的危险已经解除，正当喜春他们走向城门口的时候，从城墙上跳下来五个山本清直培养的特战队员。

特战队员握着武士刀杀下来，阿飞等几个游击队员还没反应过来，就被特战队员刺伤。

喜春的手臂也被其中一个特战队员砍中。

山本清直站在城头上看着喜春："武喜春、李昌鹏，你们杀了我们大日本天皇的专家，难道还想活着出城吗？"

城下的喜春："山本你个狗东西，终于出现了，今天老娘多费点力气，把你也送回日本老家去。"

喜春看了一眼自己手臂上的伤口，见那个特战队员冲杀上来，她大喝，拔出杀猪刀，挡住了特战队员的刺刀。

李昌鹏他们也和特战队员交战在一起。喜春又大喝一声，推开了特战队员，随后咬着牙杀向特战队员，和特战队员交战在一起，两人打得不分胜负。

其余游击队员也和特战队员打斗在一起。

喜春和特战队员交战了几个回合，打得特战队员节节败退，喜春笑了笑："怎么样，老娘的杀猪刀比你的武士刀厉害吧？"

特战队员又冲了上来，喜春一弯身，在特战队员肚子上割了一刀，另一边一个特战队员看到同伴受伤，也向喜春冲杀过来。

喜春被两个特战队员围杀。

武藤勇看着下面的喜春和两个特战队员交手，和特战队员打得不分上下。武藤勇暗暗地掏出手枪来，瞄准了喜春。

郑小驴一直看着激战场面，急得不知道怎么办才好，他抬头看了一眼城头上，突然发现武藤勇的举动。

郑小驴大叫一声，向喜春扑了上去。

武藤勇开枪，喜春一回头，郑小驴已挡在她面前，子弹击中郑小驴的

胸口，喜春叫一声："驴子……"

特战队员继续杀向喜春，喜春"啊"地叫了一声，一刀子刺中一个特战队员的胸口，特战队员倒地身亡，李昌鹏杀过来，对付另一个特战队员。

喜春扶住了郑小驴，拖着他撤退到城门下："驴子，你没事吧？"

郑小驴笑了一声："喜春，我这一回有个男人样了吧？"

喜春："有，有，你是个男人，你怎么这么傻。"

郑小驴："呵呵，我错了，做错了太多的事，一步错，步步错。喜春，对不起，我这一辈子，没有为你做过什么事。"

喜春抱住了郑小驴，眼泪流下来："不不，你傻啊，驴子，是我喜春的脾气太差了，才害得你这样。啊呜……"

郑小驴："不，不怪你，是我鬼迷心窍，我害死了太多人，喜春，你要好好活着，我同意你和李昌鹏在一起，他是一个好男人，值得依靠的……"

喜春看着郑小驴死去，心里还是很难过："驴子，驴子啊。"

喜春放下了郑小驴，拿起杀猪刀，继续杀向特战队员，又一个特战队员被喜春干倒。喜春退到李昌鹏身边，对李昌鹏："小李子，跟着我杀到城头上，去干掉山本。"

李昌鹏看了一眼城头上的山本清直："好，那我就擒住这个贼王。"

喜春和李昌鹏向城头上冲去。

山本清直看着喜春他们向自己这边冲上来，先是愣了一下，随后用枪射击喜春，喜春和李昌鹏一边躲闪着子弹，一边继续往城头上冲，武藤勇和几个日军也向喜春射击，几个日军挡在山本清直面前，喜春和李昌鹏也向武藤勇这边开枪，打中几个鬼子。

山本清直推开了日军，拔出刺刀来："让他们上来，我要和他们决一死战。"

喜春和李昌鹏已冲上城头，武藤勇向喜春杀了过来，被喜春挡开。

喜春大叫着，拼出全身力气和山本清直斗杀，山本清直被攻击得防守不住，连连往后退去。

鬼子们向李昌鹏杀过去，喜春砍杀了包围她的几个鬼子，反身继续杀向山本清直。

游走英雄

鬼子越来越多。

李昌鹏一看情势不对，急忙地："喜春，撤，快撤退。"

喜春一脚踢开了山本清直，山本清直摔在地上，武藤勇连忙来扶他。

喜春她们往城门口撤退，

山本清直围追上来，喜春她们已经退到了门口，喜春对山本清直："山本，你要是敢追上来，大家就一起同归于尽了。"

喜春说着从口袋里拿出两个玻璃瓶子来："看看这是什么？"

武藤勇要追上去，山本清直拦住了他：等等。

山本清直看着喜春手中的玻璃瓶子，猛然间，喜春把瓶子重重地砸向山本清直他们。

山本清直大叫一声："不好，是毒药。退后。"山本清直捂住了嘴巴，往后退去。

喜春撤退出城门的时候，朝郑小驴的尸体看了一眼，她想上去带着郑小驴的尸体，但还是放弃了，和游击队一起撤退出巴山县城。

喜春带着游击队回到密林，李昌鹏："喜春，你刚才砸了那装毒药的玻璃瓶，太危险了。"

喜春诡笑了一声："你当我这么傻啊。你以为我真不要命了，本司令砸的那个瓶子是空的，里面没什么毒药。"

"你是说你砸的是空瓶子？"

"嘿嘿，老娘才不想和山本这个狗东西一起死，他不配。"

李昌鹏对喜春竖起大拇指："喜春司令，你现在真是越来越有计谋了。"

"兵不厌诈，对付小鬼子，就是要虚虚实实，实实虚虚，山本再狡猾，也不是我这个老猎人的对手。"

喜春带着一批游击队员正在练武。

韩新枝快步过来："喜春，有重要情报。山本的老师石原辉雄，这个大鬼子是个日军中将，他就在这几天要来巴山县城，亲自坐镇，看来是来对付我们游击队的。"

"哼，水来土掩，兵来将挡，只要他来了，本司令定叫他有来无回。"

"是的，此人一定要除掉，除掉此人，我们游击队就又立了一件大功。"

喜春点点头："不过话说回来，这个什么将军鬼子是山本清直的老师，肯定比山本这头猪要厉害一些，我们还是不能掉以轻心。？

韩新枝从身后拿出一张纸来："喜春，还有一件更重要的事情要和你说，大好事，浙东游击纵队司令部已正式批准你加入中国共产党了。"

喜春愣了一下，一时说不出话来，好一会儿："小韩同志，你，你不是在骗我吧？"

"你看看，这可是纵队司令亲自签了字的，周司令和我是你的入党介绍人。"

喜春高兴地像个小孩子跳起来："我武喜春是一名共产党员，我正式加入了共产党。"

小草屋的正前方挂在一面党旗，喜春和韩新枝站在党旗下，李昌鹏、卢雨菲等人也在场，喜春学着韩新枝的样子，面对党旗，举起拳头。

韩新枝念一句，喜春念一句："我志愿加入中国共产党，坚持执行党的纪律，不怕困难，不怕牺牲，为共产主义事业奋斗到底。"

"喜春同志，恭喜你。"

喜春骄傲地："我觉得站在党旗下，念入党誓词，心里有一团火在燃烧，让我浑身充满了力量。"

"这就是我们伟大的共产党赋予我们每一个共产党员的力量。"

喜春转过身看着李昌鹏："小李子，等你符合条件了，可以加入我们中国共产党的时候，我武喜春要做你的入党介绍人。"

李昌鹏只是笑了一下，没有说话。

喜春："好了，现在我们的任务仍然很艰巨，这次来的那个大鬼子将军叫什么，小韩，叫什么来着？"

韩新枝："石原辉雄。"

"石原辉雄？"

"怎么，小李子，你认识他？"

"这个石原辉雄曾参加过南京大屠杀，烧杀无辜百姓，强暴妇女，无

恶不作。"

喜春："这个老鬼子，我们一定要除掉他，将他碎尸万段，给死去的同胞报仇雪恨。"

李昌鹏看着喜春，点了点头。

韩新枝拿出了一张照片，指着照片上的人："此人就是石原辉雄。"

喜春拿过来一看："哇，比二胖还要胖啊，肥的跟年猪一样。呵，那老娘就把你当年猪给宰了。"

喜春摊开了一张破旧的地图，指着地图："一个将军肯定会坐车来，所以他应该是走正道，从花明道这里来。"

李昌鹏听着喜春的话，没有发表意见。

"所以我带一路人马埋伏在花明道上。"

"如果他走小道呢？"

喜春看了一眼李昌鹏，微微一笑："小李子，你想到的，我也想到了，是的，这个年猪很有可能也会从小路，这条，从后湖村的小路走，也能到达巴山县城。所以小李子，你来带一路人马，埋伏在后湖村，如果石原走小路了，那你辛苦一下，在这里干掉他。"

第二十四章

　　在花明道的一处草丛中，山本清直带着几个特战队员也潜伏在那里，山本清直鹰一样的眼睛，扫视着各个方向的动静。石原辉雄的车开来，一共有三辆车，前面是一个小汽车，最后面是一辆卡车，卡车里有一队鬼子人马。

　　车子慢慢地进入了喜春他们的视线中。

　　喜春拿着狙击步枪，在搜寻目标物，她先是看到了第一辆车，但第一辆车中没有胖子。

　　狙击步枪慢慢地瞄向了第二辆车，枪口从司机处瞄过去，喜春看到了车里面的石原辉雄，她轻声地："是这头肥猪。"

　　就在喜春瞄准的时候，草丛中的山本清直被狙击步枪上的镜片晃到了眼睛，他大叫一声："不好，游击队在上面。"

　　山本清直向山坡上开枪。

　　喜春身边的一个游击队员被山本清直打过来的子弹打中，喜春迅速地向下面的石原辉雄开枪，枪打在了坐在石原辉雄身边的一个日军军官身上。

　　喜春又开了两枪，一枪打在石原辉雄的肩膀上，石原辉雄逃下车去，喜春跳出了埋伏地点，继续狙击石原辉雄，山本清直向喜春这边继续射击，游击队员们一边还击山本清直，一边往石原辉雄这边的鬼子扔下来手榴弹，顿时双方的人马交战在一起，山本清直的子弹差点射中喜春，铁龙和马燕也杀了出去，向山本清直这边开枪。

　　石原辉雄躲在车子后面，喜春好不容易找到了能瞄准他的位置，喜春的样子很是镇定，扣动狙击步枪的扳机，子弹打了出去，飞向石原辉雄。

游走英雄

石原辉雄似乎看到了子弹飞来，惊讶地张开了嘴巴，子弹射进了他的脑袋里。石原辉雄瞪大着眼睛，轰然倒地身亡。

喜春得意地："哈哈哈。狗日的，老娘的子弹，味道还不错吧。"

山本清直看着不远处的石原辉雄倒地，悲痛地大叫一声："老师，老师啊……"

山本清直怒视喜春，朝着喜春开枪，喜春迅速躲闪开了。

山本清直向石原辉雄的尸体跑过去。

金二胖他们往下面扔手榴弹，几颗手榴弹在石原辉雄的尸体边炸开了，山本清直也差点被炸到。

石原辉雄带来的日军，向游击队包抄过来。

几个特战队员也杀向喜春他们，喜春对游击队员们下令："撤，大家撤退。石原这个大鬼子已经被我们干掉了。"

喜春和一个特战队员斗了两个回合，没有恋战，突然拔出枪，一枪击倒了这个特战队员，铁龙他们一边还击着冲上来的鬼子，一边往后撤退去，山本清直爬到石原辉雄的尸体边，石原辉雄的脸已经被炸得黑乎乎一片，辨别不清容貌了。

"老师，老师，学生没用，不能保护好你，是学生害死了你啊。"山本清直抱着尸体大哭起来：日军去追击游击队，喜春带着手下遁入山林中很快就不见踪影了，山本清直歇斯底里抱着石原辉雄的尸体，痛哭起来，"武喜春，我一定要杀了你，给我的老师报仇，报仇，杀了你，把游击队剿灭完。"

一个商队走在后湖村小路上，真正的石原辉雄其实没有死，他骑在一匹高头大马上，一身商人的打扮，把自己乔装了一番。

李昌鹏他们隐蔽在一座破败的房屋边，王迅："营长，这伙人有些奇怪。"

"你也感觉到奇怪了。？"

"是的，他们穿得都很好，怎么会路过这种小村子，而且那人还是个胖子，怎么感觉像是石原辉雄，难道是巧合？"

李昌鹏他们向石原辉雄走了过去。王迅他们跟在李昌鹏后面，手握着

口袋里面的枪，石原下马来，对李昌鹏他们笑了笑："这位小兄弟，我们是外乡人，来这里收购一些药材。请大伙儿借个道。"

李昌鹏："借个道，好说好说。"

石原辉雄："谢谢，谢谢小兄弟。"

石原对李昌鹏拱了拱手："多谢多谢，后会有期。"

石原辉雄要带着手下们离去。

李昌鹏突然喝了一声："等等。"

石原辉雄很是镇定地转过身来："小兄弟，还有何吩咐？"

李昌鹏还是很警觉的问："不知道这位大叔，你们都收购一些什么药材啊，我家里倒是有一些何首乌啊，枸杞什么的，不知道你们要不要？"

"噢，小兄弟，我们主要收人参、灵芝这些名贵药材。"石原从一只口袋里拿出一根人参来："来，你看看，我收的人参，好东西啊。"

石原把人参递了过去，李昌鹏拿人参的时候，看了一眼石原的手。

石原又把人参收回："小兄弟，你看看，这天色也不早了，我们还要赶路呢，真的不好意思啊。"

石原对李昌鹏笑了笑，转身带着离去，很快消失在房子的拐角处。

李昌鹏看着石原的背影消失，王迅："营长，这些人没什么问题吗？"

李昌鹏的眼前闪过石原的笑容、石原的那只手："不好，这个药材商人的手是拿过枪的手，他是石原辉雄。"

李昌鹏他们追了上去。

石原辉雄他们隐蔽在屋子后面，等李昌鹏他们追上来，几颗手雷扔了出来，李昌鹏大叫一声："卧倒。"手雷爆炸开，有游击队员受伤。李昌鹏爬起来，想要冲上去，但被猛烈的射击挡住了。

石原辉雄的手下："将军阁下，请你先去巴山县，这里交给我们了。"

石原辉雄点了一下头："消灭他们。"石原辉雄和几个手下往巴山县城撤去。

李昌鹏和王迅他们杀过来，两个鬼子奋力抵挡，双方交战了一阵，王迅吸引敌人的火力，李昌鹏绕到后面去，飞身上了一堵断墙，悄声潜行到那鬼子身后去。鬼子还在向王迅他们开枪射击，一个鬼子正要向外面扔过

去手雷，另一个鬼子的视线瞥到了从断墙上过来的李昌鹏，鬼子大叫一声："不好……"

李昌鹏一个击中了这个鬼子。

另一个鬼子想要把手雷扔向李昌鹏，李昌鹏又又一枪击毙了他。随后手雷爆炸，一声轰响。

石原来到巴山县城肯定不会放过游击队，第一次的暗杀计划失败，游击队将会面临更大的挑战，最后决定在山本和石原没有动的时候，先下手为强，再一次暗杀石原。

喜春、李昌鹏、卢雨菲、马燕、铁龙、王迅、阿飞，还有几个其他的游击队员，打扮成了戏班子的样子，来到巴山县城城门口。

日军一个小队在城门口。

鬼子军官上前阻止了喜春她们，李昌鹏连忙从车上下来，面带微笑地："太君太君，我们是西河镇的戏班子，到县城唱戏，请你行个方便。"

李昌鹏拿出几块银元来，要塞给鬼子军官。

鬼子军官没有收钱，走到马车前，拉开了帘子，往里面看了看，卢雨菲和马燕坐在里面，马燕面露凶相，卢雨菲按住了她的手示意让她镇定点。

鬼子军官："你们出来。"

卢雨菲他们不作声，也没出来。

喜春拍了拍鬼子军官的肩膀，微笑着："太君，我们都是良民的干活。今天我们在县城里面演戏，你一定要来，我会给你准备好最好的位置。"

鬼子军官："你是这个戏班的老板？"

"是是，我是戏班主。"

鬼子军官："呦西，好，那我一定会来捧场。"

喜春眉开眼笑地："好好好，来捧场，谢谢太君，谢谢太君。"

鬼子军官："进城去。"

喜春笑着点头，和李昌鹏对视了一眼，带着游击队进城去。

在城里他们住进　家酒店里，在　起行动目标人人很容易引起敌人的注意，他们分头行动。

　　喜春、卢雨菲、阿飞三人一身男人装打扮，走到县城街道上，去往治安维持会。几个鬼子巡逻过来，喜春她们假装和小贩聊天，等鬼子兵过去，继续往前走。

　　维持会有人进进出出，过了片刻，斯宏兴从里面走出来，唱着小曲，拐进了一条巷子里，喜春她们悄声跟过来。

　　喜春低着头突然出现在斯宏兴面前，斯宏兴抬起头："你谁啊，敢挡老子的道，你知道我是谁吗？"

　　喜春慢慢抬起头来："化成灰都认得你是谁。"

　　斯宏兴惊了一下："武，武喜春。"

　　斯宏兴想要把枪，喜春飞起一脚，把斯宏兴的枪踢飞了。

　　斯宏兴转过身想要逃跑，阿飞和卢雨菲出现在巷子的另一端，斯宏兴站住了脚步，他想要大声叫喊："救……"

　　喜春飞速过来，用刀子顶住了斯宏兴的脖子："你要是敢喊出声，现在就杀了你。老实点。"

　　斯宏兴举起手来："是是。喜春，你爹不是我杀的，罪魁祸首是山本清直，是日本人干的事啊，你不要杀我，不要杀我，你们游击队想要什么，我都可以给，要粮给粮，要枪给枪。"

　　"少废话，说出石原辉雄住在哪里，可以你饶命不死。"

　　"啊，你说石原将军啊，我，我不知道他在哪里啊？"

　　"我的杀猪刀可是不长眼睛的。"

　　喜春手中的杀猪刀动了动，锋利的刀刃很快把斯宏兴的脖子割出血来，斯宏兴大叫："啊，别杀我，我说，我说，据我所知，石原，石原可能是住在温泉山庄。"

　　卢雨菲："这个鬼子还真是会享受，喜春，我知道温泉山庄在哪里，那里的地理位置很是隐蔽。"

　　喜春还是用刀抵着斯宏兴的脖子："我本来应该现在就要了你的狗命，为我爹报仇，但我先饶你不死，等小鬼子消灭了，让党和人民来处置你这个狗汉奸。"

　　斯宏兴哭出声来："谢谢喜春，谢谢喜春奶奶。"

斯宏兴向巷子口跑去，就在跑到巷子口的时候，他突然大声喊了起来："游击队在这里，武喜春在这里，快来抓她们，快来人呐，武喜春在这里……"

喜春迅猛地将手中的杀猪刀飞向斯宏兴，杀猪刀插进了斯宏兴的后背上。

斯宏兴口中吐血，回过头来："武喜春……"喜春上来拔出杀猪刀，斯宏兴倒地身亡："狗汉奸，该死。爹，我杀了斯宏兴这个老地主，给你报仇了。"

喜春她们把斯宏兴的尸体拉进巷子口藏起来。

喜春她们在温泉山庄打探了一番就回来了，因为这个温泉山庄，山本已经布下了重兵，要想正面打进去干掉石原，肯定会死伤惨重的，再说石原被游击队打过一次后，肯定有了更大的防范，要想刺杀他存很大困难。

他们都在思考着以何种方式来刺杀石原。

喜春最后想到："对，找到他的弱点，就能找到突破口。"

李昌鹏皱着眉头思考："石原辉雄的弱点，他的弱点？对了，我听人说起过，这个鬼子将军极为好色，当年在日本士官学校读书的时候，就很喜欢嫖妓，被抓到过好几次，后来他们家族的人通过关系，还是让他毕了业，他在南京大屠杀的时候，连十岁不到的小女孩都不放过。"

喜春一拍桌子："本司令一定不让他活过今晚上，给那些无辜的女同胞报仇。"

李昌鹏："石原好色的性格，是他的一大致命点。"

喜春微微点了下头："是的，这个算是他的一大致命点了，我们可以好好来利用一下。不入虎口，焉得虎子，我们要是干掉了这个大鬼子，山本估计会疯了，接下去再来对付山本就容易多了。"

喜春、卢雨菲、马燕走在前面，后面还跟着一个"日本艺妓"，他低着头很是害羞的样子。

喜春拉了一把李昌鹏："哎呀，小李子，没事的啦，你这个小白脸本来就有女人胚子的样，我们给你这么一打扮，根本就看不出来了。"

李昌鹏抬起头，他的脸已经完全被涂白了，还涂着性感的红唇，李昌鹏恨恨地看着喜春她们，喜春她们忍不住还是笑了出来。

李昌鹏带着喜春她们三个来到门口，带头的日军卫兵拦住了她们："你们是来干吗的？"

李昌鹏带着娘娘腔的声音："你好，我们是石原将军亲召过来的艺伎，是来给将军阁下跳舞的。"

日军卫兵："给将军跳舞的？"

李昌鹏："当然还要陪他一起喝酒，一起泡温泉。"

"一起泡温泉？呦西。"日军卫兵仔细地打量着李昌鹏她们，又朝喜春、卢雨菲她们看看，露出色迷迷的笑容来："很好，很好。不过进去的话，要先搜个身。"

李昌鹏看了一眼喜春她们。

日军卫兵和两个日本兵上来就要搜喜春她们的身，气氛极其紧张，喜春和李昌鹏对视了一眼，在想着法子，就在这时，卢雨菲上前去，微微翘起屁股，对着日军卫兵，也用日语："哥哥，石原将军急着见我们，耽误了时间可不好，到时将军责骂我们事小，要是批评你们的话，可不好了。"

卢雨菲把这个日军卫兵的手放在自己的屁股上："你看看，我们身上只有一件衣服，里面都是空的，你们要是把我们的身子弄脏了，将军可是会生气的。"

卢雨菲俯下身来，乳沟露在日军卫兵的面前。日军卫兵看得眼睛都直了，咽了一口口水。

卢雨菲："哥哥，我来自富士山下，等战争结束，请哥哥带着我回家去好不好？"

卢雨菲对喜春她们丢了一个眼色，喜春、李昌鹏他们往前走去。

卢雨菲的手在日军卫兵脸上轻抚了一下："哥哥，等着我。"

日军卫兵已经被卢雨菲迷得神魂颠倒，连连点头。卢雨菲也小碎步跟在了喜春她们身后。

武藤勇走过来，他的目光瞥到了喜春她们的背影，带头的日军卫兵还意犹未尽，口水都差点流出来。

"刚才进去的是什么人？"

日军卫兵愣了一下："少佐阁下。噢，刚才的啊，是将军召来的艺伎，

她们都很不错哦。"

武藤勇有些狐疑："你们都给我盯紧点，将军要是出了什么事，我们统统都得死。"

武藤勇再向喜春她们进去的位置看了看，还是有些不放心，跟了上去。

石原房间外也有卫兵把守着，是石原辉雄的亲信手下，卢雨菲上前去："我们是山本先生叫来的，特意来服侍将军的。"

石原辉雄本来没有什么精神，看到眼前的女人，顿时有了一些精神来，卢雨菲妩媚地对石原辉雄一笑。喜春看到卢雨菲的样子，也学着她的样子，对石原辉雄笑了一下。

"我的学生真是太懂我了。你们进来吧。"

卢雨菲对石原辉雄礼貌地点了一下头，喜春她们走进石原辉雄的房间去。

石原辉雄对亲信："没有我的命令，你们都不许进来。不要打扰我。"

石原辉雄关上了门，这时，武藤勇也走上来，本想追问一下，被石原的亲信拦住了。里面很快发出石原辉雄淫邪的声音："呦西，你们太美了，今晚上我们要好好地快活快活。"

武藤勇无奈地往后退去，但走到拐角处，没有迅速离开，还是站在那里。

石原辉雄看着喜春她们，很是兴奋的样子，但他也注意到了李昌鹏："你……"

李昌鹏低下头去。卢雨菲拉住了石原辉雄的手："将军，我们先来喝酒好不好？"

石原辉雄回过头来，看到了卢雨菲性感的乳沟，一下子把目光对准了卢雨菲，他的手要上去摸，卢雨菲躲开了："来，将军，先坐下来，喝口酒。"

卢雨菲给石原辉雄倒了一杯清酒，石原辉雄坐下来，喝掉了卢雨菲拿过去的酒，卢雨菲对喜春丢了一个眼色，喜春也给石原辉雄倒了酒，李昌鹏、喜春、马燕一起坐了下来，陪在石原辉雄身边，石原辉雄连着喝了好几杯酒，他开始动手动脚，先是在卢雨菲身上摸了几下，随后又去摸喜春，差点摸到喜春身上带着的杀猪刀。

李昌鹏连忙地："来，趁着酒兴，我们给来石原将军跳个舞。"

"也好，我要欣赏你们优美的舞姿。来吧。"

卢雨菲和李昌鹏站了起来，卢雨菲带队，开始跳舞。

喜春和马燕继续陪着石原辉雄喝酒，石原辉雄一直色迷迷地盯着卢雨菲看，喜春想趁着这个时候，拔出杀猪刀来，刺杀石原辉雄。

石原辉雄回头看喜春："倒酒。"

喜春连忙又把杀猪刀藏好，给石原辉雄倒了一杯酒。石原辉雄一口喝掉了酒，他鼓起掌来："唔，跳得很棒，很漂亮，呦西呦西。"

马燕厌恶地看着石原辉雄，恨不得立马就干掉他。石原辉雄已经喝得有些醉醺醺的了，他站了起来，走向卢雨菲："来，美人，我们一起来跳舞。"

石原辉雄拉着卢雨菲的手，跳了舞。

喜春她们还是找不到机会下手，石原辉雄色迷迷地看着卢雨菲："小美人啊，你长得真是太好看了，我们不如一起泡温泉，对，我们一起泡温泉，很舒服的。"

石原辉雄拉着卢雨菲的手，走向温泉池去。他回过头来，对喜春她们："你们也一起来，我要你们四个跟着我一起泡温泉。"

喜春和李昌鹏对视了一眼，只能跟着石原辉雄一起进入温泉池。

石原辉雄打开一扇门，在他的房间里面，有一个很豪华的温泉池。石原辉雄去脱卢雨菲的衣服。

"我自己来，将军。"卢雨菲开始脱衣服，石原辉雄色迷迷地盯着，但卢雨菲脱掉外面的和服，里面还有一件紧身衣。

石原辉雄咽了一口口水："都脱掉，都脱掉。我们一起洗澡。"

马燕见石原辉雄的样子，握紧了拳头。石原辉雄虽然有些醉意，但也没有放松警惕性，他回头看了一眼马燕，马燕的眼神中带着杀气。

石原辉雄："你的，要干什么？"

喜春拉了一下马燕，马燕低下头去。

"你们把衣服也脱了。"石原辉雄说着上前来脱马燕的衣服，一把撕扯下了马燕的外衣。

马燕大骂一声："混蛋。"

石原辉雄愣了一下："你们，你们是支那人？"

喜春笑了笑，走近石原辉雄："你奶奶就是中国人，游击队司令武喜

春是也。"

说着拔出了杀猪刀，刺向石原辉雄，石原连忙往后退去，李昌鹏也冲杀上来，和石原辉雄交手，石原猛地撞开了李昌鹏，喜春继续冲上来。

石原辉雄退到温泉池中，卢雨菲也杀向石原辉雄。石原辉雄还对卢雨菲淫邪地一笑："小美女，身手还不错，够劲，本将军不会放过你的。"

石原辉雄和卢雨菲一阵交手，重重地抱住了卢雨菲，卢雨菲挣脱不开。喜春冲上来，跳到了石原辉雄的脖子上，正要一刀下来，石原辉雄一把把卢雨菲甩开了。

马燕奋力地和石原辉雄交手，在石原辉雄的肚子上连着打了几拳头，但石原辉雄一点感觉也没有，挥手一掌，将马燕劈开了。石原辉雄被四面攻击，喜春一刀子砍过去，石原辉雄的肚皮上被划到，渗出血来。石原辉雄看着自己肚皮上的血，还淡然一笑："呦西，你们四个功夫都很不错，来，继续上来，一起来。"

喜春大喝一声冲向石原辉雄，石原辉雄一拳头打在了喜春身上，喜春一阵剧痛，往后退了退。李昌鹏和卢雨菲一起攻向石原辉雄，双方一阵交战，石原辉雄被李昌鹏连踢两脚，退到门边。李昌鹏正要再攻击上去，石原辉雄迅速起身，来到门边，李昌鹏想要抓住石原辉雄的背后，但没有抓住，石原辉雄一把抓过了放在温泉池门外的武士刀，李昌鹏再攻向石原辉雄，石原一回身，武士刀的刀锋很厉害，差点砍到李昌鹏，石原辉雄握着武士刀，面对着喜春她们四个人，冷冷地一笑："你们以为就凭你们四个，能刺杀的了我吗？"

喜春猛冲向石原辉雄，杀猪刀砍向石原辉雄，石原辉雄的武士刀抵挡住了杀猪刀。石原辉雄猛地一推，把喜春击开，随后攻击上来，喜春拼出全身力气，还是抵挡不住石原辉雄的攻击，被石原辉雄一脚踢到了温泉池中，李昌鹏冲上去，在石原辉雄身上连击几拳，石原也被打进温泉池中，卢雨菲和马燕也一起攻上来。

喜春和李昌鹏他们听到了外面撞门的声音，石原辉雄笑了笑："你们今天都得死在这里。"

石原辉雄重重地砍向喜春，喜春吃力抵挡着。

　　武藤勇他们将房间的门撞开了，就在刚撞开之际，李昌鹏他们已经冲到门边，随后李昌鹏向武藤勇开枪，两人交战在一起。

　　石原辉雄和喜春拼杀着，喜春又是被石原砍了一刀，温泉池中已经被血水染红，两人博杀着，溅起血红的水，石原辉雄把喜春一直逼到温泉池旁边，石原辉雄举刀要砍向喜春的脑袋，马燕冲上来，按住了石原辉雄的手臂，石原辉雄想要甩开马燕，马燕发狠了，一口咬在石原辉雄的肩膀上。石原辉雄痛得大叫一声，重重地想要甩开马燕，马燕往后退了退，石原的武士刀刺过来，刺进马燕的肩膀，马燕用手握住了石原辉雄的武士刀，石原辉雄竟一下子拔不出来，喜春见机，迅速跳过来，一刀子砍向石原辉雄的脖子，石原躲开了喜春的刀子，喜春又是一刀，刀子砍中石原辉雄的手臂，石原辉雄奋力拔出自己的武士刀。

　　李昌鹏打光了枪中的子弹，武藤勇逼过来，对着李昌鹏开枪，李昌鹏滚到桌子后来，武藤勇逼近的时候，他奋力把桌子顶了出去，武藤勇往后退了退，李昌鹏继续顶着桌子撞向武藤勇，武藤勇连着开枪，也打光了子弹，武藤勇大喝一声，冲上来，李昌鹏把桌子推出去，武藤勇用脚踢开了桌子，一拳头打出去，击中武藤勇，武藤勇捂着胸口，吐了一口血，但很快回过神来，和李昌鹏交手。

　　卢雨菲此时已经夺过来一把枪，一枪干掉了一个石原的亲信，阻挡住了石原的亲信去帮助石原辉雄。

　　石原辉雄把喜春踢倒在温泉池中，喜春跌在水中，杀猪刀掉在水池边，石原辉雄对付上来的马燕，马燕也被他推到池边，喜春奋身扑上来，紧紧地抓住了石原辉雄的脚，石原辉雄摔倒在温泉池中，吃了几口水，但他很快就爬起来，马燕上来，被石原夹住了脖子，马燕嘶叫了一声，用脚借力，把石原辉雄顶到墙壁边上，喜春捡起杀猪刀，杀向石原辉雄，但因为马燕挡在前面，不能刺到石原辉雄。

　　马燕大叫一声："喜春，快，杀了他，刺向我的胸口。"

　　"不，马燕，我不能这么做。"

　　石原辉雄阴笑着："哈哈哈，来啊，武喜春，你这个女游击队长，不是很厉害的吗，快点，快点来取我的性命啊。"

"喜春，快。"

喜春用杀猪刀对着石原辉雄，看着马燕，却下不了手，马燕拉着石原辉雄，扑向喜春手中的杀猪刀，刀子刺进马燕的胸膛，马燕大叫一声："喜春，快，杀了石原。"

喜春悲痛地喊了一声："马燕。啊……"紧握着杀猪刀，往前推去，刀子刺穿马燕的背，刀尖刺进石原辉雄的胸口。

石原辉雄没想到喜春她们会来这一招，他奋力推开了马燕，还想来对付喜春，喜春迅速用脚踢起地上的武士刀。

喜春把武士刀握住自己手中，迅猛地对着石原辉雄的脖子一刀，刀光闪过，石原辉雄的脖子处一道血痕，他瞪大着眼睛，看着喜春。

喜春对着石原辉雄的胸口又是一刀，刀子拔出，石原辉雄倒进了温泉池中。喜春看了一眼石原辉雄，确定他已经死去，转身扶住了马燕："马燕，马燕，你怎么这么傻。"

另外几个亲信向喜春杀过来，喜春一边扶着马燕，一边还击着。

此时，守在外面的日军已经听到了温泉池那边的动静，他们正要往里面冲，铁龙、王迅等一批游击队员从草丛中杀出来，悄声来到这些鬼子身边，用刀子抹了他们的脖子。

山本清直坐在军用摩托车上，带着一队日军，军用摩托车发出疯狂的声音，直向温泉山庄而来。

喜春她们一边还击着冲过来的鬼子，一边撤退，往门口突围出来和韩新枝等人会合。

铁龙看到了喜春背着的马燕，冲上来："马燕，你怎么了？"

马燕吃力地睁开眼睛来："铁龙，我没事，看到你真好。"

铁龙抱过了马燕。

喜春带着韩新枝、铁龙等人杀向山本清直，李昌鹏和卢雨菲、王迅等人对付武藤勇，温泉山庄的院子展开了激烈的战斗。

喜春和山本清直交战，铁龙也奋勇杀敌。

这时，黑狼带着几个手下来到山本清直身边，山本清直："你来得正好，那个铁龙就交给你了，干掉他。"

　　黑狼犹豫了一下，但还是重重地点了一下头："是，太君。弟兄们，跟我杀上去，捉住铁龙。"

　　黑狼和手下向铁龙包围过去，两人面对面，铁龙："黑狼，我一直把你当兄弟，你背叛我也就行了，为什么要给小鬼子卖命？"

　　"识时务者为俊杰，游击队迟早要完蛋，铁龙，我劝你还是投降了，我可以求山本太君饶你不死。"

　　"狗汉奸，拿命来。"铁龙说着对黑狼开枪，子弹擦过黑狼的手臂，黑狼连着向铁龙开枪射击，铁龙退向喜春这边，"喜春，你们快走，这里我来挡着他们。"

　　喜春还没答应下来，山本清直和几个鬼子已经包围上来，喜春只能往李昌鹏这边退去。

　　李昌鹏这边已经杀开一道口子，武藤勇还是死咬着李昌鹏不放，李昌鹏在对付旁边的鬼子，一时没有注意到武藤勇，武藤勇向李昌鹏开枪，王迅奋身向李昌鹏扑了过去，子弹打在了王迅身上。

　　李昌鹏抱住了王迅，阿飞也上来抓住王迅的手："王迅大哥。"

　　"你们快走，再不走就来不及了，别管我。"

　　阿飞哭着：王迅大哥，我要和你在一起。

　　王迅擦掉了阿飞的眼泪，用最后一口气说："阿飞，你不要哭，好好活着，给我报仇……"

　　阿飞悲痛地喊着："王迅大哥。"

　　武藤勇攻击上来，李昌鹏拉着阿飞撤退。

　　铁龙和黑狼交手，拼得你死我活。黑狼的几个手下也冲上来，铁龙被逼退，处境已经很危险，马燕拼出最后的力气，冲向黑狼。黑狼被马燕撞开，马燕拔出身上的杀猪刀，要刺向黑狼，黑狼一脚踢在马燕的肚腹上。

　　杀猪刀掉在喜春身边，喜春捡起刀子还要冲上去，但被鬼子挡住。铁龙抓过一把枪来，对着黑狼开了两枪，黑狼瞪大眼睛看着铁龙，"敢伤我喜欢的人，你就必须死。"铁龙又开了两枪，黑狼死去。

　　就在这时，山本清直一枪打在铁龙的背上，铁龙回头，又被山本清直

打了一枪，马燕哭叫。

铁龙慢慢地倒下去，看着马燕，他咬着牙爬向马燕，马燕也想爬过来，但她实在没有力气了，她对铁龙微笑着："能和你死在一起，真好。"

铁龙悲痛地大哭，艰难地爬过去，鬼子兵上来，用刺刀在铁龙的身上拼命地刺，但铁龙还是向马燕爬过去，一直到抓住马燕的手为止。

喜春看着铁龙被杀，撕心裂肺地大叫："铁龙兄弟。"

山本清直包围上来。

韩新枝拉着喜春的手撤退。

李昌鹏和卢雨菲等人往城门口冲杀过来，几个鬼子想要抵挡他们，很快就被李昌鹏干掉了，这时，喜春她们也撤退过来。

李昌鹏和喜春等人撤退出巴山县城，李昌鹏在离开城门口的时候，把几个手雷埋在了城门口，山本清直带着日军冲过来时，他对准城门口埋雷处，开了两枪。

等爆炸过去，浓烟消散后，李昌鹏和喜春他们已经不见踪影。

喜春和李昌鹏等人坐在小草屋里，众人都很沉默，没有说话。李昌鹏站了起来，打破了沉默："大家都别难过了，虽然这次行动我们死了这么多好兄弟，但是我们干掉了一个日军中将。"

大家还是没有说话，喜春也站了起来："我武喜春在这里放下狠话，山本清直也活不长了，我们游击队和鬼子最后的决战时刻已经到来。"

阿飞哭泣着站起来："我要给王迅大哥报仇。"

这时，鸡毛带进来一人："司令，司令，这人在密林外被我们游击队抓住的，他说是来找李营长的。"

李昌鹏看着来人，惊了一下："徐医生？"

徐医生托了托眼睛，握住了李昌鹏的手："李营长，我总算找到你们了，你们上次从日本人手中夺来的剧毒药品是假的。"

"什么？"

"假的？"

所有人都呆了，徐医生点点头："我们研究院的院长都亲自检测过了，所以我来这里，就是想找到你们，一定要销毁那批真的剧毒药品，不然后果不堪设想啊。"

喜春："山本这个老狐狸，真是太可恨了，他一定是掉包了。哎呀，我们怎么这么大意。"

李昌鹏："真的剧毒药品肯定还在山本的手中。不好，现在石原辉雄刚死，山本清直必定会变得丧心病狂。"

韩新枝："情况十分危急，如果山本清直把剧毒药品直接投放到河里面，成千上万的老百姓会丧生。"

喜春："看来我们连休整的时间也没有了，必须立刻就行动。"

山本清直看着办公桌上的箱子，武藤勇站在一旁，这时一个日军机要员进来：大佐阁下，这是华东司令部发来的电报。

山本清直接过电报看了起来，他的眉头皱了起来。山本清直把电报递给了武藤勇，武藤勇看了看："华东司令部要让我们撤退。"

山本清直叹了口气："大日本皇军在大战场上节节败退，浙东地区恐怕也要守不住了。"

"那我们走吗？"

"走？我们能这样走了吗？如果就这样轻易的放过游击队，那我们这辈子都会被打上耻辱的烙印。只要有剧毒药品还在我们手中，我们就可以对付游击队。武喜春，李昌鹏，我相信他们会自己送上门来。"

鸡毛和阿飞躲在山本清直办公室的屋顶上偷听。

山本清直把装有剧毒药品的金属箱子放进了保箱柜里，然后和武藤勇离开。

这一切被躲在上面的鸡毛看得整整齐齐，她和阿飞等山本清直他们离开办公室后，悄声地摸了下来。

鸡毛没有走正门，而是从一扇窗户中进去的，身手极其敏捷，阿飞也跟着她一起进了山本清直的办公室。

两人到了保险柜前，鸡毛开始试着打保险柜，侧耳倾听着保险柜的声音。

山本清直站住了脚步："我总觉得有些不对劲，在这个时候越是平静，就越可怕，走，我们回去，就算是睡觉，我们也要守在剧毒药品的旁边。"

山本清直和武藤勇又走回山本的办公室去。

阿飞朝着窗外一看，看到了山本清直他们走回来，吓了一跳："鸡毛，山本他们回来了，快点，快点啊。"突然听到"滴"一声，密码被鸡毛破解，鸡毛迅速将金属箱子取出。

就在这时，山本清直他们推开门来，阿飞连忙用诸葛弓弩射向山本清直他们，山本清直的手臂负伤，阿飞趁机也往外跑去。

指挥部的院子已经有大量的日军包围上来，阿飞对着他们射击，鸡毛用枪打中了冲上来的两个鬼子，往墙边逃走。武藤勇杀过来对着鸡毛开枪，鸡毛躲过子弹，飞身跳上了墙，逃出指挥部去。

阿飞见鸡毛逃出去了，也想逃走，山本清直一枪打中了阿飞的腿，阿飞见逃不了，大叫一声："小鬼子，我跟你们拼了，给我王迅大哥报仇。"

阿飞连着射击着鬼子，武藤勇对着阿飞开枪，打落了她手中的诸葛神弩，阿飞也中弹，鬼子冲上去，阿飞被他们乱枪打死。

鸡毛被三面包围，她气喘吁吁，有些没力气，她看了看手中的金属箱子，笑了笑，随后从怀里拿出信号弹，点着了信号弹。信号弹往天空射去，发出红色的光芒，鸡毛看到眼前的钟楼，往钟楼里面躲了进去。

喜春和李昌鹏等人隐藏在城外小树林，他们看到了红色信号弹，游击队往城门口冲杀过来，城门口的鬼子和伪军没有怎么抵挡喜春她们，都往后撤退去。

天色已蒙蒙亮，但黎明前的黑暗弥漫着恐怖的气息，城中到处都是鬼子。

喜春她们摸过来，卢雨菲："喜春，看刚才信号弹发射的方位，应该就在钟楼那边。"

游击队避开鬼子的视线，往钟楼方向而去。

钟楼的钟声刚刚敲了六下，山本清直已带着日军将钟楼包围住了，日军在钟楼下面放好了一些炸药，鸡毛从上面偷偷地来看了一下，急得要命。

就在这时，喜春、李昌鹏等人从后面杀上来，对着钟楼边的鬼子开枪。

双方用枪对峙。

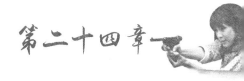

　　山本清直看着喜春笑了笑："武喜春，你来了，欢迎，因为今天这个地方，就是你们的死地。"

　　李昌鹏："山本，你没有听说过置之死地而后生吗，今天是谁死在这里还不一定。"

　　卢雨菲带着人马来对付山本清直，喜春和李昌鹏去救鸡毛。

　　李昌鹏和喜春趁着山本清直和卢雨菲交战，一起冲向钟楼去，李昌鹏和喜春往钟楼上跑去，下面武藤勇带着几个鬼子追上来，李昌鹏回身开枪，干掉两个鬼子。

　　喜春上来，和鸡毛会合，鸡毛含着泪："司令，阿飞死了。箱子，这个箱子拿到手了。"

　　喜春抱了一下鸡毛："不要哭了，你现在也是一名游击英雄，我们杀出去，给死去的兄弟姐妹们报仇。"

　　下面李昌鹏快要抵挡不住。

　　喜春拉起鸡毛的手，往钟楼下走下去，和武藤勇对战。

　　卢雨菲带着游击队和山本清直对战，游击队死伤惨重，但还是奋力抵抗着。

　　喜春和李昌鹏刚击退武藤勇，退到钟楼第一层，鬼井又带着一队鬼子杀进来。

　　李昌鹏他们被包围住，李昌鹏和喜春背对着背，举枪对着鬼子射击，退到楼梯上，李昌鹏："喜春，鬼子的兵力太多了，我们不能一起出去了，我掩护你们撤退。"

　　"不行，要走一起走。"

　　"你听我一回好不好？"

　　喜春看着李昌鹏："我……"

　　李昌鹏抱住了喜春："喜春，其中我心中有千言万语要对你说，但没时间了。来生吧，来生我要早点认识你，这样可以早点和你在一起。"

　　喜春热泪盈眶："小李子，你，你说的都是真的吗？"

　　武藤勇他们杀上来，李昌鹏一边开枪还击着，一边对喜春："这个时候，我还能说假话吗？"

"好，有你这句话，就算现在死了，我也心满意足了。"

喜春也对着楼下的鬼子射击。

李昌鹏拿过鸡毛手中的箱子："喜春，我来吸引住鬼子，你们从窗子口跳出去。"

"不。"

"都这个时候了，没有时间再纠结了。听我的。"李昌鹏说着向武藤勇他们杀下去。

喜春还是冲上去帮着李昌鹏一起还击小鬼子。

"快走，等冲出去，你和雨菲她们一起逃离这里，不要久留。"

喜春看着李昌鹏，眼泪不断涌出来。

李昌鹏已经冲到楼下，击毙了两个鬼子，并飞速地从鬼子身上摘下几颗手雷，武藤勇攻上来，李昌鹏退到钟楼角落处："武藤勇，来啊，你要上来，那就同归于尽。"

喜春和鸡毛还击了几枪，退到窗户口："小李子，你要给老娘活着，我要嫁给你，我要做你的女人。给我活着出来。"

"好，打完鬼子，我们就成亲。"

喜春喜悦而又疼心，和鸡毛一起从窗口跳了出去。喜春和鸡毛跳到钟楼外面，此时，卢雨菲这边的情势已是岌岌可危。

李昌鹏想要冲出来，和鬼子打了一阵，枪中的子弹没有了，武藤勇一枪击中李昌鹏的大腿，李昌鹏捂着伤口退到角落处。

鬼子向李昌鹏围拢过来。

李昌鹏忍痛站了起来，他对武藤勇笑了笑："武藤勇，来吧，来拿走我手中的剧毒药品。"

李昌鹏暗中把一颗手雷拉开了，对武藤勇冷笑了一声。

武藤勇感觉到了不对劲想要往后撤退，李昌鹏抱着箱子和手雷冲向钟楼的门口，堵住了门口，手雷爆炸开了，整个钟楼都炸出漫天火光，李昌鹏抱着金属箱子和武藤勇他们同归于尽。

钟楼还在猛烈地爆炸，几个冲到钟楼边的鬼子都被炸飞了，山本清直被爆炸波冲击到，捂住了眼睛，猩红的火焰往外喷射着。

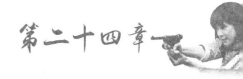

喜春跪地撕心裂肺地悲恸地大哭："小李子，你说要娶我的啊，你这个骗子，我不是让你活着出来吗？"

卢雨菲难过地流下来泪水："昌鹏哥……"

这时，山本清直像是发疯了一样："剧毒药品，我的剧毒药品，大日本天皇的Ａ计划彻底完了。啊……可恨的游击队，我要把你们碎尸万段。给我杀啊。"

山本清直带着剩下的日军杀向喜春她们，游击队和日军一阵激战，鬼子的火力太猛，游击队一边打，一边往后退守。

喜春她们退到广场空地上，山本清直带着日军冲上来。

"山本，今天你我就做个了断。"

山本清直阴笑着："不是你死，就是我活。"

这时，韩新枝带着剩下的游击队从城门口打过来，一直打到了广场这里，和喜春会合。

喜春看了一眼韩新枝，淡然一笑，没说什么。

山本幽兰从游击队伍中冲了出来，面对山本清直："哥哥。"

山本清直一愣："幽兰。"

山本幽兰含着眼泪相劝："哥哥，放下武器吧，这场战争害死了无数的中国百姓，也带走了我们太多同胞的生命，哥哥，就让这场战争结束吧！"

"不，这是帝国的圣战，我们大日本一定能够打败支那人的。"

"山本清直，你这个狗东西，到现在还执迷不悟，那只有老娘送你回老家去了。"

"狂妄，来吧。"山本清直挥起武士刀，杀向喜春。

喜春用杀猪刀顶住了山本清直，山本清直咬着牙冲过来，喜春被逼退几步。随后喜春身子往后一仰，避开山本清直的攻击，喜春握着杀猪刀砍向山本清直。两人一阵搏杀。喜春和山本清直打得气喘吁吁，喜春眼看着已经处于劣势，山本清直杀上来，喜春往后退了退，突然飞起一脚踢在山本清直下面，山本清直痛得叫了一声，喜春双手握着杀猪刀，猛地向山本清直砍了下去。

山本清直往旁边躲了一下，但还是没有躲开砍下来的杀猪刀，喜春砍

下了山本清直的左臂，顿时一股鲜血喷出来，山本清直歇斯底里地大叫一声。

山本幽兰扑上来："哥哥，哥哥……"

喜春用杀猪刀指着山本清直的脖子："山本，受死吧。"

山本幽兰跪求喜春："喜春队长，求你放过我哥哥，不要杀他，现在我就这么个亲人了。求求你，你要杀，就杀我。"

"幽兰，你走开，山本清直是一个杀人狂魔，这样的人该死。"

山本幽兰哭着："不不，不要杀我的哥哥。"

喜春愤怒瞪着山本清直，韩新枝上来："喜春，你现在不能杀他，我们应该把他抓起来，送到军事法庭，让这个杀人狂，接受正义的审判。"

喜春强忍住了怒火："山本清直，让你再多活几天，让正义的力量来审判你。"

山本清直对喜春笑了笑，突然单手握住武士刀，插进了自己的肚腹中。

山本幽兰大叫着："哥哥，哥哥，你为什么要这样？"

喜春和韩新枝等人看着山本清直。山本清直看着幽兰，微笑着："妹妹，对不起，哥哥对不起你……"

山本清直痛苦地死了。

一座座新坟在坟场上立起，一块块墓碑上写着死去英雄的名字，李昌鹏、蒜头、铁龙、马燕、王迅、阿飞……

喜春和卢雨菲、韩新枝等游击队员手中举着酒碗，喜春："敬游击英雄。"

众游击队员们："敬游击英雄，敬游击英雄……"

声音洪亮，响彻天际。

喜春她们把酒晒在李昌鹏等坟头前。

喜春站在李昌鹏的墓碑前，又倒了一碗酒："小李子，对不起，我连你的尸骨都没有找到，只能给你立一座衣冠冢。来，喝一碗酒，我给你赔不是了。"

卢雨菲站在旁边，眼泪流了下来。

喜春自己也喝了一碗酒，镜头对准她的脸，她已泪流满面。喜春擦掉了脸上的泪水，转过身反而来安慰卢雨菲："雨菲，我们不哭。"

卢雨菲点点头，也擦掉了眼泪。

喜春："鬼子还没有打完，还有新的任务等着我们游击队去完成。"

卢雨菲："好。"

喜春笑了笑，她的眼前似乎看到了李昌鹏正向她跑过来。